守望

SHOUWANG

刘衍隍 ◎ 著

时代出版传媒股份有限公司
安徽文艺出版社

图书在版编目（CIP）数据

守望/刘衍隍著.--合肥：安徽文艺出版社，2021.6（2022.5重印）
ISBN 978-7-5396-7180-2

Ⅰ.①守… Ⅱ.①刘… Ⅲ.①长篇小说－中国－当代 Ⅳ.①I247.5

中国版本图书馆CIP数据核字(2021)第052787号

出 版 人：段晓静
责任编辑：周 丽　　　　　　装帧设计：徐 睿

出版发行：时代出版传媒股份有限公司　www.press-mart.com
　　　　　安徽文艺出版社　www.awpub.com
地　　址：合肥市翡翠路1118号　邮政编码：230071
营 销 部：(0551)63533889
印　　制：北京一鑫印务有限责任公司　　　(010) 61424266

开本：700×1000　1/16　印张：19.5　字数：320千字
版次：2021年6月第1版
印次：2022年5月第2次印刷
定价：59.00元

（如发现印装质量问题，影响阅读，请与出版社联系调换）
版权所有，侵权必究

目录 MU LU

第一章 / 001

第二章 / 005

第三章 / 008

第四章 / 011

第五章 / 014

第六章 / 018

第七章 / 024

第八章 / 028

第九章 / 034

第十章 / 040

第十一章 / 046

第十二章 / 049

第十三章 / 053

第十四章 / 058

第十五章 / 063

第十六章 / 070

第十七章 / 076

第十八章 / 082

第十九章 / 089

第二十章 / 095

第二十一章 / 105

第二十二章 / 111

第二十三章 / 116

第二十四章 / 124

第二十五章 / 131

第二十六章 / 139

第二十七章 / 150

第二十八章 / 156

第二十九章 / 159

第三十章 / 164

第三十一章 / 170

第三十二章 / 175

第三十三章 / 180

第三十四章 / 183

第三十五章 / 186

第三十六章 / 193

第三十七章 / 200

第三十八章 / 208

第三十九章 / 214

第四十章 / 220

第四十一章 / 226

第四十二章 / 234

第四十三章 / 241

第四十四章 / 248

第四十五章 / 253

第四十六章 / 258

第四十七章 / 265

第四十八章 / 270

第四十九章 / 275

第五十章 / 280

第五十一章 / 288

第五十二章 / 295

番外篇 / 302

第 一 章

1979农历己未年正月初三清晨，红红火火、喧嚣热闹过了几天年的湘北青平乡王家铺显得格外宁静。

"砰砰砰……"

突然，一阵急促的敲门声，把沉浸在梦乡中的王克志惊醒了。

"谁啊？"王克志粗声粗气地问道。

"是我，老肖。"王克志家的大门外响起肖立仁声如洪钟的回答。

王克志一听是老支书的声音，心里骤然紧张起来。大年初一他还和老支书一起拜年，昨天他又和老支书一起去慰问了几户鳏寡孤独的乡民，这大过年的，又是一大早，老支书怎么这般急切地敲他家的大门？莫不是屋场里出了什么大事？

想到这里，王克志更紧张了。他一骨碌爬起来，双手提起他那条黑色裤筒镶着白色裤腰的汉装棉裤，来不及系上裤带，就左手向下右手向上相互一抄，然后卷了卷，又瘪了瘪肚皮，再用力一扎，披上棉袄，急匆匆地向大门口跑去。他一只手颤抖地伸进棉衣袖子，另一只手慌忙地打开大门。

"老支书，您这么急，出了什么事？"王克志急切地问道。

"好事，好事！"老支书兴奋地说。

王克志听老支书说是"好事"，又见老支书高兴的样子，心里的一块石头这才落地。

"什么好事，您一大早就跑来找我？"

"党中央出了好政策，地主摘帽了！"老支书仍然兴奋地说。

"真的吗？有这好事？那汉爹是不是就不是地主了？他九泉之下不就可以安息了吗？"王克志显得异常激动，他像放连珠炮似的一口气向老支书问道。

"是的，"老支书说，"我就是为这事来找你的。"

"真的假的哟，您这是听谁说的？"王克志仍然似信非信地问道。

"昨夜里我听新闻了，中央电台说的，这还有假?!"老支书说。

"这真是天大的好事，天大的好事！"王克志兴奋得手足无措，他望着老支书问道，"您要我做什么，只管吩咐。"

"我和你现在分头去喊人，"老支书对王克志说，"你去王家大屋和王家新屋叫上王克球和王克美，我去王家冲和王家畈叫上王克山和王克定，吃过早饭，我们几个一起去汉爹的坟地，告诉他这个好消息以告慰他的在天之灵。"

"还是老支书想得周到，我这就去。"王克志说完，拔腿就跑。

"你也不洗把脸再去。"屋里传来他妻子李月莲的喊声。

"回来再洗吧。"王克志边跑边回答。

这时候，李月莲手里提着一根红裤带从屋里赶出来，她对王克志大声喊道："你裤带也不系，就不怕把你的裤子跑掉了。"

这年正是王克志的本命年，这根红裤带是李月莲特地为他缝制的。她希望这根红裤带能给她的男人带来好运，因为她的男人不光是家里的顶梁柱，而且还是王家铺的主心骨，如今的日子是越来越好了，她也希望她的男人越来越好。因此，李月莲找来了一块上好的红棉布，精心为她的男人缝了这根红裤带，她巴不得王克志天天都系在腰上。然而，这天王克志着急出门，竟然没有系上这根红裤带。

李月莲提着这根红裤带边跑边喊，风中飘舞的红裤带，仿佛天地间迎风舞动的火红的彩云，又好似人世间舞动的王家铺火红的岁月。

王克志听到妻子的喊声，连忙转身迎上去，从她手里接过红裤带，又连忙转身，边系裤带边向王家大屋跑去。

看着眼前这一幕，让老支书觉得好笑，却笑不出来，因为他触景生情，心生更多感慨。他理解王克志和李月莲夫妻俩此刻的心情，也理解他们此时的举动。五十多年前，如果不是汉爹奋不顾身从国民党反动派的枪口下救出王克志的父亲王汉旺，恐怕他的父亲早就化成了泥土，又哪来的他王克志。没有他王克志，也就没有他们如今这和睦美满的一家人。老支书想到这里，十三年前的一幕又浮现在他的眼前。

王汉旺临终时,王克志跪在父亲病床边泣不成声。

"克志,你莫难过,也莫哭……"王汉旺有气无力地说了这句话,好像还有话要说,却因呼吸困难,他张了张嘴,然后闭上眼睛,话没说出来。

"父亲,您想说什么就说吧,我听着呢。"王克志哽咽着说。

过了一会儿,王汉旺慢慢地睁开双眼。他目光呆滞,眼睛里失去了往日的生气和光泽,眼眶里只剩下混浊的泪水。他又断断续续地说道:"当年多亏……多亏你……你汉叔救下我,我……我才多活了三四十年,这才……这才有了你们。我……我这辈子值了……"

说到这里,王汉旺有些激动,他呼吸加快,又困难得说不出话来了。王克志赶紧上前一手托起父亲的头,一手抚按父亲的胸。王汉旺顿觉自己的心气平顺了一些,他接着断断续续地说道:"克志,我们……我们做人……做人可要知恩图报。你待……你待你汉叔,要像……要像待我一样……"

"父亲,我记住了。"王克志泪流满面,赶紧回答。

"还有……还有,"王汉旺几乎用尽他生命的全部力量,十分艰难地说,"你汉叔……你汉叔没有后代了,你们……你们对他……对他要生养死葬!"

王汉旺说完这句话就断气了。事实上,这十几年来,王克志、李月莲夫妇始终牢记父亲的临终嘱咐,像待亲生父亲那样待汉爹。

老支书边走边回想这些往事,他的眼眶不禁湿润起来。是啊,在他们王家铺,在他们邻近的王家大屋、丁家新屋、王家畈和丁家冲,还有罗家畈、杨家坳和张家店,在附近的十里八村,何止是王克志一家受过汉爹的庇护或接济,又何止是王克志、李月莲夫妇像待家人那样待汉爹。王克山和王克定家,王克球和王克美家,还有许许多多的王家族人和乡邻们,在近半个世纪的岁月里,他们都或多或少受过汉爹的保护和帮助。虽然汉爹被划为地主,但他们不嫌弃,而是像当年汉爹保护和帮助他们的家人那样保护和帮助汉爹。

"何止他们王氏族人哟!"珍藏在老支书记忆深处的那一幕幕场景,如同一幕幕电影,在他这个外乡人眼前映现。四十多年前,他母亲带着他逃难途经王家铺,若不是遇到汉爹,恐怕他们孤儿寡母早已抛尸荒野,做了孤魂野鬼,哪里还有他的今生今世。

这是后话,此处暂且不谈。

老支书有一个很有传统韵味的名字,叫肖立仁。说起来,他的这个名字还是当年汉爹给他取的。后来的事实说明,肖立仁的仁善智勇与责任担当,还真是把汉爹寄希望于他的"仁德"给立起来了。青平乡王家铺一带的人们,耳闻目睹肖立仁大半辈子的所作所为,也都说他是真正的共产党员,配得上汉爹给他取的这个响亮的名字。

正当肖立仁像过电影似的回忆往事的时候,他不知不觉就到王家冲和王家畈跑了一个来回。他从王克山、王克定两人同王克志一样兴奋的表情中,看出了他们对党中央政策的拥护,更看出了他们对九泉之下的汉爹,终于可以摘掉地主帽子了而感到由衷的高兴。

"雄赳赳,气昂昂,跨过鸭绿江。保和平,为祖国,就是保家乡……"肖立仁一路欢快地哼着《中国人民志愿军战歌》,跨进了家门。妻子文如玉已经做好了早饭,她正在和大儿子肖继善、小儿子肖继良及女儿肖珊珊等着他回家吃饭。

"爸爸,您今天碰到什么好事了,看把您乐的。"平日里最受肖立仁宠爱的女儿肖珊珊在他刚跨进家门,就一把上前挽住他的手臂问道。肖立仁把肖珊珊拉在自己身边坐下,然后喊肖继善、肖继良兄弟俩一起过来,他说他有话跟他们说,肖继善和肖继良便坐到爸爸身边。肖立仁对他们说道:"孩子们,你们记住了,党中央出了好政策,地主摘帽了,你爷爷不再是地主了。"

这几个孩子一听,高兴得欢呼雀跃。

肖立仁说:"等下我们吃过早饭,就一起去爷爷的墓地,告诉爷爷这个好消息。"

第 二 章

  汉爹的墓地位于王家铺后山半腰的坡地中央。王家铺后山被群山左拥右簇，大自然的鬼斧神工把它造成一个巨大的扇形。坡地中央视野开阔，远处的景色尽收眼底。终日清水蜿蜒流淌的青石港，仿佛随风飘荡的银白色彩带，它漂进青石湖，又漂进长江；粤汉铁路改建的柏油公路和新中国成立后新建的京广铁路，仿佛从它肚子里钻出的两条青绿色巨龙，飞向远方，与大地相连；王家铺、王家大屋、王家新屋、王家冲和王家畈，也如同这群山一样呈扇状分布，王家铺居中，王家大屋和王家新屋居其左侧，王家冲和王家畈居其右侧。每天清晨和傍晚，袅袅炊烟缭绕上升，飘向天鹅绒蓝的穹苍，仿佛镶嵌在这里的一幅水墨画；满山满坡树木葱茏，四季常青，杜鹃、桃花、李花间杂其间，点缀万千气象的景致；远望山坡下王家铺前的一片田畴，庄稼青黄交替，演绎天地自然的宿命，又似薪火传承而绵延这里的子民。

  毫无疑问，王家铺后山坡地中央是块风水宝地，汉爹葬这里之前，王家铺一带就有长者们生前看中了这块地。他们交代自己的子孙，等他们百年之后就将他们葬于此地。然而，经老支书肖立仁与王氏族老商量，认为除了汉爹，谁也没有葬入此地的权利。因为他们要把这块地方留给汉爹，即便汉爹死了安葬于此，他们仍然觉得汉爹还活着，仍然守护他热爱的乡亲们；也好让这里无论是远行还是回乡的乡亲们，能够远望始终牵挂他们的汉爹。

  肖立仁很快就吃完了早饭，他带着肖继善、肖继良和肖珊珊三兄妹，提着茶酒，拿着鞭炮和香烛，去汉爹的墓地。

  太阳出来了，和煦的阳光，照得人暖洋洋的；微微南风吹拂，更使人觉得舒心惬意。虽然从时令上看，离立春还有两三天时间，但春天的气息似乎早已来临。路边的铁马筯，还有不知名的小草，已经钻出了嫩绿的芽尖；园子里的白菜薹和抽条萝卜茎,开着一朵朵黄色、白色的小花,引得些许野蜂从冬眠状态中苏醒,它们在花丛中飞来飞去,忙于采蜜。

俗话说,人勤春早,走在前面的肖立仁忽然停住脚步,他回过头来用手指了指那些野蜂,然后对他的孩子们说:"你们看,它们是不是比人们更知春、更勤奋。"肖立仁的话,触动了孩子们。那时候,肖继善已经高中毕业,当上了乡村民办教师,肖继良上高三,肖珊珊上初三。在这之前,他们父子和父女之间,经常就一个话题各抒己见。这一次,支书老爸的话又引起他们好一阵热议。他们从野蜂谈到蜜蜂,从蜜蜂谈到春蚕,从春蚕谈到蜡烛;并由蜜蜂、春蚕、蜡烛引申到初衷、品格、信仰与奉献的话题。突然,他们兄妹不约而同地朗诵起汉爹临终时用毛笔写下的刘禹锡的著名诗句"沉舟侧畔千帆过,病树前头万木春"。

王家铺离后山汉爹的墓地也就四五百米,肖立仁和孩子们很快就来到了汉爹的墓地。他们刚放下手里茶酒、香烛和鞭炮,正准备在汉爹坟前敬放茶酒、点燃香烛的时候,王家铺的王克志,王家大屋的王克球和王家新屋的王克美,还有王家冲的王克山和王家畈的王克定,他们也都各自带着茶酒、香烛和鞭炮,陆续来到汉爹墓地。因为他们在正月初一就已经给老支书肖立仁拜了年,只隔一天再次见到老支书肖立仁,也就没讲那些客套话,更何况这是在汉爹的墓地。不过,从他们相互使眼色,足以看出他们彼此之间足够的信任和深厚的情感,还有他们此刻激奋的情绪。正当他们按照老支书的吩咐,有的在汉爹坟前敬放茶酒,有的在汉爹坟前点燃香烛,有的在汉爹坟墓四周摆放鞭炮的时候,眼前的情景又使肖立仁热血沸腾激动不已。

原来,地主摘帽的消息像长了翅膀似的在王家铺、王家大屋、王家新屋、王家冲、王家畈、罗家畈、杨家坳和张家店传开了,人们不约而同地想起了九泉之下的汉爹。也有人看见他们的老支书和队长,都带着茶酒、香烛和鞭炮前往汉爹的墓地。于是,走亲戚的不去走亲戚了,上街的不上街了,打算上山砍柴的也不去砍柴了,他们都要到汉爹的墓地去祭拜和告慰德高望重、有恩于他们的汉爹。因此,老支书肖立仁站在汉爹的墓前,看到乡亲们络绎不绝地朝汉爹的墓地走来。他们有的提着茶酒,有的拿着香烛,有的抱着鞭炮,甚至还有人提着纸钱,一个个兴冲冲地朝汉爹的墓地走来。

肖立仁的眼睛湿润了。他吩咐王克志他们,先把茶酒供奉在汉爹墓前,点燃香烛,摆放好鞭炮,等乡亲们都来了,再一起鸣炮祭拜。

也就是一袋烟的工夫,汉爹的墓地就聚满了人,足足有一两百人。他们纷纷上前,把他们从自家带来的茶酒、香烛和纸钱供奉在汉爹坟前,再把他们从自家带来的鞭炮摆放在汉爹坟墓的周围,然后伫立在汉爹墓前。他们眼望汉爹的坟墓,仿佛才突然意识到汉爹已经和他们阴阳两隔。那时候,他们该是多么痛苦。如今好了,地主摘帽了,汉爹终于可以安息了,人们的目光里又充满着喜悦。他们亦悲亦喜,伫立在汉爹坟前,有的眼眶湿润,有的泪流满面,有的哽咽啜泣……

这时,汉爹的坟前已经敬满了酒盅茶盅,供满了香烛。那一个个酒盅茶盅,宛如一块块稻田,仿佛汉爹钟情的土地;那一支支燃烧的蜡烛,宛如一支支火炬,仿佛汉爹播下的一颗颗革命火种;那一根根忽闪忽闪的香火,宛如满天闪烁的星星,仿佛汉爹在黑夜里送给人们的盏盏明灯。

肖立仁见乡亲们都陆陆续续地伫立在汉爹坟前,他便向汉爹坟前走过去。聚在汉爹坟前的乡亲们见老支书过来,便让出一个主位。这一切都充满了庄重的仪式感。正当肖立仁在主位站定,准备领着乡亲们一起祭拜汉爹的时候,突然听到有人接二连三地大声喊道:"等一下,等一下……"

肖立仁和乡亲们不约而同地回头张望,原来是工家铺的散南强。只见他手里提着一只竹篮子,篮子里好像装着茶酒、香烛、鞭炮和纸钱,边喊边向汉爹的墓地跑来。

第 三 章

　　敖南强个子不高,人却很胖,好像"地雀婆"。他满脸的横肉,长着两只金鱼般的眼睛,鼓着眼看人的样子挺吓人。尽管他镶了两颗耀眼的金牙,但凸出的上下两排因抽烟而黑黄的龅牙,像是劣质酱油红烧过后的排骨。他的脖子短得出奇,一颗圆滚滚的脑壳好像直接栽在他的颈窝里似的。

　　王家铺方圆的乡邻们都嫌弃他,不是因为他的样子长得难看,而是因为他的德行不好。敖南强这个人恶毒、刻薄、阴暗,还不明事理,有时候甚至还蛮不讲理。他不但不讲理,而且还忘恩负义。王家铺方圆七屋八场的乡邻们都说他狼心狗肺,说他是"白眼狼"。要不是他是"杀猪佬",家家户户要洗年猪,恐怕没人愿跟他往来。

　　那是四十多年前,敖南强母亲带着他讨米逃难,先于柳月琴、肖立仁母子来到王家铺,也是汉爹收留他们母子,并和乡邻们一起,一应俱全地帮他们在王家铺安家落户。刚好那时候铺上的张屠夫老了,杀不了猪,汉爹觉得这也是一门讨吃的手艺,便介绍敖南强学了屠夫这门手艺。按理说,汉爹是他的恩人。然而多年来,敖南强不以为恩,却以为仇,做了很多对不起汉爹的事。

　　因此当乡邻们看见,边喊边跑向汉爹墓地的是敖南强时,他们立刻投来了鄙视的目光。

　　"不等他了,这个不知好歹的东西。"王克志气愤地说道。

　　"不要让他过来,莫脏了汉爹的坟地。"王克球说道。

　　"不等他!""不要让他过来!"王克美、王克山、王克定等异口同声地喊道。

　　"都是乡里乡亲的,就等他一下,让他过来吧。"肖立仁说。

　　在王家铺人心里,老支书肖立仁和汉爹是一样的分量。他们见老支书发话了,大家也就不作声了。

敖南强来到汉爹墓地后,见大家向他投来鄙怒的眼神,这让他感到不自在。他自知理亏,手足无措,来不及在汉爹坟前摆放他带来的茶酒、香烛、鞭炮和纸钱,就扑通一声在汉爹的坟前跪下。

王克志见状,大步跨过去一把将敖南强拽起来。他大声喝道:"就凭你,有什么资格在这里下跪!"

"克志,你冷静点,别惊扰了汉爹。"肖立仁又接着说,"千错万错,来人没错。再说,我们也要给人认错改错的机会嘛。"

敖南强又重新在汉爹坟前跪下,也许是刚才肖立仁的话打动了他,他先是抽了自己一耳光,然后说道:"汉爹,是我对不起您哪,我不是人,真不该对您做那些缺德的事。"

这时候,汉爹的坟地一片寂静,只有和煦的阳光,微微的南风,缕缕茶酒、香烛的气味。敖南强又抽了自己一记耳光,接着说道:"那年是我到镇上找的'猪哈心'(朱海新),要他带造反派来斗您老人家的。"

听到这句话,站在肖立仁身边的王克球不禁火冒三丈。他一步冲到敖南强跟前,双手抓住他衣领,像老鹰抓小鸡似的把他拽起来,大声骂道:"我说嘛,原来是你这个混账家伙背地里搞的鬼。"

"克球,你别乱来哦,"肖立仁盯着王克球说,"你先放手,看他还有什么话说,等他把话说完。"

听了老支书的劝阻,王克球双手一松,敖南强像泄了气的皮球瘫在地上。不过,他又立马双手从地上撑起身子,跪在汉爹坟前继续往下说:"那年,我偷砍队里的杉树,您来劝阻我,我不仅不听,反而还骂您老人家,说要你这个地主崽狗拿耗子多管闲事干什么。"

"这还了得,汉爹做得你的父亲,你还骂他地主崽。"气得七窍生烟的王克山冲上去想狠狠地踢他一脚,被眼疾手快的肖立仁一把拉住。他大声劝阻王克山说:"克山,你莫惊扰了汉爹的灵魂。南强是来向汉爹认错的,你就让他慢慢地说,让汉爹静静地听吧!"

王克山收起抬起来的脚,站回了原地。敖南强回过头来感激地看了看老支书肖立仁,又环视了怒目而视的乡邻们,接着说道:"那年,我的大儿子为国把国家的三卷高压线滚进青石港藏起来,想给队里架电线用。您看见后苦口婆心地教育了他一顿,还要他当面跟老支书认错,老支书找人把那三卷电线捞上来还给了国家。为国回家后跟我哭诉了这件事。我认为是您欺负了他,便冲到您屋里,开口就骂你地主崽,还举起拳头要打您老人家,要不是老支书一手拉住,我就打了您老人家。后来,我的妻子又拖着砧板鱼刀边剁边咒骂您老人家,如今想起来,我们真不是人啊,真是罪该万死!"

听到这里,人群又是一阵躁动。肖立仁向人群中扫了一眼,人群立刻安静下来。只听见敖南强又抽了自己一记响亮的耳光,接着说道:"汉爹,您真是大人有大量,不跟我们这等小人一般见识。那次事后,您主动找到老支书,说为国这孩子改好了,送他去当兵吧。您还说,金无足赤,人无完人,只要是凡人,孰能无过,改了就好。老支书听了您老人家的,送为国去当了兵。他一直把您说的话记在心里,在部队里干得很好,不久就入了党提了干,后来又在战场立了功,转业后到镇上当了武装部长。汉爹,要不是有您老人家,哪有我一家人的今天?!"

说到这里,敖南强的声音哽咽起来。他在汉爹坟前重重地磕了一个响头,然后大声喊道:"汉爹,几十年前要不是您和乡亲们救了我们母子俩,恐怕我们的骨头早就化了水,哪能活到今天?您的大恩我没报,反而恩将仇报,做出这等大逆不道的事来,我真不是人啊!"

肖立仁上前想把他扶起来,毕竟他已是年过花甲的老人了。杀人不过头点地,他知错、认错了,还是好乡邻,还是一家亲。可是,敖南强不让老支书扶他起来,他眼含泪水仍然跪在汉爹坟前说道:"汉爹,我今天跪在您的坟前,当着您老人家的面,当着老支书的面,也当着乡亲们的面,只想说说我的心里话:我不是来请求原谅的,而是来谢罪的。"

也许是敖南强的真诚打动了乡亲们,人群中响起了抽泣声。对眼前的这位老者,对这位在过去的岁月里曾经伤害过汉爹,又跟他们磕磕碰碰的乡邻,人们突然原谅了他,接纳了他,向他投来了和善的目光。

肖立仁上前一把扶起敖南强说道:"南强老哥,你能这么想、这么做,真是太好了!我相信,汉爹泉下有知,他会原谅你的,我想乡亲们也会原谅你的。"

这时候,肖立仁扶着泪流满面、身体微微颤抖的敖南强,正准备和乡亲们一起祭拜汉爷,告慰他的在天之灵。突然,敖南强的儿子敖为国和儿媳江丽娟抬着一个由苍劲翠绿松枝编织的花环,穿过汉爷坟前的人群,恭恭敬敬地供奉在汉爷坟前。

第 四 章

　　那年大年三十和正月初一,敖为国坚持让镇上的干部都回家过年,他留在镇里值班。自古忠孝难两全,家乡"初一子"给父母拜年的习俗他是做不到了,但"初二郎"的习俗他还是要考虑的。因此,接替他值班的秘书到位后,他在正月初二那天下午赶去给岳父、岳母拜年。也就是那天晚上,习惯听新闻的敖为国,也像肖立仁那样听到了一个重大的惊人消息:党中央决定给地主富农分子摘帽。这让敖为国兴奋不已,激动不已。他也像乡亲们一样,自然而然地想起了汉爷,而且他还想要为汉爷做点什么。

　　事实上,现在的敖为国与当年少不更事的敖为国已判若两人。自从汉爷出面找肖立仁把他送到部队后,他就不断成长起来,他常常深有感触地对他的妻子江丽娟说:"生我养我的是我的父母,但教我成人的是汉爷!"

　　经过部队的锻炼,敖为国成长为一名共产党员。这使他对人生际遇,对人生况味有了不同的理解和感悟。他经常回忆汉爷的所作所为,以反思自己的行为。一想起自己青春年少做的那些事,他就感到面红耳赤,感到有愧于汉爷给他取"为国"的这个名字。在他看来,汉爷的作为更像是一个优秀共产党员的作为。敖为国思考得出的这个结论,他一直藏在心底,不敢对他人提起,只是不经意间偶尔跟妻子江丽娟吐露一二。江丽娟回应他说,她和他颇有同感。

　　那天晚上,敖为国听到地主摘帽的消息后,连忙把这个消息告诉江丽娟,江丽娟听后也像他一样兴奋。他们夫妻俩很快想到了一起,第二天上午便赶去汉爷坟地,祭拜和告慰汉爷。

"老支书肯定也会想到这一点,"敖为国对江丽娟说,"老支书他们会带着茶酒、香烛去祭拜汉爹的,我们拿什么去祭拜呢?"

敖为国、江丽娟夫妻俩冥思苦想了一会儿,忽然相视而笑,不约而同地大声朗读陈毅元帅那首《青松》里的著名诗句:

大雪压青松,青松挺且直。
要知松高洁,待到雪化时。

他们从诗句中得到灵感。第二天清晨,敖为国和江丽娟上山摘了一些松枝,精心编织了一个绿色花环,便赶往汉爹的墓地。

眼前的情景,着实让敖为国、江丽娟夫妻俩感到震撼。他们没有想到,王家铺团住七八个屋场的父老乡亲们都来了。敖为国在汉爹坟前敬供花环后,回头看见老支书肖立仁搀扶着父亲,父亲的脸上有泪痕,眼眶里也还有泪水。他便知道刚才这里发生了什么,他为此感到欣慰。于是,他拉着身边的妻子江丽娟,先是向肖立仁深深地鞠了一躬,然后又转身向乡亲们深深地鞠了一躬。他说道:"过去,家父对乡亲们多有得罪,在这里,我们向乡亲们亲赔礼道歉了!"

敖为国说完,又和妻子江丽娟深深地向大家鞠了一躬。

"敖部长,都过去了,"肖立仁对敖为国夫妇说,"过去的就让它过去吧,我们要向前看。"

"嗯,都过去了,敖部长,你就别老放在心上了。"王克志、王克球等人接着肖立仁的话附和道。

"哎呀,老支书,还有各位乡亲,叫我部长真是折煞我了。"敖为国看了看老支书,又看了看众乡亲,接着说道,"今后大家就叫我为国好了,要是叫我的小名'胖伢',我觉得更亲切。"

"为国,"肖立仁改口叫了一声,然后对他说,"乡亲们都来了,现在你就领头主持大家一起开始祭拜吧!"

"您是德高望重的老支书,又是我们敬重的长辈,这个头一定是您来领!"敖为国说。

"那好!"

肖立仁说完,便毕恭毕敬地站在汉爹的坟前。他以一个军人的姿势,双腿绷直,双手伸直紧贴裤缝,弯腰成90度,深深地对着汉爹的坟墓三鞠躬。站在肖立仁身边和身后的乡亲们,也像他那样三鞠躬。等乡亲们都鞠完躬,肖立仁说道:"汉爹,今天我和王家铺、王家大屋、王家新屋、王家冲、王家畈、罗家畈、杨家坳和张家店的父老乡亲们来到您的坟前,就是想告慰您的在天之灵:党中央颁布了好政策,给地主富农摘帽了。虽说您生前没有等到这一天,但这一天终于还是来了。从今天开始,您就不再是地主了。您可以安息了!"

肖立仁对汉爹亡灵说的这番话,引得乡亲们纷纷落泪,他们竭力压低抽泣声,生怕惊扰了汉爹。"汉爹,"肖立仁又是一声呼喊,他接着说道,"这三鞠躬,我是以一个老党员的身份给您鞠的。我晓得,您在大革命时期就秘密地加入了中国共产党。后来,大革命失败了,您根据组织上的指示,销毁了一切证明材料,上级组织也遭到了彻底破坏。从这以后您就和组织失去了联系。尽管在抗日战争、解放战争和社会主义建设时期,您多次找到当地党组织提出申请,要求恢复您的组织关系,但终因没有证明材料,又没有人证而一直没有结果。您却无怨无悔,守望初衷,牢记使命,默默无闻地为我们这个党,为我们这个民族,为我们这个国家奉献一切。在我的心里,您是一个真正的共产党员。我向您致敬!"

肖立仁举起右手,对着汉爹坟墓行了一个标准的军礼,然后跪在汉爹坟前,一连磕了三个头。乡亲们齐刷刷地跟着肖立仁跪在汉爹坟前,也一连磕了三个头。

几百号人一起跪在汉爹的坟前,黑压压的一片。人群中有人泪流满面,有人低声抽泣,甚至有人悲恸失声。这样的情景,仿佛老天爷也为之动容。就在乡亲们一起在汉爹坟前下跪的时候,太阳钻进了云层,天色顿时暗淡下来,仿佛也在为汉爹默哀。

过了一会儿,见人群慢慢平静下来,肖立仁接着说道:"汉爹,我这跪,是作为晚辈、作为儿子,跟您下的;我这头,也是作为晚辈、作为儿子给您磕的。虽然您没生育我,但您救了我,教育了我,您就是我的再生父亲!"

说到这里,肖立仁哽咽得说不下去了。

"不光是老支书,"跪在肖立仁身边的敖为国接着说,"还有我父亲,还有逃难到这里朱海新、张木匠、李瓦匠、胡裁缝,哪一家哪一户在过去受苦受难的时候,没受过汉爹的帮助。所以我说,我们作为王家铺的后人,都要记住汉爹的恩德,传承汉爹的精神。"

"为国说得好!"肖立仁边说边站了起来,他转过身来,对着仍然跪在汉爹坟前的乡亲们说,"大家都起来吧!"等乡亲们都站起来后,肖立仁说道:"我们常说'吃水不忘挖井人',就像刚才为国说的,我们不能忘记汉爹的恩德,不能忘记汉爹的为人。我们还要告诉我们的子孙,汉爹的恩德,汉爹的为人,世世代代都要记住并传承下去。"

人群中突然爆发出一阵热烈的掌声,还有人接二连三地大声喊道:"好!好!好!"

王克志、王克球、王克美、王克山、王克定像事先商量好了似的,他们以一队之长的身份,又以近似起誓的神情和口气,分别代表王家铺、王家大屋、王家新屋、王家冲和王家畈的父老乡亲们,异口同声地向肖立仁庄严承诺:

"老支书,我们会永远记住的!您就放心吧!"

第 五 章

汉爹姓王,名汉坤,号汉卿,字子君。上下近百年,方圆数十里,王家铺像这么有名有号有字的,恐怕就他王汉坤一人。单从这点上看,他王汉坤就是一个不同寻常的人物。若是再把他富有传奇色彩的身世与经历、才学、本事加到一起,那么毫无疑问,他就是一个典型的传奇人物。

王汉坤生于清光绪二十八年,也就是1902年。王汉坤出生后,他爷爷王世贤见他虽柔弱清秀,但又不失慈眉善目,便给他取了这么一个名字。后来,王汉坤读了不少书;再到后来,他又不断地经风雨见世面,差不多成了一方名人。于是,他便给自己弄了这些个字号。

这可惹得长辈们不高兴了。王汉坤的爷爷王世贤、生父王仁义、养父王仁智以为,一个郎不郎、秀不秀的乡下人,弄这些个字号不免过于张扬。还有,他们祖上一向秉承温良恭俭、低调谦让的家风。他们王氏家族,虽然祖祖辈辈以农耕为业,但都饱读圣贤书。到王汉坤的爷爷这一辈,要数他爷爷王世贤的圣贤书读得最好,成了当地有名的秀才。尽管到王汉坤父亲这一辈,由于时局动荡,耕读家风稍有影响,他的父辈谈不上饱读诗书,但仍然也读了不少道德文章。他们王家自祖上这么多读书人,都只取了一个堂堂正正的名字,怎么到了王汉坤这里,他非要给自己弄个字号呢?莫不是他在沽名钓誉,抑或附庸风雅?

于是,王汉坤的长辈们决定要好好管教他了。爷爷王世贤、生父王仁义、养父王仁智把他叫到跟前发问:"你有名有姓,没事取那些字号干什么?"然而,不管长辈们怎么发问,平时口若悬河、滔滔不绝的王汉坤总是保持沉默,不与他们争辩。

不过,让长辈们也感到欣慰,王汉坤给自己弄的这些字号,并没拿它们去沽名钓誉,也没有去附庸风雅,更没有去招摇撞骗,败坏门风,祸害乡里。倒是他用这些字号作掩护,为乡里乡亲做了不少好事。当然,这些都是后话了。

王汉坤的生父是王仁义,养父却是王仁智,他在王家大屋出生,却在王家铺长大。说起来,这还真有点复杂。正是因为这种特殊的背景,才造就了王汉坤传奇的人生。

他爷爷王世贤和奶奶蒋淑媛生有四儿一女。儿女们出生后,王世贤对他们寄予厚望。因此,他用"仁"字打中间,分别以"义、礼、智、信"四个字为四个儿子取名:老大叫王仁义、老二叫王仁礼、老三叫王仁智,老四叫王仁信。老五,也是最小的是个女儿,王世贤希望女儿像她母亲那样善良贤淑,便给她取名王仁良。

儿女们都大了,成婚的成婚,出嫁的出嫁,虽然分了家各过各的日子,但儿女们孝顺,家庭和睦,尤其是他们老王家人丁兴旺,儿孙满堂。老大屋里生了三男两女,老二屋里生了三男一女,老四屋里也生了两男一女,唯有老三拜堂都好几年了,也没见过一瓜两枣。尽管老三屋里看了好几个郎中,也抓过不少中药,可就是不见动静。因此,王世贤总是为这事烦恼着。

"总不能让老三断了香火吧。"王世贤觉得不能再这么等下去了,他要想办法给老三续上香火。

那天夜里,王世贤把老大王仁义、老二王仁礼、老四王仁信叫到堂房里。他们三兄弟看着父亲紧绷着脸,不知到底发生了什么。于是,他们恭恭敬敬地站在父亲面前,不敢坐下。即便是平常,他们在父母面前,父母不叫他们坐,他们也不敢在父母面前坐下的。

"都拿把椅子过来坐下吧,我有话跟你们说。"

父亲发话了,他们三兄弟这才各拿了一把椅子,挺直身子,严肃地坐下。

"老三屋里的事你们都晓得,"王世贤看着他眼前的三个儿子说,"办法是想了不少,可他屋里就是没的生,我们总不能看着老三屋里断后吧!"

听了父亲的话,他们三兄弟悬着的心才放下来。然后,你看看我,我看看你,谁也没有先开口说话。沉默了一会儿,还是老大王仁义先开了口,他对父亲说:"您怎么说,我们就怎么做,都听您的"。

"都听我的?"王世贤问道:"你们就没有你们的想法?"

"要不这样吧,"王仁义看了看老二和老四一眼,对父亲说,"我有两个想法,不晓得要不要得?"

"哪两个想法?你说说看。"王世贤说。

"把我屋里老二汉坤过继给三弟。"王仁义看了看父亲似乎不动声色,又似乎露出些许赞许的表情,接着说,"他平时最喜欢往他三叔家里跑,在我们三兄弟的那几个孩子中,好像他跟他三叔最亲,只是……"

说到这里,王仁义突然停了下来。他看到父亲正在用焦急的眼神看着他,他又接着说道:"只是汉坤这孩子生得清秀,恐怕今后身体弱,力气小,干不了重活,不知三弟乐不乐意?"

王仁义说完他的这个想法,尽管王世贤的动作幅度小得似乎可以忽略不计,但他还是感觉得到父亲在频频点头。可是,当他正要开口说他的第二个想法的时候,突然听到父亲先开口问他:"那你的另外一个想法呢?"

"除了汉坤,我们这三兄弟还有七个儿子"王仁义如数家珍般地说了起来,"我屋里汉乾、汉君,二弟屋里汉文、汉武、汉斌,四弟屋里汉云、汉光,只要三弟喜欢哪个,我们就把哪个过继给他。"

"大哥的这个想法好,要得!"王仁礼说。

兄弟间如此和睦,相互体恤,这让王世贤感到欣慰。他正要跟他们兄弟说出他的想法,却突然听到老四王仁信说道:"要不,我们请三哥在他们八个人里抓阄,抓到谁就是谁。"

"抓阄?"王世贤狠狠地瞪了王仁信一眼,大声责怪道,"你乱说什么呢,就不怕人家知道了笑话!"

王仁义见父亲生气了,连忙跟父亲解释说:"四弟也是好心,只是他心直口快,不该这么说话,您就莫生气了!"他见父亲慢慢平静下来,便跟父亲说道,"我看要是三弟乐意,还是让我家汉坤去给他做儿子最合适。"

"我也是这个意思。"王世贤见他们父子之间的话说到这个份上,不得不说出他的想法,"仁智在王家铺开了间茶坊,平常还做点小买卖,也不是什么力气活,汉坤这孩子虽然生得清秀,但也还聪慧机灵,去他三叔那里倒是合适。"

说到这里,王世贤停住了。他看了看他们三兄弟,接着说:"要是你们兄弟没有别的什么想法,我看这件事就这样定了。"

"要得!"王仁义说,"我听父亲的。"

"这样蛮好!"王仁礼和王仁信说,"我们都听父亲的!"

就这样,王汉坤从生父王仁义家里,来到了养父也就是他三叔王仁智家里,从他出生的王家大屋,来到了他长大成人的王家铺。那年,他刚刚五岁。

第 六 章

　　王家铺离王家大屋并不远,也就两里路,只不过是中间隔着一条青石港。王家大屋位于青石港南岸,王家铺位于青石港北岸。虽然王家大屋和王家铺只一港之隔,但两地之间最大的不同则是文化上的差异。王家大屋依然是世代沿袭农耕文化,而王家铺则是与时俱进的商耕文化。

　　王家铺因商铺林立而得名。这里商铺林立,又源于门前的这条青石港。大自然仿佛要给这里的人们一种特别的馈赠,它把青石港的源头开凿在这里,接纳它的是上游数条崇山峻岭夹谷的溪水,形成宽阔的水面,便于船只停泊;又因青石港自东向西蜿蜒十数里的青泥湖而流入长江,以通江达海。所以,王家铺就成了船只往来、商旅云集、店铺林立的繁华港埠,旧时素有"小汉口"之称。

　　王家大屋和王家铺虽一港之隔,但想法则大不相同。王家大屋的人以为,自古以来都是崇尚"民以食为天",因此才有"士农工商"的说法。所以,他们觉得耕种才是本分,才是正经事。他们认为无商不奸,做买卖不是正经人做的事。于是,他们祖祖辈辈以种田为生,宁可守着捉襟见肘的清贫日子,也不过港参与那里的买卖。

　　王家铺人则以为,老天爷给了他们既能耕种,又能做买卖这碗饭,他们凭什么不吃。做买卖又不是什么见不得人的事。古时候,陶朱公范蠡先为越王的大臣,后为齐王的相国,他急流勇退后,不也是既从事耕畜,又经营商贸吗?他富可敌国之后散尽家财接济众人,一直受到后人的景仰。因此,他们世世代代商耕并作,日子自然宽裕。

　　然而,王家大屋也有敢于做第一个吃螃蟹的人。王仁智见王家铺总是比他们王家大屋人的日子过得好,便开始琢磨起来。他很快就发现了其中的奥秘:王家大屋人只耕不商,而王家铺人既耕又商。琢磨透了这点,他又打听和琢磨起王家铺人做买卖的道道来。原来,他们这里有山有水,有田有地,盛产茶叶、药材、竹木、大米等农产品。王家铺人先是从农家手里收购这些东西,再用船只从青石港经青泥湖入长江运至汉口,或以货易货,或卖了再进货。他们的产品出手后,又把汉口进回来的诸如洋布、洋油、洋火和肥皂、香烟、瓷器、糖果等日用百货,摆在自家的铺子里卖出,从中赚钱。

青石港离汉口的水路并不远,快的话,如果早晚两头黑,一天能来个往返;慢的话,如果因装卸易货进货阻隔,顶多两天也能打个回转。因此,做这样的买卖并不复杂,也不难。于是,王仁智想好了,他要到王家铺去做买卖。可是,这么大的事,如果没有父亲的同意,无论如何他是做不了主的。不过为了这件事,一向孝顺的王仁智,竟然大逆不道地跟父亲顶撞起来。

"父亲,我想去王家铺做买卖。"王仁智对父亲王世贤说。

"你说什么?你再说一遍。"王世贤说。

王仁智见父亲一听就生气了,便压低声音,用似乎只有自己才能听到的声音说道:"我想去王家铺做买卖。"

事实上,王仁智说的第一遍,王世贤就听得真真切切。他是想用对王仁智严厉的反问,以打消儿子的念头。要是往日,儿子见他这般严厉的反问,早就不作声了,谁知这次他还真敢说第二遍。王世贤不得不态度坚决地明白告诉他:"不行,你得安分守己,种好你的田。"

"田我会种的,买卖我也想做。"王仁智说。

"一心不能二用,你能把田种好我就烧高香了,莫再想别的方法!"王世贤说。

"王家铺的人不是又种田又做买卖吗?他们的日子就是比我们过得好。他们能做的,我也能做。"王仁智说。

王世贤毕竟是读过书明事理的人。他觉得儿子的话说得在理。其实,这件事他也想过。他不想让王仁智去王家铺做买卖,一来他怕儿子做事"扁担没扎——两头打塌",田没种好,买卖也没做成;二来他们是王家大屋的大户人家,向来名声好,别因这事让人背地里说三道四。想到这里,王世贤压低了声音,语气也缓和了些。他对王仁智说道:"你是你,王家铺的人是王家铺的人。"王世贤瞪了儿子一眼,"你晓得吗,隔行如隔山,你以为买卖是那么好做的。吃麦的鸟只能年年吃麦,你就别瞎想了"。

王仁智见父亲沉思一会儿后态度有了转变,便以为父亲会答应他,谁知父亲仍然不同意他去做买卖。可是,他也不想就这么轻易放弃自己的想法。他笃定只要他坚持,父亲也拿他没办法。于是,他说得轻,却落得重地跟父亲说:"反正我想好了,非得去试一把不可!"

王世贤气得大声说道:"你要做就别再住在王家大屋里,我眼不见,心不烦。"

王仁智的母亲蒋淑媛听到他们父子俩在堂屋里高一声低一声地争吵,连忙从厨房里赶了出来。她劝他们父子莫争莫吵,有话好好说。王世贤和王仁智都不作声了。蒋淑媛转身劝说王世贤:"仁智做买卖也不是什么坏事,他想做就让他去做吧。到时候万一摔了跟头,他自然会回头的。"

王仁智如愿以偿地到王家铺做起了买卖。王家铺的铺子就青石港东高西低的地势畔港而建,青石港在南,铺子在北,且自东向西呈三级台阶。实际上王家铺就是一条长长的半边街。

虽说王仁智初来乍到,但王家大屋和王家铺也就隔条港,都是乡里乡亲的,因此有不少人帮他。王仁智融入其中,并且很快就进入了角色。

乐业先要安居。王仁智不想让父亲为难,他既然选择了到王家铺做买卖,就不能再住在王家大屋了。于是,他在王家铺的顶东头山脚下新开辟了一块宅基地,盖了一厢茅草屋,带着妻子田月娥一起从王家大屋搬到了王家铺。

毕竟王仁智跟父亲读了不少圣贤书,懂得为人之道、诚信之道,且还能经世致用。俗话说,人不可貌相,海水不可斗量。王仁智人很精明,颇具智慧,加之他长了一副憨厚诚信的样子。尤其是他做起买卖来货真价实,一是一,二是二,说到哪里就做到哪里,有时候还舍得让利,宁愿自己吃亏。因此,不管是在王家铺,还是在汉口的交易码头,生意人都乐意跟他做买卖。几年下来,他的生意做得风生水起,有了不少积蓄。他便在王家铺那条半边街最旺的地段盘下一个铺面,又将其向后扩建两重进深,开起茶行,取名"品茗堂"。

王仁智自己发家了也不忘乡亲们,若是谁家遇到什么难事,他总是解囊相助,能帮就帮;族里修谱或做个什么善事,也是他拿得最多,这让王世贤刮目相看。他觉得王仁智不但没给他丢脸,反而还给他长了脸,所以他感到教儿子读的那些书没有白读。这又使他看清了一个现实:不管是农耕,还是商耕,读了书就是不一样。

王汉坤来到了王仁智家里,王仁智和田月娥夫妻添财添丁,自然是高兴得不得了。尤其是王汉坤这孩子,乖巧得令人疼爱。在这之前,王汉坤管王仁智叫三叔,管田月娥叫三婶。而在眼下,也没人教他,他就晓得自己是给三叔家做儿子的,他的身份由侄子变成了儿子,他们之间的关系也就发生了变化:三叔王仁智成了他的父亲,三婶田月娥成了他的母亲。于是,王汉坤便改口管王仁智叫"父亲",管田月娥叫"母亲",而改口管亲生父亲王仁义叫"伯父",管亲生母亲邓腊梅叫"伯母"。这更是让王仁智和田月娥夫妻喜上眉梢。

王仁智和田月娥夫妻觉得,他们不能有违父母的好心,也不能怠慢大哥和大嫂的好意,更不能耽误王汉坤这孩子的前程。于是,他们夫妻商量决定,要尽心尽力培养王汉坤。

那时候,只有青石镇上有所学堂。但镇上离王家铺太远,王汉坤又小,自然是上不了的。好在离王家铺不远的张家店有所不错的私塾。张家店是湘鄂赣茶马古道上的一处驿站,虽不及王家铺繁华,但也不失人来人往般的热闹。私塾张先生儿时同王汉坤的爷爷王世贤一起读过私塾,他们因既好读"经史子集",又好书法而结缘。张先生欣赏王世贤的圣贤书读得好,王世贤更是欣赏张先生的一手好书法。于是,王世贤叫王仁智送王汉坤到张先生那里读私塾。

张先生的私塾只是上午教学。王仁智便和父亲商量,如果下午父亲有空,他就送汉坤去他那里,请父亲教汉坤读书习字;如果父亲下午有事,他就送汉坤去品茗堂的姜先生那里学打算盘。姜先生是品茗堂的账房先生,他的算盘打得滚瓜烂熟,如行云流水,令人眼花缭乱。

这样一来,王汉坤每天就做着同样的三件事:读书、写字、打算盘。六七岁的年龄,要是换作一般的孩子,恐怕早就厌倦了。然而,王汉坤却越做越有兴趣,越做越发狠。即便是到了晚上,他也不贪玩,而是用功温习,读书、习字、练算盘,有时候甚至要熬到深更半夜,大有古时孙敬悬梁刺股的刻苦劲头。王仁智、田月娥夫妻俩见了很心疼,让他早点睡,而王汉坤却总是把当天要做的功课都做完了,才上床睡觉。

王汉坤的少年时代,正是19世纪一二十年代。那时不像今日这么天下太平,因辛亥革命而引起"保路运动""武昌起义",常有这路军那路军途经王家铺一带,尽管有些扰民,但不滋事,也没有把战火烧到此地。这难得的平静,给了王汉坤一段潜心读书习字、操练珠算、训练口才的好时光。

王汉坤十四岁那年,他便成了王家铺方圆数里卓尔不群、名头不小的人物。他慧心妙舌的口才、游云惊龙的书法、行云流水的算盘,令乡亲们钦佩不已。

有一天,王汉坤的爷爷王世贤为了答谢张先生对孙子的调教之恩,专程到张家店登门拜访张先生。两位饱学之士抱拳打躬作揖,相互拜见之后,王世贤便先开口致谢,他说道:"多谢先生悉心调教,愚孙方有长进。"

"贤兄客气了,"张先生说,"本该愚弟登门拜访贤兄的,贤兄却先来了,实在受不起。"

"先生过谦了,"王世贤说,"先生教子之恩无以为报,深感愧疚。"

"何恩之有啊,"张先生说,"我一直诚惶诚恐,生怕误人子弟。"

说到这里,张先生突然转换话题,"汉坤这孩子天资聪颖,功夫下得又深,'四书五经'读得那么好。"

"那也多亏先生调教。"王世贤说。

"不知贤兄发现没有,"张先生说,"汉坤这孩子的口才好得不得了。"

"这倒没注意。"王世贤说。

"他能说会道,"张先生说,"汉坤读书不是死记硬背,而是融会贯通,能言之成理、妙语连珠地用到日常生活中。"张先生看了看王世贤的表情,说出连王世贤都感到惊讶的话来,说他家孙子王汉坤有"苏秦之才,诸葛之慧"。

"哎呀,先生过奖了,先生过奖了。"王世贤连连摆手说道。

"不信你看,汉坤日后必定是个有名的朝士。"张先生说道。

王家铺还流传这样一个故事,说是汉口有个做药材买卖的华老板,对书法情有独钟,也颇有研究,写得一手好字。一日,他到王家铺曹记药材行进货,见门廊对联上的字笔精墨妙,颜筋柳骨,又似有羲之风韵,臻微入妙。于是,他挪不动脚步,像钉子似的站在那里对着那对联看来看去,好像自己不是来进药材的,而是专门来欣赏字画的。因此,他不是先问药材而是先问字。

"曹老板,这字是谁写的?"华老板问。

"王汉坤。"曹老板回答说。

"王汉坤?名不见经传,好像没听说过,"华老板又问道,"王汉坤是谁?"

"铺上一个十二三岁的少年。"曹老板不经意地回答说。

"十二三岁的少年?"华老板不敢相信,惊讶地看着曹老板。

"哎呀,华老板",曹老板说,"我们先不说字,办了药材的事后再看,这铺上,还有上下几个屋场到处贴的都是,包你看个够。"

"不!"华老板说,"先看字,你带我先看字,误了你的工我给你工钱。"说完,华老板硬是拽着曹老板放下手头上药材的生意,带他去满屋场看家家户户对联上的字。

王汉坤习字,先是临摹爷爷王世贤的笔迹,后又师承张先生。王世贤喜颜真卿笔肥相拙、筋健洒脱之风格;张先生好柳公权棱角分明、骨力遒劲之笔法。王汉坤习字时善于揣摩,融和两家之长。后来,王汉坤在张先生那里发现了王羲之的《兰亭序》字帖,便借来临摹。因此,他写的字既显颜筋柳骨,又露羲之风韵。

常言道,"写得千张化,难写一张挂"。习了七年的字,王汉坤已经写得一手好字了,但他觉得自己的字还有待改进,他想让自己的字去见世面。这倒不是因为他的字"养在深闺人未识",非得在人前卖弄不可,而是想挂起来好让懂字的人横挑鼻子竖挑眼,也好让自己找毛病。于是,他想到了一个办法,过年的时候给家家户户写对联。他把他的想法告诉了养父母王仁智和田月娥。

"这个想法好!"王仁智、田月娥夫妇俩想不到,一个十二岁的孩子竟然能够想到这点。他们惊喜过后,对王汉坤说道:"方圆好多的庄户人家,别说是没有纸笔墨砚,就说是写字,也没几个人会,所以过年的时候总是为写对联的事而犯愁。"

"这下好了,"王仁智对王汉坤说,"我要账房姜先生到柜台上支些钱,买好笔墨纸砚,你拿去写对联。"

于是,王汉坤从他十二岁那年开始,每年小年过后,他就背着笔墨纸砚在王家铺一带走村串户,给家家户户写对联。他这一写,便是数十年。

王汉坤的算盘功夫,那真是令人叫绝。他把算盘放到头顶上,不管是左手托盘右手拨珠,还是右手托盘左手拨珠,他都能把算盘打得滚瓜烂熟;也不管你给他多么复杂的数字,还是加减乘除,他噼里啪啦一下子就算出来了。看得人们目瞪口呆。

王汉坤的这项独门绝技,还有他的口才和书法,曾经在土匪的刀下和国民党反动派的枪口下救下几条人命。此是后话,暂且不提。

第 七 章

少年得志的王汉坤在王家铺,在青石港,乃至在湘北青平乡方圆数十里声名鹊起。这倒不完全是因为他的书读得好、口才好、书法好和算盘好,更为重要的原因,是他用他的这一身本事,接二连三地为乡邻们做了不少好事。

王氏是王家铺一带的大家族。族里上下有百十来户四五百号人。族谱修续是王氏家族的一件大事,"十年一修,五年一续",成了族里续修族谱的惯例。王汉坤十七岁那年,正好赶上族谱的"十年一修",而族里的几位长老又为此事犯愁。长老中就有王汉坤的爷爷王世贤。

王氏家族的长老们担心族里修谱的事不是没有缘由的。因为之前负责修谱的族长王名堂主事不公,爱以修谱为名占点小便宜,这点王氏家族的长老们倒是不介意,他跑前跑后,跑上跑下,操心费力,即便是趁机捞点油水也无关紧要。可问题是,王名堂对修谱不上心,修谱时只是在家族世系变化和人丁增减上涂涂改改、增增减减,依葫芦画瓢,使后人看不到王氏家族祖德昭彰、奉先思孝、尚文敬业、崇礼明义之家风传承。因此,他们都很失望。

于是有一天,王世贤相邀族里的几位长老,聚在品茗堂中堂东厢房商量修谱的事,这间东厢房是王汉坤读书习字练算盘的地方。那天他进屋取书,见族里几位长老正神情严肃地商议修谱的事,他一一礼敬尊称过后便退出东厢房。

"有了,"坐在王世贤旁边的王世清看着退出去的王汉坤的背影,双手一拍大腿,又兴奋地接着说了一句,"有了!"

王世清与王世贤同辈。他们共太爷爷,到他们这一辈,五代尚未出服,还属堂兄弟。只是王世贤年长于王世清,因此,王世清是王汉坤的叔伯爷爷。

"有了什么?"王世贤他们几个长老见王世清又拍大腿,又是一连两声"有了",却不见他的下文,几双眼便同时盯着他问道。

"汉坤,"王世清兴奋说,"让汉坤修谱。"

"你说什么?"王世贤盯着王世清说,"让汉坤修谱,我没听错吧?"

"你没听错,我是说让汉坤修谱。"王世清说。

"你不是大白天说梦话吧?"王世贤问王世清说,"修谱这么大的事,一个十六七岁的孩子,怎么挑得起这么重的担子?"

这时候,屋里的几个王氏家族的长老你看看我,我看看你,然后都点了点头,接二连三地对着王世贤说道:

"我看行!"

"我看行!"

"我看也行!"

"我看这件事就这么定啦,"王世清对王世贤说,"王名堂那里我去说,汉坤那里,还得麻烦老兄您去说。"

王世贤没有想到,他跟王汉坤说家族长老们要他修谱的事,他竟然那么高兴,不但没说一个不字,反而满口应承。其实,王汉坤对族里修谱这件事早有考虑,而他的这些考虑,都是根据平时族里人的说法总结出来的。即便爷爷不叫他修谱,他也会把他的想法告诉族里人的。现在好了,族里长老们要他主持修谱,他可以按照他的想法修谱了。他成竹在胸。

王汉坤第一个大胆的想法，就是改以往修谱费用硬行摊派，为族人自愿出钱。然而，修谱是要很大一笔费用的，如果是自愿出钱的话，那肯定有很大的缺口。不过，他相信养父王仁智一定会全力资助他的。事实上，当王汉坤把他的想法告诉王仁智的时候，王仁智感动了，他也没想到，汉坤这孩子宅心仁厚，出世办的第一件事就如此顾全大局，他感到非常欣慰。他顺手轻轻地拍了拍王汉坤的肩膀，然后对他说："汉坤，你就按你的想法去做吧，不管修谱要多少钱，我都给你。"

　　有了养父这句话，王汉坤更是信心十足。他马不停蹄地跑遍王家铺、王家大屋、王家新屋、王家冲和王家畈几个屋场，谦恭地把他修谱的想法告诉了家族长老们。他说："家族有谱，犹国之有史。"他要改变以往修谱只系家族世系、人丁增减的做法，为重修王氏家族的历史大事和王氏族人的历史功德，以昭彰王氏后人慎终追远而"数典不忘祖，继往而开来"。

　　此为其一，王汉坤说，其二，他要改变以往修谱家家户户硬行摊派费用的做法，族人修谱，自愿出钱，不够的全都由他家出资。所以，他请各位家族长老告诉族人，有钱的出钱，有力的出力，有家族故事的给他讲家族故事。

　　王汉坤此举得到族人的拥护，也赢得族人的尊重。尽管他那时只有十七岁，又是晚辈，但族人都敬他三分。族人支持他修谱的热情空前高涨：那些能拿得出钱的族人，拿出了比摊派的份子更多的钱；那些拿不出钱的族人，总是想方设法帮他做点什么；那些有王氏家族故事的族人，主动上门去找王汉坤，把他们知道的故事讲给他听。

　　众人拾柴火焰高。王氏家族一年的修谱计划，王汉坤半年就完成了。而他主修的族谱，不但速度快，而且内涵丰沛，质量上乘，给族人耳目一新的感觉，族人们都很满意。

　　那年，王世贤去拜访他的私塾老师张先生的时候，张先生说王汉坤有"苏秦之才，诸葛之慧"，"日后必定是个有名的朝士"，王世贤还不信。仅仅过了三年，王汉坤以他的智慧和他的三寸不烂之舌，一连调解了王家铺方圆几起民事纠纷。这便印证了当年张先生说的话，王世贤也信了。

　　"汉坤、汉坤……你在屋里吗？"

　　正月初七那天，王汉坤正在品茗堂中堂东厢房里看书，突然听到好像是住在铺里后山屋里的王汉旺喊他。他连忙放下书,飞快地跑出大门一看,正是王汉旺边跑边气喘吁吁地喊他。

"出了什么事,你喊得这么急?"王汉坤问道。

"快点,你快点去,那边要打起来了。"王汉旺说。

"哪边要打起来了?"王汉坤又问道。

"龙王庙,张家店的人要跟我们王家铺的人打架。"王汉旺说。

王汉坤撒腿就往龙王庙方向跑去,王汉旺紧跟其后。

正月里,王家铺、张家店一带都有玩龙、玩花灯、骑竹马、戏蚌壳的习俗。若是有两支这样的队伍在路上相遇,谁也不肯让路。一则是认为让路是处了下风输了志气;二则是认为大过年的就给人让路不吉利。在这一带,迎亲或出殡的队伍在路上相遇,他们也是这样互不相让。

王家铺离龙王庙不远,也就两里来路,王汉坤和王汉旺不一会儿就跑到了。眼前的情势非常紧张,张家店和王家铺两支玩龙的队伍横在龙王庙前的路上;两边的人都一手拉着龙把,一手叉着腰,一个个吹胡子瞪眼睛;两队玩龙头站在队伍前面的头人,大声争执,一副剑拔弩张的样子。

其实,王汉坤心里清楚,架,他们是打不起来的,因为他们都不想打架;路,他们也是不让的,因为他们谁都不愿输了志气。他们心里都堵着一口气,眼下只要给他们一个台阶下,就可以解决这个事。于是,王汉坤边跑边朝他们大声喊道:"哎呀,这真是大水冲了龙王庙,一家人不认得一家人哟。"

随着这声喊,两支队伍的人都回过头一看,见是王汉坤跑过来了,忽然间,他们都觉得心里的气好像消了不少。因为不用说,王家铺的人心里都服他,虽说他年纪还小,但秤砣虽小能压千斤。而张家店的人早就认识了在他们那里读私塾的王汉坤,而且王汉坤一连四五年自带纸墨笔砚帮他们写对联,饭没吃一餐,酒没喝一盅,他们也都记着他的这个情分。

"你们姓王,我们姓张,怎么是一家人?"张家店玩龙队的头人张志浩问王汉坤。

"这天下张、王、刘、李四大姓,张和王两姓又排前头,张和王不分。"王汉坤问张志浩,"志浩哥,你说张和王是不是一家人?"

王汉坤说得张志浩心里很是舒服,但他一时语塞,不知如何回答王汉坤。

王汉坤见火候差不多了,便又继续跟张志浩说:"你们张家店的张先生是我的恩师,我是他的学生。这么说来,你们张家店和我们王家铺还是师生呢,你说这师生是不是一家人?"

张志浩被王汉坤的连说带问,憋着的一肚子气忽然都消了,但他仍然犹豫不决。王汉坤趁机拉了身边王家铺玩头把的王汉兴,王汉兴是王汉旺的哥哥,轻声地对他说:"汉兴哥,让人非可弱。"然后他大声说道:"要不这样吧,大路朝天,各走半边。我站在路中间,你们各让一步,各走一边。"

王汉坤说完,就站到张志浩和王汉兴两人的中间,把龙王庙前的那条路分成两边,然后对张志浩说道:"志浩哥,贵姓在前,张家店又是恩师之地,请你们先走。"

张志浩用一种复杂的眼神看了看王汉坤,又看了看王汉兴,带着他们张家店的玩龙队伍从王汉坤身边,从王汉兴他们身边走过去。

等张家店的玩龙队伍从他们身边走过后,王汉坤对王汉兴说:"汉兴哥,我们也走吧。"

顿时,张家店和王家铺两支坑龙的队伍里又吹起了唢呐,打起了锣鼓。顿时唢呐声声,锣鼓喧天,他们又热热闹闹、欢欢喜喜赶到前面的屋场里玩龙去了。

第 八 章

"三年一选,一年一议",这是王氏家族世代传承选举族长、监督族长的规定和惯例。

王汉坤十八岁那年,又赶上他们王氏家族的族长选举。他的所作所为得到族人们的认可,也博得族人赞誉。而现任族长王名堂的所作所为,则令族人们失望,甚至令人心生厌恶和反感。因此,族人中出现了一些议论。有人说:"这个族长只怕是要汉坤来当,今年选族长就选他。"也有人说:"王名堂占着族长的位置,就只是为自己搞名堂,没为族人办过什么事,再也不选他了。"

王名堂像只偷吃腥的猫,鼻子灵得很。他听到这些风声,便开始四下活动。他时不时到铺上打点酒、买盒烟,或买些糕点之类的东西,先是找平时跟他走得近的,又想从他这个族长手里得点好处的几个族人套近乎,想稳住他们。然后,他又到几个屋场里走动,在族人面前做做样子。其实,族人们也是瞎子吃汤圆——心里有数。尽管王名堂一个劲地搞他的,但族人们既不驳他的面子,也不迎合他,而是顾左右而言他般地敷衍他。

王汉坤对族人想让他当族长的议论也早有耳闻,但他心如止水,并不在意,倒是王汉兴、王汉旺兄弟俩格外兴奋和上心。因为他们俩兄弟对王汉坤佩服得五体投地,巴不得他当上这个族长,他们见王名堂到处活动,而王汉坤丝毫没有动静,好像这事跟他无关似的。他们急了,得去找王汉坤当面问问了。

"族人里有人想要你当族长,你怎么一点动静也没有?"王汉兴一见王汉坤就问道。

"汉兴哥、汉旺哥,"王汉坤对他们俩兄弟说,"你们又不是不晓得,我还年轻,又是晚辈,族里还有那么多长老、长辈,再怎么样也轮不到我当族长。"

"这你就说错了,"王汉旺说,"我们上头是有很多长老和长辈,但他们当得了族长的却不想当这个族长,想当族长的又当不了这个族长。"

"这件事我想没有用,你们说得再多也没有用,"王汉坤说,"选族长是族里的大事,得所有族人说了算。"

王氏家族选族长的事很快进入确定候选人的议程。那天,各个屋场的长老们又聚集在品茗堂中堂的东厢房里,各位长老根据族人的提议,推选了六个候选人,其中有王家大屋的王世贤,他是王汉坤的爷爷;王家铺的王仁智,他是王汉坤的养父,王家铺还有王汉坤本人;王家新屋的王文庆;王家畈的王名堂,他是现任族长;王家冲的王修德。

族长候选人只能确定两人。事实上,用不着王氏家族的长老们多费口舌商议,这两个候选人就是王名堂和王汉坤。因为事实明摆在这里,选举族长的六个人,除了王汉坤,其余五个人都在场。他们心里都清楚,王世贤是不愿当族长的,过去地方官府三番五次邀他入世为官,都被他拒绝;族里也是一连几届推举他当族长,他也不干。王仁智的买卖忙得不可开交,恨不得生出三头六臂,他哪里有心思和时间去当这个族长。王文庆和王修德之前也被族人们推举为族长候选人,但也都被他俩推辞了。

所以,说来说去,族长候选人就只有现任族长王名堂,以及王氏家族的后起之秀王汉坤了。王名堂想继续当这个族长,大家心知肚明。尽管他不合适,族人们也不情愿,但大家当着他的面,碍于情面;再说,族里的事也总得有个人牵头,即便无牛捉到马耕田,也总比没有强。王汉坤不在场,长老们不知道他的想法。但大家从他主持修谱、调解纠纷的几件事,看到了他的品行和能力,觉得他能担此重任,也希望他能当选新任族长。因此,王氏家族的族长候选人,最终落到了王名堂和王汉坤的头上。

王名堂终于松了一口气。因为不光是族长的候选里有他,而且还是跟一个"嘴巴没毛,做事不牢"的毛头小子去选。所以,他觉得他还是有胜算的。不过,小心驶得万年船。就在家族长老们把族长候选人告诉族人,好让族人们再想想到底选谁的那些日子,王名堂趁机又在四下活动,以笼络人心。

王汉坤却仍然按兵不动,他像往常一样,该干什么就干什么,好像什么事情也没发生似的。王名堂看似热心,到处张罗;王汉坤呢,却无动于衷。这可让族人们作了难:选王名堂吧,他们不放心,也不情愿;选王汉坤吧,他对这件事不冷不热的样子,又让他们担心。这样一来,还不如就汤下面,外甥打灯笼——照舅(旧),继续让王名堂当族长算了。因此,王氏家族选族长的天平慢慢地向王名堂倾斜。

这可急坏了王汉兴和王汉旺兄弟俩。那天,他们又见王名堂荷包里装着烟,手里提着酒,四处游说,便实在是忍不住了,跑去找王汉坤问个究竟。

"汉坤,你到底愿不愿意当这个族长?"王汉兴一改往日跟王汉坤说话的口气,厉声地问道。

"愿意啊,谁说我不愿意了?"王汉坤不紧不慢地回答。

"愿意,那你还好像没事人一样,族人还以为你不想当呢。"王汉旺气呼呼地说。

"看把你俩兄弟急的，"王汉坤看了看王汉兴，又看了看王汉旺，慢条斯理地跟他们说起了笑话，"也真是的，皇帝老子不急，太监急。"

王汉兴和王汉旺兄弟俩看着王汉坤一副悠然自得的样子，又气又急，哭笑不得。

王汉兴和王汉旺不曾想到，王氏家族的族人不曾想到，就连王汉坤自己也不曾想到，接下来发生的一件事，让选族长的天平彻底地倾向了王汉坤。

有一天，王名堂荷包里又装着烟，手里照样提着酒，去王家冲找族人们套近乎。突然从王家冲方向跑来一个人，那人近前一看，迎面向他走来的人正是他要找的族长王名堂，王名堂也看清楚了，迎面跑过来的人是王家冲里的王老五，"真是碰到鬼"，他心里一紧，今天碰到这该死的王老五，肯定没什么好事。还没等王名堂再想下去，王老五就上气不接下气地对他喊道："名堂叔，您快去冲里吧，胡土匪要杀人！"

"你说什么？"王名堂心里一惊，恐慌地问道。

"胡土匪带着人到大力叔屋里要米，大力叔说没有米，胡土匪就带人要往大力叔屋里闯，大力叔从屋里搬出了鸟铳，胡土匪人多，他们把大力叔按在地上，说今天要是大力叔不给他们米，他们就要杀了他。"王老五一口气把事情的原委告诉了王名堂。

王名堂听着听着，吓出了一身冷汗。他忽然灵机一动，阴阳怪气地对王老五说："我有急事去王家新屋，王汉坤就要当族长了，你去找他吧。"

说完，王名堂就转身就往王家新屋方向跑去。王老五只好跑到王家铺去喊王汉坤。这时候，王汉坤正在品茗堂教几个孩子打算盘，听到王老五的喊声，他知道事情很急，手里的算盘都来不及放下，夹起算盘就跑了出来。王老五带着他边跑边把冲里发生的事告诉了王汉坤。

胡土匪叫胡占山，原本出身贫苦，只因他抗拒官府苛捐杂税，和官府结怨，便趁乱世带着几个人在岩岭占山为王，干起了打家劫舍的行当。不过，他这个土匪当得并非完全丧失人性，也算不上土匪，顶多就是个山大王。因为虽说他不济贫，但他在一般情况下只劫富不劫贫。甚至有时候他还动恻隐之心，救穷苦人于危难之中。关于胡占山，王汉坤不仅早有耳闻，而且还很了解。

　　岩岭处在崇山峻岭之中,它与王家冲只隔了一座大山。岩岭在大山的南面,王家冲在大山的北面,从岩岭到王家冲只要绕道翻过两个山坳就到了。只因官府那段时间对土匪打压严厉,胡占山的山寨没米下锅了。那天,他们便就近想到王家冲搞点米。而王大力的家就住王家冲最里头那座大山的山脚下,他们一下山就来到了王大力屋前。谁知米没搞到,王大力还搬出鸟铳跟他们对抗,这下激怒了胡占山。胡占山叫手下把王大力死死地按在他家屋前的地坪里,凶狠狠地对他大声吼道:"姓王的,要是你今天不给老子米,老子就杀了你!"

　　王家铺离王家冲不算太远,王汉坤和王老五又跑得很快,不一会儿他们就跑到了王大力家的地坪里。只见王大力被两个武大三粗的人反剪双手按在地上;旁边双手扶着刀把,刀尖朝地站着两个大汉;两把大刀被照得寒光闪闪;中间的那个人膀阔腰圆,他左脚踏在他左前方的椅子上,左手肘撑住膝盖,右手叉腰,身子稍微向左倾斜,嘴里叼着一根烟,两眼圆瞪,对王大力怒目而视。

　　眼前的场景着实让王汉坤吓了一跳。这种刀光剑影的场景,他还只是在书里见过。因此,当他真正遇到的时候,还是感到不寒而栗,不禁打了个冷战。然而,他很快就镇定下来了,不慌不忙,上前一步,双手抱拳,对着中间那个撑膝叉腰的人打躬作揖,以一种既恭敬又不卑不亢的口气问道:"想必您就是胡占山胡大好汉。"

　　胡占山心里一惊,以前只听人叫他"胡土匪",还没听人叫过他"胡大好汉"。本来,他见王汉坤胳肢窝里夹着一个算盘朝他跑来的时候,他觉得实在好笑:想必王家铺里没人了,王老五去喊了半天,就喊来这么一个文弱书生样的账房先生。于是,他对王汉坤不屑一顾,态度更加傲慢起来。然而,王汉坤在他面前的一举一动,让他感到心虚,来者不善。但他还是觉得他要在眼前这个毛头小子面前,把自己的架子摆足。所以,他故意连正眼看都不去看王汉坤一眼,只是斜起眼睛,瞟了一下王汉坤,咄咄逼人地问道:"你是怎么晓得我的?"

　　"您胡大好汉的名声,在这方圆十里何人不知,何人不晓。"王汉坤以一种镇定自若的眼神看着胡占山,反问道,"那年您领着乡邻们抵抗官府的苛捐杂税,乡邻们对您赞赏有加,有这事吧?"

胡占山突然把踏在椅子上的左腿放下来,同时把叉在腰上的右手放下,他伸了伸腰,上前一步站到王汉坤面前,不由自主地点了点头。

胡占山的这些举动,没有逃过王汉坤的眼睛。他接着说:"有一天夜里,您碰到一个病危的老人,您硬是冒黑背着他跑了十多里山路,赶到镇上找郎中把他救活了。"

"这你也晓得?"胡占山越发感到惊奇,态度一下子转变了很多,"你是什么人?"

"晚辈王汉坤。"王汉坤回答说。

"啊!"胡占山突然喊了声。站在他左手边那个拿刀的同伴故意用力咳了一声。胡占山立马觉得自己刚才的样子有点失态,便装腔作势地问道:"你就是王家铺那个能说会道,乡里都叫你'汉朝士',写得一手好字,年年过年帮人家写对联,算盘顶到脑壳顶上打的王汉坤?"

"正是晚辈。"王汉坤回答说。

胡占山怎么也没想到,他连正眼都不想看一眼的人,竟然是他早有耳闻,且心生佩服的王汉坤。更何况别人听说土匪抢东西,还扬言要杀人,躲都来不及,王汉坤却心甘情愿冒险来送死。他对王汉坤的钦佩又增添了几分。

王汉坤窥视到胡占山心理的变化,也知道胡占山是个服软不服硬的主。他见时机成熟,便站在胡占山的角度,像拉家常似的跟胡占山说道:"我晓得您在岩岭,并不是想占山为王当什么土匪,而是被逼上梁山。"王汉坤看了看胡占山脸上的变化,接着说,"就像今天这样的事,您也是不得已而为之。"

胡占山使劲地望着王汉坤,眼前的这个年轻人怎么就这么了解他,好像他肚子里的蛔虫一样,把话都说到他心坎里去了。要不是他今天闹了这么骑虎难下的一出,他真想和他拜个把子。

王汉坤看穿胡占山的心思,他趁胡占山心神不宁的时候,说道:"要不,您先把大力叔放了。"

胡占山不假思索地朝那两个反剪王大力双手的同伴喊道:"老三、老四,你们把他放了吧。"

王汉坤这才松了一口气,然后对胡占山说出这么一番话来:"这年头,大家都不容易,像大力叔这些庄户人家就更难了。你看这栽田刚刚上岸,禾苗还在田里长着呢,他屋里青黄不接,早就揭不开锅了,哪里还有余钱剩米。我看今天这样,还得请胡大好汉高抬贵手吧!"

话说到这个份了,胡占山动了恻隐之心。但他并没开口说今天的事就这么算了,而是找了另一个台阶,他对王汉坤说道:"那你得答应我一件事!"

"什么事,您说吧。"王汉坤说。

"露一手你的绝活,脑壳顶上打算盘,让我们兄弟饱饱眼福。"胡占山说。

"好!"王汉坤话音刚落,便从胳肢窝里抽出算盘放到头顶上。他请胡占山报出数字后,先是右手噼里啪啦一阵,接着又是左手噼里啪啦一阵,准确地把得数给算出来了。看得胡占山和他的兄弟们先是目瞪口呆,后是连连称奇。

胡占山有点激动了。他走到王汉坤跟前,用力拍了拍他的肩膀,大声大气地说道:"你这个朋友我交定了,今后要是有用得着我的地方,就到岩岭来找我。"胡占山说完,朝他那几个兄弟喊了一声,"我们走。"他们便往山里去了。

就这样,眼看就要发生的一场抢米杀人的危机,在王汉坤的斗智斗勇的斡旋,在一阵噼里啪啦的算盘声中化解了。

第 九 章

王氏家族的族长选举如期进行。那天,品茗堂的堂屋里挤满了前来选族长的族人代表。大家兴致勃勃,他们对王汉坤智勇过人,不顾个人安危,只身跑进山冲,在胡占山刀下救人的义举大加赞赏。他们说,族里就是要这样的族长出来主事,这样他们才能放心大胆,安居乐业。族人们交头接耳,用他们看得懂的眼色,听得懂的言语,也让王名堂看得懂的眼色,听得懂的言语,冷嘲热讽王名堂贪生怕死,只顾个人安危,不顾族人死活,见到危险就逃之夭夭的行为。

眼看族长选举的阵势不对,王名堂原以为自己被选为族长是荞麦田里捉乌龟——十拿九稳,谁承想王汉坤不经意地从半路杀出,他想连任族长的美梦恐怕是竹篮打水一场空了。因此,他像热锅上的蚂蚁,急得在屋里团团转。不过,话又说回来,王名堂毕竟当了几年族长,也见过一些场合,他很快镇定下来,想凭借他族长选举主持的身份便利做最后的努力。他清了清嗓子,用比平时说话温和亲切的语气说道:"各位宗亲族人,请大家静一静。选族长的事,我想先说几句。"

虽然族人们停止了大声说笑,堂屋里顿时安静了不少,但仍然有人窃窃私语。王名堂管不了那么多了,他继续说道:"承蒙族人看得起,三年前选我当了族长。几年下来,我还是尽心尽力为族里办事。可是人又吃亏,戏又不好看。"

"你唱的是败走麦城,还是溜之大吉?"王家冲族人代表王修德忽然大声喊道。

顿时,满屋子的族人哄堂大笑,王名堂一脸的尴尬。然而,他在这个节骨眼上不能发脾气,不能得罪任何一个族人,他只能咽下这口气。于是,他装出和颜悦色的样子,接着说道:"修德大哥的话说得好,算是给我提了个醒。当然,我这几年族长当的,要说没有功劳,也有苦劳。要是宗亲族人还信得过我,就再给我一次机会,我会把族长这个角色唱好。"

王名堂说到这里突然停住了,他扫视了满堂屋的族人,见族人们也在看着他,人群中也没发现异常情况。于是,他便想借机抬抬自己,压压王汉坤。他继续说道:"俗话说,姜还是老的辣。族长嘛,还是长者好。不管我还能不能当这个族长,总得选个长者才好,这样才能掌得稳舵。年轻人嘛,不沉稳、好冲动,不能说他做了一两件像样的事,就能保证他日后做的每件事都上得了台面……"

王名堂一边说,一边瞟向王仁智。王仁智也盯着他,就在他们对视的刹那间,王名堂觉得王仁智的眼神像利剑刺进他的心里。他顿时心慌意乱,脸唰地红了,正在说着的话也戛然而止。他生怕王仁智当着族人的面说出他们之间的秘密。事实上,与其说是他们的秘密,不如说是他王名堂一桩见不得人的丑闻。

与王名堂同住在王家畈的,有一个令他神魂颠倒朝思暮想的女人。这个女人不是别人,而是他王名堂五代没有出服的房下侄媳妇陈春花。陈春花不光是名字好听,人也长得格外好看。她那美丽的鹅蛋脸,红扑扑的面颊上生着两个酒窝,温婉一笑百媚生;她那双湿润的眼睛水灵灵的,长长的睫毛上的两道弯眉,仿佛随风飘荡的两片柳叶;她细腰肥臀,半袒露的颈脖柔嫩洁白,丰满的胸部和圆润的乳房在她的举手投足间微微颤动……

这也难怪王名堂对她如此痴迷,但凡男人见了这么漂亮的女人难免不动心。陈春花嫁给王家畈王名堂房下侄儿王清云后,生了一儿一女。尽管陈春花生儿育女,操持家务,甚至还跟丈夫下地干活,起早贪黑,日晒雨淋,但丝毫没有改变她美丽的容貌,反而使她平添成熟女人的风韵。平日里,她不管见到谁,总是莞尔一笑。而她微笑的样子,带着一丝妩媚,又隐含一点羞怯,似乎一个温婉动人的少妇,又似乎一个天真烂漫的少女。尤其是陈春花贤淑善良,更得乡邻们喜爱。因此,她和王清云小两口恩恩爱爱,男耕女织,一家四口的日子过得虽清苦,但甜甜蜜蜜。

谁也不曾想到,那年秋收后,王清云从山里进了些木材,找青泥湖陈家咀岳父借了只小木船,想把这些木材走水路贩运到新堤,赚点钱好把家里的茅屋换成瓦屋。岳父原本是要跟他一起去的,但他怕岳父受累不让岳父跟他去。再说,他已在岳父这里学会了划船,水路也不远,又是顺风顺水,出青泥湖入长江后一两个时辰就到了。在这之前,他也用岳父的小木船到新堤贩运过木材。于是,他要岳父放心,说他像上次那样,当天去当天就赶回来。

谁知王清云进入长江后,江面上风大浪急,小木船像荡秋千似的在风浪中摇晃起来。王清云使尽浑身解数,方才划着小木船顺江而下。可是,当他划到排洲湾时,突然一阵大风掀起一股巨浪,气势汹汹地向他的小木船打过来。顷刻之间,巨浪把小木船推翻,王清云随着那船木材一同翻入江里,再也没有回来。

王清云死后,陈春花悲痛欲绝。她一连几次寻短见,想跟王清云一起到阴间地府再做夫妻,都被左邻右舍和王仁智、田月娥夫妇死死劝住。要她什么都莫想,只为一双年幼可爱的儿女着想,也要活下去。王仁智还要田月娥索性去陪陈春花住了些时日。后来,王仁智又是凑钱,又是忙前忙后找王家铺和王家畈的乡邻们出力,把陈春花家的茅屋改修为瓦屋。陈春花家一旦生活缺点什么,王仁智有时候打发田月娥,有时候打发王汉坤给她送去。王仁智、田月娥夫妇待陈春花如同亲生女儿,这让陈春花感激不尽,她视王仁智、田月娥夫妇为亲生父母。

起初,王名堂对王清云的不幸心痛不已,对陈春花的遭遇也深表同情。可是,过了些时日,他的那些花花肠子开始作祟,陈春花的花容月貌和丰满的身材搅得他寝食难安。于是,他有事没事总是以关心为由,三天两头往陈春花家里跑。其实,陈春花心里清楚,王名堂这是猫哭老鼠假慈悲,或者说,他这是黄鼠狼给鸡拜年没安好心。

王清云活着的时候,王名堂也常借故往她家里跑。她从他看她的眼神,就知道他心怀鬼胎。因此,她总是巧妙地以王清云和乡邻们都看不出什么的方式躲避他,不给他任何接近她的机会。如今王清云不在了,王名堂开始还有所收敛,可是到了后来,王名堂竟然撕去了伪装,无所顾忌、死皮赖脸地缠着陈春花,甚至还动手动脚。陈春花实在忍无可忍,她一改往日说话细声细语、温柔文雅的口气,义正词严地说道:"看在清云的分上,我叫您一声名堂叔。"陈春花用鄙视的眼光看着王名堂,"寡妇门前是非多,请您自重点,今后莫再踏进我家的门槛。"

这一次,王名堂嬉皮笑脸地走了。陈春花以为他再不来了,便放松了对他的防备。一天深夜,陈春花等孩子都睡了,又做了一会儿针线活,正当她准备吹灯睡觉的时候,不知王名堂从哪里冒了出来,突然站到了她的跟前,吓得她魂不守舍。她非常气愤,咬牙切齿地低声吼道:"你给我出去!"

王名堂不但不出去,反而向陈春花一步步地靠近。陈春花急了,她对王名堂低声怒道:"你再不出去,我就喊人了。"

"你喊啊,喊了左邻右舍都晓得了,看你今后怎么好做人。"王名堂说。

"你别过来,你别过来!"陈春花近似哀求地说。

"你男人不在这么久,你就不想男人了?"王名堂厚着脸皮说。

王名堂的一句话,像刀一样扎进陈春花的心里,她悲痛地哭了起来。同时,她又被王名堂的厚颜无耻气得浑身发抖,要不是她靠着身后的床沿,她会瘫软地坐到地上。王名堂见状,趁机扑上去抱住陈春花,不管陈春花怎么反抗,他都死死地把她压在身下。渐渐地,陈春花失去了反抗的最后一丝力气,王名堂禽兽般地占有了她。

那天夜里,陈春花用被子蒙住头,呜咽着哭了一个晚上。她哭清云,哭自己,哭险恶的世道。她是在用她的泪水,释放心里的悲伤;她是在用她的泪水,洗净她屈辱的身子;她是在用她的泪水,淹灭人世间的禽兽。"不!绝不能再让王名堂这个畜生欺侮。"陈春花想好了,她要去王家铺找王仁智和田月娥夫妇。

翌日清早,陈春花就敲响了王仁智家的大门。田月娥闻声打开大门,陈春花一进门就跪在田月娥面前,叫了声"伯母",便泣不成声。王仁智不知出了什么事,连忙赶了过来。陈春花哭着叫了一声"伯父",便哭诉起来。听着陈春花的哭诉,看着她一夜之间这么憔悴的面容和红肿的双眼,田月娥心都碎了。

王仁智更是怒不可遏,他操起屋里一根扁担,一声大吼:"我去一扁担刹死这个畜生!"

陈春花一把拉住王仁智,连声哀求道:"伯父,莫、莫、莫……"田月娥也上前拉住王仁智,要他莫去。

实际上,陈春花巴不得王仁智去砍死那个剁脑壳的王名堂,田月娥也巴不得王仁智去替陈春花出口气。但是,万一王仁智打死了人,把事情闹大了,受连累的还是王仁智。再说,陈春花还要在这里做人,这事也不能让外人知道。王仁智收住脚,放下扁担,然后安慰陈春花说:"好闺女,你放心,要是王名堂那个畜生再敢踏你家的门,看我不打断他的腿!"

当天黄昏时分,王仁智来到了王名堂的家门口。准备回家的王名堂远远看见自家门口站着一个人,好像是王家铺王仁智的身影。他近前一看,果然是王仁智。王名堂心里一惊,莫不是东窗事发,陈春花去王仁智那里告了状。不会吧,王名堂又否定了自己的想法。

"名堂哥,你回来了。"王仁智先发制人地跟王名堂招呼道。

"呦,什么风把你王大掌柜给吹来了?"王名堂心里在打鼓,表面上却笑哈哈地跟王仁智招呼道。

"你跟我过来吧,我有话跟你说。"王仁智对王名堂说。

王名堂看到王仁智没什么异常举动，就跟他来到一个僻静的地方。突然，王仁智转过身来，对着王名堂狠狠地说道："王名堂，我先叫你一声族长，再叫你一声畜生！"

王仁智说着说着，就一拳打在王名堂的身上，打得王名堂一连退了好几步。

"这一拳是我替春花打的，"王仁智瞪着王名堂说，"你这个畜生，连侄媳妇也敢欺侮，你这不是乱伦吗？"王仁智边说边走向王名堂，又对他当胸一拳，打得王名堂差点栽了个狗吃屎。

"这一拳是我替清云打的！"王仁智气愤地说。

王名堂觉得气头上的王仁智不晓得还要替多少人打自己多少拳，自己再不跑，今天非被他打死在这里不可。"你财大气粗，我不跟你一般见识。"王名堂伸直腰，双手抱着头，边喊边逃之夭夭。

品茗堂的中堂屋里，王仁智仍然怒视着王名堂。今天要不是他的养子王汉坤和王名堂一起选族长，他一定会坚决反对王名堂当族长。那边王名堂像中了邪似的，说着说着就突然哑口无言，脸色红一阵白一阵十分难看，呆若木鸡似的站在那里一动也不动。

"莫等他说闲话了，我们还是来选族长吧！"王家冲的长老王修德喊道。

"要得，我们来选族长。"王家新屋的长老王文庆附和道。

"老规矩，"王家大屋的长老王文远说，"按照尊卑的规矩，名堂叔，你站堂屋东边，汉坤，你站堂屋西边。"

王名堂突然听到好像有人喊他，才醒了过来。这时候，有个平时跟他走得近的族人也叫他："名堂哥，快过来，你站东边。"王名堂这才拖着沉重的脚步站到了堂屋的东边。等王名堂在堂屋东边站定，王汉坤才从人群中走出来，迈着轻快的脚步，走到堂屋西边站着。

等王名堂和王汉坤都站好了，王文远对着大家说："我们现在就开始选了，想要王名堂继续当族长的，站到堂屋东边王名堂的身后去，想要王汉坤当族长的，站到堂屋西边王汉坤的身后去。"

王文远的话音刚落，人群就立刻走动起来。不一会儿，王汉坤的身后就黑压压一片站满了人，族人们挤都挤不下了，只好推着王汉坤往堂屋东边挤,差不多把他挤到王名堂面前。而王名堂的身后只有稀稀拉拉几个人,这几个也是他靠烟酒之交笼络过来的。

就这样,年仅十八岁,又是晚辈的王汉坤当选了族长,这在王家铺王氏家族的历史上不曾有过。

第 十 章

王汉坤当了王氏家族的族长后,整日整夜操劳忙碌族里的事务。那时候,王仁智的买卖越做越好,家里又添置了好些田地。按理说,王汉坤也应跟着养父王仁智事事农耕,问问生意,理理家事。然而,王汉坤一不事农耕,二不问生意,三不理家事。其实,这不是王汉坤存心要躲懒,而是族里的事,还有方圆十里八村乡邻们的事,使他实在是忙不过来。他根本就没有时间,也没有精力去事农耕,去问生意,去理家事。

王仁智、田月娥夫妇见王汉坤当了族长后,不负众望日夜为族人和乡邻们操劳,心里自然乐意。在他们看来,只要王汉坤把族人和乡邻们的事办好了,他们也就心满意足了。至于农耕上的事,买卖上的事,家里的事,他们都不指望他。倒是王汉坤为族人和乡邻的事要用钱的时候,他们二话不说,毫不犹豫地拿钱出来给他。不过,但凡家里大点的事,他们还是找王汉坤商量。

"汉坤,你过来。"有一天,王仁智边喊边跟他说,"我有话跟你说。"

王汉坤跟着王仁智来到品茗堂后堂的东厢房,王仁智顺势在靠墙茶几旁的椅子上坐下,王汉坤恭敬地站在他跟前。王仁智指了指茶几旁的另一把椅子说:"汉坤,你也坐吧。"王汉坤不敢和养父平起平坐,他顺手把那把椅子提起来放到王仁智脚跟前,这才坐下。

堂前教子,父亲在上,儿子在下,而且站要有站相,坐要有坐相,这是他们王氏家族的规矩,也是他们的家风传承。这样的礼数王汉坤懂。他在王仁智面前规规矩矩坐好后,恭敬地问道:"父亲,您有话请跟汉坤说?"

"屋里有两件事,不晓得怎么办?为父的想听听你的想法。"王仁智说。

"屋里的事,您和母亲商量做主就是了,用不着孩儿参言。"王汉坤说。

"我跟你母亲说了,"王仁智说,"你母亲的意思也和我一样,都想听听你的想法。"

"那就请父亲说说看。"王汉坤说。

"是这样,"王仁智清了清嗓子,"现在屋里的两件事:一是品茗堂忙不过来,我手头上的买卖也需要人手;二是这几年屋里置办了一些田地,也需要人手耕种,"王仁智看了看正在认真听他说的王汉坤,便问道,"你说这些事怎么办?"

王汉坤没有立刻回答父亲。他在想,父亲跟他说这些事的意思,是父亲想他回来帮忙农耕和买卖?还是父亲只想告诉他这些事,以免他日后心生想法?抑或是父亲只是问计于他?王汉坤沉思片刻,他很快就否定了前面两个疑虑。因为父亲不是不了解他,他一不会农活,二不会买卖,父亲不会要求他回来帮忙,他也帮不上忙。此为其一,那么其二呢?父亲的城府还没那么深,也不会想那么远,现在就想着法子日后堵他的嘴。剩下的就只有一个意思了,那就是父亲真正看得起他,甚至是一个父亲对儿子的尊重。毕竟他现在在王氏家族的身份有所改变,他是一族之长了。王汉坤忽然心生感动,他对父亲王仁智肃然起敬。

其实,在王仁智还没问王汉坤之前,王汉坤不是没想过屋里的这些事,而且他还真有他的想法。只是父亲没问他,他不好多嘴。既然现在父亲诚心诚意地问他,他就得实话实说。

"父亲,"王汉坤抬头喊了一声王仁智,"那我就照实说了。"

"汉坤,你说吧!"王仁智说。

"屋里这么多事,我一点忙都帮不上,这是孩儿无能,也是孩儿不孝。"王汉坤难过地说。

"汉坤,快莫这么说,也莫这么想!"现在轮到王仁智感动了,他朝王汉坤摆了摆手,"这事怎么怪得了你。"

"怎么不怪我呢?"王汉坤说,"我干不了农活,也做不了买卖,不能给父亲和母亲帮一点忙,真是难为父亲和母亲了。"

"汉坤,我们不说这些了,说说你的想法吧!"王仁智说。

"品茗堂和您手头上的买卖忙不过来的事好办,照实情请几个伙计就可解决。"王汉坤说。

"那田地的事呢?"王仁智说。

"这事恐怕难点。我有个想法,不知该说不该说。"王汉坤说。

"你这孩子,父子之间还有什么该说不该说的。你快说吧。"王仁智说。

"给那些缺田少地的族人和乡邻耕种。"王汉坤不假思索地说。

"你说什么?"王仁智忽然把眼睛瞪得大大的,他盯着王汉坤问道。

王汉坤意识到父亲误会了他的意思,便连忙解释说:"田地仍然是我们家的产业,只是给他们耕种。可能是我这个'给'字用得不当,这才引起您的误解。"

"哦,原来是这个意思。"王仁智说。

"'给'这个字用得不恰当,我想了好久,用'租'字也不合适。"王汉坤说,"刚才您的误解倒是点醒了我,我们就多加一个'让'字,让给缺田少地的农家耕种。"

"怎么让给?"王仁智问道。

"就是把田地让给那些需要的人耕种,"王汉坤解释说,"我们不硬性规定交多少租物,也不强行收取租物,而是让耕种我家田地的农户自愿来交租,他们交多少,我们就收多少。"

王仁智又是瞪着眼睛看着王汉坤,没有说话。王汉坤知道父亲心有疑问,便接着往下说:"庄稼长在田里,年景怎么样,收成怎么样,明眼人一看就晓得,瞒都瞒不住。再说人心都是肉长的。我们不硬性规定他们交多少,也不强行收取,他们心存感激,只会多交,不会少交。"

王仁智听到这里,一脸的疑云慢慢散去。王汉坤从父亲的眼神中,看到了父亲对他的赞许,他悬着的心也慢慢放下,继续对父亲说道:"当然,我们这么做,并不是为了让他们多交租,而是为了让他们放下重负,更好地耕种田地。要是到时候他们真的多交,我们也收下,等来年青黄不接的时候,我们再返还给他们,或者用这些去接济别人。"

王仁智突然感到儿子智慧过人,他这个做父亲的打心眼里佩服,他从小也跟王世贤读过不少圣贤书,知道儿子这用的是老子"无为而无不为"的思想。他意想不到是,儿子竟然用得这么灵活自如。这不得不让他这个做父亲的对儿子刮目相看。他站起来走向儿子,王汉坤也连忙站了起来。王仁智亲切地拍了拍王汉坤的肩膀,动情地说道:"好儿子,我们就照你说的做!"

王汉坤过继到王家老三王仁智家里后,起初,王仁义、邓腊梅见他一天天长大成人,读书、写字、算盘样样都拿得起,也为族人和乡邻办了不少好事,心里自然满意,也感激老三一家对孩子的教养。可是到了后来,他们对王仁智、田月娥夫妇对孩子的纵容看不惯了,对王汉坤也似乎越来越不放心了。尽管王汉坤已经过继给了王仁智、田月娥夫妇,但毕竟他们还是他的生父生母,王汉坤是他们身上掉下来的肉,有些事他们见了不能不管。

"我要去找老三说说。"那天,王仁义实在忍不住了,他对邓腊梅说。

"这样不好吧!"邓腊梅说,"老三会不会有什么想法,就是老三没什么想法,那月娥会怎么想?"

"那也不能看着他们这样闹下去,"王仁义有些生气了,"你说说看,老三搞的什么事,家里有个人不让他做事,去请伙计。田地让给别人种,交不交租别人说了算。"

"这事你还没搞清楚,先别怪老三。"邓腊梅说。

"就像你说的,我没搞清楚,先不怪老三。那汉坤呢?"王仁义问道。

"汉坤又怎么啦?"邓腊梅反问道。

"都十七八岁了,田地活他干不了,买卖他也做不了。你说他日后凭什么讨吃?"王仁义说。

"说不定他有他的活路。"邓腊梅说。

"他的活路?哼。"王仁义叹了一口气,"就凭他读书写字,就凭他打算盘?"他见邓腊梅没有反驳,便接着说道,"我不是说读书写字不好,父亲也读书写字,我从小也跟着父亲读书写字,老三不是也读书写字吗?可是,父亲也好,我也好,老三也好,都晓得'三天风,四天雨,文章不能搁到锅里煮'的理,所以一直照着祖上之法来做,读书不忘种田。老三虽说不种田了,他不是也在做买卖嘛。"

"你说得有理。不过……"邓腊梅说了半句,突然停住了。她见王仁义正在焦急地等待她的下文,便接着说道:"不过,他们现在不是活得好好的嘛。"

"哼,活得好好的?"王仁义一听这话,忽然又来气了。他对邓腊梅大声说道:"恐怕他们今后哭都没眼泪。如今世道这么乱,莫说是他们没有什么家财,就是他们有万贯家财,照这么败下去,说不定哪一天就倾家荡产。民以食为天,庄户人家就得以耕种为本。哼,你说说看,庄户人家的孩子不会干农活,你说他今后吃什么?"

"没你说的这么吓人吧?一滴露水还养活一蔸草呢。"邓腊梅见王仁义好像真的动气了,嗫嚅地说道。

"比我说的还吓人。"一向在邓腊梅面前话不高声,也从不粗鲁的王仁义,竟然冲着她粗鲁地喊道。"你冲我喊什么。"邓腊梅的脸唰地涨得通红。她也提高嗓门,瞪着王仁义大声说道:"你冲他们喊去。"

王仁义思前想后,还是决定到老三家里走一趟,去跟老三说说自己的想法。那天下午,王仁义见自己的事忙得差不多了,便到王家铺的品茗堂找王仁智,刚好王仁智在品茗堂。

长兄如父,何况兄长还把自己的老二过继给他做儿子,更是恩重如山。因此,当王仁义来找他的时候,王仁智不晓得如何表达心里对兄长的这份情义,他一下子不知如何是好。不过,他很快回过神来,亲热地招呼道:"大哥找我有事,叫个人来喊我就是了,何必劳烦兄长亲自跑一趟呢。"

"还是我自己来好。"王仁义随口答道。

"请大哥到里屋说话吧。"王仁智把王仁义请到后堂东厢房上座落座,自己在旁边坐下。田月娥听说大哥过来了,她连忙迈着她那三寸金莲,过来打招呼。她站在王仁义面前,身体微微前倾鞠了躬,亲切地问好:"大哥好!"王仁义连忙起身回礼:"弟妹好!""大哥请坐。"田月娥说完,又迈着她那三寸金莲进了厨房。她先是烧水给王仁义冲上一碗红糖鸡蛋茶,再给王仁智也冲上一碗红糖鸡蛋茶;接着,她给王仁义沏上一杯川香茶,然后又给王仁智也沏上一杯川香茶。田月娥这才退出后堂东厢房,带上房门,好让他们兄弟俩说话。

他们兄弟还没开始说话,厨房里就传来了响动,还有"咯、咯、咯……"的唤鸡声,好像是田月娥在张罗晚饭。王仁义连忙起身走进厨房,正是田月娥在张罗饭菜。王仁义客气地对田月娥说道:"月娥,你就别忙了,我不在这里吃饭。"

"大哥,您就莫客气。"田月娥说,"你们兄弟难得到一起,我炒几个菜,等下我叫汉坤把仁礼哥和仁信老弟请来,你们几个兄弟一起喝点酒吧。"

"月娥,你莫客气,我真不在这里吃饭。你大嫂还等着我,我跟仁智说完话就回去。"王仁义说。

"那我就听大哥的。"田月娥说完,放下手里的活计,王仁义也转身回到了后堂东厢房。

王仁智见大哥返回来重新坐下后,又喝了几口茶,还是不开口说话。他想是不是大哥有什么难言之隐。于是,他先开口说道:"大哥有什么话,只管跟我说。要是老弟做错了什么,大哥也只管责骂。"

"没你说的这么吓人。"王仁义看着王仁智笑了笑。接下来,他便他把和邓腊梅说的那些话,委婉地跟王仁智说了一遍。

王仁智用心听着王仁义说话。等王仁义把话说完,他便对王仁义说道:"大哥,您刚才说的这些都说到点子上了。我和月娥也跟汉坤说过,其实,他也懂这些道理,只是他的志向好像不在这里。"

王仁智边说边察言观色,见王仁义心平气和、脸上没有异常表情,又接着说道:"大哥,您是不晓得,汉坤自从当了族长后不晓得好忙,有时候甚至连饭都顾不上吃,瞌睡也顾不上困。现在要他干农活、做买卖,恐怕是很难做到。"

"唉!"王仁义叹了一口气。王仁智见他唉声叹气,便安慰他说:"大哥请放心,汉坤这孩子有头脑,不说他今后是否富贵,有口饭吃是没问题的。再说,不是还有我和月娥吗?"

兄弟俩的话说到这个份上,王仁义没再说什么。他起身走出后堂东厢房,朝厨房里喊了一声:"月娥,我走了。"月娥闻声赶紧出来送行。她说:"大哥好走,大哥有空常过来坐坐。"

王仁智和田月娥夫妇刚把王仁义送到前堂大门口,正好碰到王汉坤恭敬地问候生父王仁义。这次王仁义原本是不想找王汉坤说话的,但恰好他们都在门口碰到了。因此,他还是想叮嘱他几句。王仁智和田月娥夫妇见他们父子好像有话要说,便退到一边。王仁义对王汉坤说道:"族里的事要做,乡亲们的事要管,田地和买卖上的事也耽误不得。"

王仁义说完,便跨过大门走了。他没有回头看王汉坤拱手弯腰躬送他的样子,只听见背后传来王汉坤的声音:"孩儿谨记伯父的教诲。"

第十一章

族长作为封建社会中的家庭首领,通常是由家族内部辈分最高、年龄最长且有权势的族人来担任。严格地说,这三条王汉坤都沾不上边。论辈分,他是晚辈;论年龄,他刚满十八岁;论权势,他更是谈不上。然而,王汉坤初出茅庐就崭露头角,以他守护一方、服务一方的智慧、胆略、勇气和作为博得的名声,赢得族人的尊重和拥护。因此,王氏家族的族人们才一致推举他担任族长。

王汉坤担任族长后,他以族人和乡邻的共同利益为己任,肩负起更大的责任与担当。大到宗族事务,族人行为规范,宗规族约监督、续修族谱、祭祀先祖;小到婚丧喜庆,家庭纠纷,邻里吵架……王汉坤都事无巨细地管起来。在他们王氏家族王家铺一带,有人尊称他为"王总管",有人说他是"汉朝士",也有人戏称他是"和事佬",有求于他的叫他"族长",找他调事的叫他"朝士",与他说笑的叫他"和事佬"。但不管怎么叫他,王汉坤都欣然应允。

因此,不管是族人还是这一带的乡邻,遇到什么麻烦事总是找他。民事调处找他,水源纠纷找他,坟山争端找他,玩龙、舞狮、迎亲、出殡路遇堵都找他,家庭不和找他,邻里相骂找他……甚至是夫妻间床笫之事,也有人来找他。

有件事,王汉坤只要想起来,他就觉得要"笑破肚皮"。那天,王汉坤刚刚调处一起民事纠纷,王汉旺就急匆匆地跑过来找他。王汉坤见王汉旺一副着急的狼狈样子,便故意逗他:"汉旺哥,你不到屋里陪你的新娘子,跑来找我干什么？"

"哎哟，汉坤呀，你莫说起。"王汉旺一副愁眉苦脸。

"怎么啦？"王汉坤说，"人家新郎官做得脸上笑得像一朵花，你这个新郎官怎么做得愁眉苦脸？"

"你不晓得，她……她……她……"王汉旺支支吾吾，就是说不出她怎么了。他只好凑到王汉坤的耳朵边，悄悄地把他的新媳妇胡秀英怎么怎么的告诉了王汉坤，原来是他刚娶进门的新媳妇不好意思同他圆房。王汉坤顿时笑得弯下了腰，差点笑破肚皮。而王汉旺却急得在一旁直跺脚："你还笑，快点给我想想办法吧！"

"哈、哈、哈……"王汉坤忽然又捧腹笑了起来，"我能给你想什么办法？"他见王汉旺又急得跺起脚来，便止住了说笑，"你这个事啊，叫我怎么给你想办法？"

王汉坤见王汉旺又是挠头，又是跺脚，又是叹气，实在再不忍心再看他笑话了，便对他说："走，我们一起到你屋里看看去。"

那时正值阳春三月，满山坡开满了桃花、李花和梨花，再遇到这么新鲜有趣的事儿，王汉坤觉得心情格外好。不一会儿，他就同王汉旺一同来到了王汉旺的家门口。他见王汉旺家房前屋后开满了桃花，心里顿时便有了主意。

家里来客，新娘子自然出门迎接。胡秀英一见是王汉坤来了，表情自然了许多。因为就在两天前的洞房花烛夜，上下屋场里的那帮臭男人，说什么"新娘房里三天无大小"，所以，他们什么难听的话都敢说，什么难看的动作都敢做，把她难堪得要死。唯独她眼前的这个人温文尔雅，抿着嘴坐在一旁，看着那帮臭男人闹洞房。后来她才知道，他是王氏家族的族长。她顿时释然，族长当然要有个族长的样子。

胡秀英刚出门还没来得及开口，王汉坤就迎上去亲切地问道："新嫂子好！"胡秀英连忙还礼："族长稀客，请您进屋喝茶！"王汉坤说："多谢新嫂子了！你们的喜茶前天夜里我就喝过了，今天就不麻烦新嫂子了。"王汉坤又转身对身旁的王汉旺说："汉旺哥，你看今天风和日丽，阳光很好，我们就到院子说说话，也好看看房前屋后盛开的桃花。"

王汉坤边说边用余光瞟了胡秀英一眼,当他喊汉旺哥的时候,她的脸竟然一下子就红了,好像盛开的桃花。于是,他笑着对胡秀英说道:"新嫂子的容貌好漂亮,就像桃花一样,真是'人面桃花相映红'啊!"

"族长说笑了。"胡秀英轻声轻语地说完,嫣然一笑。

王汉坤趁机说道:"新嫂子嫣然一笑百媚生,比这桃花更好看。"

"哎呀,族长,您真是过奖了。"胡秀英转过半个身子,犹抱琵琶半遮面似的,把脸扭向一边,羞答答地说,"真是不好意思,羞死人了!"

"这有什么不好意思。"王汉坤问胡秀英说,"我听有人说,是桃树就会开花结果。你说这话说得对不对?"

胡秀英转过头来,用水灵灵的眼睛看着王汉坤,细声细气地说道:"对呀!"

王汉坤又对她说:"我还听有人说,是女人就应该结婚生娃。你说这话又说得对不对呢?"

胡秀英这才恍然大悟,脸涨得通红,再不敢抬头见人。只见她迅速地挪动她那三寸金莲,躲进了自己的新房。

后来,王汉旺喜滋滋地跑来告诉王汉坤,那天晚上,他的新媳妇就同他圆房了。

事实上,王汉坤也有他的烦恼和痛苦。他的烦恼和痛苦,不是宗族事务的管理,不是民事纠纷的调处,也不是贫苦乡邻的接济。像这些事情,只要他一碗水端平,不怕吃亏,那就都不是事。

然而,他的烦恼和痛苦,则是兵匪与官府。兵匪和官府,就好像两座大山压在他的心头,令他透不过气来。他百思不得其解,如今这是什么世道?军阀混战,国无宁日,社会动荡不安。这坐江山的就好像走马灯似的,你方唱罢我方登场,我方唱罢他方登场。这样一来,兵匪横行霸道,官府鱼肉百姓。而王汉坤身为一族之长,他要维护一方安宁,守护一方百姓,不得不面对兵匪,也不得不面对官府。

由于王汉坤卓尔不群,他的名声和影响力越来越大,使他成了湘北青平乡一带有名的乡绅。族长和乡绅的双重身份,使他置身于"近似官而异于官,近似民又在民之上"的尴尬境地与矛盾焦点。那时候,族长和乡绅却成了官府与乡民之间的桥梁，甚至是官府的工具。一旦政府有个什么法令，或者政府要办个什么事，而这种只顾官府利益却有害乡民利益的事，官府就逼着族长和乡绅去办。与此同时，族长和乡绅又是民意的代言人和乡民利益的保护人。

然而，由于世事险恶，利益驱使，真正为民请命，维护乡民利益的族长和乡绅凤毛麟角。而与官府沆瀣一气，欺压乡民，成为官府帮凶与工具的族长和乡绅倒是不少。

王汉坤是不可能成为官府欺压乡民的帮凶和工具的，但他也不可能与官府对抗。否则，他吃不了兜着走。因此，他在寻求既不得罪官府，又能保护乡民的权宜之计，或者说"船也过得，舵也过得"两全其美的办法。

"柔弱胜刚强"，王汉坤从老子的话中，悟出了"柔乃安身立命之道"的启示。韩信不是强忍"胯下之辱"而成为大将军吗？刘备不是在曹操面前守柔示弱、韬光养晦，最终成就了自己的霸业吗？那么，为了族人和乡邻的利益，他也要守柔示弱，见机行事地在官府和兵匪之间周旋。

第 十 二 章

那天，王汉坤从王家冲调解几户人家的林地纠纷返回，路过王家畈时，他准备去陈春花家里看看。因为他出门时，母亲就特地交代过，要他回来时去一下春花姐家里，看她屋里还缺不缺吃的用的。正当他准备进王家畈的时候，王汉旺飞快地跑来报信。"汉坤，快回去！有个当官的人带着十来个背枪的人找你。"王汉旺喘着粗气说道。

"他们在哪里？"王汉坤急切地问。

"到了铺上，好像要往你屋里去。"王汉旺回答说。

"走，我们快回去。"王汉坤顾不上去陈春花家里了，转身就往回跑。

湘北长平县保安大队大队长王宝财，带着一个班的兵力和长平县县长王正波来到了王家铺。王正波此次亲临王家铺的目的有三：王家铺一带的粮款除了应缴的那份，县里和乡里额外增派的总是拖着不交。王正波责骂乡长，乡长却状告说王汉坤这个人太厉害，他实是在奈何不了他。他请县太爷什么时候到王家铺去好好治治这个王汉坤。此为其一。其二，王正波早有耳闻，坊间把王家铺的王汉坤传得是神乎其神，说他的书读得如孔孟，说他的字写得如颜柳，说他的智慧如黄老，还说他有勇有谋，兵匪都畏他三分。他就不信，小小的王家铺竟能出这样的奇人。他王正波也是一身本事，一身傲气。虽然算不上盖世英雄，也是当今一方豪杰，一方翘楚。因此，他要到王家铺见识见识这个王汉坤，看看他到底是何方神圣。这三嘛，王正汉也是个读书人，甚好书法，但字写得总是不尽如人意；他又好附庸风雅，收藏字画。如果真像民间传说的那样，王汉坤的字写得颜筋柳骨，又有羲之风韵。这次他到了王家铺，就得找王汉坤讨几幅墨宝。

王正波他们一行人耀武扬威地到了王家铺。他们打听到王汉坤住在品茗堂，就直奔品茗堂来了，恰好王汉坤出门了。王宝财胸前挎着条盒子枪，走进前堂柜台找账房姜先生，问土汉坤去了哪里，说县里的王县长找他。姜先生一听说是县长找王汉坤，又看到大门外十来个背枪的大兵，腿都吓软了。他不知道王汉坤到底犯了什么事，县长带兵来找他。姜先生连忙走下柜台，毕恭毕敬地走到王正波跟前，请他进屋喝茶，并找人去叫王汉坤回来。王正波见姜先生长袍马褂，一看就知道他是个管家，便说道："管家，你只管去叫人好了。"这时候，恰好王汉旺从品茗堂经过，姜先生便喊住他，说县里来人了，要他快去把王汉坤找回来。

王汉坤不在，王正波也没跟姜先生进屋喝茶。他便站在品茗堂的前坪东张西望，仔细观察起王家铺来。突然，家家户户大门墙上的对联引起了他的注意。他反背着双手，踱着步走近品茗堂的大门，然后把反背着的双手抽回来，抬起右手托着下巴，用左手至胸前托住右手，专注地看着墙上的对联。

日晒雨淋，墙上的红色对联已经褪色。尚未褪尽颜色的灰白色纸上露出斑斑白点，显然是随风飘落的雨点所致；几处破裂翘起的纸片，被风吹得哗啦作响。然而，对联上的墨迹依然清晰可见。也许是经过日月风雨润色，对联上的字体既显圆润丰腴，又不失沧桑遒劲的韵味。王正波不禁反复揣摩起来,这字竟然真有颜筋柳骨之笔势,羲之遒美健秀之笔韵。显然,这字肯定出自王汉坤之手。虽说民间的传说有些夸张,但并不虚妄。在长平县能写出这么一手好字的,虽然王汉坤不是唯一,但他绝对不会屈居第二。

王宝财见不远处有两个人一前一后向他这边跑过来,他举起右手遮光瞭望,跑在后边的他刚才见过,是账房先生叫去找王汉坤的,跑在前面那个肯定就是王汉坤了。

于是,他向前走了几步,大声问道:"你就是王汉坤王族长?"

"我就是。请问您是……"不等王汉坤把话说完,王宝财就迫不及待打断他的话,"王县长来了,找你有事。"

正在全神贯注看字的王正波忽然听到有人说话,他连忙回过头来,也就是他这回头的一望,正好与王汉坤的目光相遇,两人心里不禁都吃了一惊。王汉坤见眼前这个人气度非凡,来头肯定不小。王正波见回答王宝财的这个人,个子不高,人又长得清瘦,并不像民间传说的那么英武。不过,王正波很快就看到了王汉坤的另一面:他的脸上仿佛写着刚毅;他的眼神似乎有着洞穿人心的穿透力;他回答王宝财的问话时不说"在下"也不说"属下",而是说"我就是",这里头显示他的一种自信;他在王宝财面前,在这等阵势面前,既不像他所见到的那么多族长和乡绅低三下四,奴颜婢膝,也不像他们吓得战战兢兢,六神无主,而是谦恭中不失自我,礼敬中不失镇定,示弱中不失刚强。王汉坤令他刮目相看。

"不知县长大人亲临我这穷乡僻壤,"王汉坤对王正波鞠躬施礼,连声说道,"这真是我等失职失礼,失迎失敬。"

"王族长不用客气,我可是慕名前来。"王正波说。

"久闻县长大人体恤民众,礼贤下士,今天有幸见到县长大人,真是百闻不如一见。"王汉坤说完,连忙恭请王正波屋里喝茶。他请王正波到品茗堂中堂东厢房,王正波来到中堂后东看看西瞧瞧。趁王正波上下打量的时候,王汉坤示意账房姜先生把县长带来的那些兵请到西厢房喝茶,又吩咐王汉旺赶到"湖香楼"定两桌上好的酒席。等王汉坤转过身来的时候,刚好王正波准备进东厢房,他便一步上前陪着王正波进了东厢房。

宾主刚刚落座,姜先生就吩咐伙计端来了热气腾腾的明前名茶。顿时,东厢房里飘出一阵阵绿茶的清香。

"王县长,请您用茶。"王汉坤说。

王正波端起茶杯,先放到嘴边闻闻:"嗯,真香。"说完,他轻轻地啜了一口,不急于下喉,而是含在嘴里咕噜咕噜地一个来回,"嗯,甘醇爽口,好茶。"

忽然,王正波好像想起了一件事,他把坐在他旁边的王宝财介绍给王汉坤:"这位是县保安大队的大队长王宝财,也是愚侄。日后若是有什么事,恐怕我来不了,都是宝财来,王族长可要相助啊。"

王汉坤赶紧起身给王宝财施礼:"见过王大队长,日后请多多关照。"然后转身对王正波说,"请县长大人放心,若是日后王大队长前来,我当是县长大人亲临一样。"

"这样就好。"王正波说,"我听说,你们王家铺一带每年就只交点皇粮国税,县里乡里派下的粮款一点都不交,有这事吧?"

王正波的话一出口,王汉坤就知道了他此行的目的。他说:"真是什么事都瞒不过县长您,是有这事。"王汉坤见王正波微微笑了一下,端起茶呷了一口,便接着说,"这些年收成不好,又常闹兵匪,乡民的日子过得很是清苦,眼下青黄不接,时常以野菜充饥,实在是拿不出多余的粮款……"

"就听到你哭穷,"听得有些不耐烦的王宝财大声说道,"年景不如你们王家铺的地方都交了,只有你们不交,我看是你领头抗交的吧?你就不怕抓起来吃枪子?"

"宝财,"王正波对着王宝财喊了一声,"你怎么跟王族长说话呢?"

王宝财不吱声了,低着头喝他的茶。王汉坤知道,或许这是他们一个唱红脸,一个唱黑脸,在他面前演戏。但不管他们怎么说,也不管他们怎么演,他只管逆来顺受。反正他早有决定,说什么也不会答应多缴增派的粮款。

"县长,王大队长快人快语,没关系的。"王汉坤笑着说,"这也是他的职责所在嘛。"

"你看看,"正正波望着王宝财说,"还是王族长宽宏大量。"

"县长过奖了。"王汉坤突然转换话题,"还是王县长爱民如子。我听说前些年有的地方遭了灾,县长效法先贤开仓放粮赈灾,深得民众拥戴。"

"这才是职责所在。"王正波边说边双手往前一摆,便笑了起来。王汉坤和王宝财也会心地跟着笑了起来。王正波端着茶杯呷了一口,看看王汉坤说:"县里也有县里的难处,还请王族长多给予支持。"

"那是一定!"王汉坤接着说,"只是眼下乡民们手头太紧,日子都快撑不下去了,实在是拿不出粮款来。"说着说着,他站起来拱手向王正波鞠了一躬,然后继续说道,"我代表乡亲们拜求县长大人了,宽容我们些时日,等收成好了再交吧!"

王正波知道,他和王汉坤再这么你来我往说下去,也不会有什么结果。其实,从他见到王汉坤那一刻起,说得更准确一点,是他见到墙上对联的字的那一刻起,他就开始欣赏王汉坤。像王汉坤这样的族长和乡绅,在他所任的长平县恐怕难找第二人。再说,盆大刮得粥来,那点粮款到别的地方想想办法就有了,他不想为这点事和王汉坤过不去。于是,王正波再度端起杯子呷了几口茶,他看了看王宝财,又看了看王汉坤,笑着说道:"那就以后再说。"

王汉坤悬着的心终于放了下来。

第 十 三 章

时间过得很快,眼看已近中午时分,王汉坤恳切地对王正波说道:"王县长,我特地备了家常便饭,还请了族里乡绅前贤作陪,谈不上为您接风洗尘,只是想请您尝尝乡里口味,不成敬意,请您赏光。"

这正中王正波下怀,因为他还有一事求助于王汉坤。酒桌上气氛轻松自如,有话好说。于是,他爽快地答应说:"好啊,正好也可以跟王族长说说题外话。"王汉坤赶紧接过王正波的话题:"是汉坤正好受教。"

他们边说边笑,很快就到了"湖香楼"。恭候在那里的姜先生把王正波、王宝财和王汉坤一行迎进楼上雅座,再转身下楼在一楼厅堂给那些随行的人安排了一桌酒菜。

恭候在二楼雅座的几位乡绅长老们,人人抱拳施礼,一一见过县长王正波和县保安大队长王宝财。大家好一阵寒暄,恭请王正波在主宾席位入座。王正波经众人频频拱手敬座,方才半推半就地在主宾席位落座。王汉坤留下主陪席位,请王宝财在副主宾位置入座。待各位长老依次坐定后,王汉坤再在主陪席位上入座。这样一来,王正波就坐在王汉坤的右边,王宝财则坐在他的左边。这是王家铺一带座席的习俗,一则体现主人对客人的礼敬,二来方便主人给客人敬酒敬菜,三是方便主宾之间说话。

"起菜啰。"待宾主坐定后,跑堂的伙计一声喊,一道接一道的菜便端了上来,全是湖鲜、野味和时疏,色香味俱佳。等上过五道菜后,王汉坤起身先给王正波斟酒,再依次一一斟酒,最后给自己斟上。王汉坤刚刚把酒斟完,桌上就上满了十道菜。他站在主陪位置,举起酒杯说道:"王县长和王大队长体恤下情,不辞劳苦,亲临王家铺,这是王家铺的荣幸,也是乡亲们的荣幸,更是我王汉坤的荣幸。这杯酒我就代表父老乡亲敬您二位了。"

王汉坤说完,他先将酒杯放低敬于王正波酒杯下,再端起酒杯放低敬于王宝财酒杯下,然后端起酒杯说:"我先干为敬了。"说完他一饮而尽。

"谢谢!"王正波说完,王宝财也跟着说了声:"谢谢!"他们也举杯一饮而尽。待王正波和王宝财干杯之后,长老们方才把第一杯酒都干了。

"县长,大队长,请吃菜。"王汉坤说,"这乡里呀比不上城里,再怎么弄,也就是家常便饭,难登大雅之堂。"说完,他用放在自己面前的那双公筷,夹起一只红烧野鸡大腿敬到王正波碗里,"请县长尝尝。"他再夹起一只红烧野鸡大腿敬到王宝财碗里,"请大队长尝尝。"

"嗯,好。"王正波用筷子夹起鸡腿吃了一口,说道,"鲜嫩香酥,好吃。"他又指了指满桌子湖鲜野味,"你看看,这色香味俱佳,就是在县城,恐怕都难吃到这么多好东西。"

王汉坤第一轮敬酒过后,那些乡绅长老便一一上前依次给王正波和王宝财敬酒。酒过三巡,大家便不再那么拘礼,酒桌上的气氛顿时活跃起来。王正波更是乘着酒兴高谈阔论,显露一种鹤立鸡群、舍我其谁的气势与自负。王汉坤知道王正波也是读书人,便有意从"经史子集"、先哲前贤那里引出话题,让王正波口若悬河,滔滔不绝,展现他的博学之才,以博得众人的喝彩。

以拙示弱,王汉坤决定再助王正波雅兴。于是,他故意漏下口误,好让王正波在众人面前显露他的博学之才。他说:"唐高祖即位后,就立了'以民为本'的国策……""那不是唐高祖,"王正波打断了王汉坤的话,"那是唐太宗李世民,唐高祖叫李渊,是李世民的父亲。"王正波说完,用轻蔑的眼神看了看王汉坤。王汉坤连忙说:"哦,是我说错了。还是县长满腹经纶。"王正波接着说:"唐太宗不光是以民为本,还唯才是举,从谏如流,像魏征一人就谏了200余事。你们看,历史上这才有了'贞观之治'。"

王正波滔滔不绝,自鸣得意。他看了一眼大家洗耳恭听的样子,继续说道:"恐怕你们都晓得吧,唐太宗说了一句很有名的话,'水可载舟,亦可覆舟'。"大家听后,又是一阵喝彩声。

其实,王汉坤知道王正波说的不那么准确。因为他知道,这句话出自《荀子·哀公》,魏征谏事时曾跟唐太宗说过这句话,唐太宗李世民便常用这句话告诫朝廷官吏,久而久之便成了李世民的"名言"。然而,王汉坤不会当着众人的面去挑明,而只会附和县长大人的说法。他顺着王正波说的意思说道:"怪不得县长大人如此体恤民情、爱民如子,原来是以李世民为楷模。唐初时天下大乱,田地荒芜,百姓流离,李世民开仓赈济灾民,天下百姓都说李世民是好皇帝。"

王汉坤看了看有些扬扬得意的王正波,接着说:"那年,我们长平县不少地方遭了灾,百姓没饭吃,王县长就像唐太宗李世民那样开仓赈灾济民,民众也都说王县长是好县长。"

王汉坤这番话说得王正波心花怒放。王正波似乎有点按捺不住了,站了起来,情绪激动地说:"在座的没有外人,都是王氏宗室的族人。汉坤,你再别叫我县长,就叫我老兄好了,我也不叫你族长,就叫你贤弟。来,贤弟,你先把我的杯子满上,再把你的杯子满上,我们兄弟俩喝一杯。"

"恭敬不如从命,"王汉坤举起斟满的酒杯,对王正波说,"那我就不知天高地厚了,仁兄,愚弟敬您!"王汉坤说完,只听清脆的一声,两只酒杯碰在了一起,他们一饮而尽。

酒后,王汉坤陪着王正波喝茶,王正波突然对王汉坤说道:"贤弟,老兄有个不情之请。"

"仁兄有什么话,请说。"王汉坤说。

"我想找贤弟求两幅墨宝。"

"啊!"王汉坤惊得站了起来,他一边连连摆手一边说,"我那字写得见不得人,岂敢在仁兄面前献丑。再说,今日这酒我已是喝得云里雾里,哪里还拿得了笔啊。"

"唉……"王正波故意把这声"唉"拖得很长。他双手撑住椅子扶手,也站了起来。他对王汉坤说:"贤弟的字我刚才见识了,有颜柳之风,羲之之韵,真是名不虚传。"他停了停,故弄玄虚地说,"至于酒后嘛……"王正波又卖了一个关子。忽然,他大声笑了起来,"我好像只听说过酒后乱性,还没听说过酒后乱字,哈哈哈……"

王汉坤被王正波这一说一笑,弄得手足无措,显得很不好意思。王正波见他这副尴尬的样子,便对他说:"我晓得你还没成亲,刚才我只是跟你说句笑话,你别往心里去啊。"

"仁兄放心,不管兄长说什么,我都不会往心里去的。"王汉坤说。

"那就好。"王正波说,"不过,贤弟,我跟你说正经的。我听说酒后书法能行云流水,发挥到极致。王羲之不就是和朋友畅饮之后,乘着酒兴挥毫泼墨写下的《兰亭序》,被世人称为'天下第一行书'吗?"

"仁兄这么说的话,那我就只能恭敬不如从命了。"王汉坤说。

"好!"王正波说,"那我们就一起写字去。"

王汉坤陪同王正波一行再次来到品茗堂的时候,姜先生已经备好了笔墨纸砚。品茗堂前堂中央放置一张八仙桌,桌子的右前方放置砚台,砚池里的墨已经磨好;桌子正前方偏右放着笔架,笔架上吊挂着大、中、小三支毛笔;桌子左前方放着宣纸,宣纸呈半铺开状。

王正波刚走进品茗堂,就闻到淡淡的墨香和宣纸的芬芳。他不禁深深地吸了一口气,脱口而出:"好个书香门第。"

"那我就献丑了。"王汉坤走到桌子跟前站定,只见他把那张宣纸展开,从笔架中间取出那支中号毛笔,握着它先到砚池润笔,然后蘸着墨,一边到砚台边上反复索笔,一边若有所思。可是,当他提笔正准备落笔写字的时候,他却突然收笔放置砚台。王正波心里一阵紧张,莫不是王汉坤不写了,王家铺的那些乡绅元老也急得捏了一把汗，生怕王汉坤得罪了县长会惹出什么麻烦。

实际上，这只是他们虚惊一场。起初，王汉坤是想给王正波写他自己最喜欢的两首诗，一首是苏东坡的《念奴娇·赤壁怀古》，另一首是岳飞的《满江红·写怀》。正当他准备落笔的时候，突然意识到这会不会让王正波揣摩他的心态，授人以柄。因此，他才将他提起的笔又放下。后来，他急中生智，忽然想起孔子说的"智者乐水，仁者乐山"的话来。所以，他想找两首描写田园山水的诗词写给王正波，至少可以给他留下王汉坤是一个像陶渊明"采菊东篱下，悠然见南山"那样，只寄情于山水而闲情逸致的印象。

王汉坤一边慢慢地轻轻地拂着铺在自己面前的宣纸，一边在脑子里飞快地搜索自己到底该写哪两首诗词给王正波合适。片刻之后，王汉坤重新提笔，只见他凝神静气，笔下龙飞凤舞，苏东坡的一首《惠崇春江晓景二首》跃然纸上：

竹外桃花三两枝，春江水暖鸭先知。
蒌蒿满地芦芽短，正是河豚欲上时。

"哎呀，好字，好字，真是好字！"王正波赞不绝口，旁人也跟着他一起附和。

墨迹稍干之后，王汉坤慢慢地揭动刚写好的字幅，站在他右前方的王正波立即上前双手接过字幅的上头，王汉坤连忙双手揭起字幅的下头，两人小心翼翼地将字幅抬起，轻轻地晾放在前堂的椅子上。

王汉坤重新回到桌子跟前，他又从左则取出一张宣纸铺开，将两根重重的木条压住宣纸的两端，然后提笔挥毫，顿时，宣纸上行云流水般地出现了杜牧的《山行》：

远上寒山石径斜，白云生处有人家。
停车坐爱枫林晚，霜叶红于二月花。

"又是一幅好字。"王正波发出如此赞叹。他沉思了一会儿，笑着对王汉坤说,"贤弟真是饱读诗书,这两首诗选得如此之妙,一首咏春,一首吟秋,真是好意境。"突然,王正波收住了笑容,意味深长地说道:"春秋!"

第 十 四 章

县太爷亲临王家铺的消息,一传十、十传百,很快就在王家铺一带,甚至在青平乡传开了。人们不只是说县太爷如何亲临王家铺,更多则是眉飞色舞、活灵活现、添枝加叶地像说书那样,说王汉坤是如何不畏县长带兵而来的,说王县长和王族长是如何把酒畅饮的,说他们是如何称兄道弟的,说王正波是如何跟王汉坤讨要墨宝的,王汉坤又是如何挥毫泼墨的。因此,王汉坤的名头越来越响,名气也越来越大。

"祸兮福之所倚,福兮祸之所伏",盛名之下,王汉坤并不是得意忘形,而是想起了老子的话,想起了《塞翁失马》的故事。他不知道,等待他的是福还是祸?好在他的脑子还清醒,没因此而沾沾自喜,忘乎所以,甚至是狐假虎威,不可一世,而是夹着尾巴做人,凡事更加小心谨慎,如履薄冰。

说来也巧,自从县长王正波到王家铺走了一趟,人们把王汉坤当英雄好汉传开之后,这一带反倒比往年平静了些。比方说,王汉坤依旧只管族人和乡民应交的"皇粮国税",至于县里和乡里增派的钱粮以及五花八门的苛捐杂税,他为保乡民利益而周旋其中,并以各种理由拒交。尽管乡里也时不时派乡丁前来催缴,都被王汉坤软磨硬泡给挡了回去,他们也就不了了之。因为县长带兵来了都没用,何况他们是乡长和乡丁,再说县长大人还和他王汉坤称兄道弟呢?再比方说,族人和乡邻似乎也知事达理了些,平常喜欢为一些鸡毛蒜皮的小事吵个架、闹个纠纷的人也有所收敛,乡里乡亲显得比往日和气了。因此,一直怕因自己而起给族人和乡民带来灾难而提心吊胆的王汉坤,这才如释重负,感到了些许安慰。

俗话说,按下葫芦浮起瓢。王汉坤方才为族事乡事安下心来,却又被家事搅得他心神不宁。说是家事,其实就是他的婚事。且不说"男大当婚,女大当嫁"的常道,只说王家铺一带早婚的习俗。男十八、女十六,就男婚女嫁了,甚至还有比这更早的。那年,王汉坤已二十出头,像他这样的年龄,早该拜堂成亲了。因为在他们那里,像他这样年龄的男人,已经是几个孩子的父亲了,而他却还是形单影只。

对于自己的婚事,王汉坤就像是姜太公稳坐钓鱼台,一点也不着急,他的养父母王仁智和田月娥却急得不知如何是好。他们急的不光是他们的养子到了早该成婚的年纪还没成婚,还有本该他着急的事他却一点都不着急,好像这是别人的事,跟他没关系似的。

问题就出在这里。因为王汉坤担心的,不是是否一辈子光棍,而是养父母的这番心意。往深里说,如果是他的亲生父母这么着急,他倒是不怎么担心了,至少亲生父母不会产生亲疏误解,而养父母就不同了,尽管王仁智和田月娥是他的亲叔父、叔母,但毕竟还是隔了一层。他怕养父母由此产生亲疏的误解,更怕因这误解引起他们的伤心和痛苦。

常言道,男人一生有三大幸事:他乡遇故知;洞房花烛夜;金榜题名时。王汉坤也是个血肉之躯,也有七情六欲,不是他不想成亲,也不是王仁智和田月娥没少帮他张罗。这里头不知是王汉坤的调子高,还是缘分没到,他的亲事总是高不成低不就的。

在王家铺一带,王汉坤家教甚严,家风淳朴,是家道殷实的上等人家。且不说当时王汉坤已是方圆响当当的人物,单说他的养父母王仁智和田月娥,也是广受当地人的敬重。王仁智仁善义道,勤劳踏实,品行端正;田月娥仁厚善良,热情大方,端庄贤惠。如此说来,王汉坤成了当地许多女子心中的如意郎君,王仁智和田月娥成了许多养女人家首选的公公、婆婆。"一家有女百家求"的说法,好像到了王汉坤这里就倒过来了,变成"一家有子百家求"了。于是,上门提亲的人络绎不绝,几乎要把王汉坤家的门槛踏破。

倒不是王仁智和田月娥夫妇的调子高,瞧不起那些媒人上门介绍的女方家,而是他们不想像有些父母那样包办儿女婚姻。只要是他们觉得还满意的女方,他们就跟媒人说,"孩子的婚事让孩子做主",便委托媒人当面去跟王汉坤说。

王汉坤自然是乐意听那些媒人给他说女方的情况。可是他听多了,总觉得那些媒人好像都是商量好了的,说话一个口气,"男子的地边,女子的鞋边"。说这个女子如何会挑花绣朵,做得一手好针线活;又说那个女子如何下得厨房,做得一手好茶饭;还说这个女子如何缝补浆洗,做得一手好家务。说来说去,就是没有哪个媒人跟他说哪个女子知书达理,他觉得有点庸俗。加之那些媒人跟他说起这个女子的名字,不是叫什么香啊,就是叫什么秀;不是叫什么宝啊,就是叫什么玉。他又觉得有点俗。因此,那些媒人介绍的女子,他一个也不曾见过,他的婚事便这么拖了下来。

"汉坤的婚事不能再这么拖下去了。"有天晚上,王仁智的买卖收市早,品茗堂的事又交给了姜先生,他便早早地来到品茗堂后堂的东厢房,坐到火塘边跟堂客田月娥又说起王汉坤的婚事来。

"是不能再拖了,"田月娥说,"他不着急,光我们急也没用啊。"

"要不,我们再找他说说。"王仁智说。

"他又不是不懂事,我怕我们说多了反而不好。"田月娥说。

品茗堂后堂东厢房的火塘边,顿时出现了短暂的沉默。王仁智不时用火钳将火炉里正在燃烧的柴火夹来夹去;田月娥顺手从身后柴堆抽出一根柴棍,双手抓住两头,中间顶着膝盖,"吱呀"一声,柴棍断成两截。她把一截送进火堂,一截放回身后柴堆。她见王仁智不说话了,老是用火钳在火堂里夹来夹去,便对他说道:"你就别夹来夹去了。'人盘穷,火盘熄',这你也不懂啊。"

其实,王仁智的举动完全是无意识的。他手里不停地夹火,心里却在想着王汉坤的婚事。田月娥的这一声埋怨,使他忽然醒了过来,想到了一个人。他对田月娥说:"你明天到王家大屋找找元妈吧,说不定她会把这件事办好。"

"我怎么就没想到她呢?"田月娥顿时眼前一亮,满脸愁云舒展开来。他跟王仁智说,"好,我听你的,明天就去找元妈。"

元妈叫赵元秀,是青泥湖西南边的赵家畈人。多年以前,她从赵家畈嫁给王家大屋的王世中,王世中是王仁智的远房堂叔。照理说,王仁智、田月娥应按辈分叫她婶娘。只因为赵元秀有一副菩萨心肠,是世上难得的好人,王家大屋左邻右舍都尊称她"元妈"。所以,王仁智、田月娥夫妇也叫她"元妈"。

在这一带,人们还说元妈像是民间传说中主管婚姻的红喜神,便尊称她为"月老"。不过,这只是在有些场合人们对她如此尊称,平素还是都叫她元妈。这一带的媒人大多是女人,而且全凭"一张嘴巴两张皮",在男方和女方两边说来说去,难免欺哄,所以被称为"媒婆"。元妈不做媒人,就是因为她做不到这一点。虽说元妈不是媒人,但有合适媒她还是愿意做的。因为在她看来,说合一桩好婚姻,就是做了一件善事。只不过,她有原则和底线。她的原则很简单,就是实在,一是一,二是二,小葱拌豆腐,一清二白,用不着去褒奖奉承。她的底线也很简单,勉强的、包办的媒她不做,即便是男方和女方请到她的头上,她也会当面锣,对面鼓把话说清楚,晓以利害,劝人莫把儿女往火坑里推。因此,她说一桩婚事便成一桩婚姻,而且婚姻都很美满。方圆一带的人都把她当成了"红喜神",这才给她"月老"的尊称。

王汉坤的婚事,元妈也是看在眼里、急在心里。她着急的不是王汉坤找不到好女子,而是她眼前就摆着一桩好婚姻,她却不能去成全。

这话还得从头说起。元妈娘家堂哥赵文景,因他生长在湖边,所以靠水吃水,以打鱼为生。但他受他父亲影响,养成了跟别的打鱼人不一样的习惯,没事的时候他就喜欢看书写字。当地人都笑话他,说别人是"三天打鱼,两天晒网",而他是"三天打鱼,两天读书"。他也不管别人怎么说,仍然照他的活法过日子。

赵文景有个女儿叫赵雅丽,天生丽质,聪明伶俐。赵雅丽从小受父亲的影响,也跟别的女子不一样,她除了学做女人活,还像父亲那样读书写字。因此,说得上是知书达理。在元妈心里,王汉坤和赵雅丽真是天造地设的一对。一是,他和她年龄相仿,王汉坤二十,赵雅丽十八;二是,他和她趣味相投,两人都喜好读书写字;三是,他和她境遇相近,王汉坤这边,虽说有不少人上门说媒,但他总是遇不到意中人,赵雅丽那边,父母也托媒人给她说了几回"鸦鹊窝"(喜鹊巢,意为女子订婚的婆家),但赵雅丽总是不满意。在父母那里,她就是掌上明珠,她的婚姻她做主,父母从不干涉。

其实,元妈动了好几回心思,想从中牵根红线,然而,她心里又有不少顾虑。这一嘛,王仁智和田月娥是远近闻名的大户人家,王汉坤又少年得志,名声在外,势头正旺。她担心王汉坤心高气傲而看不上赵雅丽。这二嘛,乱了辈分。在王家,她和王汉坤是祖孙辈,而在赵家,她和赵雅丽是姑侄辈。倘若是赵雅丽嫁给了王汉坤,日后相见怎么叫呢。因此在元妈心里,她想放下这桩婚事,却又实在放不下;她想去说合这段姻缘,却又顾虑重重。正当她拿起不是、放下也不是而左右为难的时候,田月娥找上门来了。

第二天刚吃过早饭,田月娥就换了一身干净体面的衣裤,又坐在梳妆台的镜子前打扮一番,这才迈开她那双裹过的小脚,蹒跚地朝王家大屋走去。虽然她步履蹒跚,走起路来有些吃力,但这是王汉坤的婚事,她还是提起精神,加紧脚步,尽量使自己走得快些。当她赶到元妈屋里的时候,额头上已经渗出细密的汗珠。

元妈见田月娥这么着急赶来,先惊后喜,心里似乎猜到了她的来意,十有八九是为了王汉坤的婚事。元妈先不去挑明,她对田月娥说:"你有什么事,打发汉坤来说一声就好了,何必自己劳神跑一趟。"说完,元妈连忙到衣柜里找出一块新家织布方巾,拿起洗脸用的木盆,到厨房火炉中提起煨热水的瓦罐,她用热水将木盆反复荡了两遍,再倒上热水,又加了一点冷水,然后将方巾在木盆里搓了搓,拧干后递给田月娥,"有什么事不急,先擦把汗再说。"

"还不是汉坤的婚事。"田月娥从元妈手里接过方巾,她一边轻轻地沾着额头上的汗珠,一边说道,"他元妈您晓得哪里有什么好女子,不妨去给汉坤做个媒。"

"女子倒是有个好女子,"元妈说,"就不晓得是否门当户对?也不晓得汉坤中不中意?"

"您就莫说门当户对了,"田月娥笑着说,"我和仁智都不讲这些,只要两个孩子中意就要得。"

"你这么说就好。"元妈说完,便把赵雅丽的事一五一十地跟田月娥说了一遍。田月娥听后喜上眉梢,她埋怨起元妈来:"这么好的事,您怎么不早说?"元妈说:"你是晓得的,我也有说不得的苦。"田月娥说:"现在好了,我和仁智请您保媒,先叫汉坤去看看那个女孩,只要他们乐意,这桩婚事就这么定啦。"

田月娥说得眉飞色舞,元妈听得也是心花怒放。她倒不是觉得自己和王仁智、田月娥夫妇亲上加亲,靠上了一棵大树,而是觉得她又要成全一段好姻缘,为世人做一件善事。田月娥见元妈既满心欢喜,又好像有心事的样子,便收住了笑容,诚恳地对元妈说道:"只是这辈分嘛,恐怕让您作难受委屈了。"

"月娥快莫这样说,"元妈连忙摆手道,"我这里没什么事,就怕你和仁智有讲究。"

"我和仁智也没什么讲究,"田月娥说,"要是汉坤和雅丽成亲了,到王家里就按王家的辈分叫,到赵家里就按赵家的辈分叫,这乱不了的,也不打紧。"

"这样也好。"元妈说。

"赵家畈那边就麻烦您先去说说看,我这边我回去就跟仁智和汉坤说。"田月娥说。

"那要得,我们就这么说好了。"

第 十 五 章

那天晚上,很难同时赶到家里一起吃晚饭的王仁智和王汉坤父子俩,也许是冥冥之中的心灵感应,他们一前一后几乎同时赶到家里吃晚饭。这让本来心里装着喜事的田月娥很是高兴。她实在是忍不住了,不得不打破她定下的"食不言,寝不语"的规矩,看了看正在埋头吃饭的父子俩,突然说道:"他父亲,汉坤也在这里,我有话说。"

"有话你说吧,"王仁智把伸去夹菜的筷子收回来,望着田月娥问道,"元妈那边有消息了?"

王汉坤见父亲母亲正在说话,而且说到了元妈,他觉得父亲和母亲说的事好像跟他有关,便放下碗筷,赶紧咽下口里的饭菜,坐直了身子,好听父亲和母亲跟他说话。

"汉坤,你吃饭吧。"田月娥说,"我们边吃边说。"

"元妈那里怎么说?"王仁智又问道。

"好事。"田月娥说了这两个字,忽然停住又不说了。

"我一进门就看见你高兴的样子,就晓得有好事。"王仁智说,"什么好事?你快说吧。"

王汉坤听母亲说是元妈说的好事,一改往日父亲、母亲跟他说媒人给他提亲时的态度,忽然也来了精神。虽说他一言不发,但从他脸上的表情和他的眼神,王仁智、田月娥都看出来了,他在急切地等母亲说的好事。

田月娥要的就是这个效果。于是,她把元妈跟她说的赵家畈赵文景的掌上明珠赵雅丽细说了一遍。当王汉坤刚听到赵文景和赵雅丽这两个名字的时候,心里就为之一动:不是读书人,不崇尚君子和淑女之道,何以取得如此文雅好听的名字。后来,他又听母亲说,赵雅丽跟别的女子不一样,她从小受父亲的影响,喜欢读书写字,知书达理,更是为之心动。但他尽量克制自己,不在父母面前喜形于色。

王仁智和田月娥毕竟都是过来人,王汉坤的面部表情他们都看在眼里。王汉坤原本是当事人,但田月娥先不问他而是先问王仁智:"他父亲,你说这事怎么办?"

"我还是这句话,孩子们的事让孩子们自己做主。他赵文景不也是这么说的吗?"王仁智说。

"你说呢?"田月娥问过王仁智后,这才回过头来问王汉坤。

"我听父亲和母亲的。"王汉坤说。

"那好,"田月娥说,"我们就等元妈的回信,要是那边也愿意的话,我们就尽快挑个日子,汉坤跟元妈到赵家畈去看人家。"

王汉坤不禁心里怦怦直跳,不过,他抑制住内心的喜悦,跟王仁智和田月娥说的还是那句话:"我听父亲和母亲的。"

王汉坤跟元妈去赵家畈看人家(相亲)的那天,正值阳春三月。元妈为了慎重起见,破天荒地叫上丈夫王世中一同前往。王汉坤恭请两位长辈走在前面,他紧跟着走在后面。元妈的裹脚走得慢,碰到不好走的地方,她的身子会前倾后仰地摇晃,紧随其后的王世中连忙上前搀扶一把。王汉坤见了,似乎又懂得了夫妻之间不仅相亲相爱,而且还要相扶相携的另一层含义。

从王家铺到赵家畈五里多路,走的是一个狭长的地带。中间是青石港,青石港的两岸是田地,与田地相接的是连绵起伏的青山。王汉坤仿佛走进一条长长的画廊,他感到一派春意盎然的气息:远处,满山坡的红花、白花,与满山坡的绿叶相映;近处,青石港两岸的垂柳轻轻地拂着碧绿的水面,不时有欢快的鱼儿跃出水面,在太阳的照耀下闪出道道银光;身旁,金黄色的油菜花盛开,阵阵花香引来一群群蜜蜂嗡嗡地在花中采蜜……

人逢喜事的王汉坤,更是被这明媚的春光撩得春心荡漾,他情不自禁地低声吟诵起来:

人间四月芳菲尽,山寺桃花始盛开。
长恨春归无觅处,不知转入此中来。

王汉坤吟完白居易的这首《大林寺桃花》,忽然想起崔护《题都城南庄》,他又低声吟诵起来:

去年今日此门中,人面桃花相映红。
人面不知何处去,桃花依旧笑春风。

吟着吟着,触发了王汉坤的灵感,他竟然来了诗兴。于是,他即兴来了一首:

桃李花开着画衣,绿柳岸垂生翠眉。
蜜引香蜂采花蕊,情催儿郎探春闺。

突然间,由远而近随风飘来一阵歌声:

金银哟花开吔,角呀嘛角杈杈,
姑娘哟打瓶酒,回呀嘛回娘家。
哪晓得娘见嗒,嘟呀嘛嘟嘟嘴,
只有哟爷接到,摸呀嘛摸下巴。

王汉坤听着听着,不禁扑哧一声笑了起来。他循声望去,见是一位中年男人在不远处边耕作边扯着嗓子唱山歌。就在王汉坤张望那位中年男人的时候,那位中年男人也在张望这边的两位老者带着一个后生。他觉得他们一家三口,好像是庄户人家,又好像不是庄户人家。于是,他又扯开嗓子唱道:

麻鞭哟水响吔,耕呀嘛耕农田。
只望哟秋收吔,是呀嘛是丰年。
交了哟皇粮吔,再呀嘛再交租,
只想哟还落几粒,把呀嘛把肚子填。

听到这里,王汉坤忽然心里沉重起来。

王汉坤怀着这种亦喜亦忧的心情,跟着王世中和赵元秀夫妇,不知不觉地来到了赵家畈。然而,一到赵家畈,他的心就狂跳起来。即便是他那时面对岩岭山大王胡占山明晃晃的大刀和县保安大队长王宝财的枪兵,他也不曾这么紧张过。他一连做了几次深呼吸,努力克制情绪,使自己尽快镇定下来。

那天,赵文景和妻子汤玉兰起得格外早。然而,当他们起来的时候,发现他们宝贝女儿赵雅丽比他们起得还要早,她坐在她闺房里的梳妆台前,既没梳妆,也没写字,而是凝神静思。尽管打鱼人家也读书写字,但不曾备得书案。赵雅丽只得将梳妆台当书案用,平日里她常坐在梳妆台前读书写字。所以,她的梳妆台里比别的女孩多了几样东西,便是笔墨纸砚。赵文景和汤玉兰看了她一眼,没有打扰她,便各忙各的去了。

赵家是一厢明三暗五的大瓦房。勤劳贤淑的汤玉兰一向把家里收拾得整齐清洁,因为第二天他姑妈要带人来看人家(相亲),头天下午她又把屋里收拾了一遍。仅仅过了一夜,她好像还是不放心似的,一人早起来,这里看看,那里瞧瞧,这里抹抹,那里扫扫。赵文景头天下午特地把进出他家的路修整了一下,原本是想把屋前坪地晾晒渔网的竹架再向外移一点,使大门前的坪地更宽敞一些,后来一想不移也不碍事,所以就放下了。可是,只过了一夜,他觉得不移还是不好。所以,他一大早起来,把晾晒渔网的竹架向外移了不少,大门前的土坪一下子空旷了许多。

汤玉兰在屋子里忙完后,又进厨房忙着准备茶水和中午的桌席,今天屋里有客,汤玉兰特地请了弟媳汪桂莲过来帮忙。赵文景忙完坪地里的事,又到堂屋里把来客后按主客座序的椅子摆好,然后坐下来吸了一袋烟。他估摸着他们从王家铺到赵家畈的时辰差不多了,便不时起身站在大门前向远处眺望。当他第三次站到大门口的时候,老远就看见王世中和赵元秀带着一个后生往他家走过来。他想,那个后生便是王汉坤了。

"玉兰,快出来,他们来了。"赵文景朝厨房里喊道。

"哦,我来了。"汤玉兰边回答边赶紧在围裙上擦了擦双手,解下围裙,穿过堂屋向大门口走去。由于她走得急,又是裹脚,走起路来颤颤巍巍。

赵文景见了忍俊不禁道:"你这个样子,莫让汉坤看到了。"

汤玉兰嗔怪地看了他一眼:"你的样子才可笑哩。"

就在赵文景和汤玉兰说笑间,王世中和赵元秀带着王汉坤来到他们屋前坪地,赵文景和汤玉兰赶紧迎上去。都是亲戚,他们的寒暄亲切自然,没那么多客套。等长辈们招呼完了,王汉坤这才上前先跟赵文景行礼,问候一声:"伯父好!"再跟汤玉兰行礼,也是问候一声:"伯母好!"

"屋里坐,屋里坐",赵文景和汤玉兰边说边把他们迎进堂屋。他们循礼按主客位置坐定后,王汉坤仍然站在堂下。元妈说:"汉坤,你也坐吧。"王汉坤这才在她身边的椅子上坐下来。他双腿并拢,身子挺直,双手自然地搭在膝盖上。

"桂莲,上茶吧!"赵文景朝厨房里喊道。汪桂莲双手托着雕花红漆茶盘应声而出,茶盘里放着刚沏好的五杯绿茶,清香四溢。她一眼看见了王世中和汤元秀,满面春风地边递茶边说:"哎哟,姑父、姑姑过来了,真是稀客,请两位喝茶吧。"王世中和汤元秀站起来接过茶说道："这次又要劳烦桂莲了。"汪桂莲说："您快莫这么说,真是得罪了。"说完,汪桂莲端着茶盘走到王汉坤面前说道："这位就是汉坤吧。"王汉坤连忙站起来向汪桂莲行礼："莲姨好!"他从茶盘里端了一杯茶,待汪桂莲转身离开后方才坐下。汪桂莲把茶盘里的最后两杯茶端给赵文景和汤玉兰后,转身去厨房里忙去了。

赵文景和汤玉兰夫妇原本就满意这门亲事,今日得见王汉坤更是喜上眉梢,尽管他的身材算不上高大,但也是一表人才,看上去格外精神。他的教养礼道,他的沉稳大方,赵文景和汤玉兰夫妇见了,就好像是六月间吃凉粉,心里沁甜的。赵文景看了看坐在身旁的汤玉兰,轻声问道："雅丽呢?也不出来见见客人。"

"在她屋里呢,我去喊她。"汤玉兰边说边起身走到堂屋西边那间后房。"雅丽,你姑爷、姑姑他们来了。"汤玉兰边喊边推开房门。

忽然,随房门推开而生的一阵风,将一张纸片不偏不倚刚好吹落到王汉坤的脚前。王汉坤瞟了一眼,只见四行秀丽的文字,便连忙弯腰捡起,想起身放至堂屋的八仙桌上,突然听到赵文景说道："雅丽平日里喜欢写写画画,想必那又是她涂鸦的什么吧。汉坤,你是读书人,不妨给她看看,指点指点。"

"是,伯父。但指点不敢当。"王汉坤回过赵文景的话后,双手才将那张纸片拂开,认真看了起来。原本那张纸片上的四行字,是一首四句七言诗:

紫燕入堂常徘徊,彩蝶弄枝时花飞。
芳树自妍添春色,珠帘独闭频蛾眉。

王汉坤惊喜不已。这首诗的意境和用韵,竟然和他刚才在路上自吟的那首完全一致,难道她和他真的是心有灵犀?!

这时王汉坤又忽闻丝丝深谷幽兰的淡雅清香扑鼻而来,他不禁深呼吸,慢慢地朝那边望去。他先见到的是一双穿着绿色缎面的三寸金莲,绿色缎面上是用红色、黄色、紫色花线绣的蝴蝶,轻盈妙曼,飘然而至。他再慢慢抬头向上望去,只见一个美丽的女子出现在他的面前。

那天,赵雅丽穿的是宝蓝色底布印有白色兰花图案的上衣和深蓝色的裤子,而这身衣服显然是多次换洗过的,但穿在她的身上淡雅洁净。两条乌黑的大辫子搭在她的肩头,系在辫尾上的红头绳与宝蓝色兰花图案上衣相映成趣。她那清澈的眼睛,饱满的红唇,娇俏玲珑的瑶鼻,微微泛红的粉腮,衬托着她美丽的容貌。她身材苗条、胸部丰满、肌肤嫩白、文静优雅,仿佛是天上的王母娘娘特意送给人间的仙女。

目睹了赵雅丽的美貌,让王汉坤突然想起西施浣纱、昭君出塞、貂蝉拜月、贵妃观花的故事来。他心里不禁感叹,即便是以沉鱼落雁、闭月羞花来形容赵雅丽的美貌也不为过。

正当王汉坤陶醉于赵雅丽美貌的时候,他的目光突然与赵雅丽的惊鸿一瞥相遇。四目相对,惊得两人心魄荡漾,羞得两人面红耳赤,赵雅丽更是面若桃花。也就是他们瞬间的四目相对,仿佛都感知到彼此的好感与欣赏,仿佛窥视到彼此心里的全部秘密。

尽管王汉坤与赵雅丽瞬间四目相对之后低头沉默不语,两人再也没有眉来眼去,但王世中、赵元秀夫妇和赵文景、汤玉兰夫妇,还是从他们瞬间的眉目中看出了端倪。他们再也用不着去管他们了,只顾在一旁说着家常话。

汪桂莲从厨房出来,她走到汤玉兰身旁耳语了几句。汤玉兰便转身对赵文景说道:"桂莲说,饭菜都准备好了,要不请姑爷、姑姑和汉坤先吃饭,有什么话等饭后再说。"

"吃饭!"这对王汉坤而言是个要做决定的信号。他来赵家畈看人家之前,母亲就嘱咐过他,要是他看了人家后不满意,就不能留下来吃饭;要是他留下来吃饭,就意味着同意了这门亲事。这个意思,元妈也曾委婉地跟他说过。然而,当他见过赵雅丽之后,即便是有人要赶他走,他也要留下来吃饭。

第十六章

　　王汉坤和赵雅丽的婚姻就这么定下来了。很快,他们拜堂成亲的黄道吉日也择定了。王汉坤和赵雅丽商量好之后,先是说服父母,再是征得岳父母同意,他们的婚事不照大户人家的样子操办,而是像寻常人家那样办场喜宴,以酬谢亲朋乡邻。因此,王汉坤和赵雅丽的婚礼办得是既寻常简朴,又热闹喜庆。倒是有几段值得说一说的插曲,又使得他们的婚礼不寻常起来。

　　县长王正波派人送来了贺礼;岩岭山大王胡占山带着贺礼只身前来道贺;王汉坤和赵雅丽的洞房闹得热火朝天、史无前例。这里且不说王正波如何派人送礼道贺,也不说岩岭山大王胡占山如何只身贺喜赴宴,单说王汉坤、赵雅丽的洞房,那是闹得非比寻常。

　　王家铺上下几个屋场里的这帮后生们,平日里被他们的族长王汉坤管教得是规规矩矩。他们见到王汉坤,虽说不像老鼠见到猫那样落荒而逃,但也是服服帖帖。他们早就憋不住了,只盼着在王汉坤的洞房花烛夜好好地闹他一回。

　　那天晚上的酒席刚散,这帮后生们便喊的喊、拽的拽、推的推,簇拥着王汉坤进了洞房。在众人的催促下,王汉坤揭开了赵雅丽头上绣有喜鹊图案的红色绸缎盖头。

　　"啊!"赵雅丽的美艳让这帮后生惊呆了,整个洞房顿时鸦雀无声。王家铺李木匠的儿子李松林突然打破这短暂的宁静,他大声喊道:"新姑娘房里三天无大小,我们闹洞房哟。"

　　王汉坤抬头看了李松林一眼,他晓得,今天领头闹洞房的一定是他。这个李松林从小识文断字,也读过一些书,长大后又跟父亲学艺做木匠,走村串户吃百家饭,长了不少见识。他平时喜欢听别人说四言八句,自己也常跟别人说四言八句,有时候甚至还搞点无伤大雅的恶作剧。

"你看我干什么。"李松林对王汉坤说,"今天你不是族长,是新郎官。"然后,他又转身对大家说,"你们说是不是啊?"

"是!"这帮后生异口同声地回答,仿佛要把房顶上的瓦片掀掉似的。接着,他们又是哄堂大笑。

赵雅丽惊人的美貌,原本就增添这帮后生闹洞房的兴致和劲头,经李松林这么一煽动,他们一个个像打了鸡血似的亢奋起来,有人甚至还在那里挖空心思,想在美人面前好好露一手。

"我们让新郎和新娘先来个牛郎织女过鹊桥,大家说好不好?"李松林大声喊道。

"好!"这帮后生齐声答道。

李松林搬来一条早就用红纸包好的矮板凳,他跟王汉坤和赵雅丽说,新郎、新娘同时分别从两头走上这条板凳,然后都走向中间,谁也不准下地相让,新郎要走到新娘上板凳的那一头,新娘要走到新郎上板凳的那一头。李松林的话音刚落,这帮后生就喊起来了:"上、上、上!""过、过、过!"

众愿难违。王汉坤一步踏上板凳的这头,赵雅丽见王汉坤站在了板凳的一头,她才迈着三寸金莲,在茶娘的搀扶下,颤巍巍地上了板凳的另一头。可是,他们各自刚走一步,就在板凳中间相遇。如果他们各自要到达对方上板凳的那头,只有两种可能:要么是他们先下地相让,再上凳走过来,这显然不行,因为这帮后生有规定;要么是王汉坤抱着赵雅丽转个身,这正是这帮后生的目的。看着王汉坤和赵雅丽站在板凳中间,这帮后生喊道:"抱一个,转个身!""要想转过身,那就抱一个。"

王汉坤刚要伸手,赵雅丽羞得连忙把头一低,正好碰到王汉坤的前胸,两人同时摇晃着从板凳上掉落到地上。王汉坤眼疾手快,一把扶住险些摔倒的赵雅丽。

"要不得,要不得""重新来,重新来",洞房里又响起了这帮后生的喊声。

洞房花烛,人生一世,也就这么一闹。虽说难为情,但他们心里仍然是美滋滋的。于是,王汉坤和赵雅丽又同时各自从两头站上了板凳,他们走到中间,他伸手抱她,她没有躲闪,可是,当他的手刚要搂住她的腰的时候,她顿时觉得众目睽睽之下浑身不自在,不由自主地腰一闪,结果连拱带拽,两人又一起掉落到地上,把这帮闹洞房的后生们笑得格外开心。

事实上，这帮后生们唱的"牛郎织女过鹊桥"这一出，并不想他们轻而易举地就过去，那样太没意思。只有一次过不去，再次过不去，他们觉得这才有意思。领头的李松林见这一出闹得差不多了，又抛出了下一出。他喊道："我们再让新郎和新娘来个夫妻双双吃苹果，大家说要不要得？"

"要得！"后生们响亮地回答道。

李松林拿出一个一头系着长长的红线的苹果，把红线的另一头从他们早就准备好了的挂钩中穿过，然后攥在自己手里，他对王汉坤、赵雅丽说，新郎和新娘同时咬住这个苹果，他们才算过关。说完，李松林慢慢地把苹果放到王汉坤、赵雅丽面前："你们咬吧。""咬吧，咬吧！"后生们也跟着一起喊道。

然而，等王汉坤和赵雅丽抬头去一咬，李松林就把手里的红线一拉，苹果从他们面前升上去了，眼前的情景，不是他的额头碰到她的下巴，就是她的下巴碰到他的额头，惹得后生们开怀大笑。

笑声过后，李松林再次把苹果放到王汉坤和赵雅丽面前说道："快咬吧。"后生们又跟着一起喊道："快咬吧，快咬吧！"

可是，又像上次一样，等王汉坤和赵雅丽抬头去咬时，李松林又把手里的红线一拉，苹果再次从他们眼前升上去了。这一次，不是他咬着了她的嘴巴，就是她咬着了他的鼻子，笑得这帮后生前俯后仰。

"哎呀，行啦行啦，"李松林笑着说道，"新郎和新娘都是读书人，看来，他们来俗的不行，要不，我们就给他们来点雅的？"后生们听后，又是一阵热烈的附和声。于是，李松林看着王汉坤和赵雅丽说道："我们来说点四言八句吧，我说一句，你们跟着我说一句，先是新郎跟着说，再是新娘跟着我说。"

王汉坤和赵雅丽相视一笑，没有说话。

李松林望着王汉坤说："来，新郎官，你先跟我说第一句：妹妹织布哥耕田。"

王汉坤觉得这有什么难的，便跟着说道："妹妹织布哥耕田。"

李松林又望着赵雅丽说："来，新娘子，你再跟我说第二句：我这丘田荒了十八年。"

赵雅丽的脸唰地一下子红到了脖子根，她低着头默不作声。

"说啊，说啊，快说啊！"洞房里响起了一阵阵有节奏的喊声。

赵雅丽被迫无奈，她用轻得连自己都听不到的声音喃喃地说道："我这丘田荒了十八年。"

"我好像只听蜜蜂的嗡嗡声,没听到新娘子说话啊。"李松林对着大家说,"你们听到新娘子说话吗?"

后生们喊道:"没听到,没听到,新娘子,再说一遍。"

赵雅丽心里知道,她再不大点声说是不行的。于是,她稍为提高了一点嗓音:"我这丘田荒了十八年。"

"你们听到了吧?"李松林大声问道。

这时候,人群中有人兴奋地喊:"听到啦!"有人故意地喊:"没听到。"

"新郎官都心疼了,"李松林说,"就你们这些人,真不晓得怜香惜玉。"他转身对王汉坤说,"你再跟我说第三句:哥哥今晚就耕田。"

王汉坤想,反正不说是过不了关的,何不爽快点。等李松林话音刚落,他便接着照李松林的话说道:"哥哥今晚就耕田。"

下面又轮到赵雅丽了。李松林对她说:"你再跟我说第四句:妹妹等哥共枕眠。"

夫妻同床共枕不是人之常情吗?再说这帮人不也是逗乐吗?赵雅丽再也不像刚才脸红得那么厉害,再也不像刚才那么低头不语,而是嫣然一笑。她稍微迟疑了一会儿,恰到好处地照李松林的话说道:"妹妹等哥共枕眠。"

洞房里顿时响起了此起彼伏的喝彩声和欢呼声。

"哎呀,快鸡叫了,人家夫妻还有事,我们都走吧!"其中一位后生说道。

"是啊。"李松林接着说,"我们闹也闹了,新娘的糖茶也喝了,新郎、新娘等着男耕女织呢,我们还是快回去吧。"

李松林说完,就起身往外走。这帮后生们也心领神会地连忙起身,相互推搡着走出了洞房。

刚才还热闹的洞房一下子寂静无声。王汉坤和赵雅丽都感觉到有点累,夫妻便双双踩上踏凳,坐到了雕龙刻凤镶嵌三十六块画有鸳鸯喜鹊连理枝玻璃图案棱玻床的床沿上。

突然,王汉坤扑哧一声笑了。赵雅丽娇嗔地看了他一眼,温柔地问道:"你笑什么?"王汉坤说:"我想起汉旺哥的事来觉得好笑。"赵雅丽说:"他的什么事让你这么好笑?"王汉坤便讲起了那件事的原委。他说,汉旺哥拜堂成亲都两三天了，他的新媳妇胡秀英却不好意思跟他圆房。汉旺哥着急地找到他，他便跟汉旺哥来到汉旺哥屋里。刚好那时汉旺哥的房前屋后开满了桃花，他便拿桃树跟胡秀英说事。他说他那天只跟胡秀英说了两句话，晚上她就跟汉旺哥圆房了。"哪两句话？"赵雅丽问。王汉坤告诉她说："是桃树就会开花结果，是女人就要结婚生娃。"

赵雅丽听后用妩媚的眼神看了看王汉坤，娇柔地说了声："你真坏！"便轻轻地靠到了王汉坤的身上。王汉坤顺势把赵雅丽搂进怀里，双双倒在龙凤床上。

王汉坤和赵雅丽结婚后，小两口既相敬如宾，又如胶似漆，日子过得和和睦睦，甜甜蜜蜜。也就是四五年光景，赵雅丽生下两儿一女，老大和老二都是儿子，老三是女儿，现在她肚子里又怀上了。这可把王仁智、田月娥乐得合不拢嘴。王仁智逢人便说："做人还是要积德行善，老天爷真是有眼！"王汉坤要父亲给儿女们取名字，王仁智对王汉坤说，"你的书比我读得好，还是你取吧！"于是，王汉坤给大儿子取名王克勤，给二儿子取名王克俭，给女儿取名王诗怡。

家里人丁兴旺，自然是开销陡增，商耕趋紧，家务繁忙。然而，王汉坤仍然是不事农耕，不问买卖，不理家务，整天不落屋似的忙于族人和乡邻的那些事。赵雅丽非但毫无怨言，反而鼎力相助。她相夫教子，操持家务，还常帮父亲打理品茗堂和买卖上的事，帮母亲缝补浆洗，种菜养猪，好让王汉坤一门心思去忙他的。

"汉坤，你过来一下，我有话跟你说。"那天晚饭后，王仁智把王汉坤叫到品茗堂后堂东厢房，然后说道，"汉坤，我想跟你说件事。"

"父亲有话请讲，"王汉坤说，"若是儿子做错了什么，请父亲教导。"

"你看家里添丁添口的，雅丽这又怀上了，眼看品茗堂快挤不下了，我跟你母亲商量好了，想给你和雅丽盖栋明三暗五的大瓦房。"

"让父亲母亲操心了，但这瓦房千万莫盖。"王汉坤说。

王仁智原以为王汉坤会爽快答应，但王汉坤却要他千万莫盖。人家儿子巴不得父母给他们盖栋大瓦房，王汉坤却不让他盖。他不晓得王汉坤心里是怎么想的，于是盯着王汉坤问道："屋里人多了，住不下，怎么就不盖呢？"

"这事父亲不跟我说,我也会找父亲说的,"王汉坤说,"我和雅丽商量好了,想把父母住过的那栋茅屋稍为扩大修缮,我们搬过去住。"

"那怎么行!"王仁智连连摆手说道,"不行,不行!"

"父亲先莫急,您听我把话说完。"王汉坤接着说道,"我和雅丽是这么想的,新盖一栋瓦房的花销很大,眼下时局不稳,世事难料,恐怕日后用钱的地方还很多。我算了一下,如果只是把那栋茅草屋稍加扩大修缮,泥砖自己田里铲;茅草山上有的是,请人割回来就行;扩盖的房间,在正副棱上砌个五六棱火砖就行了。这样一来,只需花点买火砖的钱和工钱,花销不到新盖瓦房的一成。"

王仁智不曾料到,汉坤竟然把这件事想得这么明白。忽然间,他觉得这是一个亲生儿子对他亲生父亲和母亲的一种分担,是他为他们着想,心里顿时涌动一股热流,眼睛湿润起来。他扭头平复一下自己的情绪,不让眼泪流出来。

这时候,父子间谁也没说话。过了一会儿,王仁智打破这短暂的沉静,他对王汉坤说道:"你和雅丽的想法好是好的。不过,搬过去住的应该是我和你母亲,而不是你和雅丽,还有孩子们。"

"这无论如何都不行,"王汉坤的话不容置疑,"我和雅丽都说定了,品茗堂这边,父亲和母亲一堆买卖上的事情要处理,住在这里也方便。茅草屋冬暖夏凉,住着舒适。我和雅丽都喜欢。再说,孩子们从小不能惯着,住在茅草屋,也好让他们懂得艰难困苦,这对他们长大成人有好处。"

王仁智又一次不曾料到,汉坤凡事想得这么细,想得这么深,想得这么远。作为父亲,哪怕是作为继父,他也感到从未有过的满足感和幸福感,他动情地对王汉坤说道:"那好吧,既然你和雅丽都这么坚持,就按你们的想法做吧!"

事实上,王汉坤坚持从品茗堂搬往之前王仁智和田月娥住过的茅草屋,除了他跟王仁智说的这些理由,还有一条王仁智、田月娥根本就不知道,就连赵雅丽也被蒙在鼓里的理由,那就是王汉坤的心里升腾起新的志向和远大抱负。

第十七章

　　话说王家铺这个地方,在偌大的世界版图上,恐怕只是一个连人们找都找不到的地方,在数百万平方千米的国土上,也只是一个弹丸之地。然而,特殊的地理位置,注定它是一隅要塞,一方热土。粤汉铁路紧毗青石港数百米后,于港湾处搭建的钢架大桥跨港而过,青石港上的这座钢架大桥,便成了粤汉铁路的咽喉,青石港又经青泥湖入长江,上至巴陵下至汉口。因此,这里水陆交通便利,又是陆上交通要冲,自古以来也就成了兵家必争之地。

　　在王汉坤很小的时候,他就常常听爷爷王世贤给他讲发生在这里的许多历史故事,比方说鲁肃修建点将台,诸葛亮火烧赤壁,杨幺义军大战洞庭湖,岳飞镇压杨幺义军途经此地洗马,还有湘军与太平军江北江南会战……这一个个故事,就好像一粒粒种子,在他心里扎了根。随后,王汉坤又跟爷爷和张先生读了不少圣贤书,以至于他在先哲前贤的道德文章中陶冶着自己的家国情怀。

　　然而,仅凭这些,不足以使王汉坤以天下为己任,在王家铺一带干出那么多感天动地的壮举。在漫长的峥嵘岁月中,他不忘初心,矢志不渝地为心中的理想与信念奋斗到生命的最后时刻。那么,足以使王汉坤为理想与信念奋斗终生的是他在王家铺遇到的一个人。这个人像是十月革命一声炮响给中国送来马克思主义那样,他给王汉坤传播了马克思主义,给王汉坤带来了国家和民族的希望之光。

　　实际上,与其说是王汉坤遇到了这个人,还不如说是他和这个人在历史时空的契合;与其说是王汉坤与这个人的契合,还不如说是人们对真理的追寻与人类文明的融合。如果不是王汉坤满腹经纶,满腔家国情怀,情系乡邻,那么,这个人就不会认为王汉坤的所作所为,与他所在组织的宗旨、主张那么一致,他也不会跑到王家铺来找王汉坤,王汉坤也不会对他跟他说的这些主义,以及他们组织的主张和宗旨那么认同,以至于成为他的灵魂、他的信仰。因此,他才那么坚守,至死都不离不弃,无怨无悔。

"少东家,少东家……"那天王汉坤从外头回来,刚踏进品茗堂,账房姜先生慌忙从柜台跑出来,急切地冲着他喊道。

听到姜先生喊他,王汉坤止住了脚步。姜先生说:"少东家,请跟我来。"王汉坤跟着姜先生走进柜台里间,姜先生探头探脑,四下张望。王汉坤见姜先生慌里慌张,神神秘秘的样子,不知道发生了什么事,便着急地问道:"姜先生,您有什么事,请说吧。"

"少东家,铺上来了一个人。"姜先生说。

"铺上天天人来人往的,来个人有什么好奇怪的。"王汉坤说。

"这个人确实有点怪,"姜先生见王汉坤脸上这才露出认真的神情,接着说道,"少东家这两天忙外头的事,早出晚归不在铺上。这个人来铺上两天了,住在君悦客栈,说是到这一带收山货贩茶叶。可是,说他是买卖人又不像是买卖人。这个人到铺上后,一边打听山货、茶叶行情,一边打听少东家。"

"他打听我干什么?我又不做买卖。"王汉坤说。

"是啊,怪就怪在这里。"姜先生又探头探脑四下看了一眼,又回头望着王汉坤,"这个人在铺上铺下、屋前屋后到处窥探,不晓他要干什么,该不会是冲着少东家您来的吧,您要多个心眼,提防着点。"

"姜先生费心了。"王汉坤说,"我跟他来世无怨,今世无仇,他冲我来干什么?"

"话是这么说,"姜先生说,"小心驶得万年船,少东家还是提防点好。不怕一万,只怕万一,您以后出门,恐怕后脑勺上得长双眼睛,要不身边多带个人。"

"让先生牵挂了,"王汉坤说,"请先生放心,我会小心谨慎的,不会有事的。"

"那就好,那就好。"姜先生说,"少东家有事先去忙吧,我去柜台了。"

"您去忙吧!"王汉坤说。

姜先生跟王汉坤说的这个人,其实他见过。所以,当姜先生跟他说起这个人的时候，他才显得那么镇定和从容。

那天早上，王汉坤去王家畈时路过君悦客栈，见客栈门口站着一个中年人。这个人便是姜先生说的那个人。他魁梧的身材，身着蓝色长袍、黑色马褂，远远望去仿佛是君悦客栈的一扇大门。王汉坤经过他身边的时候，忍不住好奇抬头仰视了他一眼，而正当王汉坤抬头仰视他的时候，正好他也在低头俯视王汉坤。两人的目光不期而遇，又倏地移开，王汉坤匆匆地从他身边走过，他望着王汉坤匆匆远去的背影。

然而，也就是瞬间的目光碰撞，他们从彼此的面部表情和眼神，似乎感知到了对方是什么人。那个高个子，他从身边匆匆走过的这个年轻人忧愁的表情和执着坚定的眼神，便觉得他就是传说中的王汉坤。而王汉坤呢，到铺上的生意人、卖艺人、庄稼人，还有三教九流，形形色色，来来往往，他是见多了。可是，他却从来没有见到过谁像那个高个子，一脸的刚毅大气和自信坚定，整个人透着一股英豪之气。在王汉坤看来，他今日见到的这个人，绝对不是一个寻常人物。

王汉坤没有看错，这个人的确不是一个寻常人物。他叫李大中，是一个笃信马列、意志坚定、视死如归的共产党人。李大中出生湘北青平乡一个中医世家，也是书香世家。时局动荡、兵荒马乱带给民众的疾苦，祖辈和父辈济苦救难的善举，在他心里种下了同情民众、立志为民的种子。民国十年，正在省城长沙求学的李大中，受郭亮、夏曦、柳直荀、张文亮等进步青年的影响，接受马克思主义，积极参加共产主义活动。次年年初，李大中加入长沙社会主义青年团。到民国十二年，李大中在长沙加入了共产党。民国十三年，中国革命实现第一次国共合作，受党组织派遣，李大中回到湘北青平一带，传播马克思主义，秘密发展党员，组建党的青平支部，并配合国民党开展工农运动，支援北伐战争，展开反帝爱国的革命斗争。

极具重要地理位置的王家铺，富有传奇色彩的人物王汉坤，自然成了李大中开展革命运动要去的地方和要找的人。那天早上，李大中站在王家铺君悦客栈的门口与王汉坤相遇，其实他是有意站在那里的，因为到王家铺虽然只有短短的一两天时间，他已基本摸清了王汉坤的活动时间规律。所以他要站在那里等他。尽管那天早上李大中和王汉坤相视而过，但他从王汉坤风尘仆仆的匆匆行色，从他与王汉坤不期而遇的目光，他就断定这个人就是他要找的王汉坤。而且他深信不疑,王汉坤将会接受他讲的革命道理,并将与他成为志同道合的"真同志"。

王汉坤从王家畈回品茗堂,必然要从君悦客栈门口经过。那天傍晚时分,李大中从客栈阁楼上下来,走出客栈大门,信步来到不远处的港堤上,他放眼早上王汉坤匆匆离去的方向,映入他眼帘的是一幅夕阳西下的壮丽图景:西边的地平线上,一轮火红的夕阳透过一片片黑褐色云层,闪耀一丝丝血色云彩;一望无际起伏绵延的田野,刚刚收割留下的禾桩在夕阳的照耀下仿佛金色波涛,宛如浩瀚无边波涛翻滚的金色沙漠。夕阳下奇特壮丽的风光,李大中陡然想起王维那首脍炙人口的《使于塞上》:

单车欲问边,属国过居延。
征蓬出汉塞,归雁入胡天。
大漠孤烟直,长河落日圆。
萧关逢候骑,都护在燕然。

此时此刻,李大中被不畏艰苦,不辱使命,以身许国的守边战士的爱国精神所感染,心生感慨,信心倍增。他今日来到王家铺,也是肩负组织赋予他的使命,即便遇到再大的困难,承担再大的风险,哪怕是流血牺牲,他要也克服困难,敢担风险,不怕牺牲,不辱使命。

正当李大中踌躇满志的时候,天慢慢地黑下来,李大中仍然眺望着西边方向的原野,只见远处一团黑影快速地向他这边移动。他揉了揉眼睛,那团黑影越来越近,他定睛一看,从那行色匆匆的身影,他判断来人就是王汉坤。于是,李大中回头往君悦客栈走过来。他应着王汉坤的脚步,等王汉坤刚好走到君悦客栈门口的时候,他便出现在他的面前。他上前抱拳施礼,客气地说道:"先生请留步。恕我冒昧地问一句,想必先生就是王族长了。"

王汉坤先是一惊,不过他很快就镇定下来了,连忙抱拳回礼说道:"鄙人正是王汉坤,敢问先生有何见教?"

"王先生是高人,久闻其名,如雷贯耳。岂是我这等人见教的。"李大中说。

"先生您真是太客气了,高看我了。"王汉坤抬头看着他,"敢问先生贵姓?"

"我叫李大中,也是青平人。"李大中以一种非常亲和的口气说,"往近处说,我们只算半个老乡,可往远处说,我们可就是实实在在的老乡了。"

王汉坤没有想到,青平也有这样气宇轩昂,又不失谦谦君子风度的贤人,真是山外有山,人外有人。他不禁对他眼前的这位李先生更加敬重起来。

"李先生才是真正的高人,能结识李先生,汉坤三生有幸!"

"我到王家铺来,可是对王先生慕名而来的。"李大中笑着说,"有幸见到王先生,我好像有很多的话要说。"他环视君悦客栈四周之后,又接着说,"王先生您看,这里不是说话的地方,可否借一步说话。"

"能与先生一席谈,胜读十年书,汉坤求之不得。"王汉坤说,"那我们就到先生下榻的君悦客栈说话。"

李大中说:"好!"

于是,他们一同走进了君悦客栈。

君悦客栈是一栋两重进深的商住建筑。它以中间天井为界,前栋为客栈,后栋为家住。客栈部分只有五间客房,实际上这只是在前栋堂屋和东西厢房上方间隔的阁楼。客栈的掌柜叫王文君,他是王汉坤的远房堂伯。说他是掌柜的,自然也说得上,因为他毕竟经营着一家客栈。但他也是个庄户人,耕种着一些田土。君悦客栈开起来的时间不长,名字还是王汉坤取的。他从王文君名字中取一个"君"字,意为来客都是君子,也意指王文君本人;再加一个"悦"字,意为住得满意,又意指王文君以和颜悦色和气生财而愉悦。平日里,王汉坤给君悦客栈不少关照,有王汉坤在,就没人敢为难君悦客栈。而眼下,王汉坤又在教他的小儿子王汉英识文断字,学打算盘。因此,即便王汉坤是后生晚辈,王文君也敬重他三分。那天,品茗堂的姜先生跟王汉坤说的那些话,就是王文君见李大中形迹可疑,他怕此人对王汉坤有什么图谋,这才特意跑去告诉姜先生,要他无论如何转告王汉坤的。

王文君见王汉坤和李大中喜形于色地一同来到他的客栈,心里的顾虑自然打消了不少,他对李大中也就热情和敬重起来。两天前,李大中来到他的客栈后,选择阁楼上最东边的那间客房住下。王汉坤和李大中走进客栈后,王文君迎送他们上了阁楼进了客房。他先问李大中房子里还要不要添点什么家什?李大中说,客房里的家什够用了,再不用麻烦王掌柜了。王文君又转身问王汉坤,看有什么话要告诉家里人的。王汉坤说,麻烦伯父叫汉英到他屋里说一声,就说他在这边有事,不回家吃晚饭了。

"好的,"王文君说,"那二位先请坐,我到楼下弄点茶水上来。"说完,他便下楼去了。

"您请坐。"王汉坤伸手向李大中做了一个请坐的动作,礼貌地说道。

"哎,您先请。"李大中说,"您到我这里来了,您就是客,我是主,哪有客人不坐主人先坐的道理。"说完,李大中便爽朗地笑了起来。

"照先生这么说,先生远道来到我王家铺,那更是珍贵的客人了。更何况老话说得好,年长分尊。若是先生不先入座,汉坤岂敢坐下。"王汉坤说完,望着李大中也笑了起来。

"那好,恭敬不如从命,我就不客气了。"李大中说完,就在王汉坤请他入座的那把椅子上坐了下来。他刚坐下,便对王汉坤说:"先生也请坐吧。"

李大中和王汉坤客套一番之后刚刚落座,王文君就一手用木刻茶盘托着两杯热茶,一手提着暖水壶上来了。他先把暖水壶放到房门边的长条行李架上,再双手端着茶盘走到李大中和王汉坤跟前,他把茶壶放到他们二人中间的茶几上,然后说道:"请二位用茶。"他边说边从茶盘中端出一杯茶,双手递给李大中,再从茶盘中端出另一杯茶,双手递给王汉坤。王文君收起茶盘,退至王汉坤身旁。他用像是商量又像是请示的口气向王汉坤问道:"族长,是吃晚饭的时候了,要不我下去备几个菜,二位就随意在我这里吃个便饭?"

尽管王汉坤是他们王氏家族的族长,但平日里王文君仍然是以长辈的身份叫他汉坤。今日他当着客人的面叫他族长,显然是给他在客人面前做人。王汉坤想喊声伯父,请他还是像往常那样叫他汉坤,但他一想到这样会使他在客人面前难堪,便忍了下来。他转而笑着对李大中问道:"先生的意思呢?"

"王掌柜的心意我领了,"李大中说,"我还不饿,就不用麻烦王掌柜了。"

"哎,"王文君笑了笑说,"人是铁,饭是钢,一餐不吃就饿得慌。二位总不能空着肚子说话吧。"

王文君三言两语，把李大中和王汉坤说得笑了起来。

"要不这样吧，"王汉坤先止住笑，"我们王家铺的新米碗糕软乎乎、香喷喷、甜沁沁，远近闻名，伯父这里有的话，就给蒸一笼，也好让李先生尝尝。"

"碗糕有，有、有……"王文君连忙说，"刚好是今天用新米磨的浆，又有新熬的米糖，我这就给二位蒸碗糕去。"

第十八章

王文君一阵风似的走了，房子里只剩下李大中和王汉坤两个人了，刚才三人说笑的热闹场面一下子静了下来。似乎一旦要说正事了，倒是李大中和王汉坤都难免有些拘谨。就在他们二人短暂沉默的时候，王汉坤觉得他理应先打破他和李先生之间的沉默。

"先生有何赐教，汉坤洗耳恭听。"

"王先生言重了，是我向先生讨教来了。"李大中说，"我早有耳闻，王先生学富五车，才高八斗，能说会道，人称'汉朝士'，那字写得是颜柳风韵，算盘顶在头上也打得行云流水。民间不乏高人，这话真的一点都不假。"

"李先生过奖了，那只是民间传闻，不可信的。"王汉坤说，"我那点雕虫小技，何足挂齿。"王汉坤见李大中微笑地看着他，便又说道，"听先生说话，我倒是觉得先生饱读诗书，颇有陶朱公气度。"

"哈哈哈……"李大中爽朗地笑过之后，不禁脱口而出，"汉坤贤弟，您也真会夸人，怪不得人家说您是'汉朝士'呢。"

李大中不经意的一声"汉坤贤弟"，虽然叫得自然，但他们两人同时都感到些许惊讶。在李大中看来，他和王汉坤仅一面之交，他就称起人家贤弟来，这是不是有点操之过急，给王汉坤留下轻浮之感。而王汉坤呢，虽然他对李大中这声"汉坤贤弟"多少感到有些突然，但他觉得这要比之前县长王正波在酒桌上叫他的那声"汉坤贤弟"真诚得多,李大中是发自肺腑的,而王正波则是逢场作戏。想到这里,王汉坤不禁心生感动,他对李大中说道:"承蒙李先生错爱,但愚弟不贤,不敢妄承先生如此称呼。"

"汉坤贤弟乃当今社会贤达,如此称呼也是实至名归。"李大中说。

尽管王汉坤和李大中仍在相互客套谦让,但就是李大中的这声"汉坤贤弟",拉近了他们彼此的距离。王汉坤说道:"我能和李先生相见,不说是三生有幸,也是有缘。我们也就不要再见外了,先生来先生去地叫着,说起话来也不方便。既然先生屈尊先叫了小弟,那小弟日后就高攀仁兄了。"

王汉坤说完便起身站了起来抱拳施礼,给李大中鞠躬:"仁兄在上,小弟有礼了。"

李大中连忙上前一把扶起王汉坤:"兄弟之间,何必这么客气。只不过……"李大中看了看王汉坤的表情,接着说,"只不过这只是我们单独在一起说话时候的称呼,但在外人面前,我们还是以先生相称的好。"

王汉坤若有所思,突然懂得了李大中这句话的含义,也印证了他对李大中身份的某种猜测。

王汉坤和李大中说话间,忽然有股香气扑鼻而来。原来是王文君用客栈端菜的大木盘,装着一笼热气腾腾的碗糕和两碗香葱鸡蛋汤,还有农家腌制的霉豆腐、萝卜丁和豆瓣酱上楼来了。

见到如此美食,刚才还说不饿的李大中顿时口舌生津,王汉坤早已饥肠辘辘。然而,他们只是欣赏着眼前的美食,谁也不先动筷子。

"请二位尝尝,看看味道怎么样。"王文君说。

王汉坤从木盘中取出一双筷子递到李大中面前:"请李先生先用。"

"哎,"李大中把王汉坤递给他的筷子推到王汉坤面前,"老话说,东家不饮客不餐。"

"李先生是客,还是李先生先请吧。"王汉坤说。王文君见机也附和道:"李先生是客,还是客人先用吧。"

"那我就不客气了。"李大中接过王汉坤递给他的筷子,从笼子里夹起一个碗糕,放到嘴边咬了一口,然后细细地咀嚼,慢慢地品尝。

"味道怎么样?"王汉坤问道。

"嗯,"李大中说:"正像你开始说的那样,'软乎乎、香喷喷、甜沁沁'的,嗯,好吃。"

"那您就多吃点。"王汉坤说。

"王先生,您也吃啊!"李大中见王汉坤还没动筷子,边说边从木盘里取出另一双筷子递给王汉坤。王汉坤双手接过李大中递给他的筷子,与李大中一道吃了起来。

"请二位慢用。"王文君说完退出了他们的房间,轻轻地带上了房门。

李大中和王汉坤边吃边聊了起来。

"我听说,贤弟放着自家的农耕、买卖和家事不闻不问,而是整天一门心思只为乡亲们办事,实在令人钦佩!"

"仁兄有所不知,小弟也是逼上梁山啊。谁让我们生不逢时,遭遇这么险恶的世道,兵匪横行,官府压榨,眼看着乡亲们受苦受难,小弟总不能不管不顾吧。"

"所以我说,贤弟才是真正的仁者贤者,尽管只是一介书生乡绅,却能以排解民众疾苦为己任,真的是难能可贵,即便是历史上心系百姓的好官范仲淹、于成龙也莫过于此。"

"仁兄太过奖了。只怪小弟无能,又分身乏术,不能像扁担挑水那样,一心挂住两头。我呢,只好暂且顾及这头,放弃那头。好就好在憨人有憨福,父母和内人不光不埋怨我,还倾力支持我。"

"这真是太不容易了,为兄的为贤弟感到庆幸。"

"哎,"王汉坤长长地叹了一口气,"即便是这样,我也常常是为乡亲们的事心有余而力不足,真是印证了晏殊那句'无可奈何花落去'啊。"

李大中紧接王汉坤的话题,意味深长地说出了下一句:"似曾相识燕归来。"

王汉坤和李大中不约而同地笑了起来。

李大中跟王汉坤聊这个话题,原本他是想投石问路,也好好探探王汉坤的虚实,谁承想他一石激起千层浪,引起王汉坤如此这般诸多感慨。在王汉坤的这些感慨中,李大中看到他潜意识里忧国忧民的情怀,看到他守土安民,保护一方百姓平安的责任与担当,看到他在混乱时局中力不从心的无奈。而这正是李大中希望看到的，也为他继续与他聊下去增添了信心，提供新的话题。李大中感到有些兴奋，他不禁起身在房子里踱起步来。王汉坤也随即起身，但他站在原地没动，看着李大中踱来踱去。李大中走了几圈忽然停下来，他回到座位坐下来，随后伸手示意王汉坤也落座。李大中动情地对王汉坤说道："我理解贤弟的苦衷。在这乱世之中，如果有更多的人觉醒起来，能够像贤弟这样为民请命，也许这个世道就不是现在这个样子了。"

"我真没有仁兄说得这么高尚。"对李大中的再次褒奖，王汉坤不好意思了，"我也只是在尽自己的本分，凭良心做事。如今兵荒马乱，官府欺压，百姓生活在水深火热之中，总得有人站出来为他们说话，为他们办事。"

"所以我说嘛，"李大中说，"要是有越来越多人能够像贤弟一样觉醒起来，事情就好办多了。"

"可是，眼下兵荒马乱，人人自危，怎么才能让越来越多的人觉醒起来呢？"王汉坤疑惑不解，他像是问自己，又像是在问李大中。

"难道贤弟就没听到什么风声吗？"李大中反问道。

"风声倒是听到了不少，"王汉坤说，"可那都是耳听为虚，不足为信。"

"贤弟都听到了哪些风声，不妨说来听听。"李大中说。

"这个嘛……"王汉坤正在犹豫中，他见李大中向他投来真诚可信的目光，便打消了顾虑。"我听说像远处的上海、广州，像近处的汉口、长沙、岳阳都在闹革命。这些地方提出打倒军阀，打倒列强，打倒土豪劣绅，喊出了反帝反封建、抵制日货的口号，还开展了支持罢工、支援北伐战争的革命活动。"

李大中边听边微微点头，他对王汉坤关注时局投以赞许的目光。王汉坤从李大中的目光中受到鼓励，他接着说道："我还听说，青沪惨案激发了国人的愤怒，反帝爱国斗争风起云涌，工农运动如火如荼。好多地方还因此成立了工人组织、农民协会、商民协会、妇女联合会和学生联合会，组织民众投入大革命斗争。"

"所以我刚才说，"李大中忽然又站起来，双手像是振臂高呼用力向上一挥，"如果有越来越多的人像贤弟这样忧国忧民，我们这个国家，我们这个民族就有希望了！"

王汉坤受李大中情绪的感染，也跟着站了起来，和李大中面对面地站着说话:"小弟深感惭愧,我做的这些事,顶多也就是讲个良心,尽个本分,还谈不上忧国忧民。"

"哎,贤弟过谦了。"李大中说,"革命的方式多种多样,忧国忧民的方式也多种多样。"李大中忽然用手轻轻地拍了拍王汉坤的肩膀,"我看啊,贤弟眼下为乡邻们所做的这些,本身就是一种革命,就是一种忧国忧民。"他见王汉坤若有所思的样子,又换了一种口气对他说,"先贤不是说过吗,'天下兴亡,匹夫有责',只要贤弟有心,这忧国忧民,参加革命,有你大显身手的时候。"

话说到这个份上,王汉坤想起他听到的传言,似乎印证了他的猜测,站在他面前让他仰视的这个人,他的真实身份,一定与那些传言有关。

"既然仁兄与我坦诚相见,有些话我也不想藏着掖着了。"

"贤弟有什么话,尽管说好了。"李大中说。

"我还听到一个重大消息,当我听到这个消息的时候,既惊喜又兴奋。"

"什么消息能让贤弟如此这般。"李大中突然凑到王汉坤跟前,压低声音问道。

"听说中国出了共产党。"王汉坤也压低声音,凑到李大中耳边说,"这个共产党跟国民党完全不一样。"

"怎么个不一样?"李大中询问似的眼神看着王汉坤,"贤弟说说看。"

"仁兄见多识广,要是小弟说得不是,"王汉坤说,"还请仁兄赐教。"

"赐教我可不敢,"李大中看着王汉坤淡然一笑,"不过,我们可以相互讨教。"

"那我就班门弄斧了,"王汉坤说,"虽说辛亥革命推翻清王朝,建立民国政府,但实际上换汤不换药。国民党嘴上说实行'三民主义',做的却不是这样。只有共产党才是真心实意为劳苦大众的。"王汉坤又像刚才那样压低声音,凑到李大中耳边说,"我还听说,好多地方的共产党组织正在蓬勃兴起。"

"是这样,贤弟说得不错。不过……"李大中看了看王汉坤,改用商榷的口气,"贤弟说的这个,我觉得有必要做些解释。这一嘛,辛亥革命推翻清王朝后,建立的是民主共和政体的资产阶级共和国,为共产党人领导新民主主义革命开辟了道路。这二嘛,时下共产党与国民党联盟,开启了国共合作,进行反帝爱国斗争革命运动。"

"哦,原来是这样。"王汉坤不好意思地低下头,"小弟孤陋寡闻,还是仁兄见多识广,小弟受教了。"

"贤弟何出此言,"李大中说,"我看贤弟的说法很有见地。只是出于目前复杂斗争形势的需要,我们说话办事不得不讲究策略而已。"

李大中和王汉坤又各自回到自己的座位。从刚才的交谈中,李大中觉得他向王汉坤传播马克思主义,宣传共产主义思想的时机成熟。因为在他看来,中国传统文化陶冶了王汉坤的家国情怀,为他接受这些主义和思想奠定了思想基础;凭良心、守本分的责任担当,又为他践行党的理想和宗旨奠定了行动基础。于是,李大中兴奋地站起来,像在省城跟那些进步学生宣讲那样,从俄国十月革命,讲到中国的五四运动;从五四运动,讲到中国共产党的诞生和发展;从中国共产党的诞生和发展,讲到马克思主义和共产主义思想;从马克思主义和共产主义思想,讲到中国共产党的宗旨、纲领、奋斗目标和任务;从中国共产党的宗旨、纲领、奋斗目标和任务,讲到中国共产党领导掀起的反对帝国主义和封建地主阶级革命斗争的浪潮;从反帝反封建的浪潮,讲到李大钊、毛泽东、蔡和森、何叔衡、刘少奇等一批又一批仁人志士以挽救国家和民族危亡为己任,毅然接受和传播马克思主义,义无反顾地加入中国共产党,投身革命……

李大中时而绘声绘色,时而慷慨激昂,王汉坤听得是热血沸腾,兴奋不已。他再也按捺不住激动心情,霍地站起来,铿锵有力地对李大中说道:"这才是国家之中流砥柱,这才是民族之脊梁,这才是国家和民族之希望!"

李大中上前紧紧握住王汉坤的手:"贤弟说得好!"

"只可惜……"王汉坤忽然感到有些失望,但他只说了"只可惜"三个字,便把后面的话咽了回去。

"只可惜什么?"李大中知道王汉坤说可惜的意思,但他还是关切地问道。

"只可惜像我们这样的人……"王汉坤以一种近似失落的眼神看了看李大中,"要想加入这个组织,只怕是两手提篮(难),左篮(难)右也篮(难)。"

"贤弟多虑了。"李大中说,"虽说贤弟是族长是乡绅,但贤弟所做的都是为了乡民,实际上这完全符合组织的主张。只不过……"李大中看了看王汉坤期待的眼神，"只不过是还要有更高的追求，不管是什么人，只要想加入这个组织，就要拥护组织纲领，执行组织决定，完成组织使命，保守组织秘密，经受组织考验。当组织需要你的时候，甚至是不怕流血牺牲。"

"这是当然，"王汉坤显得异常激动，"自古以来，但凡仁人志士，无不舍生取义。文天祥不是说过吗，'人生自古谁无死，留取丹心照汗青'。不瞒仁兄说，其实从我选择了当族长做乡绅，就早已把自己置之度外，当然也包括生死。只是……"

"只是什么？"李大中见王汉坤欲言又止，便急切地问道。

"只是我不是仁人志士，更谈不上像仁兄说的共产党员，因为我还没他们那么宽广的胸怀，那么高的境界。"

"贤弟自谦了。"李大中说，"像贤弟这样的人，称得上仁人志士，我等实在钦佩。"

"仁兄过奖了，"王汉坤说，"不过经仁兄这么一说，我还真想做个仁人志士，更是向往成为您说的共产党员。"

"我说嘛，贤弟绝非等闲之辈，有理想、有追求。"李大中说，"不过加入组织的事绝非儿戏，组织有组织的规定。但凡是要求加入组织的人，不光是要有坚定的信仰，还要经过严密的组织程序和组织审批。"

"这是自然。"王汉坤问李大中说，"那眼下组织的主要任务是什么？"

李大中不假思索地回答说："唤醒民众，组织民众，抵制日货，支援北伐，开展反帝反封建的革命斗争。"

"哦，我懂了。"王汉坤说。

这时候，一道道晨曦穿过东边窗户的木格子，投射到李大中、王汉坤倾心交谈的房间，他们这才忽然发现，他们已是彻夜长谈，现在天都亮了，太阳出来了。他们看到一道道晨曦从窗户投射进来的时候，几乎是不约而同地兴奋喊道："紫气东来！"

第 十 九 章

　　王汉坤与李大中告别后,他没有惊动王文君,而是一个人悄悄地从君悦客栈出来,朝自己家里走去,迎接他的是一幅秋日早晨温暖而又壮丽的画卷:东边地平线上,一轮红日冉冉升起,朝霞映红了东方。尽管迎面而来的晨曦照得他有点睁不开眼睛,但他感到心里暖洋洋的,他庆幸,遇到了李大中。一路上他仍然沉浸在他和李大中交谈的兴奋中,沉醉在李大中给他惊喜的喜悦中。

　　突然间,王汉坤的脑子灵光一现,李大中跟他说的这些话,使他感到醍醐灌顶。是啊,像李大钊、毛泽东、蔡和森、何叔衡他们那样饱读圣贤书的仁人志士,都毅然接受马克思主义,信仰马克思主义,践行马克思主义。难道这不足以说明,真理是相通的?李大中给他讲的这些马克思主义原理和共产主义思想,还有组织纲领与宗旨,乍听起来似乎格外新奇,但细想起来似曾相识,更像说到他心坎里去了。他推本溯源,从老祖宗留下的道德文章中,常常寻觅到它们的踪影;是这片古老的文化沃土,使它们得以迅速传播,并生根、开花、结果。而李大钊、毛泽东、蔡和森、何叔衡这样的仁人志士,正是涵养了"为天地立心,为生民立命,为往圣继绝学,为万世开太平"的家国情怀,才有这样的智慧,这样的胆略,这样的勇气,将马克思主义、共产主义思想与这种家国情怀、道德文章融合,寻求到了拯救劳苦大众,拯救国家民族于危亡的革命道路。

　　王汉坤越想越感到兴奋,越想越感到庆幸,不知不觉地到了家门口。家里的大门虚掩着,他知道,妻子赵雅丽早已起床,黎明即起,洒扫庭除,自赵雅丽嫁给他之后便一直都是这样。然而,他仍然怕惊动她似的,蹑手蹑脚走进房间。赵雅丽不在,她已经在厨房里烧茶做饭了。床上的被子没叠,显然是她等他回来后顺势倒在床上躺一会儿。王汉坤没有到床上躺下,而是在床头边的圆椅上坐下来,仰面靠背,他想就这样闭目养神休息片刻。

事实上,王汉坤进门的那一刻,赵雅丽就知道他回来了。她等他进了房间,她才跟了进来。她见他脸色憔悴疲惫的样子,心疼地问道:"又是一夜没睡吧?先到床上躺一会儿吧。"

"不了,今天还有好多事。"王汉坤说。

"累了吧。"赵雅丽说完,便走上前去揉捏王汉坤的肩颈。忽然间,一颗颗晶莹的泪珠从王汉坤的面颊滚落下来。她和他成亲四五年来,她还是第一次看见他流泪。她收起正在揉捏的双手,俯下身子,把王汉坤的头轻轻揽在自己怀里。这时候,王汉坤好像失散多年的孩子突然回到母亲的怀抱,他在赵雅丽的怀里哽咽啜泣起来。

赵雅丽心里清楚,他这不是因为遇到什么难事而哭,也不是因为碰到什么伤心难过的事而哭,更不是受到什么委屈而哭。他这是激动而哭,是喜极而泣。因为在这之前,哪怕是遇到再大的困难,哪怕是面对山大王的威胁和大刀,别说是这般哭泣了,她甚至没见他掉过一滴眼泪。然而,仅仅过了一夜,他竟然像个没长大的孩子,在她的怀里哭得这么畅快。她不知道昨天夜里到底发生了什么,但她知道他有哭的理由,而这个理由足以使他喜极而泣。

那天晚上,君悦客栈掌柜王文君的儿子王汉英跑来告诉她,说汉坤哥在客栈有事,不回来吃晚饭了,要她不要等了。她的直觉告诉她,他一定是和新来铺上的那个人会面去了。而王家铺新来的那个人,就是李大中。实际上,品茗堂姜先生因一时找不到王汉坤,就把他对住在君悦客栈的这个人的怀疑事先告诉了赵雅丽,要她给王汉坤提个醒。经姜先生这么一说,起先并不经意的赵雅丽,便也注意观察起这个人的行踪来。不过,赵雅丽观察的结果与姜先生说的迥然不同。她眼中的这个人不像个买卖人,因为她在他身上看不到买卖人的俗气。她所看到的这个人倒像个正人君子,因为她在他身上看到了她不曾见过的一种与众不同的风骨和气质,令人心生敬畏。他注意观察王家铺和王家铺人的行为,不是鬼鬼祟祟,而是谨慎机警;他打听王汉坤的底细,似乎并不像是对他图谋不轨,而更像是与他携手同谋宏图大略。所以,赵雅丽认定这个人是个好人而非坏人。王汉坤与他彻夜长谈,一定是他们在商量什么大事。即便王汉坤彻夜不归,她也不去找他,也不去告诉王仁智和田月娥夫妇。

知夫莫若妻。赵雅丽知道,王汉坤不是等闲之辈,而是一个有志向有抱负的人。当王汉坤拖着疲惫的身体却面露兴奋神色回到家里的时候,当他把头埋在她的怀里像个孩子哭泣的时候,她就晓得,他和那个人的大事商量好了,而且他们商量好的大事将会惊天动地,将实现他的志向和抱负。不然的话,他回到家里也不至于像现在这个样子。因此,赵雅丽为丈夫感到庆幸。然而,此时此刻,她什么也不问,只是把王汉坤紧紧地搂在怀里。她只想以一个妻子的理解与温存,给他慰藉,给他力量。

王汉坤确实是喜极而泣。李大中跟他说的那些主义、思想和宗旨,使他无法抑制自己激动的心情。当他回到家里的时候,当他一直深爱着的妻子以一种理解、宽容、关爱的笑容回应他的时候,他感到欣慰,感到温暖,感到幸福,而他却不能把他心里的话告诉她,即便是相濡以沫,同床共枕,平日里无话不说的妻子,他也不能,他又为此感到委屈、痛苦。当这两种情感交织在一起的时候,王汉坤再也控制不住自己的情绪,索性在妻子怀里畅快地哭了起来。

他从君悦客栈回家的路上开始,直到坐在自己常坐的椅子上,就一直处在既兴奋不已,又自省自责的复杂思绪中。在这之前,他作为读书人,作为乡绅、族长,是为族人和乡邻做过一些事情,有时候他甚至还不顾个人安危。但这只是他在凭他的良心,尽他的本分。然而,仅凭他一己之力,即便是他疲于奔命,累死累活,也不能拯救乡民于水深火热之中。他也曾踌躇满志地想做个"修身、齐家、治国、平天下"的大丈夫,去"为天地立心,为生民立命,为往圣继绝学,为万世开太平"。然而,仅凭他一个凡夫俗子,只怕是空有一腔热血,因为他觉得自己既没那种能耐,也不知路在何方。

现在好了,有高人给他引路,他可以"修齐治平",在实现革命理想的路上大胆地往前走了。他要像李大中说的那样,做个共产党员,就要有信仰,有党性,去执行和完成李大中跟他说的组织上关于目前"唤醒民众,组织民众,抵制日货,支援北伐,开展反帝反封建的革命斗争"的任务。王汉坤思前想后,觉得他应该像李大中跟他一起商量的那样,他仍然以乡绅和族长的身份,继续调理民事,服务乡里。但他更重要的任务,是利用乡绅和族长的身份便于活动、便于隐蔽的优势,动员和组织族人和乡邻,抵制日货,支援北伐,开展反帝反封建的革命斗争。

在王汉坤看来,从服务族人和乡邻到唤醒他们,尽快使他们觉醒起来参加革命,这本身就是一场革命。而这场革命不能一蹴而就,只能循序渐进。王汉坤从自身的经验找到答案,如果不是他当初读了那么多圣贤书,明白了老祖宗说的春秋大义,他也不会那么快那么信服地接受李大中跟他讲的那些革命道理。要想族人和乡邻尽快觉醒起来,首先要做的就是对他们晓之以理,把咱们老祖宗留下的那些春秋大义说给他们听。因此,王汉坤想好了,接下来他要做的第一件事,就是组织族人和乡邻识文断字,读书明理。

王汉坤当初说服父母王仁智和田月娥从品茗堂搬出来,还有一个更为重要的理由,就是要把这里作为族人和乡邻识文断字、读书明理的地方。因为他当时并没有跟王仁智和田月娥说这个道理,现在他又要做这件事了,还得征得父母的同意。因此,王汉坤趁那天一家人在一起吃晚饭的机会,对王仁智、田月娥说道:"父亲、母亲,汉坤有件事想禀报二老。"

"这孩子,一家人说话还这么客气。"田月娥带着嗔怪的口气说道。

"汉坤,你有什么事只管说,都是一家人,好商量。"王仁智说。

"我想把品茗堂中堂的东西厢房腾出来,"王汉坤以征询的眼神看了看王仁智和田月娥,"我想在这里教族人和乡邻识文断字,学打算盘。"

"这是好事。"王仁智说,"福荫族人子孙,为祖上积德,这是好事!"王仁智边说边以释疑与赞许的目光看着王汉坤。王汉坤当初搬出品茗堂,原来还有这么一层原因在里头。他不禁对眼前的王汉坤刮目相看。

"那就多谢父亲和母亲了。"王汉坤起身向王仁智和田月娥道谢。

"你看这孩子,一家人有什么谢不谢的。"田月娥说。

"明天我就叫姜先生把房子给你腾出来,你就放心按你的想法去做吧。"王仁智说。

那天,品茗堂中堂的东厢房,又像当初推举王氏家族族长候选人那样,坐满了从王家铺、王家大屋、王家新屋、王家冲和王家畈来的长老王修祥、王文远、王文庆、王修德、王修平等人。所不同的是,那次是前任族长王名堂想自己继任族长,请家族长老前来圆场的;而这次则是新任族长王汉坤请家族长老前来议事的。还有,王汉坤这次不光请来王氏族人的长老,他还请来了张家店张氏族人长老张尚清、罗家畈罗氏族人长老罗崇儒、杨家坳杨氏族人长老杨道元。此外,他还请来了铺上从事买卖的君悦客栈掌柜王文君。

品茗堂中堂的东厢房一下子坐满了人。起初,他们因为不知道王汉坤葫芦里卖的是什么药,于是,窃窃私语,你问我,我问你,大家谁也回答不了,只好你看看我,我看看你。不过,他们都相信王汉坤的为人,王汉坤请他们过来,必定有好事。

"各位父老乡亲,"王汉坤见他请的人都到齐了,便起身先尊称大家一声,然后给大家鞠躬施礼,"今日晚辈失礼,劳烦各位长老前来,晚辈先给各位长辈赔个不是。"

"汉坤,你就莫讲礼了,有什么事,你只管跟我们说。"张尚清、罗崇儒、杨道元接二连三地说道。

"是啊,汉坤,有什么事你就说吧。"王氏族人的长老也随声附和。

"各位长辈,那晚辈就说了。"王汉坤说。

"说吧,说吧……"长老们异口同声道。

"要是晚辈说得不是,还请各位前辈赐教。"王汉坤说,"晚辈今日请各位长老来,是有两件事要向各位长老请教。这一嘛,各位长老都知道,家国兴旺在于得道,得道在于明理,而明理则在于读书。所以我想,时下我们应该教族人和乡邻识文断字,读书明理。"

"汉坤说得好!"王文远忍不住站了起来,"当初汉坤的太爷给我取名文远,意思就是能文则能致远。"

"正是这样。"王文庆也忍不住站起来,"汉坤的太爷给我取名文庆,意思也是像古人说的,'积善之家必有余庆',有文之家也必有余庆。"

"汉坤此举了得!"罗崇儒说,"汉坤此举利在当代,福泽子孙,我等定当成全大事。"

这时候,东厢房里几乎所有的人都站了起来,他们都说,王汉坤刚才讲的这件事是件大好事,他们定当在族人和乡邻中办好这件大事。

"那就好!"王汉坤说,"既然各位长老都说这是件好事,各位长老又是读书明理的前辈,那就劳烦各位长老回去后,从简单的识文断字开始,比如说

《三字经》《弟子规》《百家姓》《增广贤文》之类的典籍，我这里给各位准备了一些，要是还不够，也只好请各位长老自己想想办法了。"说到这里，王汉坤停了停，他看了看各位的神情，接着说，"不过，其中有一点非常重要，就是要边教族人和乡邻识文断字，边给族人和乡邻启蒙开悟明理。"

满厢房的族人长老都说："这样甚好！"

"那这件事就这么定了。"王汉坤接着说第二件事，"想必各位长老已有耳闻，眼下军阀混战，时局动荡，好多地方为保一方平安，民众都组织起来了，城里成立了工会、商会、妇女会和学生会，乡里也成立了农民协会。大家组织起来，团结才有力量。所以我想，我们这附近的七八个屋场的乡邻也应组织起来，成立一个农民协会，不知各位长老意下如何？"

"这个主意太好了！"杨道元显得异常激动，他霍地站起来，继续说道，"王族长真是宰相肚里能撑船，胸怀大，气魄大。王家铺附近的就七八个屋场，你们王氏族人就占了五个，人多势众，不怕受欺负，但你王族长不是自扫门前雪，不管他人瓦上霜，不怕受连累，想到的却是我们独屋独场势单力薄的杨氏族人、张氏族人和罗氏族人。尽管我与你父亲同辈，但今天无论如何请你受我一拜。"

杨道元说完，便打躬作揖要向王汉坤行大礼。王汉坤上前一把扶住杨道元："杨老伯，这万万使不得，您老折煞晚辈了。"王汉坤诚恳地说，"其实，晚辈也没做什么。俗话说，'人心齐、泰山移'，我只是想，我们成立一个协会，把附近的几个屋场联合起来，万一日后哪个屋场有难，也好有个照应。"

"汉坤的主意好，说得也好。"张尚清也激动地站了起来，"汉坤在张家店张先生那里求学时，我就发现他乃栋梁之材，今日得见，果不其然。刚出道，他就给我们支了两大高招，实在是令人钦佩不已。我看成立农民协会，这个会长非汉坤莫属。"

"尚清老哥说得好！"罗崇儒又站起来说，"我赞成成立农民协会，拥护汉坤当这个会长。"

在座的几位王氏族人长老自然是一致赞成成立农民协会，一致拥护王汉坤出任会长。

"各位长老，"王汉坤对大家抱拳拱手施礼，"多谢各位前辈抬爱，晚辈我定当竭尽全力，不辱使命。只不过……"王汉坤迅速地扫视了大家一眼，接着说,"只不过我这里还有两个意思要禀报各位长老。这一嘛,是农民协会成立要立规矩、立章程,还要大伙儿选举会长。这二嘛,虽说铺上的商户也不少,但单独成立商会又不够,我想请他们也加入农民协会,所以我今天把君悦客栈的掌柜王文君老伯也请来了,不知妥不妥?"

王汉坤的话音刚落,王文君便起身边说边连连向各位长老抱拳拱手:"请各位长老关照,请各位长老关照!"

"当然妥啦!"王修平说,"大家在附近住着,彼此就该有个照应,再说商户和农户也是一家人嘛。"王修平也边说边抱拳拱手问道,"各位长老,你们说是不是啊?"

"是,是,是……""这样妥当,这样妥当!"品茗堂的东厢房里响起了一片附和声。

第 二 十 章

民众是通情达理的,民众中也有的是智慧和力量,只是有时候这种智慧和力量是蕴蓄的,需要有人去唤醒它。而它一旦被唤醒,便可汇成滚滚洪流,势不可当。王汉坤从接下来王家铺一带所发生的故事中,印证了李大中跟他说的这番话。

那次王汉坤请方圆七八个屋场的长老到品茗堂议事之后,他也没有想到那些家族长老的动作如此之迅速。他们不光是利用自己的影响力,而且还一改往日"只发话,不动手"的习惯,身体力行,组织族人和乡邻识文断字,读书明理。一时间,仿佛整个王家铺一带都动员起来了,识文断字蔚然成风。那些家族长老还开动脑筋,把识文断字和加入农民协会的事一起进行,他们用"一个篱笆三个桩,一个好汉三个帮"的民间俗语,教化族人,以聚乡民,同心同德,群策群力,族人和乡邻参加农民协会的积极性空前高涨。在王家铺方圆八个屋场,几乎所有的男丁都要加入农民协会,甚至还有一些女眷也跃跃欲试。据各个屋场长老报给王汉坤的人数,想要加入农民协会的很快就有300多人。

　　过了些时日,李大中又来了一趟王家铺。不过,这次来王家铺的不是他一个人,而是两个人。同他一起来王家铺的那个人叫王宝禄。说起这个王宝禄,似乎不太寻常。他是王宝财的远房堂兄,自然也就是王正波的远房堂侄。虽说王宝禄因家境殷实自幼可以上学堂,多少也读了些书,但终因他不争气而半途而废。成年后,他又凭借王家的背景与势力而不务正业,成了长平县城里的浪荡公子,整日不是烟花柳巷,就是烟馆赌场,不仅把自己作践得不成个人样,还把他家老爷子气个半死。

　　王宝禄的父亲见王宝财凭借王正波的关系,由县保安大队长升到了县团防局长,他再也不能眼睁睁地看着王宝禄就这么胡闹下去了,便找远房堂弟王正波给王宝禄谋个差事。王宝禄有了份差事,也就像放牛一样,整天有根绳子套住他,省得他整天像个混世魔王惹是生非。是时,王正波已由长平县县长入主国民党县党部,还成了国民党省党部委员。因此,他在长平县位高权重,只要他发句话,没人敢说半个不字。就这样,王正波让王宝禄加入了国民党,并给他在县党部谋个差事,让他作为县党部特派员去青平地区,与共产党人李大中合作,领导这里的民众运动,支援北伐战争。王宝禄赴任前,王正波还特意跟他交代了一件事,说青平乡王家铺王氏族长王汉坤是个难得的人才,要他把王汉坤争取过来为党国所用。

　　王宝禄摇身一变成了国民党县党部特派员,他自然得整出一点派头来。他特意去县城裁缝铺做了两套蓝灰中山装,但因他面黄肌瘦,那中山装穿在他身上就像是晾在晒衣架上,空荡荡的。他特意去县城文具店买了支钢笔挂在左胸上衣口袋,为了显示身份,他又把国民党党徽别挂在钢笔头部上方。他还特意去县城理发店,理了一个左三右七的三七分的发型,但因他的脑壳太尖,走起路来头发就自然以头顶为界两边倒,成了个五五分的发型。他觉得这有煞风景,便用左手食指和中指夹住倒向左边的头发撇向右边,以复原三七分的发型。然而,他的手一放下,他夹撇到右边的头发又倒向了左边,三七分依然成了五五分。为此,王宝禄大为恼火,也落下了不停地用左手食指和中指夹撇头发的坏习惯。

王宝禄一到青平,便趾高气扬、颐指气使地要李大中向他报告民运情况。他做出一副故作深沉的做派,却心不在焉地想着他的头发,时不时用左手食指和中指夹着左边的头发往右边撇压。李大中见状,关心地问道:"您是不是头不舒服?""哦,"王宝禄连忙把手放下来,尴尬地说,"不是!"

"听说王家铺有个人叫王汉坤,"王宝禄又不由自主地用左手夹撇头发,见李大中看着他,便放下了手。他问李大中:"是不是有这个人?"

"有,我还见过这个人。"李大中说。

"那好。明天你就同我去见见这个人。"王宝禄以一种命令式的口气对李大中说道。

李大中不在乎王宝禄对他什么态度,也不在乎王宝禄跟他说话的口气,他在乎的是他的目的能不能达到。他正想去王家铺和王汉坤商量组建农民协会,开展农运的事,国民党县党部也为这事派王宝禄来了。他想开口请王宝禄一起去王家铺,这样可以促进王汉坤开展农运活动,更重要的是可以为日后王汉坤利用国民党的名义开展各项工作创造条件。谁知他还没开口,王宝禄就先提出来了,他当然求之不得。

王汉坤在君悦客栈接待王宝禄和李大中,他们彼此介绍寒暄过后,王宝禄和李大中先后分别讲了此行的目的,仍然是此前李大中跟他说的那几条:发动农民运动,支援北伐战争,开展反帝爱国斗争。所不同的是,这次他们特别强调实现国民党与共产党联盟,进行国共合作。说到最后,王宝禄把王正波对他说的话说了出来:"这次民众运动,虽然是国共合作,但是由国民党领导,共产党只是组织协助。"

听话听音,锣鼓听声,王宝禄此话的用意,显然是司马昭之心。李大中心知肚明,这是王宝禄在跟他争人、争地盘、争领导权。在李大中看来,只要王家铺一带的农民运动搞起来,他才不和王宝禄这样的人一般见识。因此,他笑而不语。王汉坤虽口头应承,但他心里有数。

王宝禄离开王家铺之前,不忘王正波给他的特别交代。为了避开李大中,他对王汉坤说:"王族长,可否借一步说话?"王汉坤从李大中的眼神中,看懂了他对自己的示意,便对王宝禄说:"当然可以,不知王委员有何见教?"

于是,王汉坤跟王宝禄走到了一边。王宝禄瞟了远处的李大中一眼,压低声音对王汉坤说:"我来之前,王大委员要我给你带个话,说你是栋梁之材,王家铺一带的事就靠你了。"王汉坤微微一笑:"请王特派员也带话给王大委员,就说汉坤定当竭尽全力。"王宝禄说:"王大委员还说,希望你能成为党国的人,日后必有飞黄腾达之机。"王汉坤收住笑容:"我一介乡民,只知有国,不知有党;只想尽本分,没有非分之念。汉坤愚钝,还请王大委员海涵。"王宝禄显得有些不高兴了,说:"那就先不说党国的事了。不过,王族长得答应我,王家铺农民协会的会长你得来当。"王汉坤说:"若是乡民信任,我定当不负众望。"王宝禄说:"那就好。"

李大中这次同王宝禄一同来到王家铺,虽然他没有单独和王汉坤说话,但他的使命已经完成。因为从对方的眼神和话语中,王汉坤明白了李大中此行的目的和用意,明白了李大中的真实身份,更明白了自己肩上的担子与责任。李大中心里也自然清楚,王汉坤已经明白了他该明白的一切。

王宝禄和李大中离开王家铺后,王汉坤立即着手拟订了《王家铺农民协会章程》(简称《章程》),然后召开乡民代表会,通过《章程》,选举会长。王汉坤深孚众望,当选会长。王家铺农民协会的会址就设在品茗堂,而且建立了应急机制。农会下设八个农会小组,每个屋场一个小组,由屋场长老出任农会小组组长,另外在王家铺还设了一个商会小组,由王文君出任组长。

这几件大事一路办下来,不但没遇到什么阻力,反而顺风顺水。于是,王汉坤情不自禁地吟起孟郊的那首七言绝句来:

昔日龌龊不足夸,今朝放荡思无涯。
春风得意马蹄疾,一日看尽长安花。

正当王汉坤觉得些许春风得意的时候,他突然想起李大中曾经跟他说的一番话:"革命从来都不会一帆风顺,前进的路上必将充满艰难险阻,甚至是流血牺牲,无论是我还是你,都要有充分的思想准备。"王汉坤为之一震,他很快冷静下来。因为毕竟还有许多的事正在等着他,也许,这对他而言,将充满艰难险阻,甚至是流血牺牲。

"小汉口"之王家铺,与"大汉口"之武汉商贸往来频繁。往则多为茶叶、大米、山货、药材之类的"土货";来则多为洋火、洋油、洋布、洋伞之类的"洋货"。那天晚上,李大中在给王汉坤说为什么要组织国人反帝反封建,坚决抵制日货的时候,跟他讲了青岛惨案和上海五卅惨案。王汉坤听后血脉偾张,义愤填膺。现在王家铺的农商协会成立了,他带领农商协会办的第一件大事,就是清理日货,抵制日货。

一天下午,王汉坤召集农商协会骨干,在品茗堂商议"清理日货,抵制日货"事宜。王汉坤声情并茂、慷慨激昂地从讲述"青沪惨案",到控诉日本资本家的罪行;从控诉日本资本家的罪行,到介绍国人愤而风起云涌的反帝爱国运动;从国人喊出"打倒列强,洗雪国耻"的口号,说到各地抵制日货的行动。说到最后,王汉坤激动地说道:"但凡有良知的炎黄子孙,但凡有血性的中国人,都应该行动起来,爱国反帝,抵制日货。"

王汉坤的一番话,使大家深深地为之震撼,品茗堂顿时群情激昂。人们纷纷表示,要"洗雪国耻,抵制日货"。可是,他们又不知当下该如何行动。因此,他们都希望王汉坤拿个主意。

"汉坤,你说这事该怎么办吧,"王文远对王汉坤说,"你是会长,又是族长,你说怎么做就怎么做,我们大家都听你的。"

"是啊,汉坤,你是会长你说吧,怎么干,我们都听你的。"人群中,又有不少的农商会组长、会员代表大声附和。

"承蒙各位的信赖,那我就直说了。"王汉坤说。

"说吧,汉坤。"王修祥说。

"即日起,各家各户清理日货,集中起来当众烧毁,此后不再买卖日货。"王汉坤以一种毋庸置疑的口气说道。

"啊!"人们不约而同地惊叹一声,然后各抒己见。品茗堂一时像炸了锅似的议论纷纷。与会者中,大多数人都拥护王汉坤的主张,但也不乏异议和反对的声音。

"都是些日用的东西,要是烧了,以后过日子就不方便了。"有人抱怨地说。

"花钱买的烧了也太可惜了。"有人遗憾地说。

"我看已经有了的就算了,日后不再买卖就是了。"有人提出了自己的看法。

"这不是要断那些买卖人的财路吗？恐怕他们谁都不愿意。"也有人担心地说。

……

品茗堂里，议论的人越来越少，他们说话的声音也越来越小。王汉坤见会场里慢慢地静下来了，他动情地对大家说道："各位父老乡亲，不是晚辈非出此举不可，而是日本列强欺人太甚。国难不赴，国耻不雪，何以为国人，又有何颜面面对列祖列宗？林则徐说过'苟利国家生死以，岂因祸福避趋之'，上海和青岛的同胞为了反对日本资本家的欺压，连命都不要了，难道我们就无动于衷吗？难道我们连这点东西也不愿舍弃吗?!"

王汉坤的话如一把烈火，再次在品茗堂点燃起与会者的怒火。在他们看来，清理日货，当众烧毁，抵制日货，此乃王家铺农商协会一大壮举。

此举一旦展开，首当其冲的自然是店铺林立的王家铺。因此，王家铺遇到的阻力相当大。

那天，王文君急匆匆地跑来告知王汉坤，说是王家铺的商户一片反对声。商户们原本心里是拥护农商协会决定的，他们反对清理烧毁日货，不是反对抵制日货，更不是反对反帝爱国，而是迫于无奈。因为这些商户大都是小本经营，家底全都压在货上，一旦清理烧毁便血本无归，倾家荡产；有的店主就是以经营"洋货"为生，一旦不允许再做此等营生，他们就连一点活路也没有了。

事实上，王文君给王汉坤说的这些事，王汉坤心里再清楚不过了。王家铺商户的阻力，也完全在他的意料之中。然而，他绝不能因此打退堂鼓。所以，他早就有了办法。于是，他叫王文君不要急，只管去按农商协会的决定做他该做的事，王家铺商户的难题，他正在想办法解决。

那天晚饭过后，王汉坤来到养父王仁智的房间。因为清理日货的事在王家铺闹得沸沸扬扬，人们对王汉坤也颇有微词。所以，当王汉坤来到他房间的时候，王仁智的脸上露出不曾有过的不悦之色。王汉坤见了，心里自然明白怎么回事。于是，他对王仁智说道："汉坤不孝，惹是生非，让父亲难堪了。"

"我倒是没什么，"王仁智说，"人言可畏啊！"

"汉坤谨记父亲教诲，"王汉坤说，"也请父亲体谅汉坤的苦衷。"

王仁智见汉坤这么跟他说话，心里的怨气自然就消解了，脸色也变得和悦起来了。他问王汉坤道："你遇到什么难处了？跟我说说。"

"父亲，还是清理日货的事。"王汉坤说，"文君伯父跟我说，铺上的那些商户说这样会让他们血本无归，所以他们都反对这么做。"

"这事我听说了，"王仁智说，"为父也做过日货的买卖，我晓得他们的苦衷，他们反对清理日货，这也怨不得他们。"

"这是不能怨他们，"王汉坤说，"但日货一定得清理，还得抵制。现在是箭在弦上，不得不发。"

"那你想怎么做？"王仁智问道。

"我想了想，有两个办法可以解决这些难题，但我不知恰不恰当，"王汉坤对王仁智说，"还得请父亲教我。"

"哪两个办法？你说给我听听。"王仁智说。

"这第一个办法，就是按日货进价从店主手里把日货清收过来……"王汉坤的话说到这里，王仁智原本已经舒展的眉头又紧锁起来。他见王汉坤说着说着忽然停住不说了，便说道："你说吧，我听着呢。"

王汉坤说："这第二个办法，就是那些店主手里有了钱，尽快去汉口进来国货，平价或微利卖给那些已经清空日货的人家。等大家都渡过了难关，买卖再回到正常营利。这样一来，日货也清理了，店主也不至于赔掉老本，而且又有了新的活路。再说，那些被清空日货的人家也不急没东西可用了。"

"办法倒是好办法。"王仁智说，"要是你说的第一个办法实现不了，那你说的第二个办法就等于是白搭。"

"父亲说得极是。"王汉坤说。

"就按你说的第一个办法做，那得多少钱啊！"王仁智问王汉坤，"钱从哪里来？"

"所以，我才来找父亲。"王汉坤说。

"找我？"王仁智惊讶地瞪着王汉坤，他忽然从座椅上起身，双手在王汉坤面前一摊，"我到哪里弄这么多钱？！"

顿时，王仁智和王汉坤父子俩谁也不再说话，房子里死一般寂静。

"父亲先歇着吧，"过了一会儿，王汉坤才对王仁智说，"我再想想别的办法。"

翌日吃过早饭,王汉坤正准备出门,被生父王仁义堵个正着。"伯父早!"王汉坤连忙问候请安。王仁义问道:"雅丽呢?"王汉坤回答说:"她还在照顾孩子们吃早饭。"王仁义说:"那我先去看看她和孩子们,回头我再找你。"赵雅丽闻声连忙抱着不到两岁的小诗怡,挺着个大肚子从转堂里出来向王仁义请安:"伯父早!""哎呀,你看你自己都这样了,还抱这么大的孩子,快把诗怡给我。"王仁义边说边伸手接过诗怡。赵雅丽对诗怡说:"诗怡,快叫爷爷。"诗怡咿呀学语地叫道:"爷……爷……"王仁义乐得大声笑了起来。他问赵雅丽:"克勤、克俭呢?"赵雅丽说:"回父亲,他俩还在堂屋里吃饭。"王仁义抱着诗怡来到堂屋,王克勤和王克俭正低着头吃饭,没看见王仁义进来,赵雅丽喊道:"克勤、克俭,爷爷来了,快叫爷爷。"王克勤、王克俭这才抬起头来,见是王家大屋的爷爷来了,连忙起身叫道:"爷爷好!"王仁义乐得合不拢嘴,他抱着小诗怡走到克勤、克俭兄弟俩跟前,一手抱着诗怡,一手先摸摸克勤的头,再摸摸克俭的头,笑着说:"乖孩子,坐下吃饭吧。"说完,王仁义放下诗怡,转身对赵雅丽说:"你和孩子们先吃饭吧,我去和汉坤说点事。"

王汉坤刚刚把王仁义迎进里间坐下,赵雅丽就沏了热茶过来。她双手把茶递给王仁义:"请伯父喝茶。"然后退出房间,轻轻地带上房门。

王仁义的来意,王汉坤心里十分清楚。

"汉坤,我今天就不绕弯子了,"王仁义说,"我问你,你是不是想自家出钱清收日货?"

"不瞒伯父说,我是有这个想法。"王汉坤说。

"你想过没有,这里头的窟窿有多大,得要多少钱去填啊!"王仁义说。

"基本的数还是有一个,但具体到底有多大的窟窿我也说不上来。"王汉坤说,"不管有多大的窟窿也得去填。"

"你疯了吧!"话一出口,王仁义觉得太急,便连忙改口说道,"不是为父不理解你的想法,也不是为父不支持你的做法。只是我们不管做什么事都要看菜吃饭,有多大的能力就办多大的事。"

"伯父说得对,但又不完全对。"王汉坤说,"有些事连做都没去做,怎么就知道能与不能呢?"

王仁义有点不高兴了,王汉坤从小到大还没这么跟他顶过嘴。于是,他有些生气地说道:"莫说是家里没有这么多钱,即便是有,也不能拿去作窑烧啊!"

"这不是作窑烧!"王汉坤也激动起来,"这是民族大事、国家大事。"

"是我说错了。"王仁义又改口说,"民族大事、国家大事要办,但你一家也要穿衣吃饭啊,总不能让你的父母和你的婆娘伢崽跟着你去喝西北风吧。"

"屋里不是还有田产、地产和房产吗?"王汉坤不敢大声说出来,自言自语似的小声嘟囔着,结果还是被王仁义听到了。他想不到王汉坤竟然打起了父母拼死拼命攒下的家业的主意,不禁感到血冲脑门,便对王汉坤大声吼道:"你说什么?难道你也想做败家子?!"

"请伯父不要再说了,"王汉坤也提高了嗓门,"反正这事我已经拿定了主意。"

"真是崽大爷无用!"王仁义气不过地跑到品茗堂,一见到王仁智和田月娥夫妇,他气不打一处来,又连声说道,"真是崽大爷无用!"

王仁智和田月娥夫妇见到王仁义这个样子,便知道了他找王汉坤的结果。其实,这个结果早在王仁智的意料之中。他找王仁义来跟王汉坤说这件事,并不是坚决反对王汉坤这么做,只是想叫他做得别太过了。平日里,王汉坤要从家里拿钱接济乡邻也好,续修族谱也好,他都二话不说,王汉坤要多少他就拿多少,眼皮都不眨一下。而这次,王汉坤恐怕要让他倾家荡产。因此,他只好找兄长来说说看,毕竟他只是王汉坤的养父,王仁义才是王汉坤的亲生父亲,有些他不好说的话,王仁义可以说。谁知结果还是一样。

"您就莫生气了。"王仁智说,"事已至此,生气也没用。"

田月娥沏了一杯茶给王仁义,她也劝说道:"您就莫生气了,莫气坏了自己的身子。"

"我看他是铁了心要这么做。"王仁义见王仁智和田月娥夫妇一个劲地劝他,这才慢慢消下气来,"我看他是九头牛都拉不回,谁说都没用。"

"反正他也是大人了,那就随他去吧!"王仁智说。

"随他去?"王仁义瞪着眼看着王仁智,"他要是卖田卖地卖房子,你也随他去?"

"您说什么?"这回轮到王仁智瞪大眼睛,"他跟您说要卖家里的田地和房子了?"

"他倒是没这么明说,"王仁义说,"我从他的话里听出来他有这个想法。"

王仁义、王仁智和田月娥三人一时无语,房子里出现了短暂的沉默。

"反正这份家业都是他的,"王仁智说,"他想怎么折腾就怎么折腾吧。"

"仁智,我跟你说,你可别犯傻啊,"王仁义说,"你别由着他的性子来,再怎么也不能让他这么胡闹啊!"

"俗话说,天要落雨,娘要嫁人,我能有什么办法?"王仁智无可奈何地说道。

他们正说着话,赵雅丽抱着诗怡进来了。她对王仁义说:"见过大屋里父亲。"然后对王仁智和田月娥说,"父亲、母亲,上午我去娘家屋里有点事,麻烦您照看一下诗怡,还有克勤、克俭,他们兄弟都在屋里读书打算盘。要是我中午赶不回来,就请您喊他们过来吃饭。"赵雅丽说完,放下诗怡,又跟长辈们一一打过招呼,这才退出品茗堂,急匆匆地迈着她那三寸金莲奔赵家畈去了。

王仁义一见急了,他问道:"雅丽不会跟汉坤吵架了吧,不然怎么会突然回娘家呢?"

"不会,这您放心,"田月娥说,"他俩恩爱着呢,自从雅丽嫁过来之后,他们和和睦睦,脸都没红过。"

"那就好。"王仁义说,"那我也回去了。"

"您慢走。"王仁智和田月娥边说边送王仁义走出品茗堂。

第二十一章

那天,王仁义走后,王汉坤便跟赵雅丽说他要进山一趟,赵雅丽只说了声"好",并嘱咐他要小心点。于是,王汉坤便进山了。

"哎呀!什么风把王大族长给吹来了?"胡占山见到王汉坤,喜出望外地说。

"我是无事不登三宝殿,还请胡大好汉见谅!"王汉坤说,"今天我是有事求助于胡大好汉。"

"什么重要的事,还要劳驾王大族长亲自跑一趟?"胡占山说,"有事尽管说,只要我办得到。"

于是,王汉坤把他要办的事的来龙去脉,还有他进山的目的向胡占山和盘托出。胡占山听得义愤而起,他猛地一拍大腿,对王汉坤大声说道:"这事好办,我带几个人到王家铺去,把那些店里的日货清出来不就完了?何必还要你劳神到处凑钱去清收?"

"这可万万使不得。"王汉坤连连摆手说,"清理日货,抵制日货,本来是为国为民,要是这么一来,岂不是适得其反,变成误国害民了?"

"你说得也是哦,"胡占山不好意思地挠了挠头,"我就是个大老粗,王族长见笑了。"然后他转过头问他身后的人说,"老二,山里还有多少大洋?"

"不多了,只有三十五块了。"那个被胡占山叫作老二的人回答说。

"你快去拿来,全部交给王族长。"胡占山说。

王汉坤接过那个叫老二的递给他的大洋,对胡占山说:"一句谢了顶不了好汉的大义,容我日后再谢!"

"哎,王族长客气了。"胡占山说。

"我给您立个借据吧,等日后有了再还。"王汉坤说。

"立什么借据啊,你不是打我的脸吗?"胡占山说,"虽说我是个粗人,还有人叫我'土匪',但我晓得自己还是一个中国人,这点钱就算是出点力吧。"

"好汉道义,实在是令汉坤和乡人钦佩。"王汉坤说。

"我还是那句话,"胡占山对王汉坤说,"王族长日后有什么事用得着我,尽管来山里找我。"

王汉坤告别胡占山回到王家铺,可是,当他走进家门时,只见母亲田月娥正在带孩子,却不见赵雅丽的身影。

"母亲,怎么是您在带孩子?雅丽呢?"王汉坤问道。

"她说她回娘家屋有点事,"田月娥说,"她没跟你说吗?"

"没说。"王汉坤又问道,"她跟您说是什么事吗?"

"也没说。"田月娥说,"看她样子走得挺急的,该不会是她娘家屋里出了什么事吧?汉坤,要不你也过去看看。"

这时候,王汉坤对妻子为什么突然回娘家屋,心里已经明白了八九分。于是,他对田月娥说:"母亲,您莫急,雅丽娘家屋里不会有什么事的,铺上有事,我就不去赵家畈了。孩子就麻烦母亲照看了。"说完,王汉坤就出门了。

赵雅丽挺着个大肚子突然不期而至,着实把赵文景和汤玉兰夫妇吓了一跳。赵雅丽一改往日见过父亲和母亲之后斯文优雅的样子,不是叫过父亲和母亲后就挨在母亲身边坐下,亲亲热热地和父亲、母亲说着话,而是进门后只叫了声父亲、母亲,就急匆匆地跑进厨房,倒上一碗茶,仰起脖子咕噜咕噜一口气喝干了。她来不及放下茶碗,抬起左手用袖口在嘴巴和脖子上连抹了几把。

汤玉兰见她这个样子,不知道出了什么事,提心吊胆蹒跚地跟进了厨房。她生怕赵文景听见似的,悄悄地问赵雅丽:"姑爷没欺负你吧?""怎么会呢?他疼我还顾不过来呢!"赵雅丽嫣然一笑,满脸幸福地回答母亲的问话。"那你这么急跑回来干什么?"汤玉兰又问道。赵雅丽回答说:"找父亲有事。"

"找我什么事?"她们背后传来了赵文景的声音。汤玉兰和赵雅丽母女俩只顾站着说话,没注意赵文景也跟进了厨房。赵雅丽说:"我是回来找父亲和母亲帮忙的。"

"是不是汉坤遇到什么难事了?"赵文景问道。"是的。"赵雅丽说。"雅丽,过来坐下说话吧,别老在那里站着。"汤玉兰说。于是,他们一家三口在厨房的火塘边坐了下来。赵雅丽便把王汉坤想做却又因为缺钱而做不了的那件事,一五一十地说给父亲母亲听。

"汉坤还真是做大事的人。"赵文景听后感慨地说,"我们是该帮帮他。"

"那得要多少钱?"汤玉兰问道。

"我也说不上来。"赵雅丽回答说。

"没个上千块大洋恐怕不行。"赵文景说得汤玉兰睁大眼睛看了看他,又看了看赵雅丽:"到哪里去找这么多钱啊?""所以汉坤急得不得了。"赵雅丽说,"我想他恐怕打起了屋里田地和品茗堂的主意。""你说什么?"赵文景大声说道,"你是说汉坤想卖田地卖房产?""我也只是这么猜想,不然的话,他的生父也不会今天一吃过早饭就急着跑过来找他。""他们说什么了?"赵文景问道。"我没听到,不晓得。"赵雅丽说。汤玉兰赶紧为雅丽圆场:"他们父子说话,雅丽又不在场,她怎么晓得?"

赵文景深深地叹了一口气,他问汤玉兰:"屋里还有多少银圆?"汤玉兰回答说:"还有七块。""这也太少了。"赵文景转头对赵雅丽说,"雅丽,你先别急,也别急着回去,中午你就留在这里吃饭,我现在就出去借,能借多少是多少。"说完,赵文景就出门去了。

这年头兵荒马乱的,苛捐杂税又多如牛毛,无论是种田的还是打鱼的,家家户户的日子都过得紧巴巴的,哪里还有什么余钱可借?

赵文景跑了东家跑西家,跑遍了赵家畈,还跑了邻近几个屋场他熟悉的人家,差不多腿跑断、嘴磨破,也借不到什么钱。他心里清楚,不是人家不借,而是实在没有。因此,他跑了大半天,连中饭都没赶回家吃,直到下午,他才借到八块银圆。于是,他连忙赶回家,连同家里的那七块银圆一起交给了赵雅丽。赵雅丽接过银圆,只跟赵文景和汤玉兰说了声"让父亲、母亲费心了",就带着银圆往回赶。

赵雅丽赶回来的时候天已黑了,她见克勤、克俭站在门口东张西望,便知道两个孩子是在等她回来,顿感一股幸福的暖流流遍全身。她摸了摸两个孩子的头:"走,跟妈妈进屋。"田月娥带着小诗怡,正在低头做晚饭。赵雅丽便对她喊道:"母亲,我回来了。"田月娥抬头看了看赵雅丽一身疲惫的样子,心疼地说:"累坏了吧,快坐下来歇歇,饭菜我都快做好了。"田月娥停了停,又问道,"亲家他们都还好吧?"赵雅丽回答说:"多谢母亲牵挂,他们都好。"赵雅丽见田月娥没问她回娘家的事,便对田月娥说,"我回娘屋借钱去了,去时走得急,没禀报母亲,是雅丽不好。"说完,赵雅丽从厨房出来,把从娘家带来的那十五块银圆放到她们睡房汉坤看书写字的桌上。赵雅丽发现桌上已经放了一袋,看上去比她那袋的银圆多,她想,这肯定是汉坤进山找山大王胡占山借来的。

王汉坤回到房间,见他的那袋银圆旁边又多出一袋,他立刻就明白了这是怎么一回事。顿时,王汉坤感到了心灵的震撼,心里充满了对妻子深深的爱意和感激之情。他把银圆倒出来数了数,一共是十五块。钱虽不多,也难解他眼下之难,但王汉坤知道,岳父、岳母为凑这点银圆费了多少心思,花了多少精力。他也从中感受到了岳父、岳母对他的帮助。他绝不能半途而废,他必须义无反顾,不辱使命。

然而,眼前这五十块银圆,要办那么大的事,无疑是杯水车薪。在王汉坤看来,现在唯一的办法,就是说服养父王仁智,变卖田地和房产。于是,那天晚上,王汉坤又诚惶诚恐地跑到品茗堂后堂的东厢房找王仁智。

王汉坤一进门,王仁智就知道他还是为那件事找他,因此,他只等王汉坤给他请了个安,没等他往下说,便对王汉坤说道:"家里还有一百多块银圆,是为给你们盖房准备的,你说不盖,这笔钱也就一直没动,你拿去吧。"

"汉坤谢过父亲了,"王汉坤说,"可是,父亲,还差不少钱呢。"

"家里一个子儿也没剩,都给你了,你还想让我到哪里给你弄钱去?"王仁智说。

王汉坤感激父亲的理解和支持,也理解父亲的苦衷和难处,他理应尽孝道,不让父亲为难和痛苦,然而,他要办的事是国之大事,己之重任。俗话说,自古忠孝难两全。现在,他只能尽忠尽责而不能尽孝了。于是,王汉坤跟王仁智说道:"父亲,家里不是还有田地和房产吗? 不如……"

"你说什么?"还没等王汉坤把话说完,王仁智霍地站了起来。尽管他心里清楚,王汉坤今晚来找他就是为了这件事,但当他听到王汉坤这么跟他说出这句话的时候,他还是感到震惊。因此,他没等王汉坤把话说完,立马打断说:"是不是不如都把它们卖了? 我和你母亲还能活多久,这点家业是为你们准备的啊!"

"汉坤不孝,请父亲息怒,我这也是不得已而为之啊!"说完,王汉坤扑通一声跪到了王仁智面前,激动地说,"要是国都亡了,哪里还有家?家都没了,田地房屋留着又有何用?!"

王汉坤这一跪,让王仁智始料未及,他不仅手足无措,而且心理防线顷刻间彻底崩溃。在他的记忆中,这是王汉坤第三次给他下跪。第一次是汉坤五岁那年,过继给他做儿子的时候,王汉坤给他下跪,改口叫他父亲;第二次是汉坤拜堂成亲时,他拜完天地再拜高堂时给他下跪。而那两次,与其说是汉坤给他下跪,还不如说是汉坤在履行不能不履行的礼节。而这一次,王汉坤的这一跪,王仁智深深地感到它的真切含义,这是一个儿子对一个父亲的全部情感、全部请求、全部希望,他深深地感到了它沉甸甸的分量,虽说汉坤是他的养子,但汉坤也是他们王氏家族的族长,他的这一跪,在某种意义上说,还带着他们王氏家族的意志,这叫他如何去承受。

"汉坤,你别这样,"王仁智上前一把扶起王汉坤,父子俩眼里都含满了泪水,王仁智说,"那就把它们都卖了吧!"

王汉坤要变卖田地房产清理日货的消息不胫而走。这在王家铺以及方圆七八个屋场引起不小的震动。王汉坤乘势而为,他和王文君召集铺上店主和掌柜,商议清理日货事宜,这些店主和掌柜都是商会小组的成员,在会上,王汉坤再次声情并茂地讲"青沪惨案",控诉日本资本家的罪行;他慷慨激昂地讲清理日货,抵制日货,声援青岛、上海大罢工的意义;他推心置腹地讲作为一个炎黄子孙,为国家和民族而反帝反封建的责任与担当。

本来,这些店主和掌柜已经被王汉坤不惜倾家荡产、敢作敢为的行为所打动,现在又加上他这一番动人心魄的言辞,他们觉醒了。王汉坤怎么也没有想到,就这么一次店主和掌柜议事会,竟然产生了他意想不到的三大效果。那些店主和掌柜劝王汉坤不要变卖田地和房屋,此为其一;其二,那些店主和掌柜提出,日货清理损失由他们自行承担,只需要王汉坤出面给他们筹措买卖国货的部分铺底银圆,由他们出具借据,日后偿还;其三,当场筹得铺底银圆二百多块,其中中孚典当行的老板王其诚表示拿出一百块银圆,还有那些日货买卖的店主和掌柜,他们也表示拿出或五块十块,或十五块二十块银圆。这些他们不要利息,只要王汉坤作个保。

"承蒙各位相助,汉坤感激不尽。"王汉坤起身连连拱手向大家施礼,他说,"既然大家这么信得过我,那好,各位刚才说要出的银圆,由我以田地房产作保立据相借,再由我转借给日货清理的买卖户去铺货。不过有一点要在这里说清楚,那些也被清走日货的农户都很困难,重新铺货的店主的买卖只能挣取微利,绝不许哄抬物价,牟取暴利。"店主和掌柜们纷纷表示,那是自然,他们不会去做乘人之危、损人利已的事情。

就这样,王家铺一带清理日货的行动轰轰烈烈地开展起来了。被清理出来的日货全部集中到王家铺,高高地堆在青石港的港堤上,像座小山似的。焚烧那天,各屋场农会小组组长都带着乡民来了,青石港的港堤上里三层外三层围满了人。王汉坤和九名农会商会小组组长,每人手里拿着一支火把,围着那堆日货的九个方位站定,整个场面显得十分庄严与壮观。

突然间,王汉坤振臂高呼:"打倒列强,洗雪国耻!"开始,人们并没有注意,所以跟着他喊的人不多。"打倒列强,洗雪国耻!"王汉坤再次振臂高呼的时候,越来越多的人跟着他喊了起来。当他第三次振臂高呼的时候,几百号人齐声怒吼:"打倒列强,洗雪国耻!"喊声惊天动地。

"烧!"随着王汉坤又一声大喊,九支火把一起扔向那堆日货。顿时,那堆日货熊熊燃烧起来,火光冲天。这时候,只见王汉坤从怀里搜出一沓纸条,他将那沓纸条在空中扬了扬,然后大声说道:"这是王家铺那些清理日货的店主给我立的借据,他们为了国家和民族,不惜把自己多年的积蓄都烧了,我还留着它干什么。"说完,王汉坤把那沓纸条投进了火堆。这时候,人们只觉得自己的心在燃烧,血在燃烧,激情在燃烧……这场大火过后,王家铺一带的爱国主义运动和革命斗争如火如荼地开展起来了。

第二十二章

民国十四年初春的一天夜里,王家铺的店铺已经打烊,劳累了一天的买卖人和庄稼人早早入睡。夜深人静的王家铺,漆黑一片,铺上不见一个行人,只有铺东头那厢茅草屋里还亮着灯光。王汉坤正在豆油灯前,一边赶写标语,一边考虑如何组织民众支援北伐。

"咚咚咚……"突然一阵轻轻的敲门声传来。

"谁啊?"王汉坤压低声音问道。

"是我。"门外传来君悦客栈掌柜王文君的回答。

王汉坤连忙放下手里的毛笔,赶紧去开门。王文君一闪而进,用轻得只有他和王汉坤听得见的声音说:"李先生来了,还带来了一位方先生,他们现在正在品茗堂等你。"王汉坤心里顿时涌起一股莫名的激动。李大中和方先生深更半夜来到铺上找他,定有十分重要的事情。于是他一刻也不敢耽误,顺手提起搭在椅子上的棉衣,便跟着王文君一起赶去品茗堂。

李大中和方强之所以秘密潜入王家铺,的确是肩负一项特殊的使命,虽然当时已实现国共合作,但斗争的残酷和复杂性不得不使他们慎重考虑,湘北青平地区受五四运动影响,接受马克思主义、信仰共产主义而早期入党的李大中、方强之、王志刚、张亚东等共产党员的身份,在国共合作中已被国民党悉数掌握。根据斗争和党的后备力量需要,湘北青平支部根据上级组织的部署,要在青平地区秘密发展一批共产党员。考虑到王家铺王汉坤的思想觉悟,以及他在王家铺组织开展革命斗争的突出表现,经青平支部研究,王汉坤成了这批秘密入党的第一人。由于这项使命的特殊性,青平支部决定由支部书记李大中和组织委员方强之前往王家铺,秘密履行组织程序。因此,李大中和方强之趁着夜深人静,铺上没有一个行人,悄无声息地潜入王家铺。

王文君见深更半夜了,李大中还带人来到君悦客栈,他正要开口跟他打招呼,李大中连忙示意他别吱声。王文君会意,他凑近李大中他们:"李先生好!这位是?"

"王掌柜好!"李大中回礼道,"这位是方先生。"

"方先生好!""王掌柜好!"王文君和方强之相互打过招呼。王文君又接着问道:"不知李先生和方先生这么晚到铺上来,是做买卖呢还是找王族长?"

"晚上出门方便,"李大中知道王文君现在是王家铺商会小组组长身份,也知道他和王汉坤的关系和他在王家铺清理日货、抵制日货斗争中所起的作用,便轻声说,"我们是来找王族长的。王掌柜,您这里人多眼杂,恐怕说话不方便,不知有没有僻静一点的地方?"

"有一个地方,这时候那里肯定没人了。"王文君说,"就是品茗堂中堂东厢房,这是王家铺农会和商会活动的场所,只有汉坤和我有钥匙。"

"那就烦请王掌柜带我们过去吧。"李大中接着说,"还请王掌柜去把王族长找来。"

"好的,李先生。"王文君说完,便把李大中和方强之引到品茗堂中堂东厢房,然后去铺东头茅草屋找王汉坤。

那天晚上,王汉坤原本是在品茗堂中堂东厢房写标语的。他没日没夜在外奔波,很少有时间在家里陪陪妻子赵雅丽;再说,眼看赵雅丽就要生了,他留在家里也好有个照应。因此,那天晚上他就在家里边写标语边考虑支援北伐的事。起初,赵雅丽站在一旁,既欣赏丈夫飘逸俊雅的墨迹,又欣赏丈夫泼墨挥毫、潇洒自如的样子,她一脸的灿烂,陶醉在幸福中。忽然,王汉坤停住笔,对赵雅丽说道:"雅丽,你也来写几张吧。"

"哎呀,我的字写得难看死了,你就饶了我吧。"赵雅丽说。

"你的字写得端庄娟秀,我是见过的,也很欣赏。"王汉坤说。

"你就别取笑我了,我可不敢班门弄斧。"赵雅丽说。

"再说,"王汉坤看着赵雅丽,"本会长请雅丽女士写标语还另有深意。"

"什么深意,看你说得这么玄乎。"赵雅丽语气中略带娇嗔。

"夫妻双双齐挥毫,书写标语驱吴赵。"王汉坤说。

赵雅丽抿嘴一笑,半是夸奖半是自豪地说:"你看你,出口成章,什么事从你嘴里说出来就是不一样。我听你的,写几张就是了。"赵雅丽挺着快要生产的大肚子走了过来。

王汉坤把位置让给赵雅丽,再把手里的毛笔递给她,然后站到她的桌子对面,一只手帮她磨墨,另一只手帮她抬扯着纸的一头。赵雅丽抬头问王汉坤写什么,王汉坤说,写"爱国反帝,讨吴驱赵",赵雅丽一挥而就。然后,她又问王汉坤再写什么?王汉坤说:"写打倒土豪劣绅,支援北伐战争!"就这样,王汉坤说,赵雅丽写,她一连写了十几条标语,感觉累了,便对王汉坤说:"我累了,先去睡了,你也不要写得太晚,"王汉坤:"你先睡吧,我等一下就去睡。"然而到了深夜,王汉坤还在那里边写边想,直到王文君敲门来找他。

王汉坤大步流星地赶到品茗堂中堂东厢房,李大中立刻起身相迎,并将他和方强之相互介绍。他们就像久别重逢的知己,眼睛里洋溢着兴奋的神情。如果不是王文君在场,他们真想上去紧紧相拥。然而,他们几乎是不约而同地把目光转向王文君,又几乎是不约而同地收回目光望着对方,少了一点热情,多了一点礼节似的相互抱拳招呼。

王文君走后,李大中、方强之和王汉坤又似乎回到刚才兴奋、热情、亲近的状态。他们把椅子挪得很近,相围而坐,促膝畅谈。他们畅谈包括工人、农民、商民、妇女、学生在内的民众运动;畅谈焚毁抵制日货,风起云涌的反帝浪潮;畅谈驱赵(恒惕)讨吴(佩孚),支援北伐的民众运动。他们越谈越投机,越说越兴奋。

说到后来,李大中和方强之开始切入正题,说他们此次夜赴王家铺的使命。李大中讲,方强之帮腔,他们说,王汉坤组织和领导王家铺一带的农民运动,抵制日货,开展爱国反帝的革命斗争得到组织的充分肯定;说王汉坤从识文断字、读书明理入手,唤醒民众革命觉悟的做法很好,这在青平地区乃至整个湘北都是个创举;还说王汉坤以不惜变卖田地房产的决心清理日货,是一种反帝爱国的崇高革命精神,得到了组织的高度赞扬。王汉坤对李大中和方强之对他说的这些话,既感到欣慰备受鼓舞,又深感惭愧,惶恐不安。他说他之所以这么做,是因为老祖宗留下的道德文章,使他慢慢地有了家国情怀,他才出自一个中国人的良心、道义和责任去尽自己的本分,后来又多亏李先生给他讲的那些革命道理,他才有了信仰,有了追求。虽然他做了一点有益于国家和民族的事,但微不足道,何劳李先生和方先生挂齿。

他们说到这里,似乎都若有所思。因此,东厢房里忽然出现短暂的沉默。李大中很快打破这种沉默,他对王汉坤说道:"中国革命才刚刚开始,今后的路还很长,还很艰难;反帝反封建的斗争也刚刚开始,今后的斗争将更加激烈,更加残酷。我们得有所准备,经受起任何考验。"

"李先生说得好,"方强之接着说,"所以,我们需要越来越多像王先生这样的同志,和我们一起共同奋斗。"

"那是当然,"王汉坤说,"请李先生、方先生放心,那天李先生给我讲组织的主义、宗旨、纲领和革命理想,这些便成了我的人生信条,即便是要用鲜血和生命去坚守它们,我也在所不惜,决不动摇。"他看了看李大中和方强之,接着说道:"'咬定青平不放松,立根原在破岩中。千磨万击还坚劲,任尔东南西北风。'这便是汉坤的心志。"

"王先生说得好!"李大中、方强之激动地站了起来,王汉坤也跟着站了起来。李大中说:"中国革命就是需要像王先生这样的仁人志士,中国共产党也需要像王先生这样的革命者。"李大中说完,看了看站在他身边的方强之,方强之会意,他接着说:"根据斗争需要,组织上决定秘密发展党员,为革命积蓄力量。经组织考验审查,王先生已经具备发展的条件。这便是大中同志和我今夜来王家铺要办的一件大事!"

王汉坤听李大中、方强之说完,兴奋不已:"组织需要我做什么,哪怕是肝脑涂地,我也在所不辞。"

"根据组织规定,"方强之说,"凡要求加入组织的人,得本人提出申请,经过组织审批方可加入。因为现在是特殊时期,组织上考察并讨论通过了你秘密加入组织的决定。所以,组织派大中同志和我过来找你,只要王先生现在提出申请,我们就立即批准你加入组织。"

"那我现在就提出申请,那我现在就提出申请。"王汉坤几乎是用颤抖的声音连声说道。

"好!"李大中说,"有了口头申请,会写字的,还要有书面申请。"

"好,我这就写。"王汉坤写完书面申请,方强之从他的衣袖深处取出一式两份中国共产党党员审批登记表,他对王汉坤说:"王先生还要如实填写这张审批表。"王汉坤双手接过入党审批登记表,认真填写,并在签名栏签下了自己的名字。李大中和方强之接过这张表认真审查了好几遍,确认无误,才在入党介绍栏和审批栏签下了他们的名字。

"根据组织章程,吸纳的新党员还要进行一项庄严的仪式,就是入党宣誓。"李大中说完,解开自己的长衫,从长衫背部的夹层中取出一面鲜红的党旗。他和方强之把党旗悬挂在东厢房的东面墙壁上,然后对王汉坤说,他做领誓人,方强之同志做监誓人,他们都面对党旗立正站定,举起右手,握紧拳头,向党宣誓:"严守秘密,服从纪律,牺牲个人,积极斗争,努力革命,永不叛党"。王汉坤一句一句地跟着李大中宣誓。最后李大中说:"宣誓人。"他铿锵有力地说:"王汉坤。"

宣誓完毕,王汉坤激动得热泪盈眶,李大中、方强之转过身来,紧紧地握住王汉坤的手,说:"王汉坤同志,我们代表组织欢迎你!"王汉坤说:"感谢组织信赖,我定当初心不改,坚守信仰,矢志不渝,不辱使命。"李大中、方强之几乎异口同声地说:"组织相信你。"他们边说边从墙上取下那面党旗,折叠得整整齐齐,李大中接过党旗,小心翼翼地放进了自己穿的长衫夹层里。方强之又特别交代王汉坤,他的身份是秘密的,不能公开,也不能让任何人知道,包括他的父母、子女和妻子。他们在公开场合还是以先生相称,只有当他们在一起的时候才互称同志。王汉坤说:"谨记方强之同志嘱咐。"接下来,他们又讨论了好一阵组织民众,支援北伐的事情,直到天快亮了。

"我们要走了。"李大中和方强之起身告辞。"又是一夜没睡,"王汉坤劝说他们,"要不到君悦客栈睡一会儿再走。""不了,"李大中说,"我们来王家铺,除了你和王掌柜知道,再没他人看见了。我们要趁天色尚早,好赶紧离开这里。"

王汉坤眼含泪水,站在品茗堂的隐蔽处,目送李大中和方强之远去后,才迈开轻快的步子,迎着东方的晨曦朝自己家里走去。他一想起自己已经是党组织的人了,便为他的新生而热血沸腾,他为他肩负的使命激动不已。

当王汉坤抬眼望去,自家的茅草屋顶,仿佛天幕晴空投下的朝霞,映射一层层、一道道金灿灿的亮光;当他快走到家门口的时候,茅草屋里忽然传来一声婴儿的啼哭声,哭声洪亮有力,仿佛一曲动人心魄的旋律,它划破王家铺黎明的寂静,飞向远方。王汉坤浑身一震,心里喊道:"雅丽生了!"他飞快地跑进屋里,只见赵雅丽躺在床上,头上缠着一条红毛巾,一个刚刚出生的婴儿依偎在她的身边。王汉坤顾不上坐在床边的母亲，快步走向床头与赵雅丽紧紧相拥。

第二十三章

王家铺方圆的八个屋场，也就是王家铺八个农民协会小组，沿粤汉铁路两边分布，路南四个，分别是王家大屋、王家新屋、张家店和王家冲；路北也是四个，分别是王家铺、王家畈、罗家畈和杨家坳。路南为崇山峻岭，路北为湖港水系。在军阀混战、兵荒马乱的岁月，一有风吹草动，这里便首当其冲。

事实上，王汉坤组织和领导支援北伐的民众运动，还打响了两个重要前奏：一个是讨吴（佩孚）驱赵（恒锡）的革命斗争；一个是支持唐生智部反对叶开鑫部的革命战争。

起初，不是所有的人都支持王汉坤这么干的。王汉坤在品茗堂召开的农民协会各小组负责人会上，有人支持，也有人反对。会场里你一言，我一语，争论异常激烈。罗家畈的农协会组长罗崇儒说："这回和上回不一样⋯⋯"罗崇儒话没说完，王家畈的农协会组长王修平打断他的话问道："怎么就不一样？"罗崇儒说："上回是抵制日货，是反帝爱国，这回的吴也好，赵也好，叶也好，都是中国人，哪有中国人反中国人的道理。"罗修平说："中国人是不能反中国人，但要看这些人是不是真正的中国人。"

"管他们是不是中国人，"张家店农协会组长张尚清说，"也不管他们谁赢谁输，都不关我们张家店什么事，也不关王家铺什么事。他们打他们的仗，我们种我们的田，井水不犯河水，免得引火烧身。"

"怎么就不关我们的事？"杨家坳农协会组长杨道元说，"城门失火，殃及池鱼，军阀混战，民不聊生，事实就摆在我们面前，难道我们充耳不闻，视而不见？！"

"就算按你说的我们去支持，那又有什么用？"王家冲的农协会组长王修德说,"喊几句口号,恐怕是隔山打炮;贴几张标语,只怕也是隔靴搔痒。"

"话不能这么说,"王家大屋农协会组长王文庆说,"'不积跬步,无以至千里;不积小流,无以成江海'。难道老祖宗留下的话,我们也忘记了?"

"是啊!"王家铺商会小组组长王文君说,"粒米成箩,滴水成河,只要我们大家都齐心协力,那就是一股很大的力量。"

……

王汉坤不动声色地坐在那里,一边屏息静气地听着大家的争论,一边冷静地思考分析。俗话说,"人心齐,泰山移",如何说服大家,把人心聚拢起来呢?随着大家的激烈争论趋于平静,王汉坤心里也有了主意。他站起来清了清嗓子,说道:"各位前辈,各位组长,我觉得刚才大家都说得好,也说得在理,因为说的是心里话,所以我认为都说得好。所以,我也想在各位前辈面前说说我的心里话,如果我说错了,还得请前辈教诲。"

"汉坤,哦,不是……"王文庆连忙改口说,"会长,你是我们大家选出来的会长,我们都是拥护你的,快说说你的想法吧。"

接下来,王汉坤便从知人、晓事、说理的方方面面,侃侃而谈地说出他的想法。

王汉坤说:"常言道,知人知面不知心,我们不光是要知其人,知其面,还要知其心,虽说吴佩孚、赵恒惕、叶开鑫、唐生智都是中国人,但他们是不同的中国人。吴佩孚是直系大军阀,他在帝国主义支持下血腥屠杀汉口、郑州、长辛店罢工工人。赵恒惕也不是什么好人,他和吴佩孚一个鼻孔出气,与谭延闿在湖南混战,祸害民众。叶开鑫又是什么人呢?他是赵恒惕的心腹。这些人拥兵自重,连年混战,他们不是为了国家和民族,而是不惜以百姓的血肉去换取他们的荣华富贵。"

"唐生智就和这些人不同。"王汉坤说,"他以国家民族大义为重而参加革命,成了革命军的将军,他明显表示亲俄、亲共、亲工农的态度,提出反英、讨吴、驱赵的政治主张。他不光是支持北伐而且还参加北伐。"

说到这里,王汉坤停了停,他问大家:"北伐是什么?"大家你看看我,我看看你,面面相觑,然后都用期待的眼睛看着王汉坤。王汉坤说:"各位前辈不知道北伐是什么,但大家一定知道,我们头上受谁的压迫,受谁的剥削,受谁的欺负。北伐就是国民党和共产党合作,为我们国家的民族独立、民主共和、富强统一而开展的革命战争。要是北伐成功了,就可以推翻压在我们头上作威作福的英、日帝国主义、封建主义和土豪劣绅;还可以消除军阀割据,避免生灵涂炭,维护民族尊严,实现国家独立。如果真是到了那个时候,那就可以真正实现耕者有其田,安者有其居,居者乐其业。"

王汉坤的一番话,说得大家情绪激动起来。他从人们的面部表情,仿佛看到了人们的内心世界。"那么,请问各位前辈,"王汉坤问道,"你们说说看,这到底关不关我们的事?"

这时候,品茗堂中堂的东厢房里,有人频频地点头,有人不好意思地低头,也有人交头接耳。"我们中华民族就是一个大家庭,"王汉坤接着说道,"就像我们百家姓这个大家庭一样,不管你姓王,还是姓张,也不管你是姓罗,还是姓杨,都是这个大家庭里的人。"王汉坤又稍为停顿了一下,他见大家正在期待他的下文,他又继续说道,"各位前辈想想看,假如我们王氏族人出了什么事,想不想你们张氏族人、罗氏族人和杨氏族人出手相助?你们张氏族人、罗氏族人和杨氏族人该不该出手相助?再说,要是你们张氏族人、罗氏族人和杨氏族人出了什么事,想不想我们王氏族人出手相助?我们王氏族人该不该出手相助?"

"当然想……也当然应该……"人们热烈回应。

"所以我说,"王汉坤对大家说,"讨吴驱赵的事,支持北伐的事,就是我们大家的事,既然都是我们自己的事,我们是不是应该尽力而为呢?"

"当然应该!"话一旦说明了,理一旦讲清了,王家铺方圆八个屋场农会组长们也就想通了,他们的革命热情被王汉坤调动起来了。可是,如何讨吴驱赵?如何支持唐生智部?又该如何支援北伐?他们感到茫然。因此,他们又就这个话题议论纷纷:"不晓得姓吴的门在哪里开,也不晓得姓赵的树在哪里栽,我们怎么去讨伐他,怎么去驱赶他呢?"有人这么说。

"他们是枪对枪、炮对炮地打仗,我们是捋着锄把面朝黄土背朝天打土块。这风马牛不相及的,怎么去支援呢?"也有人这么问。

还有人说:"北伐嘛,不就是从我们这里过过兵,他们一阵风似的跑了,我们怎么去支援?"

王汉坤听着听着不禁笑了起来。他这一笑,让说这些话的农会组长感到有些尴尬。然而,他立马收住笑容,诚恳地对大家说道:"只要我们有心,就有办法。"

"有什么办法,快说说看。"几个农会组长先后问道。

"虽然我们不晓得姓吴的门在哪里开,姓赵的树在哪里栽,"王汉坤语气一转,"但是,我们可以发动民众贴标语、搞游行、造声势,向他们示威,要是全国民众都起来这么做的话,吓都把他们吓个半死,一个人吐一口唾沫,都能把他们淹死。"

王汉坤的话引得哄堂大笑。他接着说道:"我们是捋锄把打土块的不假,也没枪没炮,但我们熟悉地形,会挑担推车,能爬山上树,还有一身的力气。这样我们就可以为唐生智的军队打探敌情送消息,给他们带路,送粮送水。"王汉坤见大家听得津津有味,故意卖了一个关子,他说还有一个更好的办法,就是"一石二鸟"。说到这里,他忽然停住不说了。

"什么叫一石二鸟呢?快说说看。"王家冲农会组长王修德急切地问道。

"就是一块石头打两只鸟。"王家大屋农会组长王文远说。

"那不连唐生智也一起打了。"王修德担心地问道。

"哈哈哈……"

品茗堂中堂东厢房里顿时热闹起来,人们笑得前俯后仰,王汉坤也忍不住跟着大家笑了起来,笑得王修德的脸红一阵白一阵地坐在那里,怪不好意思的。因此,王汉坤没等大家笑完,他便拍了拍手示意大家停下来。他说道:

"我们还是言归正传吧!我说的一石二鸟,意思是比喻一个行动达到两个目的,或者说一举两得。前辈们看哪,我们不是有力气吗,那我们就破坏铁路,这不就等于打断了叶开鑫军队的腿;我们不是会爬山上树吗,那我们就割断叶开鑫军队的电话线,这不等于就戳聋了他们的耳朵。这样一来,我们不就支援了唐军吗?"

农会组长们听后茅塞顿开,他们摩拳擦掌,跃跃欲试,好像就要在这东厢房里干起来似的。

"这两件大事我们还得好好合计合计。"王汉坤说,"行动前,我们要尽量想得周全些,行动中,我们要尽可能组织得稳妥些。"

接下来,王汉坤便跟大家说出了如何办好这两件大事的想法。他说,反帝讨吴驱赵示威之事,有两大举动:张贴标语,此为其一;其二,游行示威。

王汉坤说,标语的内容他准备好了,写标语的笔墨纸砚他也准备好了,各位前辈等下回去的时候带回去,发动屋场里能写字的连夜把标语写出来,每个屋场都要写两三百条。他说,王家铺农民协会游行示威定在4月5日清明节那天,他还对如何利用剩下十来天时间准备事项,比如说制作横幅条幅、参加人数、游行路线、呼喊口号等等,都做了具体布置。王汉坤说,因为没有旗帜,就应多做横幅和条幅,他为此准备了八匹白色家织布,等下大家连同写标语的纸笔墨砚一起领回去。

王汉坤说完反帝讨吴驱赵的事,再说反对叶开鑫部,支援唐生智部的事。他说,这事更要慎重考虑,周密计划,绝不能仓促上阵,莽撞行事。于是,王汉坤像战场指挥官那样,运筹帷幄,在作战前排兵布阵。他说每个屋场的农会小组都要根据各人的特长,组成三个行动小组,一个组打探情况,传递消息;一个组挑担推车,送粮送水,背送伤兵;还有一个组破坏铁路,设置路障。他还根据叶开鑫部电话线经过的杨家坳、王家冲和王家铺的情况,要求这三个屋场的农会小组,每个小组还要找两三个会上电线杆的人剪割电话线。

为了这两大行动的相互联络与策应,王汉坤还建立了行动指挥部。指挥部成员由八个农会小组和一个商会小组的组长组成,每个小组还确定了一个送信联络人;指挥部就设在品茗堂中堂东厢房,这也是王家铺农民协会所在地;指挥部在一般情况下由王家铺商会小组长王文君坐镇,品茗堂姜先生负责情况收集和信息传递。

这次农会商会组长会后第三天,王家铺一带的标语铺天盖地:十里八村屋场的墙上,十里粤汉铁路沿线的电线杆上,路边的大树上,山坡的石㘭上,到处张贴着五颜六色的标语,还有石灰水刷写的白色标语。王家铺一带简直就成了讨吴驱赵、反帝爱国标语的海洋。

清明那天,王家铺农民协会组织的示威游行更是声势浩大。几百号人扯着横幅,举着条幅,横幅和条幅是白色家织布做的,上面用墨汁写着黑色的字,格外醒目。远远望去,仿佛一条布满黑色鳞片的白色巨龙,显得那么气势如虹;又仿佛一支长长送葬队伍头上飘荡的纸幡,显得那么悲壮。他们纷纷从王家大屋、王家新屋、王家畈、王家冲、罗家畈、杨家坳和张家店,到王家铺集结,然后从王家铺上粤汉铁路,直奔青平镇而去。一路上,他们鼓声如雷,口号震天,引得驻足而观的路人就像一根根木桩立在那里,久久不愿离去。

王宝禄和李大中正在镇上商讨如何组织各界民众举行讨吴驱赵游行示威活动,忽然有人来报,说王家铺农会组织几百号人的游行队伍浩浩荡荡地过来了。他忽然灵机一动,叫李大中留下继续商讨,他带人去迎接王汉坤和他的游行队伍。李大中心知肚明,王宝禄醉翁之意不在酒,他此时撇开他只身前往,无非是想独占其功。李大中却无意去跟他争功,他此时不出面更好,以免落下个什么口实日后给王汉坤添麻烦。

王宝禄带着人飞快地向镇子东头跑去,他从来没这么动作迅速过,甚至来不及用左手的食指和中指把随风吹向左边的头发夹向右边。尽管他知道他的头发已经从三七边分变成了五五边分,他也管不了这么多了。因为他想尽快见到王汉坤,把王家铺组织农会游行示威的事揽在自己手里,他岂不是有了大功一件。这样的话,一来他可以在王正波那里交差,二来他可凭借此功追名逐利。

他刚跑到镇子入口处,王家铺的游行队伍就迎面而来。他以为王汉坤会走在队伍前头带领游行队伍前进,便扯了扯他那身中山装,最终还是用手把吹向左边的头发撇向右边,使他的头发由五五边分又恢复了三七边分。然后,他几乎是站到了街心,等候王汉坤前来向他王特派员报告。

然而,王宝禄不曾想到,走在队伍前头的是一伙扯着横幅、举着条幅、打擂战鼓的彪形大汉,他们根本就不知道站在街中心的是谁,因此连看都没看一眼雄赳赳、气昂昂地大步向王宝禄直闯过去。王宝禄避让不及,被撞了个正着,他差点被撞倒在街心,跟跟跄跄地向街边跑了好几步才站稳。他定了定神,在人群中搜寻王汉坤的影子。

"莫非王汉坤今天没来?""照理说这不可能啊?"王宝禄正在心里嘀咕的时候,在游行队伍的最后头王汉坤的身影出现了。王汉坤先于王宝禄发现他站在街边,便上前招呼道:"王特派员好,这还劳驾您出来迎接,汉坤深感惶恐。"

"哎,王会长可别这么说,"王宝禄说,"你们王家铺讨吴驱赵的示威游行不光搞得比别人早,而且声势搞得这么大。看来我去你们王家铺一趟还真没白跑。"

"那是,那是,"王汉坤说,"我们也是想尽力按特派员的指示去做,但还做得不好。"

"你们做得已经很好了,真了不起!"王宝禄说,"你们不光是在青平地区带了头,而且还在长平县带了头。我要向县党部报告,给你们请功。"

"这可不敢,要说有功的话,功劳也是您王特派员的。"王汉坤说,"要不是您亲临王家铺交代,我们也不至于有这等的行动。"

王宝禄等的就是王汉坤的这句话。不过,他听王汉坤说的"交代"两个字,又想起了王正波一再交代他的那件事。于是,他故意放慢了脚步,和王汉坤落在游行队伍后头,边走边聊。

"王会长,我上次跟你说的那件事,你考虑得怎么样了?"王宝禄说。

"哎呀,您看我这记性。"王汉坤拍了拍脑袋,"我只记住了特派员说的这件事,特派员还跟我说了别的什么事,我怎么就不记得了呢,真是该死!"

"这也不怪你。现在这么多事都压在你头上,你忙嘛。"王宝禄说,"是这样,我来青平时,王委员特地交代过,眼下正是党国用人之际,他希望像王会长这样的人能成为党国的栋梁之材。"

"汉坤不才,实在难担此任。"王汉坤说,他能为国家和乡民做点事,对他来说就已经是撑破了天,什么党啊派啊,他既不懂,也没那个想法。他只是恳求王宝禄能体谅他的苦衷,也希望他能在王正波面前转达他的谢意和他的想法。

这正中王宝禄的下怀。其实,在王宝禄的内心深处,他并不想王汉坤成为党国的人。因为他好不容易混进县党部,被委派到青平这个地方后,青平的民运闹得风生水起。他可不想在他飞黄腾达的仕途上有个强有力的对手,而且这个对手还是他自己找来的。所以,他跟王汉坤说这件事的时候,也只是装模作样、假心假意。王汉坤的推辞,他正好就汤下面,让这件事不了了之。若是王正波怪罪下来,也怪不到他的头上,不管他是真心实意,还是假心假意,反正他已经跟王汉坤说了两次,要怪也只能怪他王汉坤不识抬举。

反帝讨吴驱赵的事还在继续,反叶(开鑫)援唐(生智)、支援北伐的革命斗争接踵而至。在反帝讨吴驱赵张贴标语、游行示威活动中,王汉坤在乎的不是到底起了多大作用,而是民众的觉醒。因此,王家铺一带乡民的革命热情空前高涨。王汉坤乘势而为,更是不分昼夜,忙得不亦乐乎。别说是照顾还在坐月子的妻子,就连跟她说几句话,给刚出生的儿子取个名字的时间也没有。

"汉坤,给儿子取个名字吧。"那天清早,王汉坤怕惊醒妻子,起床后轻手轻脚准备出门,忽然背后传来了妻子赵雅丽的声音。

"好,"王汉坤回过头来,他一脸的愧疚,望着赵雅丽说,"不过,要等我忙过这段时间。"说完,他便匆匆地出门去了。

支持唐生智部反对叶开鑫部的战争,是讨吴驱赵的一个实际行动。因为它是一场战争,所以它远比张贴标语、游行示威复杂得多、激烈得多、危险得多。考虑到既要有力地支持唐生智的部队,阻滞和破坏叶开鑫的部队,又要保证乡民的生命安全,王汉坤根据那次他和农会组长们商定的预案,周密部署,精心指挥。

起初,由于唐生智的部队不熟悉地形,不了解叶军兵力部署,后勤补给的准备做得也不够充分。因此,他们曾一度在战争中处于不利地位。对于熟读兵书的王汉坤而言,"知己知彼,百战不殆""兵马未动,粮草先行"。于是,他组织乡民来了个"五策联动":摸清敌情,速告唐军;挑选向导,为唐军带路;组织运输队,为唐军运送粮食和武器弹药;在唐营地或行军途中设茶水点,既为士兵送茶送水递碗糕,又张贴标语,呼喊口号,鼓舞唐军士气;破坏铁路,设置路障;割断叶军的电线。这样一来,战争形势与局面急转,唐军宿营、行军、作战行动自如,而叶军则寸步难行,处于被动挨打的局面。

有了这次组织和指挥反叶(开鑫)援唐(生智)的经验,王汉坤发动和组织乡民支援北伐更是如鱼得水。他在那"五策联动"的基础上,又想了疑兵、攻心、疲敌的"破敌三招"。他组织乡民假扮北伐军,迷惑叶开鑫、余荫森、吴佩孚三军;他把会写字的乡民组织起来写传单,趁夜投进敌营,扰乱军心;他将山里的猎户组成鸟铳队,深更半夜潜入敌营放铳,又将鞭炮放进洋铁桶里燃放,惊扰敌营,疲劳敌军。当北伐军叶挺独立团主力在向导引导下,越岩岭、过黄毛大山的时候,叶、余、吴三部大惊,北伐军仿佛从天而降,顿时军心大乱,毫无抵抗之力。叶开鑫部数千人投诚,余荫森部大部队缴械投降,吴佩孚军的赵武臣部落荒而逃,北伐军乘胜追入鄂境。

第二十四章

民国十六年,也就是1927年5月的一天傍晚,乌云黑沉沉地压下来,突然,一道道闪电划过天空,仿佛一把把明晃晃的刀刃刺向大地;伴随着这一道道的闪电,是一声声令人失丧魂落魄的炸雷。忽然狂风大作,天空就像突然撕开了一道口子,瓢泼大雨从这道口子里倾盆而下。闪电、雷声、狂风、暴雨,似隆隆枪炮、似刀光剑影笼罩着整个王家铺。

人们吓得纷纷躲进屋里,他们胆战心惊,不敢动弹,不敢说话,甚至连大气都不敢出,好像一动弹就会招致闪电,招致炸雷,招致祸殃。天公如此大动干戈了好一阵,忽然觉得好像累了,它停止了闪电,销匿了炸雷,止住了狂风,只有那豆大的雨点像密集的子弹撞击在地上,发出噼里啪啦的响声。

然而,天黑好一阵了,王汉坤却还没有回家,这可急坏了赵雅丽。她抱着还不到一岁的王克俊,时而不停地在屋里走来走去,时而焦急地盯着大门外边。后来,她索性把王克俊放到摇窝里,站在大门口,死死地盯着漆黑的雨夜。此时此刻,尽管她知道她站在这也是徒劳,但她依然站在大门口,依然死死地盯着漆黑的雨夜,仿佛在这漆黑的雨夜里,包裹着她的全部希望。

突然,一个黑影闪了进来。王汉坤浑身湿透了,像只落汤鸡似的跑进了家门。

"下这么大的雨,你也不晓得躲躲。"赵雅丽心疼地说。

"我要赶回来有事,来不及躲雨了。"王汉坤说。

赵雅丽快步地跑进厨房,她舀来一瓢冷水,对王汉坤说:"快,你把它喝下去,免得生病。"她趁王汉坤喝水的时候,连忙找来毛巾和一身干衣服,她一边帮王汉坤脱下湿衣服,一边帮王汉坤擦干满头满身的雨水。

王汉坤刚刚换上干衣服,堂屋里忽然又跑进来一个人。他打开房门一看,见是浑身湿透的李大中,顿时惊讶得说不出话来。赵雅丽赶紧又去舀来一瓢冷水,递给李大中:"李先生,淋了雨喝冷水不生病。"李大中说,"谢谢王夫人",便接过那瓢冷水一饮而尽。这时候,赵雅丽找来了王汉坤穿的长衫,请李大中将就换上。李大中说,衣服他就不换了,他有几句话跟王汉坤说,说完就走,反正出门又要淋湿。因此,不管王汉坤和赵雅丽怎么劝说,李大中坚持不换衣服,王汉坤只好把他引至堂屋后边的转堂。李大中迫不及待地对王汉坤说道:"汉坤同志,出大事了,蒋介石发动了反革命政变。"

"不是刚刚实现国共合作吗?怎么说反就反。"王汉坤气愤地说。

"蒋介石窃取国民党的党政军大权后,便暴露出他独裁的狼子野心。"李大中说,"他肆无忌惮地在上海发动反革命政变,大肆屠杀共产党员、国民党左派及革命群众。"

王汉坤牙齿咬得咯咯地响:"本是同根生,相煎何太急!"

"现在的形势非常严峻!"李大中异常严肃地给王汉坤分析了他们所面临的险恶形势。他说,蒋介石在上海发动反革命政变后,许克祥又在长沙发动"马日事变",各种反共势力重新会集,卷土重来,大肆捕杀共产党员。他们提出"宁可错杀一千,也不可放过一个"的反革命口号,建立团防武装和铲共义勇队,进行极其残酷的大清乡、大屠杀。这些惨无人道的刽子手,"无日不杀数十人",以致到处血肉横飞,遍地尸体枕藉,整个中国都笼罩在白色恐怖之中。

王汉坤听得咬牙切齿,他攥紧拳头,愤怒地说道:"得道多助,失道寡助,总有一天是要向他们清算这笔血债的!"

"说得好!汉坤同志,"李大中说,"不过眼下我们还是要讲究斗争的策略。"

"大中同志,组织上有什么指示,我坚决执行!"王汉坤说。

"革命暂时处于低潮,"李大中说,"留得青山在,不怕没柴烧。我们眼下的首要任务就是保存革命实力。"他看了看全神贯注听他说话的王汉坤,接着说,"好在你是组织上秘密发展的党员,只有我和方强之,还有支部的几个同志知道,王宝禄他们不晓得你的真实身份。所以,你要保护自己,千万不要暴露自己的身份。另外,还要尽一切可能保护农运积极分子和革命群众,以免他们惨遭国民党反动派的杀害。"

"请组织放心,我坚决执行!"王汉坤坚定地说。

"那好!"李大中说,"今晚你就要烧毁所有能够证明你身份的资料,还有那些进步的革命刊物和书籍。""好!"王汉坤回答说。李大中又特别交代说:"如果我被捕了,你千万不要组织营救,到时候不光救不了我,反而还会暴露你自己,连累革命群众。"

王汉坤突然感到心情异常沉重,他难过地说:"好,我听您的,请您也一定要保护好自己。"

"那是自然,"李大中说完,紧紧地握住王汉坤的双手,"该说的我都跟你说了,我还要赶回去通知支部的几个同志迅速转移,清理烧毁支部的所有文件资料,我该走了。"说完,李大中倏地抽回双手,穿过堂屋跑出大门,消失在茫茫雨夜之中。王汉坤再也抑制不住自己的情绪,他脸上的两行热泪,像门外如注的雨线飞流而下。他怎么也没想到,他与他的这匆匆一别,竟然成了他们的生离死别。

王汉坤和李大中惜惜告别后,他连忙搬来楼梯搭在偏房墙上,爬上楼梯,从屋顶的茅草中,把藏在里面有关证明身份的党员证、入党申请登记表等资料,还有《共产党宣言》《新青年》等进步书刊,拿到厨房的火炉里烧了,顿时,他们的茅草屋里弥漫一股股焦煳的味道。

"汉坤,屋里一股焦煳味,"睡房里传来赵雅丽的喊声,"你快去看看,是不是屋里哪里着火了。""不是。"王汉坤连忙从厨房来到睡房,他告诉赵雅丽,是他刚才清出一些废纸,放到火炉里烧了,所以屋里才有这股焦煳味。"哦,是这样啊,我还以为屋里着了火呢。"赵雅丽什么也不再问了,她对王汉坤说,"你也累了一天了,刚才又淋了雨,赶紧睡吧!"说完,赵雅丽把身子往床里挪了挪,腾出地方给王汉坤睡。王汉坤和衣躺下,但他无法入睡,一晚上辗转反侧,无时无刻不在担心和牵挂李大中、方强之。

李大中最终还是没能逃出国民党反动派的魔掌,他被捕了。同他一起被长平县铲共义勇队抓捕的共产党员,还有他们青平支部的方强之、王志刚、张亚东。

按理说,李大中他们得到消息后,已经有所防范,不该这么快就都被抓的啊。然而,他们对国民党反动派的残忍及其手段还是估计不足。上海"四一二"反革命政变和长沙"马日事变"后,王正波成了反共的急先锋,他纠集反动分子成立"长平县铲共指导委员会",他自任主任委员,并急召王宝禄回县城,委任其以委员之职;他将县团防大队改组成团防局,将原保安大队改为"铲共义勇总队",委任王宝财为团防局局长兼铲共总队队长。他们大肆"清乡",到处"铲共"。王宝禄凭借他对青平地区共产党员的熟悉,伙同王宝财带着铲共义勇队近百人,气势汹汹地跑到青平地区搜捕共产党员。李大中、方强之、王志刚、张亚东始料不及,刚刚隐藏或清理销毁党组织重要机密文件,还来不及转移,就被王宝禄、王宝财带人抓捕了。

然而,王宝禄和王宝财仍然感到失望。虽说他们是抓了几个共产党员,但这些都是青平地区早期入党的党员,也都是他们掌握了的。他们急于想找到青平地区秘密入党的党员名册,可是一无所获。于是,他们对李大中、方强之、王志刚、张亚东轮番严刑拷打,企图撬开他们的嘴,得知秘密党员的名录。

"李大中,我问你,"王宝禄凶巴巴地问道,"青平还有谁是共产党员?"

"不是都被你们抓了吗?"李大中轻蔑地说道。

"你不老实,"王宝禄恶狠狠地说,"别以为我不知道,你们秘密发展了一批党员。"

"这完全是无稽之谈,"李大中理直气壮地说,"你不是也在这里吗?我的一举一动都在你的监视下,我到哪里去发展党员。"

"你……你……"王宝禄被顶得理屈词穷,他气急败坏地指着李大中的鼻子,"你不老实,你狡辩。"

"不让你受皮肉之苦,你是不会开口的。"王宝禄凶神恶煞地对李大中说,然后他怒吼一声,"给我打。"站在他身旁的两个打手便冲上来,一个用皮鞭,一个用木棒,轮番地对李大中劈头盖脸一顿暴打,打得李大中皮开肉绽,浑身是血。

"你说不说!"王宝禄上前揪住李大中的下巴,大声喝道,"还有谁是你们的人,党员的名册在哪里?"

"我不是说了吗,"李大中对王宝禄怒目而视,"我们的人都被你抓了,哪里还有我们的人,哪里来的党员名册?"

"你是不见棺材不落泪,"王宝禄暴跳如雷,"给我往死里打,看他说不说。"

这时候,那两个打手又冲上来,他们反剪李大中的双手,用粗粗的竹签穿透他的手心,把他的双手死死地钉在木板上。李大中紧紧地咬住牙关,口里鲜血直流。王宝财从炉火中抽出烧红的铬铁,冲上来撕开李大中血肉模糊的衬衣,将烧红的铬铁往李大中的胸部烫去,只见缕缕青烟,吱吱作响,李大中惨叫一声,昏死过去。

王宝禄和王宝财没能从李大中嘴里得到他们想要的任何东西,便想撬开方强之、王志刚和张亚东的嘴。于是,他们又像严刑拷打审问李大中那样,连夜提审方强之、王志刚和张亚东。然而,方强之、王志刚和张亚东也像李大中那样,除了怒斥国民党反动的无耻行径,宁可咬紧牙关挺受酷刑,也不向他们吐露半点组织机密,直到也被折磨得昏死过去。

这回轮到王宝禄和王宝财始料不及了,他们原以为抓住了共产党组织中的重要分子,就可以撬开这些共产党员的嘴,从他们嘴里得到他们想要的情报,好把青平地区的共产党员一网打尽。谁知他们的如意算盘落空了。他们怎么也想不通,这些共产党员到底是铁铸的还是钢打的,怎么就经得起如此酷刑?他们除了沮丧,除了歇斯底里地吼叫,除了动用惨绝人寰的酷刑,再也无计可施。

王汉坤惊闻李大中、方强之、王志刚、张亚东被抓捕的消息后,如五雷轰顶,是去营救?还是听李大中跟他临别时说的不去营救?王汉坤急得像热锅上的蚂蚁,他在痛苦地思考和抉择。救,或许还有一线希望,不救,那就连一线希望也没有了。想到这里,王汉坤决定还是要去试一试,只要能救出李大中他们,就算他死了也值得。于是,他趁断黑时分只身来到岩岭,想找胡占山帮忙救人,这是他唯一可想到的办法。

胡占山见王汉坤行色匆匆,一脸凝重,便知道是出了大事。他一改往日放荡不羁、大声说话的习惯,悄悄地把王汉坤引进自己的居室,低声问道:"族长老弟,看你魂不守舍的样子,出了什么大事?"王汉坤回答说:"父亲生意上的一个朋友,县里怀疑他是共产党员,被抓了,说是明天游行示众后就要枪毙。"

胡占山说:"那怎么得了,要不我带人去把他救出来?"

王汉坤说:"我来找你就是为了这个事。"

胡占山说:"怎么个救法?我听你的,你说吧。"

王汉坤说:"听说县里来了一百多枪兵,救人恐怕没那么容易。我们只是做好救人的准备,到时见机行事,能救则救,万一救不了就只能放弃。别到时候人没救出来,反而搭进兄弟们的性命。"

胡占山说:"这样也好。"

王汉坤说:"明天镇上肯定人多,你带的人混在人群中,看我给出的暗号行事。"

胡占山说:"好!你给我什么暗号?"

王汉坤说:"我点头示意,你就带人冲上去救人,我摇头示意,你就按兵不动。"

胡占山说:"族长老弟放心吧,我按你说的做。"

第二天,王宝禄和王宝财见经过一夜残酷的严刑拷打,也没从李大中、方强之、王志刚、张亚东口里得到任何东西,便用铁丝穿过他们双手手心,像用绳子穿萝卜一样将他们四人穿成一串游街示众。王宝禄和王宝财带的一百多人,荷枪实弹地分列两边,把他们四人围得严严实实,针插不进,水泼不进。胡占山带着七八个人身藏大刀,隐藏在人群中,此时,王汉坤乔装一番后也隐藏在人群中,胡占山一直处在离他几步远的位置,他见王汉坤没给他暗号,也确实没有下手的机会,只得跟游街的队伍来到镇上学校操场,再寻找下手救人的机会。

可是到操场之后,王宝禄和王宝财指使手下将李大中、方强之、王志刚、张亚东押在中间,然后将那一百多枪兵分成三圈,像铁桶似的把他们四人团团围住。王宝禄耀武扬威地走到他们面前,大声吼道:"我最后问你们一遍,青平还有谁是你们的人?共产党员的名册在哪里?"

李大中、方强之、王志刚、张亚东昂首挺胸,对他怒目而视,然后几乎是异口同声地发出怒吼:"不知道!"

"我看你们是死鸭子嘴硬,"王宝禄气急败坏地说,"只要你们谁说了,我就立即放人,如果你们再不说,我现在就毙了你们。"

"打倒国民党反动派!""中国共产党万岁!"李大中突然想振臂高呼,结果他的手扬了扬却扬不起来。

方强之、王志刚、张亚东会意,他们和李大中一起举起铁丝穿掌的右手振臂高呼:"打倒国民党反动派!""中国共产党万岁!"

王宝禄暴跳如雷,他手指着方强之、王志刚、张亚东,对王宝财大声吼道:"先把他们几个毙了。"王宝财从枪兵中挑出三个刽子手,用枪口顶着方强之、王志刚、张亚东的额头。"放",随着王宝财的一声大吼,三声枪响,方强之、王志刚、张亚东顿时倒在血泊中。人群一阵骚动,胡占山想冲出去救下李大中,王汉坤摇头示意制止了他。

王宝禄走到李大中跟前,凶狠狠地说道:"你说不说,你要是不说,我让你生不如死,比他们的下场更惨。"

"王宝禄,你这个禽兽不如的东西,你以为我害怕吗?"李大中斩钉截铁地说,"我怕死就不革命,怕死就不当共产党员!"

王宝财从刽子手里拿来大刀,一刀刺穿李大中的胸膛,把李大中刺倒在地。

这时候,人群愤怒了,他们奋力向中间挤去,手无寸铁的人们想用他们的血肉之躯制止这场屠杀。王宝禄、王宝财同时拔出了手枪,他们指挥外围的枪兵横枪抵挡向前挤的人群,第二层的枪兵端着明晃晃的刺刀,里层的枪兵子弹上膛,用黑洞洞的枪口对准向前挤的人群。胡占山拳头攥得咯咯响,几次想冲上去救人,都被王汉坤示意制止了。因为在王汉坤看来,照当时的形势,他和胡占山根本就救不了李大中他们。如果他轻举妄动,自己死了不足惜,胡占山和他的七八个兄弟的命也会搭进去,甚至还要连累更多无辜的群众。那么,这里将成为杀红了眼的王宝禄、王宝财的屠宰场,他们将肆无忌惮地枪杀手无寸铁的群众,到时候死的不只是李大中他们四人,而且会尸首无数,血流成河。

此时此刻,王汉坤从愤怒中冷静了下来,他想起李大中跟他说的话,他要保护革命群众,保存革命实力。于是,他悄悄地靠近胡占山,拉着他迅速地离开了人群。到了没人的地方,王汉坤说要拜托胡占山一件事。胡占山说:"不管什么事,族长老弟只管说。"王汉坤说,等王宝禄、王宝财带人撤走了,请他们把李大中、方强之、王志刚、张亚东的尸体入殓后运回岩岭安葬。胡占山满口应承。王汉坤这才匆匆地往回赶。

第二十五章

　　王汉坤急于赶回王家铺，他要抢在王宝禄、王宝财他们之前，尽快通知王家铺一带的农商会组长、农运骨干，还有青壮年乡民进山躲起来。好汉不吃眼前亏，更何况残忍暴虐的国民党反动派，比起剖开王子比干的胸膛、挖其心脏的商纣王来说，有过之无不及。

　　一路上，王宝禄、王宝财穷凶极恶残忍地杀人的场景，李大中、方强之、王志刚、张亚东大义凛然、视死如归、英勇就义的悲壮场面，不断地在王汉坤眼前浮现。王汉坤感到义愤填膺，悲痛欲绝。然而，他不仅没有被吓倒，而是更加坚定了革命的信念，激起了革命的斗志。他越来越笃信李大中给他说的共产主义，越来越敬佩像李大中这样的共产党员。像王宝禄、王宝财之流的国民党反动派，必将像自登鹿台而焚，与结束罪恶一生的商纣王一样，死无葬身之地，而共产党员必然取得革命的最后胜利。

　　王汉坤沿着粤汉铁路一路小跑，他依次由杨家坳、张家店、罗家畈、王家冲、王家畈、王家新屋、王家大屋，一直跑到王家铺。他找到各个屋场的农会组长，跟他们说，现在国民党反动派像疯狗一样，带着枪兵到处抓人杀人，但凡青壮年男丁都到山里躲几天，等风声过了再回来。等这些事都安排好了，王汉坤才回家告诉妻子赵雅丽一声，说他有事要到山里住几天，嘱咐她带好孩子，自己也要小心点。赵雅丽从王汉坤悲怆凝重的神情看到，他们仿佛是生离死别，不禁心如刀绞般地疼痛起来，她鼻子发酸，泪水在眼眶里打转。"雅丽保重！"王汉坤不敢去看赵雅丽的泪水，他对她说完这句话，就扭头往岩岭方向跑去。他要进山找胡占山，这么多人躲进山里，睡觉、安身是不可能的，但总不能活活饿死，他要寻求胡占山的帮助。

　　胡占山从王汉坤跟他交代那件事后，他就带着手下猫在镇里观察动静，伺机入殓李大中他们的尸体，运回岩岭安葬。王宝禄、王宝财杀人之后，带着人跑进酒馆吃喝去了,但他们在操场上仍然留下一队枪兵守着尸体。胡占山只得安排手下暗地里选定棺木、寿衣和裹尸布,以及雇请拖运棺木的推车。直到天黑时分,那队守着李大中他们尸体的枪兵才撤走。胡占山他们一个个蒙着头,飞快地跑进操场裹尸入殓,连夜运回岩岭。

"都入殓运来了?"王汉坤见到一身疲惫的胡占山,便问道。

"都入殓运回来了,怎么办?"胡占山问道。

"入土为安,连夜安葬吧!"王汉坤对胡占山说,"有劳兄弟们了。"

"哎,看你说的,"胡占山说,"他们连命都没了,我们出点力气算什么。"他回头对手下人说,"兄弟们,走,我们去找锄头和锹挖坑下葬去。"

王汉坤和胡占山找了一处向阳的半山坡地,安葬李大中、方强之、王志刚、张亚东。王汉坤从陆陆续续跑进山里的乡民中挑选了几个身强力壮的小伙子,一起帮胡占山他们挖坑下葬。他们打火把的打火把,挖坑的挖坑,下葬的下葬,由于人多,只用了一个多时辰就安葬完了。

望着火光下的四座新坟,王汉坤百感交集,他伫立坟前,陷入痛苦的沉思。"走,族长老弟,人死不能复生,我们回去吧。"死者已经逝去,生者重任在肩。王汉坤立即清醒过来,他跟着胡占山深一脚浅一脚地回到胡占山的住地。

"今天的事真是有劳胡大好汉了。"王汉坤突然转身对胡占山抱拳鞠躬作揖,"请受小弟一拜。"

胡占山赶紧上前扶住王汉坤的双手:"族长老弟见外了,你找我,就是你看得起我,信得过我。"

"眼下还有两件事恐怕要劳烦好汉。"王汉坤说。

"有事你尽管说,没什么劳烦不劳烦的。"胡占山说。

王汉坤说:"这么多人躲进山里,睡觉问题怎么解决,吃饭是个大问题。再说,进山的路怎么守护,王宝禄、王宝财他们会不会带兵进山抓人?"

胡占山回答他,睡觉的事他是没办法,吃饭的事他想好了,但像平时吃饭是不行的,山里有几处大茴窖,里面装满了茴坨,把它们挖出来或烧或蒸或煮都行,再就是想办法到外面蒸些碗糕来。这样至少可以保证每人一天能吃上一顿,多的也没有。

王汉坤说:"这样就已经很不错了。周旋一下,估计几天时间也就过去了,大家将就一下也没什么大事。"

胡占山又说:"至于说他们会不会带兵进山抓人,我想不会。你看这岩岭群山连绵,他们才百十号人。再说外面都传说这山里的土匪厉害,谅他们也不敢贸然进山,如果他们真的进山抓人,我们就跟他们捉迷藏,玩死他们。"胡占山见王汉坤紧绷的脸慢慢松弛下来,便接着说,"我还有办法,就是在几处进山的路口装满铁夹子,暗处装上弩,都做上记号,不让自己人踩着碰着。只要他们敢进山,就夹断他们的脚,射死他们,吓都把他们吓回去。"

"这个办法好,这个办法好!"王汉坤连声说道。然后,他又拱手对胡占山说,"我替乡亲们谢谢胡大好汉了。"

"汉旺,屋场的男人都躲到山里去了,你怎么还在这里干活?"那天早上,王家铺的李木匠得讯后往山里跑,他发现王汉旺仍在田里做事,便边跑边喊。

"我种我的田,怕他们干吗?"王汉旺头也不抬地回答。

"我听说他们像疯狗一样到处咬人,你还是先躲躲吧!"李木匠继续喊道。

"我才不躲呢。"王汉旺说完继续干活。

"汉兴哥,怎么不见汉旺哥?"那天早上,王汉坤在山里碰到王汉旺的哥哥王汉兴,便这么问他。王汉兴说他喊了王汉旺,但他说他有事,他才不躲呢。

"坏了,"王汉坤着急地说,"汉旺哥肯定凶多吉少。"说完,他转身就要往王家铺跑。王汉兴一把拉住王汉坤,"汉坤,你不能去,还是我去吧。"王汉坤说,"不行,我去比你去合适。"

正当王汉坤和王汉兴争执的时候,胡占山赶过来了。他挡在王汉坤的去路上:"族长老弟,你别傻了,说不定那帮狗日的到处抓你呢,你就这么跑回去,不是送上门吗?"

"那我也要赶回去,"王汉坤说,"王宝禄、王宝财我认识,也打过交道。我越是躲起来,他们就越是怀疑我。只有我回去了,汉旺哥才没有危险,也说不定他们还会打消一些对我的怀疑。"

胡占山和王汉兴见王汉坤说得在理,便让开了去路,王汉坤对胡占山说:"山里的事就拜托胡大好汉了。"胡占山对王汉坤说:"族长老弟放心,只是你要多保重!"他们挥手告别后,王汉坤往王家铺跑去。

　　王宝禄、王宝财首度出兵直扑青平,一下子就捕杀四名共产党员,几乎把青平地区共产党的重要成员一网打尽。他们一个个像打了鸡血似的兴奋,在青平镇吃喝玩乐,折腾到深更半夜。第二天早上,他们又气势汹汹地直扑王家铺。因为王宝禄以为,王家铺的农运搞得那么好,反帝爱国的革命斗争搞得那么轰轰烈烈,肯定有暗藏的共产党员,说不定他王汉坤就是共产党员。

　　一队枪兵突然闯进王家铺,挨家挨户搜查,弄得整个铺上鸡飞狗跳,乌烟瘴气,人心惶惶。品茗堂、君悦客栈和王汉坤的那厢茅草屋,更是被王宝禄、王宝财带人翻了个底朝天,结果什么也没发现。倒是他们发现了一个蹊跷的现象,整个铺上只见老人、女人和孩子,不见青壮年男丁。王宝禄抓住品茗堂账房的姜先生,厉声问道:"铺上的男人呢?"姜先生说:"有的做丧夫去了,有的做买卖去了。""做丧夫?"王宝禄怀疑地问道。姜先生说:"是的,冲里屋场老了两个人,安葬要丧夫。""那王汉坤呢?"王宝禄又问道。姜先生说:"这里老了人都要族长主事,王族长主事去了。"王宝禄不信,他打发王宝财去问了几个老人和女人,得到的答复跟姜先生的说法差不多。

　　王宝禄感到沮丧,他不停地用手将倒向左边的头发撇向右边,仿佛要用他三七边分的发型,弥补他在王家铺没有抓到共产党员的遗憾。这时候,突然有人来报,说是在王家铺后山田里发现了一个青年男人。

　　"快去,把他抓起来。"王宝禄大声喝道,然后带着枪兵扑向王家铺的后山。

　　"那个耖田的,过来!"一个枪兵用枪指着王汉旺,大声喊道。

　　王汉旺装着没听见,继续扬了扬他手里的牛鞭,吆喝着牛,耖他的田。

　　"你是聋子还是哑巴,喊你呢,再不起来老子就开枪了。"那个拿枪指着王汉旺的枪兵大声喊道,接着把枪栓拉得啪啪响。

　　王汉旺这才迫不得已爬上了田塍,他一上田塍,就被几个枪兵反剪双手带到屋前坪地。王宝禄走上前去,又撇了撇他五五边分的头发,皮笑肉不笑地问道:"铺上的男人呢?"

"都埋人去了。"王汉旺没好气地回答。

"那你怎么没去?"王宝禄追问道。

"我要耖田,上半年不耖田,下半年怎么办。"王汉旺说。

王汉旺抬头看了一眼王宝财,此人他见过,他不就是那年同王县长一起来铺上的王大队长吗?因此,他突然问道:"王县长今天怎么没来?"

"没空跟你瞎扯,"王宝禄恶狠狠地问,"这里谁是共产党员?"

"什么党?共产党?"王汉旺说,"我没听说过,倒是听说有个国民党。"

"你别在这里装疯卖傻,"王宝财说,"我知道你和王汉坤好得穿一条裤子,我问你,王汉坤到哪里去了?"

"和死人官司去了。"王汉旺干脆地回答。

"和死人官司?"王宝禄不解地问。

"我们这里死了人,都是他去主持安葬,因为他是族长。"王汉旺解释说。

"他还是共产党员吧?"王宝禄突然问道。

"哈哈哈……"王汉旺大声笑了起来,"我看他是国民党还差不多。"

"这个人太不老实,干脆绑起来毙了。"王宝财对王宝禄说。当然,这话他也是有意说给王汉旺听的。

"把他给我绑了。"随着王宝禄的一声大吼,几个枪兵上前五花大绑地把王汉旺绑在他家地坪一棵苦楝树的树干上。王宝禄凶神恶煞地对王汉旺说,"我最后问你一遍,是死是活你自己选。"然后问道,"这里有没有共产党员?王汉坤是不是共产党员?"

"我一个种田打土块的,怎么知道?"王汉旺说。

"你不说是吧,那好,我只好送你上西天了。"王宝禄回头对王宝财喊道,"把他给我毙了。"

这时候,王汉旺的妻子胡秀英从屋里跌跌撞撞地跑出来,披头散发地跪在王宝禄面前哭泣,求他放过王汉旺。王宝财挑选的三个枪兵端着枪瞄准了王汉旺,王汉旺命悬一线。

"枪下留人,枪下留下……"正在这千钧一发之际,王汉坤边跑边喊地跑了过来。

"哎哟,王会长,王族长,"王宝禄、王宝财几乎同时阴阳怪气地说,"我们不闹出点动静,看来还真是惊动不了您这尊真神。"

"不知二位驾到,有失远迎。"王汉坤气喘吁吁地说,"我正在山里主持丧事,听说铺上来了队伍,我猜想肯定是县里来了人,这才急着赶回来。"

"是这样?"王宝禄对王汉坤说,"共产党图谋不轨,铲共乃当前大局,县里成立了铲共指导委员会,省党部王正波委员当了主任……"还没等王宝禄把话说完,王宝财连忙用手指着王宝禄介绍说:"他现在是这个会的主要委员。"王宝禄接着他的话说:"县保安大队现在改成了县团防局,县里又成立了铲共义勇总队。"他指着王宝财介绍说,"这位是团防局局长兼铲共总队队长。我等是奉王主任之命前来抓捕共产党的。"

"哎哟,咱王家真是祖上积了德,"王汉坤见王宝禄、王宝财脸上露出得意的神色,他便顾左右而言他,"您二位一个个官运亨通,正波仁兄更是了得。"

"什么?"王宝禄质问王汉坤说,"你敢叫王主任仁兄。"

王宝财把王宝禄拉到一边,他把王正波那次来王家铺和王汉坤称兄道弟的事,跟王宝禄耳语了一番。王宝禄听后瞪着眼睛对王宝财说:"那我们兄弟不是吃亏了。"王宝财说:"叔父也是酒后之言,未必当得了真。"

不管当不当真,王汉坤出的第一招果然奏了效,王宝禄、王宝财对他的态度有所改变。王宝禄转过身来,对王汉坤说道:"既然这样,那王主任的指令你更要执行。"

"那是当然,汉坤愿效犬马之劳。"王汉坤说,"莫说是正波仁兄……"王宝禄打断王汉坤的话,他没好气地说:"你别在这里仁兄长、仁兄短的了,有事说事。"王汉坤接着说:"莫说是王主任发了话,就是您二位有什么吩咐,那汉坤也是责无旁贷。"

"那好,我问你,这里有没有共产党活动,有没有共产党员?"王宝禄说。

"这我还真不晓得,"王汉坤说,"王家铺的情况王主任清楚,王大队长……"王汉坤自知口误,连忙改口说,"王局长也清楚,王委员心里也是一本全书。"

"我要是晓得,还问你干什么?"王宝禄盯着王汉坤说,"你以为我吃饱没事做。我就不信,你们王家铺的农运搞得那么好,革命斗争也搞得这么好,背后就没共产党员指使吗?"

"您这话说得没错,"王汉坤看了看王宝禄,"实际情况可不是这样。上次王委员和王局长来铺上,就特地交代我,日后不管是王局长来,还是县上派他人来,都当是他亲临,所交办的事要我鼎力相助。"

"那又怎么样,"王宝禄说,"李大中不是也来过王家铺吗?"

"他是来过铺上,但我不晓得他是共产党员。"王汉坤说,"他就来过一次,还是跟着您一起来的呢。那次都是您在跟我说事,他和我连话都说不上。后来是您一个人来的,叫我如何组织农运,如何开展革命斗争,还要我当农会会长,我说我当不了,您说这是王主任的意思,我这才应承下来。唯恐有误您所托之事,我才不遗余力去做的。"

说到这里,王汉坤停了停,他见王宝禄的脸上红一阵白一阵的,便知道他已心虚。于是,王汉坤话锋一转,他对王宝禄说道:"要说我背后有人的话,我确实背靠大树。我背后的大树不就是王主任、王局长,还有您王特派员嘛!"

王宝禄听出了王汉坤的弦外之音,要是说他背后有人指使的话,那么背后指使他的就是王正波、王宝财,还有他王宝禄。如果说这是共产党员指使的话,那么,王主任、王局长和他岂不都成了共产党员。

"你……你……"王宝禄被王汉坤的话戗得哑口无言,"你"了半天,才从嘴里吐了个"你狡辩"几个字来。

王汉坤见他第二招奏了效,连忙又以合作的态度对王宝禄说:"共产党员的额头上又没写字,就是当了面我们未必都看得出来。"他以一种为王宝禄、王宝财着想的口气说,"这事得去查,得去深挖细找,只是需要一些时日。如果二位信得过我,就把这事交给我……"

"交给你?"王宝财冷笑一声,"该不会是黄鼠狼看鸡吧!"

"怎么会呢!"王汉坤说,"我会像王委员之前交代我的事认真去办的,一有结果,我即刻禀报二位。"

王宝禄、王宝财你看着我,我看着你,不断交换眼色,但谁都没开口说话。

王汉坤知道,王宝禄、王宝财带兵扑到王家铺,不杀个把人、不抓个把人,他们是不会善罢甘休的。现在,该是他出第三招的时候了。于是,他凑近王宝禄、王宝财,低声说道:"这王汉旺就是一个只会吃牛屁眼(种田人的意思)的梦古佬(懵里懵懂不清白的意思),要不先把他放了,我跟您二位去县里作人质,要杀要剐,任凭王主任和您二位发落。"

　　如果由着王宝禄的性子来,他恨不得立马就把王汉旺毙了。但他转而一想,毕竟王汉坤和王正波有那么一次结交,万一他处置不当,王正波怪罪下来就不好了。王正波现在不光是一县之主,而且还是省里的红人,说不定哪天王正波高升去了省里,县里主任的位子不就空下来了吗?他离主任的位置也就一步之遥。到时候如果得到王正波的举荐,那这主任的位子不就是他王宝禄的吗?因此,他觉得把王汉坤抓到县里,交给王正波发落,一则,他不会被王正波怪罪,二则说不定还能挖出一个重要的共产党员,这要比枪杀一个傻里傻气的农民合算得多,其功劳也是王正波的。至于王汉坤嘛,多活一两天少活一两天无关紧要。于是,他手一挥,对看押王汉旺的枪兵说道:"把他放了吧。"然后指着王汉坤说:"把他给我带走。"那几个枪兵迅速解下绑在王汉旺身上的绳索,把他放了。然后,他们把绳索拿过来,就要绑王汉坤。王宝禄对那几个枪兵说:"他不用绑了,你们几个押着他一起走就是了。"

　　眼看着冒死救他而被抓走的王汉坤,王汉旺、胡秀英扑通一声跪在地上,泣不成声,把头磕得砰砰响,既感恩戴德王汉坤的救命之恩,又拜天拜地,祈求老大爷保佑王汉坤平安无事。

第二十六章

　　王正波管理的长平县铲共指导委员会，就设在长平县国民党原县党部。长平县国民党原县党部被摧毁后，这里便成了"长平县国民党救党委员会"和"长平县铲共指导委员会"的所在地。王正波摇身一变成了两个委员会的主任，不可一世。他刚一上台，就露出他反共铲共的狰狞面目。他坐镇县城指挥，指使这两个委员会的委员王宝禄、丁贵丑、袁定富，还有县团防局、铲共义勇总队王宝财、艾绍先、高怀湘等人，勾结和纠集各路反动势力三百余众，兵分三路扑向全县南、西、北三个地区疯狂捕杀共产党人和农运骨干。

　　然而，从王正波的办公室看去，如果不是正面墙上挂着蒋介石全副武装的像，还有青天白日的国民党党徽，或许人们不相信他是一个镇守一方的大员，一个疯狂残杀共产党员的魔王，却以为他是一介书生。因为他的办公室虽然很大，却看不到什么杀气，倒是不乏书香气。在仅次于悬挂蒋介石像和国民党党徽的另一面墙上，端端正正地挂着他装裱过的王汉坤送给他的那两幅墨宝；他的办公桌上除了红黑两部电话机，还有笔架和文房四宝；雕龙镂空、古色古香的书柜里，装满了典籍而非文件；在不同的空间拾遗补阙、恰到好处地摆设花架、瓷器和古玩；整个办公室收拾得利索雅致，显示出主人的品位。

　　王正波兴奋得坐不住了，他得意地在他的办公室踱起步来。刚才，他派向南区的丁贵丑、艾绍先一队人马，还有他派向北区袁定富、高怀湘一队人马，都先后来报：两队人马在当地土豪劣绅、"还乡团"的配合下，铲共首战告捷。南区丁贵丑、艾绍先所部疯狂捕杀共产党员蔡大志、张觉悟、程伊学，以及农运骨干高鸿伟、徐志钧等人；北区袁定富、艾绍先所部血腥屠杀县妇联主席周淑珍、妇女干部赵红英，共产党员李志高、杨国忠、田其和等人，甚至还血洗过路群众。而且，这两队人马还都向他报告，南区和北区的共产党组织、工农革命团体已全被摧毁。

"就是不知道西区的情况怎样?"王正波边走边想。不过,他很快放下心来,因为他派往西区的王宝禄、王宝财不仅是他的得力干将,而且还是他的堂侄儿。所以,他最放心的还是这路人马。正当王正波这么想来想去的时候,王宝禄砰的一声闯门而入,吓得王正波急忙掏枪。他一见是王宝禄,边收枪边大声斥责道:"我跟你说过多少回了,进门要敲门,要喊报告。"

王宝禄见王正波又是掏枪,又是斥责,吓得胆战心惊,直冒冷汗。不过,他很快镇定下来了,他知道再怎么样,叔父也是不会这么轻易地枪毙他的。于是,他只得赶紧在王正波面前点头哈腰,赔礼道歉。"叔父……"王宝禄立马知道自己叫错了,连忙改口说,"主任教训得是,下次前来禀报,一定记得先敲门,再喊报告。"

"什么事,你说吧。"王正波改变怒容后明知故问。

于是,王宝禄把他和王宝财在西边青平地区捕杀共产党员和农运骨干,捣毁共产党组织和农会、商会等革命团体的行动,添油加醋地跟王正波报告了一番。王正波听得频频点头,他称赞道:"嗯,你和宝财干得好,果然不出我所料。"

"我和宝财对您马首是瞻,愿为主任效犬马之劳。"王宝禄见王正波喜笑颜开,拍完马屁后便凑到王正波跟前,他神秘兮兮地跟王正波说:"我们还抓来了一个人。"

"我不是要你们就地处决吗? 抓到县里来干什么?"王正波不满地问道。

"这个人有点不寻常。"王宝禄说。

"什么人? 他是刀枪不入,还是三头六臂?"王正波以一种不屑一顾的口气问道。

"他说您是他的仁兄,他是您的贤弟。"王宝禄说道。

"你是说王家铺的族长王汉坤。"王正波不假思索地说。

"正是这个人。"王宝禄说。

"你们怎么把他抓来了,他是共产党员?"王正波问道。

"他说他不是,我们也不知道,只是有点怀疑。"王宝禄说。

"那你抓他干什么?"王正波近似质问地说。

"您不是跟我们说,宁可错杀一千,也不放过一个吗?"王宝禄壮着胆子说。

"你……"王正波被王宝禄的话戗住了,"你、你、你"了几下,说,"那你要看是什么样人啊。"

"所以,"王宝禄低声下气地说,"我和宝财不敢造次,才把他抓回来请您发落。"

王正波突然下意识地瞟了瞟王汉坤送给他的两幅字,便不管毕恭毕敬站在他面前的王宝禄,焦急地在办公室踱来踱去。他办公室有王汉坤的墨宝,县里和上头不少有头有脸的人见过,也知道他和王汉坤的关系,以及王汉坤送他墨宝的美谈,不少人甚至还委托他向王汉坤讨要墨宝。现在好了,他的手下把王汉坤当作共产党疑犯给抓来了,这事要是传出去,不说他王正波脱不了干系,至少也会受到牵连。如果他把王汉坤毙了,他担心上头追查下来,说他杀人灭口;如果把王汉坤放了,又怕上头说他包庇纵容,铲共不力。

"他怎么会是共产党员呢?"王正波反复问自己。他去王家铺时,曾暗示王汉坤加入国民党,王汉坤不为所动。后来,国共合作,他派王宝禄去青平地区,王宝禄也曾带着他的嘱咐找过王汉坤几次,并以封官许愿劝说王汉坤加入国民党,王汉坤仍然不为所动。照王宝禄之前回县里报告的情况看,王汉坤不可能有机会跟共产党组织接触。即便是有机会偶尔接触,一则,王汉坤不可能对共产党什么主义、理想虚无缥缈的那一套感兴趣;二则,共产党恐怕对王汉坤族长、乡绅的复杂身份也不感兴趣。

王正波想来想去,觉得王汉坤怎么也不像共产党员,而且他内心深处也不希望他是共产党员。他很是欣赏王汉坤的才干,也钦佩王汉坤的气节,现在党国正是用人之际,他定将他收在自己麾下,为他所用。王正波想到这里,他见王宝禄仍然毕恭毕敬地站在原地不动,便问道:"那人呢?"

"宝财带到团防局去了。"王宝禄说,"王汉坤说他想见您。"

"人我就不见了,"王正波对王宝禄说,"你去跟他说,就说我去省里了,不在县里。"

王宝禄转身就往外走。"你回来,我话还没说完呢,你急什么。"王正波说,"你去找家好点的旅馆,安排王汉坤秘密住下,再找几个可靠的人秘密看守。你们只许讯问,不许用刑。如果这一两天内没有证据说明他是共产党员,也没有别的什么动静的话,你们就把他秘密放了,省得夜长梦多。"

"那如果有呢?"王宝禄问道。

"那就把证据坐实,就地处决。"王正波又叮嘱道,"不管是处决还是放人,你们都要事先向我报告,得到我的允许。"

"是!请主任放心。"王宝禄领命而去。

"雅丽,雅丽,不得了,不得了……"赵雅丽正在屋里整理刚才被王宝禄、王宝财带枪兵翻箱倒柜弄得一塌糊涂的东西,忽然听到外头传来王汉旺的喊声。她不知道出了什么事,丢下手头的东西就往外跑。她刚到堂屋,王汉旺就跑进了堂屋。他扑通一声跪在赵雅丽面前,痛哭流涕地说:"汉坤为了救我,被那伙枪兵抓走了。"

"你说什么?"赵雅丽似乎不相信自己耳朵,她大声追问,"你再说一遍。"

"汉坤被那伙枪兵抓走了。"王汉旺哭着说。

"啊!"赵雅丽只觉得脑壳嗡嗡作响,眼前发黑,身子一倒,便昏了过去。吓得王克俭、王诗怡哇哇大哭。王汉旺见状从地上跳起来,急得围着赵雅丽团团转,口里不停地喊着:"雅丽、雅丽……"王克勤撒腿就往品茗堂跑,他去叫爷爷、奶奶。爷爷王仁智不在,奶奶田月娥听后大惊失色,她迈着她那双小脚一路小跑,跌跌撞撞地跑了过来。

"快!"田月娥对王克勤说,"去广济药铺叫你汉凡伯过来。"

"我去。"王汉旺说完拔腿就跑。幸亏那天王汉凡外出行医没进山里躲起来,王汉旺跑到广济药铺,王汉凡刚回到药铺,连药箱都没放下。"汉凡哥,快去,雅丽昏倒了。""啊!你说什么?"王汉凡问。"雅丽昏倒了。"王汉旺又说了一遍。王汉凡背起药箱就往王汉坤的茅草屋跑,他边跑边问王汉旺:"她不是好好的吗,怎么说昏倒就昏倒呢?"王汉旺说:"她一听我说汉坤被枪兵抓走了,她就啊的一声昏倒了。""你说什么?"王汉凡猛然停住脚步,惊恐地问道:"什么时候的事?"王汉旺说:"就是今天上午。"王汉凡来不及细问,又赶紧往王汉坤屋里跑。

赵雅丽昏倒在地,田月娥托着她的头。儿子被抓走,媳妇又昏倒,田月娥痛彻心扉,泣不成声,王克勤、王克俭、王诗怡站在她身边哭成一团。

"月娥婶,您莫哭,"王汉凡说,"雅丽这是突然受了惊吓,气血攻心,我帮她调理一下,她就会醒过来的。"他边说边在赵雅丽身边蹲下,先是掐了掐她的人中,见赵雅丽稍为有了反应,然后又在她身上几个重要穴位扎上银针,以贯通气血。

过了一会儿,赵雅丽醒过来了,她见婆婆泪流满面,几个孩子围着她哭,她只喊了一声"娘",说了"汉坤他……"就悲伤欲绝,哽咽得说不出话来了。王汉凡说:"雅丽,你莫急,汉坤不会有事的,我们一定想办法救他。"赵雅丽哽咽着说:"那就有劳他伯了。"王汉凡对赵雅丽说:"都是一家人,应该的。你现在身子虚弱,要躺着休息。"他转过身子对田月娥说:"月娥婶,您扶雅丽到床上躺着,我和汉旺就去找人。"

王汉坤被抓的消息,像晴天劈雷在王家铺一带炸响。即便是这样,人们也不相信自己的耳朵。那些躲进山里的乡邻们更是惊呆了,他们怎么也想不到,王汉坤一个屋场一个屋场地督促他们为避风头躲进山里,他自己反而被抓走了。事实上,他们心里都清楚,与其说王汉坤是被抓走的,还不如说他是为了救人甘愿作人质而被抓走的。于是,乡民们陆陆续续地从山里跑向王家铺,看能不能为救王汉坤想点办法、做点什么。

王家铺一带八个屋场的家族长老王修祥、王文远、王文庆、王修平、王修德、罗崇儒、杨道元、张尚清等人,他们赶紧凑到一起商议,以为人多了聚在一起反而不好,若是传出去怕授人以聚众暴动之柄,国民党反动派再派兵镇压,那不光是救不了王汉坤,反而会害了他。因此,他们劝阻乡邻们先各自回家,等他们几个到王家铺商量出了结果,再告诉他们。

王修祥他们一行八人来到品茗堂中堂东厢房,王汉坤的生父王仁义、养父王仁智、伯父王仁礼、叔父王仁信已经在那里商谈,他们愁容满面,心急如焚。当王修祥等赶进来的时候,他们就知道他们是为解救汉坤而来,便不约而同地起身,右手撩起衣服,左脚向前一步,弯下右膝就要单跪行礼。王修祥他们几个一把上前扶住,不让他们跪下去。王修祥说:"汉坤那么帮助我们,我们不能见死不救。"罗崇儒说:"你们王家的事,就是我们大家的事。"杨道远说:"是啊,快请坐下说话。"这时候,君悦客栈的王文君、品茗堂的姜先生也赶了过来。

如何才能解救王汉坤呢?他们想来想去,说来说去,也就是三个办法:到县里去抢人;去找关系放人;花钱赎人。抢人的法子肯定行不通,因为县里把守的是拿枪的军队,而他们只是手拿锄头的农民,去县里抢人无疑是以卵击石、飞蛾扑火,不仅会害死王汉坤,而且还会赔上很多人的性命。因此,他们首先就否定了这个办法。那么,找关系放人的法子也行不通,因为莫说是省里,就是县里,他们也找不到什么关系,即便是找到什么关系,人家也未必敢冒包庇共产党的风险去救人。看来,就只剩下花钱去赎人这个法子了。

"有钱能使鬼推磨,"姜先生说,"王宝财这个人我见过,一看就是个图财的货色。""王宝禄这个人我也见过。"王文君说,"他跟姜先生说的王宝财一样,也是个为钱的主。"因此,他们觉得唯一的办法,就是花钱救人。

"不管花多少钱,我就是卖田卖地卖屋也要凑齐。"王仁智说。

"田地卖了,你们吃什么？房屋卖了,你们住哪里？"王仁义说。

"还是汉坤说得好啊,"王仁智说,"清理洋货时,汉坤跟我说,人都没了,家都没了,还要田地干什么,还要房屋干什么。"

"不要你卖田卖地卖屋,我们大家都来想办法。"满屋子的人都一个接一个地对王仁智说。

"我看这事就这么定了,"王修祥说,"各位赶快回去凑钱,不管多少,明天中午时分都把钱送到这里。下午我和仁智、仁礼、文君,还有姜先生,一起到县里找王宝禄、王宝财救人。"

听说是凑钱解救王汉坤,乡邻们纷纷解囊相助。钱少的拿出一块两块银圆,有钱的拿出十块二十块银圆,没钱的清早出去卖鸡卖鸡蛋,几户人家凑上一两块银圆。第二天,王家铺王修祥凑了两百块银圆,王家大屋王文远送来五十五块银圆,王家新屋王文庆送来四十块银圆,王家畈王修年送来三十八块银圆,王家冲王修德送来三十五块银圆,罗家畈罗崇儒送来三十三块银圆,杨家冲杨道元送来三十二块银圆,张家店张尚清送来三十二块银圆,他们整整凑了四百六十五块银圆。

银圆凑齐后,姜先生将这四百六十五块银圆密缝在五个钱袋里,其中四个钱袋里,每个是一百块,还有一个钱袋里是六十五块。这个密缝六十五块银圆的钱袋由王仁智背着,其他四个密缝一百块银圆的钱袋,分别由王修祥他们四人背着。一切都安排停当了,他们踏上去县城的路。

真是无巧不成书。团防局的右侧就有一家旅馆,它在县城算是最好的旅馆了。这倒没什么可奇怪的,巧的是它也叫君悦旅馆,和王家铺君悦客栈的"君悦"一样。王宝禄从王正波那里出来,就直奔君悦旅馆,他订下三楼里间的套间,便到团防局王宝财处提人。

当王汉坤被王宝禄、王宝财押解到县团防局之后,他就觉得自己已一脚踏进了鬼门关。不过,他在冥冥之中又觉得死神离他还很远。当王宝禄到关押他的房间跟他说,王主任不在县里去省里了,要他先到旅馆里住下来,好好想想王家铺一带有没有共产党活动,好好想想何去何从的时候,他就知道王正波在县里而非省城,只是他不想见罢了。因为王正波有苦衷,他更不希望王汉坤是共产党员。因此,当王汉坤跟着王宝禄一脚踏出县团防局的时候,他就一脚跨出了鬼门关,他与死神擦肩而过,也将很快毫发无损地回到王家铺。于是,他显得格外轻松地跟着王宝禄前往旅馆,心里想着接下来该如何跟他打交道。

王宝禄从县团防局带走王汉坤的时候,做得非常隐秘。他派两名短枪手走在前头,他和王汉坤走在后面,前后只隔四五米;他和王汉坤后面又跟着两名短枪手,前后也只隔四五米距离。王汉坤心里暗自冷笑,他笑王宝禄他们何必如此兴师动众,如临大敌。如果他想跑,就不会自己送上门来;他是想尽快回到王家铺去,但他不是自己偷偷地跑回去,而是让他们把他放回去。

很快,王汉坤便跟着王宝禄来到旅馆。"君悦旅馆",大门上方悬挂的黑底红字旅馆招牌令王汉坤心里一惊。"嘿嘿。"王汉坤不禁笑了两声。王宝禄问:"你笑什么?"王汉坤说:"我笑这也是君悦。"王宝禄说:"你以为城里的君悦像你们乡里的君悦。"王汉坤揶揄地说:"乡里君悦岂敢与城里君悦相提并论。"

王家铺的"君悦客栈"确实比不过县城的"君悦旅馆"。这是一栋三层楼的高大建筑,外观气派,内饰古朴典雅;偌大的前厅显得阔气。前台左侧是待客休息区,深红色长条茶几的三方,摆着四把颜色相同的扶手圆椅;前台右侧是木质弧形扶手楼梯,也是深红色的。楼梯前方不远处站着一个穿着旗袍、涂脂抹粉、打扮妖艳的女人,嘴里叼一支香烟,吐着烟圈,还不时在那里搔首弄姿、扭腰撅臀;楼梯上一个打扮跟她一样的女人,像水蛇般地扭着身子向他走来。

"哎哟,王特派员,你这几天都躲到哪里去了?"那个从楼梯上走下来的女人见到王宝禄走进旅馆,便跷起个兰花指,嗲声嗲气地边说边向王宝禄走来。那个站在楼梯前的女人闻声回过头来,惊喜地看着王宝禄,她娇滴滴地说:"哎呀,禄哥,你是不是有了新欢就忘了旧人哟。"

"去、去、去……"王宝禄一本正经地说,"我正忙着呢。"

这两个想过来跟王宝禄打情骂俏的女人,自讨没趣后像水蛇般地扭着屁股离开。一股胭脂夹杂香水的浓烈气味汹涌而至,熏得王汉坤哇的一声,差点吐出来,他捂着鼻子快步走过,只听见身后传来那两个女人的骂声:"真是个乡巴佬!"

王汉坤跟着王宝禄上楼,他们来到了三楼里间的套间。王宝禄叫王汉坤住里间,外间是看守,两人一班,四人轮流。王汉坤住的里间,早已备好了笔墨纸砚。王宝禄临走时现话重提,他要王汉坤好好想想,王家铺一带有没有共产党活动,他日后何去何从。如果他想好了,写下来也行,要外面的兄弟去叫他过来,当面告诉他也行。王宝禄从里间出来,又到外间跟四个看守特地交代一番,便急匆匆地走了。

王宝禄走后,王汉坤根本就没有去想王宝禄跟他说的话,而是他身临的"君悦旅馆",勾起他对一段段往事的回忆,激起他一阵阵的兴奋、感动与悲愤。他眼前尽是李大中的影子,他们俩在"君悦客栈"不期而遇,他们俩在"君悦客栈"彻夜长谈,他们俩在"君悦客栈"筹划反帝爱国革命斗争。而眼下他却被囚禁在一家也叫"君悦"的旅馆里,形单影只。突然间,他的眼前浮现李大中被那帮刽子手杀害的场景,他怒不可遏地一拳打在桌子上,砰的一声,震得桌上的笔墨纸砚都跳起来了。外间那两个看守闻声提着枪破门而入,他们见王汉坤怒气冲天的样子,用枪指着他的脑壳,恶狠狠地说:"你给老子老实点,没事捶什么桌子!"然后关好房门,回到了外间。

房子里便只剩下王汉坤。忽然,又有不安的情绪袭扰他的心头,他担心着赵雅丽,担心着王家铺的乡邻们。因为他太了解赵雅丽了,太了解王汉旺了,也太了解王家铺的乡邻们了。他被抓走后,王汉旺一定会跑去告诉他的妻子赵雅丽,雅丽一听说他被抓走了肯定非常着急。他被抓走后,王家铺一带的乡邻们也会想方设法救他,最有可能的是大家凑钱,到县城找人把他赎回去。他不能让乡邻们拿着血汗钱去打水漂。这两种担心搅得他心急如焚，巴不得即刻就回到王家铺。然而，不说他是身陷囹圄，至少也是被囚禁在旅馆里，失去了人身自由，该怎么回去呢？

解铃还须系铃人。看来，只有他王正波才能让自己尽快回去。怎样才能让王正波尽快放他回去呢？王汉坤反复琢磨起来。以他对王正波的了解，从他被押到县城后王正波的安排，有几点王汉坤心里是有数的。王正波并没有去省里，而是还在县城，此为其一。王宝禄、王宝财把他抓来，王正波既始料未及，也非他所愿，此乃其二。其三嘛，王正波不怕他是共产党员，只要他以为他是共产党员，哪怕他只是怀疑，他也会毫不犹豫地杀了他。然而，王正波现在不怀疑也不希望他是共产党员，倒是一直希望王汉坤为他所用。王汉坤甚至还想到，也许王正波正在担心夜长梦多，想尽快放他回去，只是他总要找一个什么借口。

有了，王汉坤忽然灵机一动，想到一个让王正波知道自己知道他还在县城，而且还知道他心思的办法。于是，他走到桌子跟前，提起笔一挥而就写下几行字来。开头顶格是"仁兄台鉴"四个字，接下来便是四句打油诗：

　　此地君悦非悦君，
　　好比仁兄赴省城。
　　非曹非汉乃布衣，
　　采菊东篱是汉坤。

落款是"愚弟谨上"。再便是一行小字，写的是日期"民国十六年五月二十一日"。

写完之后，王汉坤拿起来看了一遍又一遍，觉得意犹未尽，也不足以让王正波决定尽快放他回去。他想了想，又接着写了四句：

　　太公垂钓非饵钩，
　　栾书从善似水流。
　　留得他石且作玉，
　　岂因长夜多梦忧。

第二天早上,王汉坤趁着看守给他送饭的时候,对他说:"劳烦你去王宝禄那里通报一声,就说我找他有事,请他快过来。"原本王宝禄走时就跟看守交代过,只要王汉坤说找他有事,他们就要立即禀报。因此,他们留下一个人在此看守,另一个人去找王宝禄。

过了一会儿,王宝禄睡眼惺忪地来了,他走进王汉坤的房间时,还在不断地打着哈欠。他眼圈发黑,眼袋下垂,面无血色,好像一夜没睡似的有气无力。他见到王汉坤,勉强打起精神地问道:"想了一夜,你都想好了吧,快说说看。"

"该想的我都想了,该说的我也都跟您说了。"王汉坤说,"现在真没什么可说的了。"

"那你叫我来干什么?"王宝禄觉得自己被戏弄了,一下子来了气,便厉声质问王汉坤。

"我是想劳烦您把这个尽快给王主任。"王汉坤边说边拿起他写的那张纸在王宝禄面前扬了扬。

"他在……"王宝禄差点说漏了嘴,连忙改口说,"我不是跟你说了吗,他去了省里,不在县城。"

"您就别骗我了,"王汉坤说,"我知道,王主任哪里也没去,就在县城。"

"你写的什么,先给我看看。"王宝禄说。

"这个很重要,"王汉坤说,"您看了以后快给王主任送去,免得误事。"

王宝禄从王汉坤手里接过那张字纸,他故作姿态地左瞧瞧,右看看。可是,他却如坠五里雾中,不仅实在不知所云,甚至连好些个字都不认识。然而,他又怕这个东西真像王汉坤说的那样很重要,别误了事。于是,他拿着那张字纸赶紧去找王正波。

王正波接过那张纸条,一连看了好几遍,然后仰面一笑,自言自语地说道:"好你个王汉坤,真是奇才。"

王宝禄见王正波看过王汉坤写的东西,不仅不发怒,反而喜笑颜开,便凑上前去问道:"他都写了些什么?"

王正波一看王宝禄那副像霜打过的茄子的样子,就知道他昨夜又寻花问柳去了,便气不打一处来,责骂道:"你除了懂女人,还懂什么!"

王宝禄吓得退至一旁,再也不敢作声。王正波在办公室来回踱了几个回合,转身对王宝禄说:"你去找宝财吧,你们一起去跟王汉坤就说县里这次带他过来,是想和他商量如何铲共的事。要他回去后配合县里的行动,清查王家铺一带的共产党组织和共产党员活动情况。不管他答不答应,中午你和宝财请他吃顿饭,就让他回去。"王宝禄连声说好,然后退出了王正波的办公室,奔县团防局和君悦旅馆而去。

  从县城回王家铺,或者说从王家铺去县城,有两条路可走,一条大路,一条小路。大路沿粤汉铁路而行,小路要穿过一处处田野、一个个村庄和一段段山路。但走大路比走小路多八九里地,走小路不到二十里,稍微走快点也就一个多时辰就到了。王汉坤选择走小路回王家铺,他选择走小路,倒不完全是为了图近图快,因为他估摸着,说不定他的家人和乡邻带着银圆,此时此刻也走小路赶往县城。

  王汉坤一路上大步流星,挥汗如雨,不到半个时辰,就走出县城十多里。他刚走出一段山坳,突然发现前方有五个人匆匆而来,看身影好像是他的家人和王家铺的乡邻。王汉坤立马站住抬手遮眼一看,见来人果然是他的养父王仁智、伯父王仁礼、族人长老王修祥和王文君,还有姜先生。王汉坤便快步向前跑去。

  王仁智、王仁礼他们五人见前面的行人突然向他们跑来,也停住脚步定睛一看,他们做梦也没有想到,向他们跑来的竟然是王汉坤,他们也加快脚步迎着王汉坤跑去。

  "汉坤不孝,让长辈们费心受惊了。"王汉坤跑到他们面前后突然停住,边说边弯下右膝,便要给长辈们单跪行礼。王仁智、王仁礼眼明手快,连忙上前一把将他扶住。他们动情地对王汉坤说:"孩子,你受委屈了。"这时候,王汉坤已泪流满面。长辈们第一次见王汉坤这么落泪,心里更不是滋味,便一个个安慰他说:"好了,没事了,回去吧。""雅丽和孩子们都等着你,乡亲们也都等着你,快回去吧。"于是,他们一起回到了王家铺。

第二十七章

这天晚上,夜已经很深了,赵雅丽仍然悲喜交集,没有一丝睡意。她搂着斜靠床头的王汉坤,生怕他再被抓走似的,嘴里却以一种夹杂着担心、庆幸、娇嗔的口气:"你真是吓死我了,我以为再也见不到你了。"然后,她便用力搂住王汉坤,又接着说一句,"真急死我了,我以为我再也见不到你了。"

王汉坤为妻子因他受到如此惊吓而心痛不已,他不能让妻子就这么生活在恐惧之中,而是让她尽快走出恐惧的阴影。于是,他显得格外轻松愉快、又不失幽默地对赵雅丽说:"你以为你老公是只臭虫啊,人家随便一脚就踩死了。"赵雅丽莞尔一笑,自然而然地把手一松,抬起头来望着王汉坤:"那你是只香虫,人家舍不得把你踩死。"王汉坤哈哈一笑:"不是。"赵雅丽说:"那你是什么?"王汉坤故意卖了个关子:"你猜。"赵雅丽装作赌气的样子:"我又不是你肚子里的蛔虫,我怎么晓得。"王汉坤知道赵雅丽是在假装生气,但他还是以为她真生气了,他连忙说道:"你老公就是个程咬金。"王汉坤的话音刚落,赵雅丽和他几乎是不约而同地喊道:"打不死的程咬金。"

其实,这天晚上无法入睡的还有王仁智、田月娥夫妇。这次王汉坤死里逃生,已经把他们吓个半死。如今世道险恶,王汉坤再这么下去,谁也保证不了他不会再遇到这样的事,万一日后汉坤有个三长两短,他们两个老家伙吓死了倒没什么,反正是顺头路,只是留下雅丽、克勤、克俭、诗怡和克俊孤儿寡母,叫他们怎么活啊!虽说他们躺在床上,但他们越想越担心,越说越着急。因此,他们总是睡不着,想来想去,也想不出什么办法。后来,他们还是觉得只有第二天中午把汉坤、雅丽一家叫过来,同时也把汉坤的生父王仁义、生母邓腊梅请过来一起吃顿饭,当着大家面,有些话也好说些。

第二天吃过早饭,王仁智怕王汉坤有事出门,中午不回来吃饭,便想早点过去告诉他。果不其然,他刚到王汉坤家门口,正碰上王汉坤出门。王汉坤见王仁智急匆匆地过来了,连忙停下脚步问道:"父亲过来了,您有事吗?"

"嗯。"王仁智答道。他接着对王汉坤说:"没别的事,你母亲杀了鸡,中午你们一家都来吃饭,你大屋里的父母也过来。"

王汉坤一听,就知道是什么事了。还没等他答话,王仁智又关切地对王汉坤问道:"你这是要到哪里去?"王汉坤说:"禀告父亲,我想先到罗家畈、杨家坳、张家店,再到王家冲、王家畈、王家新屋和王家大屋,最后回到王家铺,去跟家族长老和乡亲们道声谢。"王仁智说:"知恩图报,这样就好。"王汉坤说:"父亲过奖了。"王仁智说:"要不这样吧,你先到罗家畈、杨家坳、张家店那三个外姓屋场,回来吃中饭后,下午再去本姓那几个屋场吧。"王汉坤说:"好,我听父亲的"。

田月娥费尽心思筹划中午的饭菜。赵雅丽听说公公、婆婆叫他们过来吃饭,便早早地带着孩子过来帮忙,乐得田月娥喜上眉梢。她们婆媳整整忙碌了一个上午,终于张罗出八荤四素、八碗四盘十二道好菜:清炖母鸡、红烧猪蹄、红焖鳝鱼、蒜薹炒肉、香煎鲫鱼、香椿煎蛋、腊肉炖泥鳅、豆豉炒米虾、蒲油豆腐煮丸子,还有几样时蔬。这八荤四素、八碗四盘十二道好菜,不光是王家铺招待珍贵客人的习俗,大多还是王汉坤喜欢吃的菜肴。

这天中午,品茗堂后堂的气氛不同往常。菜上齐后,家人围坐一桌,欢聚一堂,连平时家里来客从不上桌的田月娥,也在大嫂邓腊梅的身边坐下。然而,他们各有各的心思。这看似欢乐轻松的气氛中,因仿佛夹杂着忧虑而显得格外凝重。面对这一桌子的好菜,王汉坤感受到了父母的良苦用心,感受到了父母对他的牵肠挂肚,也明白了接下来父亲和母亲要跟他说什么。与其被动,还不如主动。所以在家人坐好之后,养父王仁智起身斟酒的时候,王汉坤连忙站起来,他说:"父亲,请让我来。"王仁智说:"也好。"便把酒壶递给了王汉坤。王汉坤接过酒壶,先给生父王仁义斟上,再给养父王仁智斟上,就连平时从不端杯的生母邓腊梅、养母田月娥和妻子赵雅丽也斟上,最后才给自己斟酒。

酒斟完后,王汉坤举起酒杯,他说:"这第一杯酒,本应是父亲先举杯的,而晚辈失礼先举杯了,还请各位长辈体谅。"他端着酒杯看了看长辈们的脸色,接着说:"汉坤之所以先举杯,是因为汉坤不孝,惹得父亲、母亲担惊受怕,这次还差点闯了大祸,所以,我想用这第一杯酒向父亲、母亲赔罪。"

王仁义、王仁智对王汉坤的主动始料不及,心里好像乱了方寸,兄弟俩你看着我,我看着你,一时不知说什么好。王仁智毕竟做了多年买卖,场面上的事也善应付,他很快就反应过来了。"哎,汉坤言重了,都是一家人,哪有什么罪不罪的。"他看了看王仁义,又看了看邓腊梅,"大哥、大嫂,汉坤都先喝了,要不,我们边喝酒边吃菜吧。有什么话等下慢慢说。"王仁义说:"这样也好。"于是,王仁智端起酒杯说道:"大哥、大嫂,我敬二位。"说完,他一饮而尽,然后又跟王仁义、邓腊梅夫妇敬菜。

事实上,即使父母不跟他说,王汉坤也知道他们要跟他说的话。既然他已经先开头了,还不如索性继续主动下去,免得父母开了口,他说不是也不好,他说是又不成的尴尬。因此,他说:"我知道父亲母亲想跟我说什么,父亲和母亲想跟我说的意思我也懂,不是我不听话,也不是我不服教,只是……"说到这里,王汉坤突然停了下来,他先看了看王仁智和田月娥的表情,再把目光转向王仁义、邓腊梅,接着说,"只是俗话说,自古忠孝难两全。若是非要在忠孝之间做出选择的话,那我就只能是尽忠而不能尽孝了,只好请父亲和母亲宽恕了。"

"既然汉坤把话说开了,那我就说两句。"王仁义说,"我们做父母的,也不是那么糊涂,只要你尽孝而不要你尽忠。只是你在尽忠的时候,不要忘了你还有个家。"

"父亲说的是,汉坤记下了。"王汉坤边说边点头。

"不是还有句俗话吗?"王仁义说,"养儿防老,积谷防饥,忠也好,孝也罢,这都是天经地义的,做人嘛,也不能剃头挑子一头热,顾了这头丢了那头。"

"伯父教导的是,汉坤谨记在心。"王汉坤又是边说边点头。

"也不是做父母的只要子女孝顺,"邓腊梅说,"汉坤,你也差不多快到而立之年了,婆娘伢崽,一家一档,都指望着你呢。"

"伯母的话汉坤记住了。"王汉坤说。

"好啦,好啦,响鼓不用重槌,汉坤是个懂事的孩子,不用我们说,他也知道该怎么做。"这时候,一直没有说话的田月娥笑容满面地对大家说,"都别光顾着说话,菜都凉了,来来来,喝酒的喝酒,吃菜的吃菜。"

于是,他们都放下这些似乎有些沉重的话题,边吃边喝,轻松愉快地说起家常话来。

大革命失败后,王正波、王宝禄、王宝财等国民党反动派,在长平县、青平乡以及王家铺一带大举"清乡"制造白色恐怖,大批共产党人和农运骨干被杀,共产党组织被摧毁,农会、商会等革命团体被破坏。王汉坤感到悲痛,感到义愤,同时,他又感到迷茫。不说他面临四面楚歌,但至少他已身陷四重困境:青平地区的党组织已不复存在,引导他走上革命道路的李大中被残酷杀害,知道他身份的青平支部的党员方强之、王志刚、张亚东也惨遭毒手;从此他和组织失去联系,接下来革命斗争的任务是什么,路在何方;王正波、王宝禄、王宝财又在不断给他施加压力,一方面威逼利诱他为他们所用,另一方面胁迫他在王家铺一带清查共产党员;这次他死里逃生,侥幸活了下来,虽说家人没有阻断他想走的路,但也给他增加了许多无形压力。

"我到底该怎么办?"王汉坤陷入了痛苦的沉思。

"革命不是一帆风顺的,而是非常艰难的,有时候还是极其残酷的,共产党员甚至还要掉脑袋。"王汉坤想起李大中曾不止一次跟他说过的这些话,"不过,请你相信,共产党员是斩不尽、杀不绝的,只要革命火种还在,那星星之火,必成燎原之势,革命也终将取得成功。"他越想,越觉得李大中跟他说过的许多话又在他耳边响起,尤其是他入党宣誓那夜李大中、方强之跟他说的那些话,仿佛李大中现在就坐在他的跟前:"你要有充分的思想准备,说不定哪一天组织被破坏了,知道你身份的党员也被杀了,你又不知道组织在哪里,组织也不能确认你的身份,你该怎么办?"

王汉坤记忆犹新,那夜李大中、方强之跟他说过这些话后,以一种坚定的眼神看着他:"你不管组织在哪里,也不管组织确不确认你的身份,你只要不忘自己是共产党员,坚定信念,牢记初心,不辱使命就行了。"

李大中、方强之跟他说的这些话,使王汉坤彻底醒悟。他不再迷茫,不再彷徨,接下来的路该怎么走,事该怎么做,他有了方向。

在王汉坤看来,当务之急就是要消除王正波、王宝禄、王宝财对他共产党身份的怀疑。王正波放他回来,并不等于解除对他的怀疑,事情没有这么简单。王正波放他回来,再抓他回去,都易如反掌,反正他是跑得了和尚跑不了庙。在王正波的诸多考虑中，有两个方面的重要因素：一是以他为饵，放长线钓大鱼；二是以他是否清查共产党员为依据，试探他本人是不是共产党员。因此，即使是装模作样，他不整出点清查的动静来，王正波、王宝禄他们是不会轻易放过他的。他这么做，不是顾及自己和家人安危，而是恰恰相反，他这么做是在执行组织的指示，保全自己，就是保全革命火种，保全革命群众和革命实力。事实上，王家铺一带的革命群众和乡邻需要他的保护，眼下也只有他才能够去和国民党反动派周旋。因为在前段时间，王家铺一带的乡民跟着他起事，革命斗争闹得风起云涌，这在县里都挂了号。不然的话，王宝禄、王宝财也不会带兵在青平乡枪杀共产党员后就疯狂直扑王家铺。现在，他们依然对王家铺一带虎视眈眈，如果他不先发制人，搞点清查共产党员的动作出来，惹恼了王正波、王宝禄、王宝财之流，让他们来个"清乡血洗"，不知又会有多少人头落地。

于是，王汉坤明修栈道，暗度陈仓。他一改往日遇到大事便请屋场长老或主事者到品茗堂议事的做法，而是独自一人，马不停蹄地一个屋场接着一个屋场地跑，跟农运骨干、家族长老面授机宜。表面上，他和他们说的是上头要求清查共产党员的事，实际上，他是和他们统一说法，商讨自我保护的权宜之计。王汉坤对他们说，要是上头来人查问他们，不管是农运也好，反帝爱国革命斗争也好，凡事都推到他王汉坤的头上，就说是县里王委员和王特派员特别交代的，是他拿王委员和王特派员压着他们干的，还说如果不干就看他们长了几个脑袋，所以他们不干不行。为了把样子做得更像，王汉坤还叫他们逐户逐人排查，造册登记，要是上头来清查，他们就把册子搬出来让那些人去核对。他还给他们一套说辞，就说这些人祖祖辈辈都住在这里，都是老实巴交的农民，没有什么身份不明的异己分子。

果不其然。几天后，王宝禄、王宝财又带着一队人马杀向王家铺。王汉坤向他们报告了他从县里回来后的清查情况，这二王似信非信，一定要王汉坤带着他们逐个屋场清查。王汉坤二话不说，毫不犹豫地带着他们去清查。他们花了两三天时间，查了王家铺、王家大屋和王家畈。他们拿着这几个屋场给他们的清查册子逐一核对，发现册子上登记的户名、户主、人口、性别、年龄、职业，与实际情况完全一致，并没有什么异常情况。因此，这二王开始相信王汉坤说的是真的了,做的也是真的了,再则,他们实在也吃不了这苦,所以不想再去挨个查了。

王宝禄、王宝财的这点心思,怎么也逃不过王汉坤的眼睛。其实,王汉坤也想尽快结束这场清查,以稳定人心,守护一方安宁。于是,他把他事先想好的几个办法都使了出来。他把王宝禄、王宝财请到铺上,特地在上次宴请王正波的湖香楼,好酒好菜招待他们。待他们酒足饭饱之后,王汉坤又请他们到品茗堂喝茶。几次交道下来,王汉坤知道,不知道天高地厚的王宝禄、王宝财竟然也做着升官发财的美梦。他们以为,他们的堂叔王正波劳苦功高,很受党国器重,说不定哪一天就要去当专员或去省党部任职,那么县里的位子就空下来了。所以,他们早就盯着这个位子,也想通过附庸风雅,步入上流社会,作为升官的跳板。于是,王汉坤趁酒后喝茶的时候,便对他们说道:"二位这几天辛苦了,只可惜汉坤囊中羞涩,无以表示。"王汉坤边说边察言观色,"如果二位不嫌弃的话,汉坤给二位留幅墨迹吧。"

那次,王正波找王汉坤讨要墨宝,王宝财在场,虽说他见了眼红,但他怎么好开这个口。后来他来王家铺,又是杀共产党员杀红了眼,更何况他还怀疑王汉坤是共产党员,怎么好开口找他讨要墨宝呢?现在好了,既然王汉坤自己开口说了,他正求之不得。

而王宝禄呢,虽然他没见过王汉坤写字,但他见过王正波办公室里挂了王汉坤的墨宝。也就是那两幅墨宝,得到县城乃至省里一些达官贵人的赞誉,王正波也跟着沾了一些光。也就是从那时起,王宝禄开始晓得古玩字画也是升官发财的敲门砖。因此,他也想得到墨宝。王汉坤说要给他们留幅墨迹,他也求之不得。

所以,王汉坤的话音刚落,王宝禄、王宝财就不约而同地说:"那太好了,真是求之不得啊。"

正当王宝禄、王宝财为得到墨宝欢喜的时候,王汉坤又亮出了他的第三招,他拿出他事先备好的两袋银圆,塞给王宝禄、王宝财。王宝禄和王宝财嘴里说不好意思,眼睛却放出绿光,也是半推半就地把银圆揣进了怀里。

王汉坤的这几招使过之后,尽管还不至于使王宝禄、王宝财忘乎所以,但他们由此想到王正波对王汉坤似是而非的态度,不知道王正波的葫芦里卖的是什么药。因此他们也不敢造次,在王汉坤的问题上弄出什么惹王正波不高兴的事来。所以,王宝禄在接过银圆之后,便对王汉坤说道:"王族长,看来你还是不负王主任的重托,清查共产党员的事做得有板有眼。"王宝财也不断地对他点头:"我们明天就回县里去了,这里就交给你了。要是出了什么事,就唯你是问。"

"请二位放心,我定会管好这个地方的。"王汉坤说。

"那天色不早了,我们回客栈休息去。"王宝禄对王汉坤说,"你跟着我们忙了几天,也早点回去休息吧。"

王汉坤把王宝禄、王宝财送到君悦客栈后,心想这帮家伙明天就要滚蛋了,他不禁抬头仰望繁星闪烁的夜空,长长地舒了一口气,这才如释重负地匆匆往自己家里走去。

第二十八章

转眼,十年过去了。十年间的时光,在历史的长河中只是一个瞬间,对王汉坤而言,却是没有一丝光亮的长长的黑夜。这十年间,王正波坚持顽固的反共立场,并指使其爪牙王宝禄、王宝财的"铲共义勇队"血腥镇压革命群众,"见共必捕""捕共必杀",因此长平县一直处在国民党反动派不断制造的白色恐怖之中。覆巢之下,岂有完卵。青平地区、王家铺一带自然也不是什么世外桃源。王正波、王宝禄、王宝财之流对这里虎视眈眈,严密封锁,这里几乎成了共产党组织针插不进、水泼不进的真空地带。

即便是在这种恶劣的情形之下,王汉坤也始终没有忘记自己就是一个共产党员,是党组织秘密留下的一颗革命火种。因此,他没有在白色恐怖中沉沦,而是守望信仰,积极为党工作。但是,面对严峻而又残酷的现实,他又不得不时刻提醒自己,绝对不能因任何的一点疏忽而暴露身份;他迫切希望得知组织的消息,更想与组织取得联系,以便接受组织新的指示,组织民众进行革命斗争。可是,他又不能去打听,以免留下蛛丝马迹,让王宝禄、王宝财抓到把柄。

然而,王汉坤毕竟是王汉坤。他读了那么多圣贤书,老祖宗教给他的智慧,足以使他应对复杂局面。

"你们不是搞封锁吗?那好,我就让你们给我通风报信。""你魔高一尺,我就来个道高一丈。"王汉坤有了应对之策,便请养父王仁智还有铺上的生意人到汉口做买卖的时候,给他买来国民党的报纸,如《武汉日报》《武汉时报》等。他阅读国民党报纸,可谓是一石二鸟,既可以此掩王正波、王宝禄、王宝财之耳目,更重要的是他可以从报纸的字里行间寻求组织的消息。比如说"秋收起义""南昌起义""井冈山反围剿""红军长征到陕北延安"等等。而且,在找寻组织消息的时候,王汉坤特别善于逆向思维,越是国民党反动派渲染他们反共铲共的成果,他就越是觉得党的组织不仅存在,而且还在不断发展壮大;越是国民党反动派吹嘘他们围剿红军的胜利,他就越是觉得党所领导的革命队伍浩浩荡荡,势不可当。

这给了他希望,给了他信心,也给了他力量。尽管他仍然身处国统区,也尽管这里依然是白色恐怖,但他相信李大中跟他说的话,星星之火必成燎原之势。总有一天,党组织一定会回来,革命的烈火一定会烧过来,红色政权也一定会在这里建立起来。因此,他不能坐以待毙,他要积极做好准备,以迎接组织的到来。

王汉坤足智多谋,就在于他能深谋远虑,韬光养晦。他知道他身处如此险恶环境,他的这种"准备"无论如何也要不露声色,必须是隐秘的、潜在的,但又是有力的和深远的。因此,这十年,王汉坤用心琢磨出一套既能应付国民党反动派,又能积蓄革命力量的法子,用他的话说就是"尽事晓理,聚集民心"。

自从那次家宴以后,尤其是那次王汉坤与死神擦肩而过之后,王仁智以为王汉坤会回心转意,回家帮他打理生意,过问田地,也帮雅丽理理家事,谁知他仍然是像往常一样,不事农耕,不问买卖,不理家政,整日整夜为外头的事忙得连家都不回。王仁智无处可说,只好时不时跟妻子田月娥发发牢骚。田月娥说:"你有事没事跟我发什么牢骚,有本事你跟汉坤说去。"而每当这个时候,王仁智就再不吭声了,接下来便是夫妻二人唉声叹气,重复他们不知说了多少遍的那句话："天要落雨，娘要嫁人，随他去吧。"

实际上，并不是王汉坤不事农耕，不问买卖，不理家事，而是他分身乏术，因为他有更多更重要的事情要做。这十年间，王汉坤除了一如既往地处理宗族事务，调理民事，他还要为维护乡民的利益，守护王家铺一带的安宁，游说乡里，周旋于军警之间。尤其是他在目睹李大中、方强之、王志刚、张亚东等共产党人视死如归，惨遭国民党反动派残酷杀害之后，在自己经历那次生死考验之后，在得到共产党员一个接一个展开革命斗争的消息之后，王汉坤又赋予自己一项特殊使命，即通过识文断字、读书识理，来涵养乡民的家国情怀、民族大义。他想把他成长的这片土地，尽可能变成一方文化沃土，一旦时机成熟，革命的火种撒向这里，这里便能迅速地燃烧起熊熊的革命烈火。

而在那种白色恐怖的情形之下，这是王汉坤除了尽民事，再为革命积蓄潜能唯一能做的事情。因为知己知彼，方能成事。自从王汉坤和王正波打上交道后，他便开始了解王正波。虽说王正波出身豪门，是一个彻头彻尾反共并血腥屠杀共产党员的反动分子，但他从小勤奋好学，且怀报国之志，并追随孙中山先生，加入了国民党。只是因为他少年得志后，差点在共产党领导的农民革命中失去性命，他才成为一个骨子里憎恨共产党的反共分子。所以，在王正波看来，共产党员只不过是一群乌合之众，像李大中那样的共产党员，只是个例外；而只有读书人、社会贤达才能像他那样成为党国精英。因此，王正波并不反对民众识文断字，甚至还鼓励兴办学堂，倡导读书。王汉坤正是利用王正波的这种心理，组织乡民识文断字，读书识理的。

十年服务乡民，十年尽事晓理，十年聚集民心，王汉坤乐此不疲。别看他身子单薄，可他却像铁打的一样，总是没日没夜地不是奔走这个屋场，就是那个屋场；不是游说乡里，就是周旋于军警之间；不是解囊相助，接济乡里，就是救苦救难，动员和组织乡亲们接纳和安置逃荒逃饥的难民到王家铺安家落户。就这样，王汉坤一直坚持到民国二十六年，也就是1937年。抗日战争爆发后，王汉坤铁肩担道义，又全力以赴投身于抗日救亡的滚滚洪流之中。

第二十九章

　　日本侵略者挑起"卢沟桥事变",悍然发动全面侵华战争,宣称"三月亡华"。在国家和民族生死存亡的紧要关头,国共两党再度携手合作,打响中华民族全面抗日战争。蒋介石先后发表《对卢沟桥事件之严正抗议声明》和《告抗战全体将士书》,提出,"地无分南北,年无分老幼,无论何人皆有守土抗战之责任!""和平既然绝望,只有抗战到底"。中国共产党则相继发表《为抗日救国告全体同胞书》《中国共产党为公布国共合作宣言》,提出"抗日救国十大纲领""有钱出钱、有枪出枪、有粮出粮、有力出力……"举国上下团结一致,万众一心,联合抗日,形成抗日民族统一战线,固华夏万里江山犹如铜墙铁壁,阻断日本侵略者的铁蹄,将中华四万万同胞铸为一只铁拳,砸碎日本侵略者的魔掌。

　　尽管中国军民奋起抵抗,掀起全民族抗战高潮,但在抗战之初,中日实力相差悬殊,全国抗日处于战略防御、节节失利的局面。继北平、天津失陷后,淞沪会战失利,上海沦陷,接着又是南京失陷,日军随即占领徐州、开封,以数十万日军大举南下,逼近武汉……

　　这些消息通过《武汉日报》《武汉时报》以及往返于汉口和王家铺的买卖人,源源不断地传递给王汉坤。王汉坤热血沸腾,他震惊,他愤怒,他担忧,他振奋,他庆幸。他震惊,是因为日本军国主义蓄意发动侵华战争,企图三个月亡我中华;他愤怒,是因为惨无人道的日本侵略者血腥屠杀中国人,震惊中外的"南京大屠杀",日本军队竟然残暴地杀害我三十万同胞;他担忧,是因为虽说日寇并没有像他们叫嚣的那样三个月亡我中华,但大半个中国已沦陷,中华民族到了最危险的时候;他振奋,是因为国共两党合作,形成抗日民族统一战线,四万万同胞掀起抗战高潮;他庆幸,是因为他的组织共产党不仅没在国民党反动派制造的白色恐怖中被剿灭,反而不断发展壮大,成了全民族抗战的中流砥柱,党所领导的武装力量八路军,在抗日战争爆发的第三个月,就取得了平型关战役的胜利,打破了日军不可战胜的神话。因此,他庆幸抗战有了希望,国家有了希望,民族有了希望,也庆幸自己是这个组织的一员,将很快在组织的领导下,带领民众投身于伟大的抗日战争。

王汉坤兴奋不已、激动不已。于是,他奋笔疾书,以示心志:

倭侵国土魔焰狂,血洗大地泪苍茫。
国共勠力驱虎豹,军民同心打豺狼。
岂容贼寇施暴行,即使裹革挽危亡。
自古英魂尽忠节,何计生死赴国殇。

王汉坤感慨之后,更多的是冷静思考。王家铺这个地方,自古以来就是兵家必争之地,粤汉铁路修建后,这里更是成了军事重地。而眼下,数十万日军气势汹汹地压过来,已兵临武汉城下。若是武汉失守,日军势必大举南侵,企图攻占岳阳、长沙。如果真是这样,王家铺一带就成了日军南侵的必经之地、占领之地、屯兵之地;王家铺范围内的十数里粤汉铁路,也就成了日军南侵的重要通道。要是真到了那个时候,这里将会成为日本侵略者烧杀掳掠的重灾区,这里也将成为乡民奋起抗日的战场。这样一来,他便要肩负起两副重担,一副是守护乡亲们的生命安全;一副是组织和领导乡亲们开展抗日斗争。因此,王汉坤感到了前所未有的压力,还有因为这种巨大压力所带来的力不从心的忧虑。

而在这种情形下,王汉坤却处于既无国民党组织支持,又始终与自己的组织得不到联系的尴尬境地。由于王正波全力铲共,很快便高升到行署当专员了,李希谦接任长平县县长。然而,李希谦天生就是一副软骨头,日军压境,他吓得率部弃城而逃。倒是王正波,虽说他坚决反共,但他不失为具有民族气节的血性男儿,他登高振臂而呼,举起抗日大旗,义无反顾地担当起抗敌御侮的历史责任。他将县团防局、铲共义勇队改组成长平县国民兵团,抗日义士、绿林好汉纷纷聚集在他的麾下。王正波整日忙于组建抗日民军,筹措武器弹药,商讨抗敌大计。因此,他还一时无暇顾及王家铺这个地方。正是由于王正波全力铲共,长平的党组织被破坏殆尽,党组织的活动也几乎处于停顿状态。这使得王汉坤无法与组织取得联系,也得不到组织上有关抗日的具体指示。

"吾勿观望,吾勿彷徨,吾勿等待,唯负守土抗战之担当。"有一天,王汉坤深思熟虑之后,挥笔写下了这几句话。接下来,他便邀请王家铺一带八个屋场的长老,聚集品茗堂议事。

屈指算来,已经十个年头了,王汉坤除了在品茗堂教乡民们识文断字,读书识理,教孩子们学打算盘,再也没有邀请这些长老们来品茗堂议过事。长老们心里清楚,如果不是有什么特别重大的事情,王汉坤也不会邀请他们到品茗堂议事。因此,当他们陆陆续续地来到品茗堂的时候,久违的感觉使他们表现出不同往常的神情,兴奋中似乎夹杂些许惶恐,期待中似乎含蓄某种焦虑。他们在品茗堂中堂东厢房落座之后,或窃窃私语,或交头接耳,谈论着他们道听途说"日本人就要打过来了"的消息。

"各位长老,"王汉坤见议事的人都到齐了,便站起来先招呼一声,然后对各位长老拱手施礼,"今天我请各位长老来,是有一件大事商议。想必这件大事各位都已经知道了。"王汉坤飞快地扫视大家,见长老们都对他点头示意,便激动地说:"我说的这件大事,就是我们要守土抗日!"

接下来,王汉坤便把他在那段时间所看到的、听到的和想到的,跟大家说了一遍。品茗堂中堂东厢房里的气氛顿时活跃起来,长老们的情绪显然被调动起来。他们的这种情绪给了王汉坤信心,他接着说:"俗话说,三个臭皮匠,顶个诸葛亮。更何况各位长老见多识广,是乡邻中的贤达。所以我请大家来,就是要好好商议商议,我们该如何守土,该如何抗日?"

王汉坤说完,刚才还气氛活跃的东厢房突然静了下来。长老们你看看我,我看看你,不知说什么。

"我们都还没想好,"王文远突然打破屋里的沉静,"汉坤,恐怕你早就想好了,要不你先说说你的想法吧。"

"是呀,汉坤,你向来足智多谋,"罗崇儒说,"只要你的办法好,我们就照你说的做。"

这时候,王修祥、王文庆、王修平、王修德、杨道元和张尚清,也都七嘴八舌地附和道:"汉坤,你就先说说你的想法吧!"

"那好,恭敬不如从命。"王汉坤又起身拱手跟各位长老施礼,"晚辈失礼,我就先说了。"王汉坤看了看一双双期待的眼睛,坚定地说:"小鬼子就要打过来了,从现在开始,我们的头等大事,就是守土保家,就是齐心协力抗日!我们该如何守土?我想,首先是我们定当守住根本。尽管我们是乡民、是布衣、是凡夫俗子,但我们是中国人,是中国人就是要守住中国人的气节,守住中国人的脊梁,哪怕是死,我们罗氏族人、杨氏族人、张氏族人、王氏族人,谁也不做亡国奴,不做软骨头,不做汉奸。"

"汉坤说得好!"王修祥突然站起来,他激奋地说,"我觉得要把汉坤说的不做亡国奴、不做软骨头、不做汉奸列入族规,让族人遵守。"

"不光是作为族规,"罗崇儒也站起来说,"我看还要作为我们这一带的民约,大家都得遵守。"

"这样好,这样好……"在各位长老接二连三地附和之后,王汉坤说:"当然,我说的守土,就是还要守住我们的基业,守住乡亲们的生命财产。俗话说,狡兔三窟。我们不做狡兔,但我们应当学会保护自己。乡亲们辛辛苦苦积下点家业不容易,而日本鬼子就是穷凶极恶的强盗,每到一个地方,他们就在这个地方烧杀掳掠。因此,我们从现在起就要做好准备,该藏的藏起来,该躲的时候有地方躲。房子我们是搬不走,但粮食和金银细软都要找个很隐蔽的地方,一旦发现鬼子要来,就事先把它们藏起来。"

"这个办法好!"长老们不约而同地对王汉坤说,"我们回去后就吩咐自己的族人,照你说的做好准备。"

"那抗日呢?"杨道元急切地问道,"我们都只会种田,又手无寸铁,赤手空拳,小鬼子手里有枪有炮,我们怎么抗日呢?"

"汉坤刚才不是说了吗,那个什么书……"王文远见王修德说不出什么书,便告诉他说:"是《为抗日救国告全体同胞书》。""哦,是的,"王修德接着说,"那书上说,'有钱出钱,有枪出枪,有粮出粮,有力出力'。"他用肩膀碰了碰坐在他身边的杨道元,"你没枪,但你有钱有粮有力啊。""去、去、去,"杨道元瞪了王修德一眼,"我说正经的,你开什么玩笑。"王修德说:"我也是说正经的,没跟你开玩笑。"

"汉坤刚才不是说了吗,"张尚清打断杨道元和王修德的争执,"蒋介石说,'地无分南北,年无分老幼,皆有守土抗战之责任',我们只要尽到责任就行了。"

"是啊，"王修平说，"我们支持唐生智部反对叶开鑫部，后来又支援北伐，那会儿不也是手无寸铁嘛，但汉坤带领我们破坏铁路、割断电线、运粮送水，不是给了唐生智部，也给了北伐军很大的支持嘛。"

"各位前辈说得好！"王汉坤见长老们议论得差不多了，便接过大家的话说，"守土抗日，并不是非得真刀真枪地跟日本鬼子干不可，而是要负其所责，尽其所能。我想，我们还是有不少的事情可以做的。比如说，我们破坏铁路，阻滞日寇南侵。前辈们想想看，要是汉口失守，日寇势必南侵，我们门前的这条粤汉铁路就成了他们运送军队、武器弹药和粮食的通道，到时候我们把铁轨撬了，把路基扒了，把青石港上的那座铁桥炸了，是不是就可以破坏和阻滞日寇的进攻。"

"好、好、好！"待长老们连声叫好之后，王汉坤接着说，"再比如说，我们帮助和支持抗日队伍。倘若是日寇攻占了武汉，那小鬼子就沿粤汉铁路向南攻击。到那个时候，粤汉铁路沿线将成为抗敌前线，不管是国民党还是共产党，总要派军队到这里来阻击日寇。我们就可以为抗日的队伍送粮送水送弹药，还可以帮他们抢救伤员"。

"好、好、好！"长老们又连声叫好。王汉坤继续说道："还有一件事，不过，这件事做起来恐怕难一点。就是再难我们也要做。我们要组织我们自己的武装，建立民兵游击队，没有枪，就先用鸟铳大刀，再想办法从敌人手里夺。我们成立民兵游击队一保护乡亲们转移；二除了配合我们的队伍对日作战，还主动袭击小股敌军；三扰乱日寇，叫他们不得安生，就是毒不死他们的人，也要闹他们的心，伤伤他们的神。"

"汉坤说的这些办法好！"

"汉坤说的这些可行！"

"我们就照汉坤说的干！"

品茗堂东厢房里的气氛再度活跃起来，虽说这些长老们年事渐高，但王汉坤的话感染了他们，让他们不禁再度摩拳擦掌，跃跃欲试，仿佛小鬼子们就在他们面前，他们要上去掐死他们。

"小鬼子穷凶极恶，又有飞机大炮，不是那么好对付的。"王汉坤说，"日寇亡我之心不死，他们已经占领了大半个中国，还想占领整个中国。所以我说，我们要守土抗日，要把小鬼子赶出去，不是一天两天、一年两年就能做得到的。因此我们要从长计议，做最艰难的准备，好好组织、好好筹划。"

"汉坤说得极是。"王文庆说，"恐怕你已胸有成竹，快说说吧！"

"我是这么想的，"王汉坤说，"我们这次守土抗日，比起我们那次支持唐生智部、反对叶开鑫部的斗争要复杂得多、持久得多、艰难得多、危险得多。所以我吸取那次斗争的经验教训，认为我们应该建立破路队、运输队和民兵游击队。每个屋场挑选六七人到破路队，挑选八九人到运输队，挑选三五人到民兵游击队；每个队选定正副队长两人，每个队和每个屋场还要挑选一个眼观六路、耳听八方、跑得又快的人做通讯员，打探消息，传送消息；哪些人适合到破路队，哪些人适合到运输队，哪些人适合到民兵游击队，哪些人适合当队长，哪些人适合当副队长，哪些人适合做通信员，请各位长老回去后因人而定，然后与当事人说好，三天后带上名册到品茗堂，我们再来商定。"

"还是汉坤想得细致，谋划周密。"罗崇儒说，"要是这里没别的事，我们就回去着手准备了。"

"没别的事了，就这件大事。"王汉坤对大家说，"有劳各位前辈了。"

"都是我们自己的事，理当如此。"长老们边说边起身走出品茗堂，王汉坤拱手恭送每一位长老离去。

第三十章

"哎呀，怪不得一早起来，鸦鹊子（喜鹊）就在头上叫的，还是你这位贵人要来。"岩岭山大王胡占山迎着匆匆而来的王汉坤笑道。

多年以来，王汉坤和胡占山一直信守着一个约定。这个约定也是他们俩的秘密，他们不让别人知道，也没有任何人知道。每年清明节的夜里，无论遇到什么样的恶劣天气，胡占山都要在一个他和王汉坤约定的地方等着王汉坤，然后两人一起来到李大中、方强之、王志刚、张亚东的坟前。他们不放鞭炮，只供茶酒香烛，叩首祭拜，默默地在坟前或立或蹲或坐个把时辰，再悄然离去。

这次王汉坤匆匆而来,又见他神色凝重的样子,胡占山的第一反应,就是王汉坤有大事找他。于是,胡占山径直把他请到了自己的房间,然后对外喊了一声:"老二,上茶。"老二闻声,随即用茶盘托着两杯香茶进来,他放下茶盘,先端上一杯茶双手递给王汉坤,再端上另一杯茶双手递给胡占山。胡占山给他递了个眼色,他连忙收起茶盘退了出去,轻轻地带上房门。

"汉坤老弟,是不是又出了什么大事?"向来说话大声大气的胡占山,压低声音问道。

"日寇侵略中国,他们从东北打过来,一路上杀人放火抢东西,现在快打到我们的家门口了。"王汉坤气愤地说道。

"这帮狗日的畜生,"胡占山霍地一下站起来,他怒不可遏地骂道,"要是叫我碰见这帮龟孙子,我非把他们撕得粉碎不可!"

"可是,光骂也不行。"王汉坤说。

"先骂他一通再说,解解我心头之恨。"胡占山愤愤地说。

忽然,胡占山觉得自己在王汉坤面有点太放肆,便连忙坐了下来,笑着对王汉坤说:"愚兄粗鲁,让老弟见笑了,真不好意思。"

"没关系的,"王汉坤对胡占山说,"谁人不知,哪个不晓,你胡大好汉是个血性男儿,更何况日本鬼子实在可恨。可是,光恨光骂也不能解决问题。"

"那你说,我们该怎么办?"胡占山问道。

"我正是为这事来找你商量的。"王汉坤说。

"老弟是高人,这一带谁不晓得,也没哪个不服你。"胡占山说,"什么事你说吧,我们照办就是了。"

"有几件事恐怕得烦劳好汉,"王汉坤说,"这第一件嘛,是我想组建民兵游击队,除了配合抗日大部队打鬼子,还要破坏铁路,保护乡亲们转移。"

"这个主意好!"胡占山说。

"你手下有多少人?"王汉坤问道。

"有十五六个,都是不怕死的好汉。"胡占山说。

"那好。"王汉坤说,"我想以你的人为骨干,再到山外那七八个屋场挑选三四十个合适的人,成立岩岭民兵游击队,你当队长,我再选两把好角当副队长,做你的助手,你看怎么样?"

"好是好，"胡占山迟疑地说，"只是我一个老大粗，一下子要管这么几十号人，还要做这么多人命关天的事，恐怕搞不定，要是误了事就不得了。"

"我给你做军师，这下总可以了吧！"王汉坤说。

"那太好了。"胡占山一下子来了精神，他问王汉坤，"老弟还有什么交代，只管说。"

"还有两件事，"王汉坤说，"一件是把乡亲们转移到山里和到山里藏粮食、藏东西的事；一件是山里布防的事。这两件事都要尽早着手准备。"

"这个请老弟放心，"胡占山说，"山里有不少隐秘的大山洞好躲人，也好藏粮食。进出山里也就那么两三处道口，到时候我们在道口埋上铁夹装上弩，每个道口再派十几个兄弟把守。"

"你的这些想法好！只不过……"王汉坤看了看胡占山，接着说，"只不过有些事我们还要想细点。你看哦，几百上千人一下子拥进山里，又不是一天两天，光靠山洞恐怕不够，还要到好藏身的地方搭些能遮风挡雨的简易茅棚。还有，一旦日本鬼子打过来了，我们不能自乱阵脚，哪个屋场的乡亲藏哪个山洞、哪个茅棚，走哪条道，都要事先想好。"

"是、是、是，还是贤弟想得周到。"胡占山说。

"布防的事，我还想补充一点。"王汉坤说，"就是不光要在道口装上铁夹装上弩，还要在进道口后的宽敞处连片挖坑，在坑里密密麻麻地埋上锋利的竹桩，然后伪装好。"

"要得。"胡占山说，"我这就叫兄弟们照老弟说的这些早做准备。"

"那就有劳好汉，拜托了。"王汉坤说完，就起身告辞。

"你就在山里吃口饭再走吧，刚好昨天我打了只兔子。"胡占山挽留他说。

"谢了。我还有事，得先走了。"王汉坤别过胡占山，就匆匆地下山了。

王汉坤刚刚下山走到王家冲，就看到王汉旺气喘吁吁地向他跑来。

"汉坤，你快打转身，到山里躲躲吧。"王汉旺上气不接下气喊道。

"出了什么事？"王汉坤着急地问。

"那个王县长，还有那个要杀我的人，带着兵到了铺上，只怕是来抓你的。"王汉旺回答说。

"哦，"王汉坤笑了起来，"他们不是来抓我的，是来跟我说事的。"

"你说什么?"王汉旺一下子愣住了,一动也不动。

"还站在那里干什么,"王汉坤对王汉旺喊道,"我保证这次他们既不会杀你,也不会抓我,快跟我一起回去吧。"

那天上午,王正波带着王宝禄一行七人来到了王家铺,他们熟门熟路,径直到了品茗堂。刚好路过这里的王汉旺在不远处听他们跟姜先生说找王汉坤,便拔腿跑来报信。

姜先生见王正波这次来比上一次来的时候态度要好,王宝禄也不像前两次来凶神恶煞的样子,再说他们这次没带兵来,身边只有四五个穿着便衣,挂着盒子炮的护卫,心想他们这次来不是抓人的,而是有事的。于是,他张罗着请王正波、王宝禄一行到品茗堂喝茶。王正波却迫不及待地问道:"姜先生,你知道王族长去哪里了?"

"回县长话,王族长这几天为守土抗日的事忙得团团转,今天只怕是去岩岭了。"姜先生说。

"去岩岭?"王正波心里一阵惊喜,好你个王汉坤,还真是有远见卓识,未雨绸缪,早就开始筹划守土抗日的大事了,还到山里动员绿林好汉一起抗日。前段时间,他为了组建长平县抗日民军兵团,不也是跑到狮山、虎山、天云山一带收编了几支绿林好汉的队伍吗?想到这里,王正波问道:"能叫个人快把他找回来吗?"

"不用了,"姜先生说,"我想他很快就回来了。"

"为什么?"王正波疑惑地问道。

"我刚才看到王汉旺着急往岩岭方向跑去,"姜先生说,"我想他是去给汉坤报信,说有人来抓他,叫他先躲起来……"姜先生说到这里突然停住不说了,王宝禄在一旁着急地问道:"然后呢?"姜先生看了看王宝禄一眼,回过头来望着王正波说:"汉坤听说是县长您来了,他不光不躲,反而会很快回来。"

说曹操,曹操到。正当王正波和姜先生说着王汉坤的时候,王汉坤满头大汗地跑进了品茗堂。

"王主任,王局长,不知您二位来了,多有怠慢。"王汉坤边说边拱手向王正波、王宝禄施礼表示歉意。

"汉坤贤弟辛苦了,"王正波说,"我听姜先生说,你早就筹谋守土抗日的事了,此举值得称道。"

"主任过奖了,守土抗日乃汉坤本分,理应这样。"王汉坤说。

"如果全县乡镇长、族长、保甲长、族长和乡绅都像汉坤贤弟这样未雨绸缪,何愁守土抗日不大功告成!"王正波不无感慨地说。

"天下兴亡,匹夫有责。"王汉坤说,"更何况日寇快要打到家门口了,如果我们还不奋起反抗,就真要当亡国奴了。"

"贤弟说得极是!"王正波说,"我今天来正是和你商量这件事的。"

"主任有事尽管吩咐。"王汉坤说,"只要是为了守土抗日,汉坤义不容辞。"

这时候,王宝禄在一旁插话说:"王主任又回来当县长了。"

"你说什么?"王汉坤问王宝禄说,"王主任不是要去行署当专员吗?怎么又回来当县长了?"

"他本来是要去行署当专员的。"王宝禄叹了一口气,他接着说:"谁知日本鬼子还没打过来,李县长就吓得逃跑了。长平偌大一个县,处于无政府状态,为了守土抗口,王主任放弃了当专员的机会,自告奋勇留下来当了县长。"

"王县长的家国情怀、民族大义,实在是令汉坤钦佩不已。"王汉坤站了起来,他边说边向王正波俯首致敬。

"国难当头,我也是迫不得已,临危受命。"王正波也站了起来,他激动地说,"宁为玉碎,不为瓦全,我等誓死救亡报国,即便是死,也绝不退缩,坚决不做亡国奴。"

"好!"王正波的话使王汉坤热血沸腾,他说,"县长的义举感天动地,县长的气魄惊天动地,我等也誓死守土抗日。"

"我相信,你王汉坤有这样的决心,也有这样的气魄。"王正波说,"不知贤弟有怎样的具体筹划?"

见王正波问到他守土抗日的具体筹划,他便把近段时间谋划的几件事,从头到尾,一五一十地跟王正波说了一遍。王正波边听,频频点头连连说好。

"汉坤啊,真没想到你筹划得如此周详,就按你的计划抓紧进行吧。"王正波说,"不过,我还想强调一点,补充两点。"说完,他抬头看了看王汉坤。

王汉坤会意,他连忙对王正波说:"守土抗日,事关全局,汉坤考虑不周,难免有所疏漏,请县长明示。"

"哎,你已经筹划得很好了。"王正波说,"我只是想在你筹划的基础上强调一点,补充两点。我这强调的一点嘛,就是要特别关注对铁路的破坏。你们王家铺一带就在粤汉铁路两旁,这条铁路又是日寇南侵的运输通道。因此,你们一定要密切关注时局变化,必要时实施多点破坏铁路、炸军列,阻滞日寇南侵。"

"是!"王汉坤说,"我们再加强这方面力量,需要时让这条通道瘫痪。"

"好!我要的就是你这句话。"王正波说,"我再补充的两点,一个是不久后国民党军队将来这里招兵,你要全力协助配合;一个是县里组建了抗日国民兵团,隶属第九战区,现有近3000人马,一旦长平县城沦陷,我将率国民兵团退守狮山、虎山和天云山一带,组织全县民众守土抗日。这样的话,想必粮食是个大问题,到时候还得请汉坤筹粮送粮,以助我一臂之力。"

王正波说完,看了看坐在他身边的王宝禄,王宝禄会意,连忙补充说:"王县长还兼长平抗日国民兵团团长,第九战区又把国民兵团编制为国民革命军第五纵队,王团长晋升为纵队司令。"

"哎呀,只怪汉坤孤陋寡闻,不知县长高升,恭贺了。"王汉坤边说边起身恭贺王正波。

"哈、哈、哈……"王正波不禁苦笑几声,他近似悲壮地说,"这就是个送死的差事,不过,我倒是十分乐意,谁叫我是炎黄子孙。"说到这里,王正波也站了起来,他盯着王汉坤说,"陆游不是有一首爱国名诗《示儿》吗?"王正波的话音刚落,王汉坤便和他不约而同地吟诵起来:

死去元知万事空,但悲不见九州同。
王师北定中原日,家祭无忘告乃翁。

王正波伸出双手,和王汉坤的双手紧紧地握在一起。王汉坤坚定地说:"请县长放心,您交代的这几件事,汉坤定当全力以赴。"

"汉坤,那就拜托了。"王正波说完,便转身对王宝禄喊道,"宝禄,我们走。"

"王县长,已经是吃中饭的时候了,您吃完饭再走吧。"王汉坤挽留他们说。

"不了,汉坤,事情紧急,我们还要赶往青平乡,得先走了。"说完,王正波带着他们一行人,往青平乡走去。

望着王正波渐渐远去的背影,王汉坤不禁心生感慨,因为王正波给了他深刻的两面印象:一方面,王正波是顽固的国民党反动派,疯狂反共,双手沾满了共产党员的鲜血;另一方面,当国家和民族危难之际,他又义无反顾、挺身而出,扛起守土抗日的大旗。然而,王正波这次来王家铺,只字未提国共合作抗日,也只字未提共产党领导抗日队伍英勇抗战的壮举。由此看来,王正波骨子里仍然坚持反共立场。不过,为了国家和民族,为了守土抗日,他将竭尽全力完成王正波交办的事项,积极配合和支持王正波率领的抗日队伍。至于他的真实身份,在没有得到组织的明确指示之前,他不能对他透露半点秘密,以防不测。

第三十一章

王正波离开王家铺的第三天,也是青平乡乡长丁伯良任职的第三天。这天,丁伯良奉王正波之命赶到了王家铺。

说起这个丁伯良,他也是临危受命。那天王正波到青平乡找原乡长官维田商量守土抗日事宜,官维田闪烁其词,态度含糊,王正波大为恼火,立即撤销了他的乡长职务,任命慷慨陈词、态度坚决的丁伯良为乡长。回到县里后,王正波又因此事而约法三章,发布全县:为官者,守土抗日不力者撤;为民者,凡当汉奸伪军者杀;凡破坏守土抗日者,严惩不贷。

因此,丁伯良接到王正波打给他的电话后,立马赶到王家铺,给王汉坤传达王正波的指令。驻守湘北的国民革命军第27集团军,不日将到青平乡王家铺一带补充兵源,要王汉坤事先做好动员,组织兵源。王汉坤接到丁伯良转达的王正波的指令后,他来不及邀请各个屋场的长老们议事,而是一个屋场接一个屋场跑,动员他们积极抗日。

那天中午,王汉坤回家走过粤汉铁路时,突然发现青石港的港堤上,躺着两个人,其中一个是个女人,另一个是个孩子。这两个人好像死了一般,躺在那里一动也不动。

王汉坤心里猛然一惊:"莫不是这两个人死了?"他连忙走上前去,想看个究竟:那个女人三十来岁的样子,那个孩子十多岁的样子;女人的一只胳膊垫在小孩的头部,小孩侧着的头部枕在女人的手臂上。汉坤伸出右手的中指和食指,先放在那个女人的鼻子底下,感觉她的鼻孔里还有微弱的气息。他心里一阵惊喜:"她还活着!"他又将手伸到那个小孩的鼻子底下,同样感觉到他的鼻子里也有微弱的气息。他心里又是一阵惊喜:"他也活着!"

"快来人啊!"王汉坤朝王家铺大声喊道。

青石港的南岸是粤汉铁路,北岸就是王家铺。昏死的女人和小孩所躺的港堤,离王家铺也就百十来米。王汉坤的一声大喊,先是被他堂兄王汉光听到。王汉光从屋里冲出来,大声问道:"出了什么事?"

"这里有两个人晕倒了,你赶快下两副门板,再叫几个人过来。"王汉坤对王汉光喊道。

王汉光立马下了两副门板,又叫来了四个男子汉。不一会儿,他们就把晕倒的女人和小孩抬到王汉坤的堂屋里。

这时候,在场的人才注意这个女人和这个小孩的模样:他们面黄肌瘦,身上皮包骨,衣衫褴褛,这个女人甚至连女人该遮挡的地方都没遮住。赵雅丽见状,连忙从屋里拿出自己的一件兰花衬衣,裹盖在这个女人身上。

"快!"王汉坤吩咐王汉光说,"你去广济药铺把汉凡叫来。"

汉凡也是王姓,他与王汉坤同宗同族同辈,只不过他们已是五代出服,但仍然亲如兄弟。王汉凡从小就跟着父亲学习中医,长大后成了附近小有名气的郎中,平时治个病救个急也得心应手。

很快,王汉凡就来到了王汉坤堂屋里。等王汉坤简单地说了发现这两个人时的情景后,王汉凡便蹲下身子,先是仔细观察两人的症状,然后切摸两人的脉象,再用右手的拇指和食指分别撑开两人的眼睛。他这才站起来,对着王汉坤及旁人说道："没得什么大碍,他们是饿昏了。"

王汉坤和众人这才松了一口气。王汉凡又转身对赵雅丽问道："嫂子,屋里有糖吗?"

"有,是苕糖,要吗?"赵雅丽问。

"要得,把苕糖用开水冲化,慢慢地从他们嘴里灌进去,他们一会儿就会醒过来的。"王汉凡说。

赵雅丽转身跑进厨房,她动作十分麻利地从碗柜里拿出两只碗和两支调羹,一只碗里放上一支调羹;再用筷子从盛苕糖的瓦罐里搅出两大坨苕糖,一只碗里放上一大坨;然后在火塘里提取一罐开水,将开水倒入苕糖碗里。只见她双手并用,一只手拿着一支调羹,快速地搅动两只碗里的苕糖。不一会儿就化成了两碗糖水。

赵雅丽一手端着一碗糖水迅速来到堂屋,王汉凡连忙接过其中一碗,他在小孩身边蹲下。站在一旁的王汉光眼疾手快,他接过王汉凡手里的糖水,蹲在王汉凡跟前。王汉凡用左手的拇指和食指撑开小孩的嘴唇,右手一匙一匙地舀着糖水灌进小孩的嘴里。赵雅丽也端着糖水在女人的身边蹲下,王汉坤接过她手里的糖水,也蹲在她跟前。她学着王汉凡的样子,一匙一匙地给那个女人喂糖水。不到一袋烟工夫,两碗糖水就喂完了。

这时候,王汉坤堂屋里挤满了闻讯赶来的乡邻们,他们都牵挂着这对母子的命运,都在心里默默地求老天爷保佑,让这对苦难的母子尽快醒过来。

奇迹终于出现了。在人们的担心和期盼中,这对母子慢慢地苏醒过来,他们慢慢地睁开了眼睛。当女人发现自己躺在门板上、身上盖着兰花衬衣的时候,当她发现她的儿子也像她那样仿佛刚刚睁开眼睛躺在门板上的时候,当她发现满屋围着他们母子的担心和关切的眼神的时候,她知道,是这些好心人把他们母子从鬼门关拉了回来。她悲喜交加,顿时满眼泪水。她用力挣扎着,想支起身子给救他们母子性命的人们下跪。赵雅丽见状,连忙上前扶她重新躺下,然后对她说："大妹子,你身子还很弱,先躺着休息吧!"

女人感激地点了点头,然后她用微弱的声音,跟一堂屋的人讲述她们母子千里逃难的悲惨遭遇。

原来,七七事变之后,穷凶极恶的日本鬼子扫荡了他们的村庄,鬼子兵抢光了他们的东西,烧毁了他们的村庄,他们一家五口流离失所,被迫从千里之外的河北向南方逃难。一路上,到处兵荒马乱,尸横遍野,惨不忍睹。

有一天,他们一家刚要逃出河北地界,突然遭遇一队到处抓民夫的鬼子兵。因为她的丈夫个子高大,那队鬼子兵头目发现了他,示意手下两个小鬼子上来抓他。他见势不妙,拔腿就跑。那两个鬼子兵边追边气势汹汹地大声喊道:"你的,站住!你的,站住……"

她的丈夫根本就不去理会小鬼子,只管拼命地向前跑去。那两个小鬼子几乎同时举枪瞄准了他。

随着两声枪响,她丈夫摇晃着身子踉跄着朝前跑了几步,倒在了血泊中。

她拼命跑上前去,伏在丈夫身上,一边使劲地摇动他的身体,一边撕心裂肺地号啕痛哭。这时候,她的丈夫慢慢地睁开眼睛,断断续续地说道:"他……他娘,不管……不管发生了什么事,你都要……都要把咱的……咱的娃带……带……"

她丈夫那个"大"字还没说出口,就咽气了。然而,他却两眼怒目圆睁,死不瞑目。她拂闭他的双眼,伏在他的尸体上哭得昏天黑地、悲伤欲绝。

遭天杀的鬼子兵,却站在一旁发出狰狞的淫笑。鬼子兵的头目叫上身边的一个小鬼子,上前拉住伏在丈夫尸体上哭得死去活来的她就往路边草丛里拖。禽兽不如的鬼子兵头目边拖边解衣裤,企图奸淫她。她的儿子奋不顾身地冲上去,他想去保护他的母亲。可是,他当时只有十多岁,而且瘦得皮包骨头。他还没冲上去,就被上前阻拦他的小鬼子一掌推倒在很远的地方。他奋力地爬起来,攥紧两只小拳头又要冲上去。

"猴儿,别、别、别,猴儿,别、别、别……"她声嘶力竭地喊道。

儿子全然不顾母亲的劝阻,毅然冲向企图欺侮母亲的鬼子兵头目,却又被阻挡他的鬼子兵飞起一脚,重重地把他踢倒在更远的路边。不管他怎么用力挣扎,却怎么也站不起来了。他只能听见母亲的哭声,还有鬼子兵淫荡的笑声。他悲痛欲绝,如血注般的泪水夺眶而出,歇斯底里地大吼一声,便不省人事,昏死过去。

当他醒过来的时候,发现自己被母亲紧紧地搂在怀里,弟弟、妹妹的小手不停地摇着他的身体,嘴里不停地哭喊着:"哥哥、哥哥,你快醒醒;哥哥、哥哥,你快醒醒……"

他醒过来后,只见仅仅一会儿工夫,母亲仿佛变了一个人似的。她蓬头垢面,原本就十分憔悴的脸色更加苍白;她的衣服多处被扯破,满身留下一道道带血的伤痕。他望着母亲这个样子,觉得心里滴血般地疼痛,似乎燃起了万丈怒火,对鬼子兵恨得咬牙切齿:"这帮狗日的,等我长大了,非灭了你们这帮畜生不可!"

常言道,天有不测风云,人有旦夕祸福。在接下来的日子里,她带着他们三兄妹继续南下逃难。谁知河南境内兵祸和灾荒叠加,民不聊生,不知在兵祸和灾荒中死了多少人。她们一连好多天粒米未进,因路边的野菜挖光了,他们甚至连一片野菜都吃不上,只好啃树皮充饥。当她带着他们兄妹三人快要逃离河南境内的时候,最小的两个孩子相继活活饿死。她连哭的精力也没有了,更不用说有力气去掩埋他们了,母子俩只能眼睁睁看着他们遗尸荒野而默默流泪。

为了活命,他们孤儿寡母不得不拖着极度疲惫的身子继续逃难。有时候,他们母子相互搀扶着跌跌撞撞地走着;有时候,他们母子实在是站立不稳,走不动了,就几乎是伏在地上向前爬行。当他们来到这里的时候,再也支撑不住了,只觉得天旋地转,眼前发黑,一头栽倒在港堤上,便人事不省了。

她时而泣不成声,时而哽咽难言,听得满堂屋的人伤心落泪,义愤填膺。她对众人说,救命大恩,她这辈子是怎么也报答不了的,如果她的儿子能够继续活命,日后还有造化的话,也许能报答一二。她还告诉大家,说她叫"柳月琴",她儿子叫"肖猴儿"。

"哈哈哈,小猴儿。"堂屋里几个跟肖猴儿差不多大的小孩,把北方人说的"肖"听成了"小",便一下子笑了起来。

王汉坤抬头看了那几个小孩一眼,随即问道:"我平时是怎么教你们的?"

吓得那几个小孩吐了吐舌头,闭嘴后钻进人群里去了。

柳月琴说,她儿子是叫"肖猴儿"。因为儿子生下来的时候瘦小得像只猴子,所以叫他猴儿。孩子的父亲姓肖,他们才叫他"肖猴儿"。说起孩子的父亲,柳月琴不免又伤心地哭泣起来。

"事已至此,"王汉坤说,"月琴妹子,你也不用老是伤心难过了。"他望了堂屋里的众人一眼,接着说,"你们母子今后就留在王家铺吧,改日我再给猴儿取个名字"。

"是啊,这兵荒马乱的,你们孤儿寡母的,还能逃到哪里去,就留下来吧!"王汉坤的话音刚落,赵雅丽就接着说道。

"月琴妹子,有我们王家铺人一口饭吃,就有你们娘儿俩一口饭吃。"王汉光接过赵雅丽的话说。

"留在我们王家铺,总比到处逃荒讨米强。"

"有我们大伙在,是不会让你们母子挨饿的。"

"你就留下来吧!"

王家铺的人七嘴八舌地劝开了。柳月琴感激得泪流满面,她看了看躺在身边门板上不能动弹的儿子,不知从哪里来了一股力气,突然支起身子,斜起身子弯腰跟众人磕了一个头,然后抬起头来点了点头。这时候,王家铺的乡邻们才慢慢地从王汉坤的堂屋里散去。

第三十二章

柳月琴和肖猴儿留在了王家铺。王汉坤和赵雅丽夫妇出于权宜之计,商量着只能先让他们母子俩在自己家里安顿下来,日后的事他们要从长计议。

王汉坤住的是一厢泥砖茅草屋,屋内有一间堂屋,四间睡房,一间转堂。所谓转堂,就是堂屋后半部砌垛间墙隔成的厨房。是时王汉坤已是一个六口之家的家主,事实上,他们一家住得十分拥挤。现在又要突然住进柳月琴和肖猴儿母子俩,这睡觉的房间怎么调整,尽管赵雅丽心里有了主意,但她觉得丈夫是一家之主,家里的事还是要跟他商量一下。

"你说房间怎么安排?"

"屋里的事你就做主吧!"王汉坤说。

赵雅丽娇嗔地看着丈夫:"那我就做主了。"王汉坤说:"嗯,你做主。"赵雅丽又用妩媚的眼神看了看丈夫:"那你就跟老四睡一张床,我跟诗怡睡,老大和老二一起睡,腾出老二和老四的房间给他们母子俩住。"赵雅丽说完,脸上不禁飞起了红晕,她连忙转身腾房间去了。

王汉坤屋里老二和老四住的那间房子朝南向阳,因此屋里通风干燥光线好,住着舒适。赵雅丽进来后,她先把老二的衣物搬到老大的房间,再把老四的衣物搬到他们住的房间,又换上了新的被褥,很快就把这间房收拾好了。她跑进堂屋,搀扶起柳月琴,又吩咐老二王克俭和老四王克俊,一起搀扶肖猴儿,让她们母子俩躺在床上休息。然后,赵雅丽又转身去她睡房里的衣橱里翻出一条干净毛巾,再到厨房里端来一盆热水,用湿热毛巾一遍又一遍地擦去柳月琴和肖猴儿母子俩脸上、身上和手脚上的污垢。此时此刻,躺在干净舒适床上的柳月琴,觉得他们仿佛一下子从地狱来到了天堂,她除了感动得一个劲地流泪,再也说不出话来了。

赵雅丽安顿好柳月琴和肖猴儿母子俩,随即来到堂屋,她顺手在大门门角弯里拿起一只木瓢,从箩筐中舀起几把瘪谷,然后取下挂在堂屋西边墙上的一只圆形大炕篮,穿过堂屋从转堂来到她家后院。她把炕篮放在自己右手边,然后从木瓢中抓起一把瘪谷,慢慢地撒在自己跟前,她边撒边唤起自家养的鸡来。

"咯咯咯,咯咯咯……"

正在后院里觅食的几只鸡,听到饲养它们的主人的唤声,又看见饲养它们的主人正向地上撒谷子,便一只只张开翅膀,飞似的跑过来,一个劲地低头啄食。

说时迟、那时快,赵雅丽以迅雷不及掩耳之敏捷,提起身边的炕篮向正在啄食的鸡群罩去,结果只罩住了那只正在下蛋的黑母鸡,其他几只鸡被饲养它的主人的突如其来的举动吓得作鸟兽散,一下子飞逃得无影无踪。

赵雅丽有些沮丧。因为她原本是想罩住那只只会抢食而不会下蛋的黑母鸡,不承想阴差阳错却罩住了这只会下蛋的黑母鸡。

"唉,"赵雅丽叹了口气,她觉得人世间总是有些事不尽如人意。该杀的那只鸡跑了,不该杀的这只鸡却被她罩住了。现在顾不了那么多了,她要熬锅鸡汤,给柳月琴娘儿俩好好补补。于是,她提着这只会下蛋的黑母鸡进了厨房。

赵雅丽忙于收拾房间和杀鸡熬汤的时候,王汉坤叫住了准备回去的王汉光。

"有劳老兄,你去把族里那几个顶事的男子汉请到品茗堂来,我到那里等你们,有事商量"。

品茗堂是过往王家铺的客商喝茶的地方,也是他们王氏家族议事的场所。但凡是族里遇到什么大事,王汉坤都要把族里主事的人请到品茗堂来议事。这天,他吩咐王汉光去叫人之后,便先独自来到了品茗堂。

这是一栋坐北朝南,由前堂、中堂和后堂"三堂"结构的老式建筑。屋内有八间厢房和两口天井,前堂中间是堂屋,东西两侧各一间厢房;过了前堂便是天井,天井东西两侧是过道,过了天井便是中堂,中堂东西两侧各有一前一后两间厢房;过了中堂又是天井,天井东西两侧也是过道;过了天井便是后堂了,后堂东西两侧像前堂一样,只有一间厢房。

品茗堂位于王家铺中间,王汉坤住在王家铺的东头,相隔不远,他很快就来到了品茗堂。这里他太熟悉了,也留下刻骨铭心的记忆。因为这里曾经给过他人生的两件幸事:一个是他在中堂东侧的后厢房拜堂成亲;还一件是他在这间后厢房秘密地入了党。后来,他又在这个屋子里公开地或秘密地从事了许多足以影响和改变他人生命运的重大活动。今天,他又要和他的族人一道,商量一件说大也不大、说小又不小的事。

王汉坤照往常选择中堂东侧后厢房落座。他爷爷去世后,父母住进了爷爷生前住的后堂屋东厢房,这里便成了喝茶谈事的地方。王汉坤刚刚坐下,来不及呷一口茶,王汉光就领着王汉乾、王汉云、王汉文和王汉武鱼贯而入。王汉乾是王汉坤的亲哥;王汉云像王汉光一样是王汉坤的堂兄,因为他俩是亲兄弟;王汉文、王汉武和王汉坤虽经五代出服,但他们都是王家祖上留下的根,仍是一家人。一家人说事好商量。

"我想给柳月琴母子俩搞个落脚的地方。"王汉坤见人都到齐了,便开门见山地说道。

"你是想给他们做厢屋?"王汉坤的话音刚落,王汉乾就接着问道。

"是的。"王汉坤说,"其实我家里挤挤也住得下,雅丽也乐意。只是怕时间长了,我担心柳月琴他们住得不大方便"。

"那是,"王汉光接着说,"你那点大的屋子,要住八个人,还真是太挤了。再说,他们老住你家也不是长久之计,是该想办法给他们盖间房子了。"

"可是,"王汉武停了停,他看了看王汉坤,便又接着说出了他的担心,"快到冬天了,还来得及吗?"

"怎么就来不及呢?"王汉文接过王汉武的话说,"不就是盖厢泥砖茅草房先将就将就吗?我们一起凑凑砖头、楼脚、檩子就差不多了。"

"漫山遍野的茅草,只要我们花点功夫去割就是了。"王汉乾说。

"木匠、砌匠有的是,我们做小工,做起来也快。"王汉光说。

"只是不晓得在哪里做合适?"王汉乾提出了这样的疑问。

"要不,我把我家竹林旁边地基先让出来吧。"王汉武连忙回答说。

"那我家的今年也不做了,把我铲的那些泥砖先拿过来做屋吧。"王汉乾说。

"好!"王汉坤说,"既然大家都同意给柳月琴母子俩做间房子,那这事就这么定了。"他看了看王汉光,然后对他说,"汉光老兄,我还有守土抗日的很多事要办,这事恐怕得请你挑头了。"王汉光即刻回答说:"要得!"王汉坤又对着大家说:"反正现在秋收也差不多了,除了守土抗日的事不能耽搁,大家把手头上别的事放一放,先抓紧时间把这件事办了。"

"要得!"大家一起大声地回答。随后,他们便要出门各自回去。

"慢着。"王汉坤好像忽然想到什么,突然喊道。前来议事的五人,有的刚跨出房门,有的刚把脚抬起来准备跨出房门,他们听到王汉坤的喊声,又转身回来,五双期待的眼睛一齐盯着他,不知他还要对他们说什么。

"你们回家后,要好好把这件事跟你们屋里的堂客说清楚,"王汉坤嘱咐说,"她们不要因这事今后对柳月琴母子俩使脸色。不然的话,即便是他们有房子住了,也住得不舒心。"

"您放心好了!"他们五人几乎是异口同声,说完这句话,他们离开品茗堂各自回家了。

接下来的几天,王家铺在王汉光的领头下,挖地基的挖地基,抬石头的抬石头,挑砖的挑砖,上山砍楼脚檩子的砍楼脚檩子,割茅草的割茅草……大伙忙得热火朝天。仅仅几天时间,盖房的材料就备齐了,房子也落脚开工了。这一切,柳月琴却蒙在鼓里,全然不知大伙儿是为他们盖新房而忙得不可开交。

为柳月琴母子俩盖房子的事尘埃落定,王汉坤又开始考虑另一件事,就是要给肖猴儿取个名字。自从那个孩子醒过来后,连他自己也说不清楚,那个孩子怎么就给他一种与众不同的印象。尽管他骨瘦如柴,但他骨骼宽大;尽管他只有十多岁,但他似乎有着与他年龄不相符的沉稳和坚定,尤其是他的眼睛仿佛透着一种仁慈且又刚毅的目光。这便引起了王汉坤的沉思,给他取个什么名字好呢?

忽然,王汉坤灵机一动:"嘿,有了,就给他取名肖立仁。"因为在他看来,如今的世道太险恶了,他们这一代人有许多像他这样的人,正在为铲除险恶,建立仁爱至善的新世界而奋斗。然而,这太难了,恐怕仅凭他们这一代人奋斗难以完成,还要靠肖猴儿他们这一代人甚至再下一代人为之奋斗。他似乎从肖猴儿的身上看到了这样的希望。因此,他想给他取"立仁"这个名字。

那天晚饭后,王汉坤、赵雅丽夫妇来到了柳月琴和肖猴儿母子的房间。王汉坤对柳月琴说,孩子名字他想好了,叫"肖立仁"。他还告诉她,他为什么给孩子取这个名字。柳月琴一听喜上眉梢:"这个名字真是取得太好了。"她拉了拉她身边的肖猴儿,兴奋地说道,"快,猴儿,"柳月琴忽然觉得自己叫错了,连忙改口说,"现在应该叫你立仁了。立仁,快给你汉坤伯伯磕头谢恩。"

王汉坤一把拉起正要下跪的肖立仁,笑着对他们母子说:"只是取了个名字,哪来的什么恩啦,更不用说谢了。这个名字只要你们喜欢就好"。

"喜欢,喜欢,"柳月琴说,"照我们那里的习俗,给孩子取了学名是要给喜钱的。"柳月琴看了看王汉坤和赵雅丽夫妇,脸红了起来,她不好意思地说,"只是我现在身无分文,给不了您喜钱。"说完,柳月琴难过地低下了头。

"嘿,看你见外的,"赵雅丽说,"其实我们这里也有为孩子取名给喜钱的习俗。这方圆十里八村孩子的学名,大多是他给取的,很多人家都要给他喜钱,有的人家甚至追着要给他喜钱,他却从来都没收过人家一分钱。"

说到这里,赵雅丽脸上洋溢着心满意足的喜悦和幸福。她拉着柳月琴的手:"什么钱不钱的,我们今生能相遇就是缘分。你说,这缘分是不是比钱更重要?"

柳月琴听了,感动得流下泪水。

第三十三章

新屋进住的那一天,柳月琴还不知道王家铺几十号人忙忙碌碌十几天盖起的新屋,竟然是给他们母子俩的新居。她做梦也想不到,仁义善良的王家铺人,竟然给他们这么大一个惊喜。

这天刚吃过早饭,王汉坤和赵雅丽就把柳月琴和肖立仁叫到跟前,对他们母子俩说道:"恭喜乔迁之喜!"

柳月琴和肖立仁一下子蒙了,他们惊恐得语无伦次:"什么?乔迁之喜!谁呀?我们吗?"

"是恭喜你们乔迁之喜!"赵雅丽上前去拉着柳月琴的手,笑着对她说,"从今往后,你们就有自己的家了。"

柳月琴激动得不知如何是好,她真不知道自己上辈子到底积了什么德。自从她和儿子饿昏在王家铺,遇到的人都是好心人,遇到的事都是天大的好事。因此,赵雅丽对她说的话,她以为自己听错了,不敢相信自己的耳朵。

这时候,不远处有锣鼓声和唢呐声传来,并由远而近。锣鼓声和唢呐声越来越大,好像就要到王汉坤的大门口了。忽然,锣鼓声和唢呐声戛然而止,飘进屋里的是人们热闹的谈笑声。

"走,我们出去看看吧。"赵雅丽拉住柳月琴和肖立仁就往外跑,只见王汉光领着七八个铺上的男子汉,有的拿锣,有的拿鼓,有的拿唢呐,还有的拿鞭炮,后面跟着不少的女人和小孩,还有看热闹的老人。他们把王汉坤家的大门口围得水泄不通。他们见王汉坤和赵雅丽拉着柳月琴和肖立仁从屋里出来,便大声喊道:

"恭喜月琴、立仁乔迁之喜!"

"恭喜月琴、立仁乔迁之喜!"

王汉坤对人群做了做手势,大家立即停止了喊声。王汉坤转身对柳月琴说:"请你去看看你和立仁的新居。"

这时候,柳月琴仿佛坠入五里雾中而不知所措,她被赵雅丽和迎上前来的王汉光的妻子李双桂、王汉乾的妻子胡珍喜,像簇拥新娘出嫁那样簇拥着走向新居。王汉光继续领着他们那帮汉子,敲着锣、打着鼓、吹着唢呐紧随其后,一大群人浩浩荡荡、热热闹闹走向柳月琴和肖立仁的新居。

王家铺人为柳月琴和肖立仁母子俩赶做的新居,就坐落在王家铺中部位置的竹林前,离王汉坤的屋也就五六十丈远的距离。柳月琴他们很快就来到新屋前,虽然眼前只是一厢泥砖茅屋,但看上去很漂亮,好像比王汉坤住的泥砖茅屋还要高大。虽然刚盖的新屋,却看不到一点儿乱石断砖或杂什;屋前地坪及其东西两侧都收拾得干干净净,大石头砌成的阶梯牢实好看;新屋的大门关着,扣环上缀着的一大朵红绸花格外醒目;红绸花两边的红绸飘带迎风飞舞,在秋日朝阳的照射下熠熠生辉。

"你是这新屋的主人,"赵雅丽推了推身边亦梦亦幻的柳月琴,"你今天进住,这朵红花应由你摘,这扇大门也应由你打开。"柳月琴这才如梦初醒,她拉着儿子肖立仁,母子俩战战兢兢地走上大门前的阶梯。柳月琴伸出颤抖的双手,从大门扣环上摘下了这朵红绸花。顿时,人群中爆发出一阵欢呼声。

"立仁,"柳月琴吩咐儿子说,"你来把大门打开。"

肖立仁听从母亲的吩咐,上前双手用力一推,只听到嘎吱一声,大门打开了。人群又是一片欢呼声,还有人不断发出"平安、吉祥,平安、吉祥"的喊声。随即,这种欢呼声和喊声就淹没在震耳欲聋的锣鼓声、唢呐声和鞭炮声中。

赵雅丽和铺上的女人们簇拥着柳月琴、肖立仁跨过大门门槛,她们一起走进堂屋。堂屋中央放着一大盆燃烧得红通通的炭火。不用说,这是王家铺的人们祝福柳月琴和肖立仁母子今后的日子过得红红火火。柳月琴望着红通通的炭火,心里又是好一阵感动。

这厢新屋是明三暗四的民宅建筑,除了堂屋,还有东西房和转堂(厨房)。接下来,赵雅丽她们领着柳月琴和肖立仁各处看看。东西两间房里各放一张床,床上的垫被盖被已经铺好,还架上了蚊帐;床上放着几沓衣服,有大人和小孩穿的,也有单的和棉的。尽管被子、蚊帐和衣服打了不少补丁,看上去有些旧,但都洗得很干净,散发皂角洗过的缕缕清香。床前的踏凳上,还摆着几双鞋子,鞋子有大有小。每张床的床头还放着一个老式衣柜,虽然油漆剥落,柜门破损,但它已被擦得一尘不染。厨房里,火塘已经砌好,饭锅、菜锅、钻板、鱼刀、碗筷等一应俱全。碗柜上方格子里的油盐罐也装满了油盐。火塘里甚至还放着一大一小两个煨汤煨茶的瓦罐;火堂左侧放着一个碗柜,碗柜的两侧放着一个小米缸和一个大水缸,米缸里装满了米,水缸里也装满了水;碗柜的下方放了十几个鸡蛋,还有一些时令蔬菜;火塘的后边是柴角弯,柴角弯里已放了好些柴火……

赵雅丽她们领着柳月琴和肖立仁到各个房里看了一遍,然后对她说道:"这些东西都是乡邻们从各家各户凑起来的。现如今大家的日子过得都不好,也没有特意花钱去给你们添置新的。这些东西虽旧了点,但居家过日子还能先凑合着用。"

说到这里,赵雅丽又用手指了指转堂后边西侧的一间小屋,告诉柳月琴,那是给他们盖的茅房,除了可以上茅房(如厕),还可以养猪。柳月琴抬头望去,离转堂也就三四丈远,中间还用石头铺了一条小道。柳月琴感动得说不出话来,一个劲地撩起衣角抹眼泪。赵雅丽知道她是心满意足的,也看出来了她很感激,但赵雅丽还是担心她和乡邻们有想不周全的地方,便又接着对柳月琴说道:"月琴妹子,要是以后过日子缺东少西的,你尽管跟我说,跟他们谁说都成。"

柳月琴再也难以抑制自己的感激之情,她用力一把拽着她身边的肖立仁,只听见扑通一声,柳月琴和肖立仁母子跪在赵雅丽他们面前,就要给他们磕头。

"这怎么要得!"赵雅丽他们被柳月琴母子的举动惊得不知所措。不过他们很快就反应过来了,连忙上前拉起柳月琴和肖立仁。

此时的柳月琴已经泣不成声,她哽咽着说道:"雅丽姐,您的大恩大德,还有你们王家铺人的大恩大德,我这辈子就是做牛做马也报答不了哇!"

"快莫这样说,我们都是受苦人,受苦人不帮受苦人还帮谁!"赵雅丽说。

"你既然到了我们王家铺,就是我们王家铺的人,你落了难,我们帮帮你也是应该的,千万莫见外啊!"

"是呀,都是屋里人,千万莫见外哟!"胡珍喜接着说。

在柳月琴和肖立仁即将安家落户的新屋里,满屋子的人都劝慰她。柳月琴不再说千恩万谢的话,而是特地叮嘱身边儿子肖立仁:"这些大恩大德你都记住了!"

"母亲,我记住了!"肖立仁使劲地点了点头。

第三十四章

善待外乡人,善待外姓人;不管他们来自何方,也不管他们姓甚名谁,只要他们到了王家铺,就是铺上人。这是王汉坤立下的家规族规,也是王家铺的乡风传承。事实上,在那战乱和饥荒的年代,先于柳月琴和肖立仁母子逃难到王家铺的,就有敖姓、朱姓、张姓、易姓、杨姓、汤姓、邓姓等七户人家,他们也是在王汉坤的主事下,留在王家铺安居乐业的。

柳月琴和肖立仁有了自己的新家,但她们无田可种,一个女人带着一个未成年的孩子,也干不了农活。靠众人接济吧,柳月琴肯定心里不安,也断然不会接受。王汉坤考虑再三,觉得只有到铺上给她谋份差事,这才是活路。可是,如今战乱频仍,加之日本鬼子又要打来了,铺上铺子里的生意清淡了许多;再说,各个铺子里的人事都已经有了,恐怕一个铺子再也用不了一个全日工。因此,王汉坤先后找了杂货铺的吴掌柜和茶叶行的陈掌柜,请他们二位帮忙给柳月琴找个事做。这吴、陈二人对柳月琴、肖立仁母子的遭遇原本就深表同情,更何况他们到王家铺做生意已经有些年头了,这些年他们没少受王汉坤的关照和保护,王汉坤委托的事,他们满口应承。就这样,柳月琴就在吴掌柜的杂货铺和陈掌柜的茶叶行打杂。她上午到吴掌柜的杂货铺,下午到陈掌柜的茶叶行,或洒扫庭院,或缝补浆洗,或装送货物。

柳月琴、肖立仁母子住进新居的第三天,也就是柳月琴到吴记杂货铺和陈记茶叶行做零活的第二天的晚饭后,王汉坤和赵雅丽来到了他们的新居。柳月琴母子俩刚吃过晚饭,她正在洗碗,见王汉坤和赵雅丽夫妇过来了,她连忙起身,来不及去洗手,一边将湿漉漉的手在衣服上擦了擦,一边将他们夫妇迎进堂屋坐下,她又连忙转身去厨房张罗茶水。

"月琴,我们刚吃饭,就不喝茶了,你不用客气了。"赵雅丽叫住柳月琴,然后对她说,"我们是有件事想来跟你商量的。"

"什么事,您请说。"柳月琴用期待的眼神看着赵雅丽。

赵雅丽碰了碰身边的丈夫:"还是你来说吧。"

"这屋还住得惯吧?"王汉坤问柳月琴。

"住得好,住得好,真是太感激了!"柳月琴回答说。

"那吴记杂货铺,还有陈记茶叶行的活做得过来吗?"王汉坤又问道。

"活不多,也不重,做得过来的。"柳月琴看了看赵雅丽,又回过眼神望着王汉坤说,"吴掌柜陈掌柜人很好,对我也很好。"

"那就好!"王汉坤说。

"这事真是多亏您了!"柳月琴说。

"你又客气了,我不过是动了动嘴皮子,事是他们做的,要谢也只能谢他们。"王汉坤说。

"您和他们都是好人,都得谢,都得谢!"柳月琴说。

"好了。"王汉坤看了看柳月琴和赵雅丽,再把目光落在站在一旁的肖立仁身上,然后说道,"月琴,你和立仁是住下来了,你的活也有了着落,只是立仁还小,他今后的路还长,我们是不是也该为他想想了。"

王汉坤的话还没有说完,柳月琴不禁心头一热,眼泪又流出来了,她转过身去,撩起衣角擦了擦泪水。

"王家冲那边有个学堂,离我们王家铺也就二里多路,要不让立仁去上几年学堂吧?好在我也常去那里帮着讲学,孩子学费的事你就不用管了。"王汉坤接着说道。

"啊!"柳月琴又惊又喜,她想不到又有这等好事突然降临,她又何尝不想让孩子进学堂读书呢?然而,她立马意识到,王汉坤和赵雅丽夫妇为他们母子俩做得太多了,王家铺的人为他们母子俩做得太多了,无论如何,他们再也不能给王汉坤和赵雅丽夫妇增加负担了,再也不能给王家铺人添麻烦了,他们要自食其力,等哪天他们也有能力了,再来好好报答王汉坤和赵雅丽夫妇,报答王家铺的好心人!于是,柳月琴恳切地说道:"别的事都可以,就是这件事万万不可。"

"怎么就不可了?"赵雅丽劝说道,"立仁还小,让他上学堂识文断字,也是为他好啊。"

"我知道您二位是为他好,就是我未必想得这么周全。"柳月琴拉起赵雅丽的手说,"好姐姐,您二位为我们母子俩实在做得太多了,我无以回报,所以这件事无论如何都不可以。"

柳月琴说完,转身对王汉坤说道:"要不就让立仁去帮他汉乾大伯和汉光大伯家里放放牛吧,跟他们去学学农活也行。"

王汉坤见柳月琴下定了决心,便不再勉强。他突然又想到另外一个主意,让肖立仁到品茗堂去做打杂跑堂的小伙计,品茗堂是他家留下的祖业,他的养父王仁智的兴趣在于买卖而非茶堂。因此,品茗堂长年累月请了一个伙计打理。他在品茗堂办了一个不收学费的"学堂",或者叫"读书会"更贴切,他在这里定时或不定时地教方圆一带的大人或小孩识文断字和打算盘。让肖立仁去那里跑堂做伙计,一来肖立仁可以与各种不同的人打交道,增长见识与才干;二来他可以随时随地教他识文断字,学打算盘。

"要不这样吧,"王汉坤对柳月琴说,"就让立仁去品茗堂跑堂当伙计,这样一来,他照样可以识文断字,还可以帮品茗堂做事。"

柳月琴听后笑逐颜开,欣然应允。

第三十五章

　　柳月琴和肖立仁母子的生活总算是安顿了下来。然而好景不长,日本鬼子的铁蹄的肆意践踏打破了这种平静。这些天来,王汉坤为了守土抗日和配合国民党军队征兵的事,没日没夜地连轴转,每天要忙到子时之后,他才拖着疲惫的身子回家。

　　有一天坐在堂屋里等候王汉坤回来的赵雅丽,见他疲惫不堪的样子,心疼地问道:"今天累坏了吧?"

　　"有点,多事之秋,没有办法啊。"王汉坤说。

　　"你不是常说,文武之道,一张一弛吗,你也不能只张不弛啊。"赵雅丽说。

　　"夫人说得是。"王汉坤以俏皮的口吻,在赵雅丽面前故显轻松地说了这么一句。

　　赵雅丽既娇嗔又深情地望了王汉坤一眼,转身给王汉坤沏了一杯热茶,又给王汉坤打来一盘热水让他泡脚。王汉坤笑了笑,然后收住笑容:"说是说,笑是笑,我还有一件正事要和你商量呢。"

　　"什么事?你这么一本正经。"赵雅丽说,"你和我向来不都是夫唱妇随嘛,家里的事你说了算。"

　　"我想让克勤和克俭去当兵。"王汉坤说。

　　"你说什么?"赵雅丽好像没听清王汉坤说的什么似的,睁大眼睛望着他。

　　"现在前线战事吃紧,军队急需补充兵源,不日他们就要来招募新兵。"王汉坤说。

　　"那也用不着他们兄弟俩同时去啊!"赵雅丽说,"克勤虚岁十九岁,但他还没满十八周岁,让他去当兵的话,还说得过去。可是,克俭还小,连十七周岁都还没满。这你也下得了狠心？"

"这不是下得了下不了狠心的事，而是国家的需要。"王汉坤说，"你也是知书达理的人，道理就不用我多说了。"他见赵雅丽慢慢舒展紧锁的眉头，接着对她说，"他们兄弟小时候，你不是常给他们讲《岳母刺字》《精忠报国》的故事吗？怎么，现在真正到了需要好儿郎忠心报国的时候，你倒是想不通了呢？"

"不是我想不通，"赵雅丽说，"你一说让他们俩兄弟都去当兵，好像我的心一下子都被剜了去。"

"这我理解。"王汉坤说，"人心都是肉长的，我又何尝不是如此。"他看了看赵雅丽仍然心情沉重的样子，便开导她说："如今，举国上下都是父母送儿女，妻子送丈夫上战场，成千上万的将士离开父母，离开家乡，奔赴抗日前线。他们置生死而不顾，英勇杀敌。即便是战死沙场，也不当亡国奴。他们都是血肉之躯，也都是父母所生。我想，他们尚且如此，克勤、克俭也能如此；他们的父母尚且如此，我和你也能如此。"

"理是这个理，只是心里总是过不了这个坎。"赵雅丽说着说着，眼眶里已盈满了泪水。

"可怜天下父母心啊！"王汉坤说，"我们心里的这个坎，不管是过得了，还是过不了，那都得过。"他见赵雅丽低头沉思不语，"今天我为这件事跑了一天，虽说明里没人反对，但私下里他们心里也是过不了这个坎。所以，我和你要带这个头，不光乐意让自己的孩子去，而且一去就是两个。"

"就算照你说的，"赵雅丽抬头看着王汉坤说，"我心里的这个坎不过也得过，那克勤、克俭愿不愿意？就算克勤、克俭都愿意，他爷爷、奶奶那关也过不了。"

"克勤、克俭愿不愿意，你心里比我清楚。"王汉坤说，"之前你不是跟我说过好几回吗，说你跟他们讲过《精忠报国》的故事后，他们就盼着上战场杀敌报国吗？前两天，我也试探过他们，他们兄弟俩都觉得义无反顾，恨不得即刻就能金戈铁马上战场，抗日寇，打豺狼。"说到这里，王汉坤突然停了停，然后略显为难地说，"他爷爷、奶奶那里还真不好说，如果克勤、克俭俩兄弟只去一个，恐怕还好说点；如果一下子要他们俩都去，他爷爷、奶奶那关肯定过不了。"

"那怎么办?"赵雅丽担心地说,"你总不能让老人们太伤心吧!"

"自古忠孝难两全。"王汉坤说,"我还是那句话,这个关不好过也得过。今天太晚了,明天一早我就过去跟他爷爷、奶奶说。"

第二天天刚亮,王汉坤就来到了品茗堂的转堂。王仁智、田月娥多年勤俭持家,养成了早起的习惯。这时候,王仁智已经坐在东厢房,像往常一样抽着烟;田月娥也在厨房里生火烧水。王汉坤跟他们一一请过安后,又回到了东厢房。王仁智见他一大早就过来了,心想必有大事。他吸了一口烟,提起烟袋到房门口对着厨房里喊了一声:"他奶奶,汉坤有事,你也过来一下。"田月娥连忙放下手里的活,颤巍巍地来到了东厢房。

王仁智、田月娥已近古稀之年,两鬓斑白;脸上布满皱纹,好像山上久经风霜而层叠斑驳的树皮;眼睛不仅失去往日的光泽,而且已经泛黄浑浊;背也驼得厉害,动作呆滞笨拙……

眼前的情景,令王汉坤心酸不已。养父母老了,他作为儿子,不光不能在父母膝下尽孝,反而一再让他们伤心难过。他极力控制自己的思绪,不让那些往事涌上心头。然而,他越是不想,那些往事越是格外清晰地浮现在他的眼前:父亲背着大洋,在去县城救他的路上,遇见他平安回来而悲喜交集的神情;多年以前,父亲决定变卖家产筹措银两,给他清理洋货时痛心且又慷慨的样子;那一次,也是在这间东厢房,当他要跪求父亲变卖田地的时候,父亲眼明手快一把将他扶起,并对他说,男儿膝下有黄金,怎么说跪就跪呢……

可是眼下呢,即便是他再跪求父母答应他送克勤、克俭去当兵,父亲也不能像当年那样眼明手快将他扶起。想到这里,王汉坤竟然情不自禁地扑通一声跪在了王仁智、田月娥面前。

"汉坤,你这是干什么,快起来。"王仁智边说边想起身去拉王汉坤,但他的身子摇晃了一下没站起来。王汉坤见状赶紧起身,上前扶父亲重新在椅子上坐好。然后,他对王仁智、田月娥说道:"父亲、母亲,我和雅丽商量过了,想送克勤、克俭去当兵。"

"什么?你说什么?"王仁智、田月娥惊恐得一同喊了起来。

"如今日寇入侵,国难当头,我们想让克勤、克俭去当兵。"王汉坤说。

王仁智心里清楚,这么多年来,但凡是他王汉坤认定了的事,还没有哪一件是可以改变的。但是,他还是想说服他:"克勤和克俭,只去一个不行吗?"

"克勤、克俭是你们生的,却是我一把屎、一把尿带大的,"田月娥接过王仁智的话,"你们不心疼,我还心疼呢!"

"话不能这么说,"王仁智看了田月娥一看,"我想,汉坤、雅丽也和我们一样心疼。"

"不管母亲怎么说,都不要紧的。"王汉坤说,"再说,母亲也是一时心急,才这么说的。"他又转向王仁智说,"父亲,恐怕他们兄弟俩都得去。"

"这事就没有商量的余地了?"王仁智说,"汉坤啊,你说的道理我懂,先有国,后有家,皮之不存,毛将焉附,要是国都亡了,哪里还有家?可是,话又得说回来,不说天下,就说我们王家铺一带,还有那么多户人家呢,我家去一个总可以吧。"

"父亲,这不是商不商量的事。"王汉坤说,"王家铺一带的人家是不少,一家有两三个儿子、三四个儿子的人家也有的是。可是人家都在看着我们呢。"王汉坤边说边看着王仁智,"父亲还记得吧,小时候,您常给我讲杨家将的故事,说杨家保家卫国,满门忠烈。如今国家有难,我们王家就只送克勤、克俭兄弟俩上战场,比起杨家将的'一口金刀八杆枪'来说,还差远了。父亲,您说说看,我们是不是应该送他们兄弟俩去当兵?"

"是应该,只是……"王仁智看了看坐在一旁不说话,却偷偷抹眼泪的田月娥,又看了看王汉坤,"只是我们两个老家伙黄土都埋到脖子了,你和雅丽的日子还长,也该想想自己的后路。"

"父亲,您快莫这样说,"王汉坤说,"我和雅丽都希望您和母亲健康长寿,我们好孝敬二老。只是……"说到这里,王汉坤突然停住了。王仁智、田月娥同时把目光投向他,不知他接下来要说什么。王汉坤望着养父母疑虑与期待的复杂眼神,索性脱口而出:"只是如果我们当了亡国奴,不知道还有不有后路?果真到了那个时候,只怕是家破人亡了。"

听完王汉坤说的这句话,王仁智、田月娥把目光从王汉坤身上移过来,相互对视着,都不说话。他们沉默了一会儿,还是王仁智先开口:"既然你和雅丽都想好了,那你们就按你们的想法去做吧,我们知道了。"

"汉坤不孝,让父亲母亲伤心了。"王汉坤边说边向王仁智、田月娥深深地鞠躬,"谢过父亲、母亲,汉坤告辞了。"说完,他便退出了后堂东厢房。

王汉坤、赵雅丽夫妇识大体、顾大义,送王克勤、王克俭兄弟俩当兵抗日的消息,在王家铺一带产生了积极的反响。而这种反响又在这片土地上,与王汉坤这么多年组织乡民识文断字、读书识理所涵养的家国情怀产生连锁反应。因此,王家铺一带很快就出现了"父送子、妻送郎,当兵抗日上战场"的悲壮场面。家有两兄弟的,义无反顾地去一个;家有三四个兄弟的,也有不少人家的父母像王汉坤、赵雅丽夫妇那样识大体、顾大义,毅然送两个去当兵。短短几天时间,王汉坤就动员组织兵源五十五人,比县里和乡里下达给他的慕兵数多出十五人。王正波得知这一消息后,特地给青平乡乡长丁伯良打来电话,请他立即赶往王家铺去转告王汉坤,就说王汉坤为守土抗日做了贡献,他要大力表彰他。

事实上,王汉坤这么做,压根儿就没想去图什么表彰,也不是为了凑人头,而是要为抗日战场输送真正的战士。在王汉坤看来,真正的战士,不只是有血肉之躯,更重要的是有血性、有信念、有意志。他想让从王家铺出征的战士,都成为有血性的男儿、有信念的勇士、有意志的英雄。因此在新兵出征那天,王汉坤得到父亲王仁智的资助,举办了一场别开生面、隆重激奋的起誓饯行酒会。

这一天,王家铺旌旗蔽日,标语遍地,张灯结彩,锣鼓喧天,即便是大年三十,这里的气氛也从来都没这么热烈过。随着一阵接一阵的鞭炮响起,一个接一个屋场即将出征的新兵,在父母、亲友、屋场长老的相送下,兴高采烈地来到王家铺。王汉坤和青平乡乡长丁伯良,陪同第九战区二十七集团军接兵连的张连长,站在路口一一迎接他们的到来。

中午时分,起誓饯行酒会开始。王汉坤快步走上早就搭建好的讲话台,他亮了亮嗓子,大声说道:"父老乡亲们,即将出征的将士们,今天,对我们王家铺来说,是一个特别不寻常的日子。因为这一天,是我们的父老乡亲,是我们即将出征的将士开创历史的日子,也将是被我们的后人世代铭记的日子。因为这一天,我们将有五十五名热血男儿,怀着报国的雄心壮志,肩负守土抗日的担当,带着父老乡亲的殷切期望,即将奔赴保家卫国、抗击日寇的战场……"

顿时,王汉坤的声音淹没在雷鸣般的掌声之中。待掌声慢慢平息下来,王汉坤接着说道:"也是因为这一天,我们在这里饯行起誓。何为饯行?饯行就是家乡的父老乡亲,斟酒为即将远征的将士送行,虽然饯行的是酒,但有比酒更重要更珍贵的是家人和乡亲们的心,是家人和乡亲们的情,是家人和乡亲们为远征将士垒起的坚强后盾……"

王汉坤的声音又淹没在全场热烈的掌声中。掌声停了,王汉坤继续说道:"何为起誓?起誓就是即将远征的将士,当着家人父老乡亲的面,虽然说的只是话,但立的是志,争的是气。我相信,从我们王家铺走出去的男人绝不会给家人和父老乡亲丢脸,绝不会让家人和父老乡亲失望,更不会贪生怕死当逃兵。因为我们人人都是顶天立地的汉子,个个都是奋不顾身、英勇杀敌的英雄……"

全场响起雷鸣般的掌声,再次淹没了王汉坤铿锵有力的声音。王汉坤用力招了招手,示意掌声停下来。然后,他看着新兵坐的那片区域问道:"之前我教你们识文断字时,曾让你们背过爱国诗人陆游的那首《示儿》,你们还记得吗?"

"记得!"新兵们齐声回答。

"那好!"王汉坤说,"就请你们当着家乡父老乡亲的面,再背诵一遍,既作为你们的起誓,又作为父老乡亲给你们的饯行。"

这时候,那五十五名热血男儿一起站了起来,他们近似呐喊般地齐声背诵:

> 死去元知万事空,但悲不见九州同。
> 王师北定中原日,家祭无忘告乃翁。

此时此刻,王家铺起誓饯行会场人声鼎沸。

"请大家静一静,请大家静一静!"王汉坤边喊边摆手示意大家静下来,"接兵连张连长有话要说。"

张连长是东北人,他身材魁梧,一身戎装,威风凛凛。王汉坤的话音刚落,他几步就登上了讲话台。谁知他上台后并没有讲话,只听啪的一声,他立正举手,行了一个军礼;他放手稍息后,只听啪的一声,他又是立正举手,行了一个军礼;他再放手稍息,只听啪的一声,他再次立正举手,行了一个军礼。张连长一连行了三个标准的军礼,然后说道:"王家铺的父老乡亲们,我就是一个当兵的,原本今天是不想说话的,也轮不到我说话。只是因为今天的场面实在是太感人了。我走南闯北,到过很多地方征兵接兵,像今天这样的场面我还是第一次见到。所以,我有话想说。"

张连长用他军人的眼睛飞快地扫视了全场,然后接着说道:"也许乡亲们会问,那你上台后怎么不说话,却一连敬了三个礼。我想说的是,军礼是军人向他最崇敬的人表示最崇高的敬意。今天的事实说明,王家铺一带的父老乡亲,王家铺一带的热血青年,王家铺一带的掌门人王汉坤先生,都是我最崇敬的人。因此,我的第一个军礼,是给王家铺一带父老乡亲敬的;我的第二个军礼,是给王家铺一带热血青年敬的;我的第三个军礼,是给王汉坤先生敬的。"

会场里顿时响起了热烈的掌声。在张连长对大家又行了一个军礼之后,掌声才慢慢停下来。张连长继续说道:"请各位父老乡亲放心,你们的子弟到了队伍里,就像到了家里一样,我们像善待家人一样善待他们。我相信,他们将不辜负家乡父老乡亲的期望,同前方将士一道血战沙场,英勇杀敌。我还相信,前方将士将与后方的父老乡亲同仇敌忾,守土抗日,用不了多久,我们将把日本强盗赶出中国去!"

在全场雷鸣般的掌声中,张连长结束了他的讲话。他转身向走上台来的丁伯良敬了一个军礼,又向王汉坤敬了一个军礼。然后,他们的手紧紧地握在一起。

从一般意义上说,王汉坤搞的饯行起誓,或许只是个仪式。然而从实质上看,这场饯行起誓就像一团巨大的熊熊烈火,将出征战士上战场杀敌的激情燃烧起来了,将王家铺一带乡亲们守土抗日的激情燃烧起来了。

第三十六章

日寇侵占武汉后,鬼子兵分两路沿粤汉、平汉铁路攻击,向南北两翼伸展爪牙,以屏障武汉,企图侵占西南诸省,乃至重庆。如此一来,湘北的长平就成了抗敌前线。临危受命的王正波,一面亲率长平国民兵团配合国民党军队作战,沿粤汉铁路一路阻击日军,曾一度为死守湘北门户长平县城,与张牙舞爪的日军鏖战数日;一面电告粤汉铁路沿线乡村破路炸桥,迅速转移群众和粮食。

那天,王汉坤召集破路队、运输队和民兵游击队队长,正在品茗堂商议破路炸桥、阻滞日军南侵、组织乡民转移、收藏粮食财物事宜。青平乡乡长丁伯良急匆匆地跑了进来,他一进门就对王汉坤说道:"王族长,能否借一步说话。"

"丁乡长莫急,先喝口水再说。"说完,王汉坤给丁伯良递来一杯茶,丁伯良接过来一饮而尽,他用衣袖擦了擦溢出的茶水,"都火烧眉毛了,我能不急吗?"

"如果我没说错的话,"王汉坤盯着丁伯良说,"您这次来,是为了破路炸桥,组织乡民转移和收藏粮食的事。"

"王族长真是料事如神。"丁伯良说。

"这不是明摆着的事吗,"王汉坤说,"日寇来势汹汹,我百万大军都没能守住武汉,区区几万人马怎能守住湘北重镇长平,日寇破城是迟早的事。这不,我们破路队、运输队和民兵游击队的队长正在商议这事呢。"

"这就好,这就好!还是王族长未雨绸缪。"丁伯良说,"王县长说,王家铺一带铁路线长,任务艰巨。所以他特地交代,要多派人手,破路炸桥。"

"请县长、乡长放心,"王汉坤说,"我们定当全力以赴,让我们这里的粤汉铁路变成死路。"

"那就有劳各位了。"丁伯良向大家拱了拱手,"我还有事,先走了。"王汉坤出门相送,被丁伯良挡住,"你去议你的事,非常时期,不用客套。"说完,他转身就走了。

丁伯良走后,王汉坤和队长们继续议事。关于组织乡民疏散转移,收藏粮食和贵重物品,他们很快就有了定论:现在就立即着手收藏粮食和贵重物品,密切注视县城动态,一旦县城沦陷,便立即组织乡民疏散转移。关于破路炸桥的事,他们颇费了一番心思。

王汉坤说:"我们这一带的粤汉铁路长达十多里,要想全线破路,几乎不太可能。因为一是时间上来不及,二是我们也没那么多人手。大家说说看,怎么办?"

"依我看,我们选几处难抢修的地方撬掉铁轨、烧掉枕木、炸坏路基。"破路队队长王汉武说。

"这个办法好!"破路队副队长杨道志说:"我看先把青石港和李家溪上的两座铁桥炸掉。"

"我也是这个意思,"王汉坤说,"除了炸掉这两座铁桥,我们还可以选择铁匠坡、老马冲、杨家坳这三个地方破路。因为这几个地方既是弯道,又有坡度,而且路基还是用土筑起来的。这些地方一旦被我们破坏,就算小鬼子有工兵、抢修起来也很困难。"

"好!我们就照汉坤说的做,"王汉武说,"先集中力量把这几个地方的桥炸了,路破了,如果还来得及,我们再选一两个地方破路。"

"我们还要把撬下来的铁轨沉到水里,把撬下来的枕木堆起来烧掉。这样恐怕整个人力还要调整一下。"王汉坤对运输队队长杨志远、民兵游击队队长胡占山说,"眼下运输队和民兵游击队只帮助乡民收藏粮食物品,不是那么紧张,可抽部分人力协助破路队搬运铁轨枕木。"

"这个没问题。"杨志远说。

"破路队要多少人,我们游击队就抽多少人。"胡占山说。

"那我们分五个行动小组,每个小组负责一个地方。"王汉坤说完,像将军沙场点兵那样,"现在就来分一下工,我带一个组负责破坏铁匠坡那段铁路,王汉武负责炸毁青石港上的那座铁桥,罗铁山负责破坏老马冲那段铁路,杨道志负责破坏杨家坳那段铁路,张云海负责炸毁李家溪上的那座铁桥。"说完,王汉坤大声问道:"都明白了吧?"

"明白了。"大家齐声回答。

"刻不容缓。"王汉坤说,"现在请各位队长立即准备,下午就动手。"

"好!"众人领令而去。

那天下午,王家铺段十里粤汉铁路线上热火朝天,人来人往,埋炸药的埋炸药,撬铁轨的撬铁轨,抬枕木的抬枕木,挖路基的挖路基……他们把铁轨沉入青石港和李家溪的水底,把枕木在撬掉铁轨的路基上堆垒起来,把炸药埋在铁桥上。半夜时分,随着几声巨大爆炸声,两座铁桥顿时倒塌;接着一堆堆枕木熊熊燃烧,一团团火光冲天而起,把王家铺段的十里粤汉铁路照得如同白昼。

然而,尽管王汉坤和他的乡亲们不遗余力地去破坏铁路。但他们心事沉重,痛苦不已。因为在过去的岁月,他们为修建这段粤汉铁路,不知洒下多少辛劳的汗水;也就是这条粤汉铁路通车后,又不知给他们的生产生活带来了多少便利,给他们王家铺带来了多少财富。可是眼下,他们却亲手毁了它。他们从破路后的瞬间庆幸,突然变成了心痛,继而由痛变成恨,再由恨化成怒火,仿佛那一堆堆枕木燃烧的熊熊火焰。他们恨不得将他们的满腔怒火,把侵略中国、侵略他们家乡的一个个日本强盗,也像这一根根枕木都烧成灰烬。

王正波率长平国民兵团配合国民党军队激战数日后,终因敌我力量悬殊而不支,国民党军队撤退,王正波被迫率领国民兵团退至狮山、虎山、天云山一带打游击,日军攻进长平县城。然后,气焰嚣张的日军乘势长驱直入,企图南取岳阳、长沙诸城。然而,当他们的先头部队沿粤汉铁路推进到王家铺一带的时候,铁轨被撬了,枕木被烧了,路基被挖了,铁桥被炸了。铁路沿线的村子里,不光一个人影没有,而且还找不到一粒粮食,甚至连水缸一滴水都没有。

日军南侵于王家铺一带受阻,他们不得不做出调整,重新部署:留下军列、辎重、武器弹药和粮食,先头部队徒步南进;他们急忙从武汉调来工兵、铁轨、枕木、钢架,抢修铁路和桥梁;日军主力不顾国民党军队重兵防守长江南岸，改由沿长江向南进攻。因此，在一定意义上说，王汉坤带领乡亲们破路炸桥，打乱了日军的战略部署，阻滞了日军南侵进攻，为岳阳保卫战、长沙保卫战赢得了宝贵的时间。

虽说如此，但王汉坤他们守土抗日越发艰苦。这是因为他们所面临的时空情势所决定的。从时间而言他们处于抗日战争的相持阶段；从空间而言，他们又处在抗日主战场之腹地。日军"三月亡华"计划落空后，抓紧实施攻占湖南、争夺鄂西北、企图打进重庆、消灭国民政府、亡华之战略。因此，日军攻占武汉后，素有湘北门户之称的长平地区，既成了日军屯兵、补给的重要驻地和南进的屏障，又成了长沙攻守湖南正面战场北端之前沿阵地。所以，日寇对这里进行极为严厉的管制和残酷报复。他们在长平建立了二十多个据点，每个据点都有重兵把守；日军修复粤汉铁路后，青石港、李家溪铁桥桥头两端都修建了坚固的碉堡，每个桥头堡有四五个鬼子兵守护；铁路上日夜不间断地有鬼子的装甲车巡逻，若有重要军列通过，还临时调派大量日军增设护路流动哨；鬼子除了春夏秋冬四季大扫荡，还时不时到各个屋场烧杀奸掳。

魔高一尺，道高一丈。王汉坤庆幸自己从小熟读兵书，尤其喜欢研究《孙子兵法》和《三十六计》，现在终于能派上用场。他用古代兵家刚柔、奇正、攻防、彼己、虚实、主客既对立又相互转化的智慧分析推演，研究对策：敌变我变，敌攻我避，敌虚我入，敌疏我攻。有了对策，还要有人执行，而执行对策的人要有坚定的信念，不能被鬼子的嚣张气焰所吓倒。因此，他得首先把乡亲们的信心鼓舞起来。于是，王汉坤召集破路队、运输队、民兵游击队正副队长，还有王家铺一带八个屋场的保长，在岩岭胡占山的密室里开会，商议艰难残酷情势下守土抗日之策略，鼓舞乡亲们守土抗日之士气。

胡占山的密室处在岩岭密林深山的半山腰，它由一个原始山洞改建而成。洞口很小且很隐秘，即便是人们走到它的跟前，若不仔细察看，也很难发现这里有个山洞。洞口顶上有个石檐，石檐上肥沃的土壤长满了枝繁叶茂的藤条，藤条从石檐上垂落而下，遮掩洞口。进洞后是一条几米长的巷道，穿过巷道才是山洞。山洞不大，约150平方米；山洞是圆形的，洞壁和洞顶都是坚硬的岩石。胡占山发现这个山洞后，他并没花多少工夫改造它，只是找来几个石匠,凿平洞底石板,打磨洞壁石锋。然后,他在洞里放了一张八仙桌,一些桌椅板凳,一些茶具,还在洞里的左侧边、右侧边和里侧面放置了三张竹床。日本鬼子占领王家铺后,王汉坤不能再到品茗堂议事了,这个山洞实际上就成了他的议事堂,以及他守土抗日的指挥所。

"人都到齐了吧?"王汉坤问坐在他身边的破路队队长王汉武。

"都到齐了。"王汉武回答说。

"那好,我们就来议事。"王汉坤说,"非常时期,我就开门见山了。"他迅速地扫视了人群,接着说,"这段时间,大家为转移乡民、粮食和财物,破路炸桥确实出了不少力,也都很疲劳。可是我看大家刚才进山洞的样子,好像没有当初到品茗堂议事那么精神,是被小鬼子的疯狂举动难住了呢,还是被小鬼子张牙舞爪的样子吓住了?"

王汉坤问过之后,又看了看大家的神色,继续说道:"我看小鬼子的伎俩难不倒我们,小鬼子的嚣张气焰也吓不倒我们。我记得之前我要大家读书识理时就说过,凡是大逆不道的事盛极必衰。日寇发动侵华战争时,不是叫嚣三个月灭亡中国吗?结果怎样呢?中日战争打了快两年了,虽说日军攻城略地,占我不少国土。但我抗日军民浴血奋战,也消灭了他们五六十万兵力,这就使得抗日战争由敌强我弱的防御阶段,转入了势均力敌的相持阶段。现在长沙保卫战已经打响,日军战线被迫拉得很长,他们兵力分散,捉襟见肘,而我抗日军民前方奋勇抗战,后方游击武装蓬勃兴起,使日寇首尾难顾。我看用不了多久,我们的守土抗日将会实现全面反攻,把日本鬼子打回他们老家去。"

王汉坤的一番话说得大家又来了精神,他们议论纷纷,都问王汉坤接下来该怎么办?王汉坤见大家的信心又起来了,便说道:"老虎也有打盹的时候,敌人再狡猾,也难免百密一疏。只要我们大家齐心协力,办法总是有的。"

"那你说说看,我们到底该怎么干?"胡占山问道。

"怎么干?我们的老祖宗早就告诉我们了。"王汉坤说,"比如调虎离山,声东击西,等小鬼子上当了,我们再来个故伎重演。小鬼子以为上回吃了亏,这回按兵不动,我们就索性明修栈道,暗度陈仓,好好地干他一家伙。"

"好计谋!"众人齐声喝彩。

"还有呢,"王汉坤说,"敌人在明处,我们在暗处,我们故意打草惊蛇,等把小鬼子整得晕头转向了,我们再浑水摸鱼,狠狠地揍他一顿。"

"好!好!好!"众人又是一片喝彩。

中日双方长沙攻守战役打响后,粤汉铁路就成了日军运送兵源、武器、弹药和粮食的重要补给线。有一次,王正波派人给王汉坤送来消息,说日军最近有几列军火要运往长沙战场,粤汉铁路长平县城北段,由他负责破路炸军列;粤汉铁路长平县南段,则由王汉坤破路炸军列。

王汉坤接到王正波的指令后连夜行动。他精心策划,兵分三路,一路由破路队队长王汉武带人潜伏李家溪铁路桥地段,点燃炸药包闹出很大的动静,制造炸桥假象;一路由游击队队长胡占山带领民兵在牛形山地段设伏,阻击增援之敌,使小鬼子更加相信他们是要炸毁李家溪上的铁桥;一路由王汉坤自己带领破路队的精兵强将,到粤汉铁路的铁匠坡路段撬铁轨、挖枕木、毁路基。他们事先侦察到小鬼子的巡逻车差不多每隔一个时辰往返一次,便定在深夜丑时,以王汉武在李家溪制造的爆炸为号开始行动。

这天深夜,鬼子的巡逻车刚过,王汉武他们便一个接一个地引爆炸药包。听到李家溪铁桥地段一声接一声的巨响,鬼子兵以为游击队要炸桥,便调动沿线护路的鬼子兵增援李家溪铁桥的日军。当他们经过牛形山地段的时候,突然遭到游击队的阻击。胡占山带领游击队根据王汉坤面授的机宜,且战且退,为王汉坤他们破路赢得时间。破路队的队员们见护路的鬼子兵都赶往李家溪铁桥增援,便个个像猛虎一般,从铁匠坡峡谷两边的山坡上冲下路基,拔掉铆钉,撬铁轨,抬枕木,不到半个时辰,他们就撬掉了好几节铁轨。然后,他们把撬掉的铁轨,扔进峡谷不远处的水塘;将撬下的枕木堆在铁路上,浇上汽油,点火焚烧。顿时,铁匠坡峡谷火光冲天。

增援的鬼子兵冲过牛形山,赶到李家溪铁桥的时候,这里已了无声息。王汉武和胡占山带着人跑得无影无踪,他们什么也没发现,却远远看见铁匠坡那边火光冲天,龟田歇斯底里地喊叫:"大大的不好,那边出事了。"当他带着鬼子兵沿粤汉铁路赶到铁匠坡的时候,只见铁轨被撬了,枕木在燃烧,甚至连同铺有铁轨的枕木都一起烧着了。龟田气得两眼充血,他咬牙切齿地喊道:"中国人太狡猾。"

然而,他怎么也没想到接下来发生的事,更让他焦头烂额、恼羞成怒。原来,日军计划在第二天傍晚前抢修好这段被破坏的铁路,好让军火列车通过。谁知从武汉调运钢轨枕木受阻,天黑了仍没修复,而从武汉开过来满载军火的列车,不得不临时停在铁匠坡峡谷中等候。王汉坤得知这个消息后,觉得"这真是天赐良机"。于是,他立即和胡占山商量,迅速组织民兵游击队带着手榴弹、炸药包,还找来可灌装3斤或5斤的酒瓶灌满汽油,瓶口塞上棉絮,他们称这是"自制燃烧弹",赶往铁匠坡日军列车临时停车的路段。

在路上,胡占山问王汉坤,要不要像上次那样,在半路埋伏一支小分队,阻击增援的敌人。王汉坤说不用了。胡占山询问原因,王汉坤说:"即使我们在铁匠坡弄出了响动,沿路守护的小鬼子也不会过来增援。因为他们一朝被蛇咬,十年怕井绳,怕我们故伎重演而重蹈覆辙,所以不敢轻举妄动。"

果然不出所料,王汉坤、胡占山他们在铁匠坡故意弄出响动后,龟田以为游击队又在搞声东击西、调虎离山的鬼把戏,因此不派兵增派。王汉坤、胡占山指挥游击队员抓紧时机,突然冲到峡谷东侧山坡上,居高临下,对准目标,纷纷把手榴弹、炸药包和他们自制的燃烧弹投向日军军列。顷刻之间,铁匠坡峡谷一声声爆炸震耳欲聋,一团团烈焰火光冲天。游击队扔向军列的手榴弹、炸药包,又引起军列中的军火连环爆炸;扔向军列的自制燃烧弹,在涂满油漆或沥青的军列车厢上砸碎后燃起熊熊大火……

王汉坤、胡占山他们得手后迅速撤离,虽然爆炸声停止了,但军列上的大火仍在燃烧。鬼子兵不得不从附近水塘取水浇灭大火。虽说军列没被彻底摧毁,但也被破坏得差不多了。因此,龟田气急败坏,天亮之后,他带领一队鬼子兵对王家铺一带进行疯狂报复。他们丧心病狂,见人就杀,见房子就烧。幸好王汉坤未雨绸缪,早有准备,行动前就把乡邻们疏散转移到了岩岭山里。小鬼子放火烧掉了王家铺一带的八个屋场近200间房屋,惨无人道地杀害了八九个古稀老人。这些老人在疏散转移时,说什么也不肯走。他们说,即便小鬼子要杀死他们,他们也是顺头路,而小鬼子却又多欠了一笔血债,多犯下一重罪恶,那就连老天爷都不会放过他们,都要找他们清算,收拾他们这帮畜生。

第三十七章

　　守土抗日越是进入僵持阶段越是艰苦,就越要承受更大的压力,经受更多的考验,甚至是血与火、情与仇、生与死的考验。对王汉坤来说,这种压力、这种考验便接踵而至。

　　有天下午,王汉坤找到运输队副队长王汉旺,说是王正波、王宝财他们国民兵团快断粮了,他筹备了50担大米,要他从运输队挑选三十人,游击队再给他二十人,由他带队把这50担大米送到王司令的驻地。

　　"我不去。"王汉旺听王汉坤说完,把头一甩,气呼呼地说道。

　　"为什么?"王汉坤问道,"你是不是被几十里山路吓住了?"

　　"我才不是呢!"王汉旺说,"挑百把斤,走几十里山路算什么。"

　　"那是为什么?"王汉坤明知故问。

　　"你又不是不晓得,"王汉旺紧紧地盯着王汉坤,生气地说,"那次我差点被这个家伙枪毙了,还送米给他们。"

　　"话可不能这么说,"王汉坤说,"汉旺哥,我们做人不能只在乎个人恩怨,而讲的是大节,顾的是大义。"他问王汉旺:"汉旺哥,你说说看,什么是大节,什么是大义?"王汉旺抬头看了看王汉坤,然后低头不语。王汉坤对他说:"虽说他们和你我都有个人恩怨,但在日寇面前,我们都是同根同族,理应同仇敌忾,这才是大节。现在,他们也和我们一样,正在为这个国家这个民族,也是在为我们的乡民守土抗日,这才是大义。"

　　"那他们以前为什么专门残害自己人。"王汉旺嘟囔了一句。

　　"以前是以前,现在是现在。"王汉坤说,"我打个不太恰当的比方吧,过去两兄弟打架反目成仇,现在外人打到家里来了,两兄弟是不是要不计前嫌,团结起来,一致对外啊?"

　　"这……"王汉旺"这"了一声,便没了下文。

"也许这个比方打得不好,但理是这个理。"王汉坤说,"所以,他们遇到困难的时候,我们就应该帮他们一把。"王汉坤见王汉旺不再反对,便接着跟他说,"我跟你说实话吧,我们帮他们也是在帮我们自己。"

"你都这么说了,我还有什么好说的呢。"王汉旺问王汉坤道,"那我们什么时候把大米送去?"

"当然是越快越好。"王汉坤说,"要不这样吧,今天下午和晚上你去做好准备,明天一早动身。"

"好。"王汉旺说,"汉坤,你就放心吧。明天下午这个时候,我们一定把50担大米送到王司令他们驻地。"

第二天天刚亮,王汉旺的挑粮队,每人自带干粮和水,挑起一担大米就出发了。一路上,他们大步流星,几乎是一路小跑,肩上的扁担随着他们的脚步一颤一悠,脚下的路一跨一段,挑担的惯性便一下子把他们送出去好远。一路上,他们轻快的脚步声、挑担的吱呀声、说笑声和山里的鸟叫声、风吹竹林树叶的沙沙声、淙淙小溪的流水声,仿佛合奏悦耳动听的进行曲。一路上,他们走个十里八里,要是渴了累了,便坐下来喝几口水,小憩一会儿。直到中午时分,他们觉得肚子饿了,才就地而坐,吃了些干粮,喝了些水,便接着赶路。

下午早些时分,王汉旺就带着挑粮队,把那50担大米送到了王正波、王宝财他们的抗日国民兵团驻地。这时候,王汉旺和挑粮队的队员们,一个个已累得汗流浃背,大口大口地喘着粗气。

正在屋里为几千号人断粮急得团团转的王宝财,听说王家铺的乡亲们送米来了,喜出望外地从屋里跑出来。他边跑边对着挑粮队喊:"辛苦了,辛苦了!你们雪中送炭,真得好好谢谢你们。"然而,当他跑过来和王汉旺四目相对的时候,见王汉旺愤恨的眼神,他惊住了。就在这刹那,多年前他气势汹汹地要枪毙王汉旺的情景,同时在他们的眼前浮现。王宝财的眼神中,似乎有愧疚,又有理所应该,似乎有感激,也有理所当然;而王汉旺的眼神中呢,似乎有愤恨,又有无可奈何,似乎有责怪,也有情有可原。他们就这么四目相对,谁也不说话,气氛顿时紧张起来。

但在王宝财看来,毕竟当时是他要杀王汉旺,而今日又是王汉旺带着挑粮队给他们送来了救命的大米,即便是他不认为当时他要枪毙王汉旺是错的，但就今日之事，他似乎也应向人家道歉。于是，他便先开口对王汉旺说道："你们今天辛苦了，谢谢你们，请你回去转告王族长，就说王司令谢谢他。"

"该不又是黄鼠狼给鸡拜年吧？"王汉旺没好气地对王宝财说，"要是当年你把我毙了，我今天就不辛苦了。"

"你……"王宝财正想发作，又突然忍了下来。他觉得王汉旺还在记仇，心里憋着气，他想出气就让他出吧。所以，他改变了口气，对王汉旺说道："我和你前世无怨，今世无仇，我凭什么要杀你，还不是世道给逼的。"他见王汉旺没再反驳他，接着说，"现在小鬼子欺负到你我头上了，我们还是把个人恩怨先放在一边，等打跑了小鬼子再说吧。"

"你这么说还差不多。"王汉旺对王宝财说，"这50担大米，每担100斤，乡亲们勒紧裤腰带，汉坤费了好大劲才凑起来的，也是我们王家铺一带乡亲们的全部家当了。你先点个数吧，再写个条子给我，我好回去交差。"

"司务长，你过来一下，"王宝财转身对他身后那个管家模样的人说，"你清点一下数字，然后写个收条给这位兄弟。"

那个司务长领命而去。王宝财再转身对王汉旺说："进屋喝杯茶吧，让乡亲们歇歇脚。"

"不了，天色不早了，还要走好长一段夜路，我拿到条子后就往回赶。"王汉旺说。

王宝财和王汉旺说话间，司务长就清点完了。他还从50担大米中随机抽出5担过秤，每担100斤，秤杆还翘得秤砣打滚。于是，他连忙写好收条，交给了王汉旺。王汉旺收好收条，对着王宝财说了声"走了"便头也不回地带着挑粮队的乡亲们大步往回赶。

事实上，王汉坤内心深处备受煎熬的，并非守土抗日之艰难，而是与组织失去联系。大革命失败后，以王正波为首的国民党反动派在湘北实行残酷的白色恐怖统治，他们企图将共产党员赶尽杀绝。为了保护党员，保存革命实力，党的上级组织专门指示凡曾公开身份，或有可能暴露身份的党员，都要向延安或向鄂西北、鄂西南撤离了，而来不及撤离的共产党员都被国民党反动派残酷地杀害了。

王汉坤是组织秘密发展的党员。国民党反动派发动反革命政变后，知道他身份的共产党员李大中、方强之、王志刚、张亚东等人，他们在隐藏或销毁组织秘密文件后，还来不及通知王汉坤撤离就被捕了，并宁死不屈，惨死在国民党反动派的屠刀下，幸亏那天晚上，王汉坤根据李大中的指示，连夜将自己的身份资料烧毁，自己才没被当作共产党员处死。

屈指算来，王汉坤与组织失去联系快十五年了。这十五年来，虽说他坚守着他的信仰，但他仍然日思夜盼。他盼望早日与组织取得联系，更是盼望早日回到党的怀抱。抗日战争爆发后，国共两党携手合作，共同抗日。王正波义无反顾地扛起守土抗日的大旗，率领长平国民兵团破铁路、炸军列、杀日寇、诛汉奸，在敌后根据地组织反扫荡，并配合国民革命军主力英勇作战。

王汉坤原以为，王正波也能与共产党员携手合作，共同抗日。果真那样的话，党组织必然派人赶赴守土抗日之重地王家铺建立根据地，发展抗日武装力量。那么，他就可以与组织取得联系，回到组织的怀抱，为组织贡献自己的力量。谁知王正波是一个彻头彻尾的两面派，他既英勇抗日，一手对付日本人；又积极反共，一手对付共产党员。人们说他"身上的每一个细胞都是反共的"，这话说得一点也不为过。

长平乃湘北重要门户，战略地位十分重要，日军占领这里后，王正波将县政府迁至天云山，他亲率国民兵团在狮山、虎山、天云山坚持抗日，但终因其实力不够，他们根本就不能与日军抗衡。为了建立具有战斗力的抗日组织和武装，党的组织双管齐下，采取两大部署：指示八路军三五九旅南下支队和新四军第五师，派部队从鄂西北、鄂西南入湘，建立革命根据地和抗日武装，此为其一；其二，从八路军、新四军选派优秀政工干部，深入湘北建立和发展党的组织，动员和组织全民抗战。并以此两大部署配合国民党建立抗日民族统一战线。然而，王正波不仅不配合，反而不断地制造事端，阻击八路军、新四军入湘，侦缉捕杀共产党员。是时党组织从抗日大局出发，重新调整部署，指示八路军、新四军南下部队退守紧邻湘北的鄂西北、鄂西南一带，积极配合王正波守土抗战。同时，秘密派遣党的骨干潜入湘北长平地区，恢复和建立党组织，发动民众抗日。

有一天，王汉坤得知一个重要消息，日军在长沙战场吃紧，他们近期又要从粤汉铁路运送武器弹药。因此,王汉坤叫肖立仁通知破路队、游击队和运输队的几位正副队长胡占山、王汉武、杨志远、张云海、罗铁山等,到岩岭胡占山密室议事。

忽然,王汉坤派去秘密收粮的王汉旺跑进密室,王汉旺在王汉坤身边耳语了几句。王汉坤对大家说了句:"你们先商量吧,我出去有点事了再来。"说完,他就跟着王汉旺出了山洞,向洞外一处密林隐秘的地方走去。

不远处的树林里站着一个身着黑色汉装,头戴毡帽,肩挎一个蓝色布包的高个子中年人,一副风尘仆仆的样子。他见紧随王汉旺向他走来的王汉坤,便主动上前招呼道:"您就是王汉坤先生吧?"

"在下正是。"王汉坤接着说,"请问您是……"

"鄙人姓邓,名志强。"邓志强自我介绍说,"我到山里来找王先生,是为山货的事。"

"邓先生是不是找错人了,我不做山货买卖。"王汉坤说。

"只要您是王汉坤王先生,我就没找错。"

"我就是王汉坤,这倒是没错。"王汉坤说。

"那我就没找错。"邓志强说,"我可是听朋友说了你的很多传奇故事,令人钦佩。"

"邓先生过奖了,那只不过是凭良心尽本分而已。"王汉坤说。

王汉旺站在一边见他们说话就像瞎子摊局,听不懂他们到底想说什么,便对王汉坤说:"王族长,我还有事,就先走了。"王汉坤对邓志强说:"请先生稍候。"然后转身对王汉旺说:"汉旺哥,你进去跟胡队长、王队长说一声,如果大家都同意我刚才提出的办法,就让大家先各自去准备,行动时再通知大家。"王汉旺说:"你放心吧,你的话我一定转达到。"王汉旺说完,便跟邓志强打了一声招呼,转身走了。

邓志强见王汉坤回过头来,冲他意味深长地一笑,便脱口而出:"王先生不愧是'长风破浪会有时,直挂云帆济沧海'的英雄,真乃抗日义士也。"

"风尘三尺剑,社稷一戎衣。"王汉坤说,"想必邓先生也是令人景仰的抗日志士吧!"

"哈哈哈……"

邓志强和王汉坤仿佛都窥得了彼此的秘密,相视而笑。

高人过招，实则不同凡响。他们彼此如此寒暄，实际上就是在互探虚实。其实，王汉坤从见到邓志强的第一眼起，他就有十六年前第一眼见到李大中时的那种感觉。但乱世识人，攸关生死，岂能凭感觉轻率举动。可是，当他和邓志强彼此试探过后，他觉得他的感觉没有错。于是，他在和他相互试探时，还用他鹰一样的眼睛审视他面前的邓志强。他从他身上看不到丝毫的猥琐、胆怯、轻狂和狡诈的神情，倒是从他身上看到了大气、沉着、刚毅、凛然的气质，这些很像李大中。所以，他见邓志强第一眼后就有如同见到李大中一样的感觉。如果一个人不是有坚定的信仰、顽强的意志、高尚的品格，是涵养不出这种气质来的。而邓志强的这种气质比起李大中来，还似乎多了一种久经沙场而落下的沧桑感。

王汉坤心里有了底，他索性单刀直入地对邓志强说："邓先生越过日伪的重重封锁，还要躲过王某人的眼线，不顾个人安危来到山上，恐怕是醉翁之意不在酒，绝对不是山货买卖之所图，而是建立敌后抗日根据地之所为吧。"

"王先生何出此言，邓某愿闻其详。"邓志强说。

"想必邓先生比我站得更高、看得更远，"王汉坤说，"既然先生想听我的看法，丑媳妇免不了见公婆，那我就说说我的看法，以期抛砖引玉。"

"王先生过于自谦了，"邓志强说，"我早有耳闻，说先生有'苏秦之才，诸葛之慧'，所以，邓某很想听听先生对时局的高见。"

"邓先生过奖了，高见谈不上，看法倒是有的。"王汉坤说，"既然先生想听，那我就恭敬不如从命了。"

"好，邓某洗耳恭听。"邓志强说。

"国共两党于湘北长平一带建立敌后抗日根据地，形成抗日民族统一战线，非常必要，实则难为。"

"王先生果然一言中的，"邓志强说，"个中缘由，还请先生细说。"

"何为非常必要？"王汉坤说，"长平乃湘北门户，战略要地，是日寇南侵的重要通道。现在，抗日战争进入相持阶段，长沙攻守之战旷日持久。这个门户，这个要地，这个通道，将事关长沙攻守之战乃至整个抗战大局。因此，它将是敌我必争之地。"

王汉坤说到这里，见邓志强正听得入神，便接着说道："可是，这里已落入日寇之手。虽然这里也有一支抗日武装力量坚持敌后抗战,但它只是由王正波临时组建的国民兵团,后改编为国民革命军第九战区第五纵队。他们是由民团武装、乡勇壮丁、绿林好汉组成的,既缺战斗力,又缺武器弹药,难以有效牵制日寇南进,以支持长沙保卫战乃至整个抗战大局。因此,很有必要在这里建立敌后抗日根据地,组建更强大的抗日武装力量"。

"先生说得极是。"邓志强说,"那么,何为实则难为呢?"

"日防夜防,家贼难防。"王汉坤说,"日伪的重要封锁倒在其次,现在关键的问题是王正波一手坚决抗日,又一手坚决反共。他不允许共产党所领导的武装力量进入他的一亩三分地,因此,他不断阻拦、袭击、搞摩擦,将八路军南下支队和新四军第五师阻于鄂西北、鄂西南一带。在境内,王正波指使军警宪特严格盘查可疑人员,稽查捕杀共产党员。"

"他这个人既抗日,又反共,真是'成也萧何,败也萧何'。"邓志强说。

"是呀!所以有人说他是'抗日功勋赫赫,反共罪恶累累'。"王汉坤说。

"照王先生这么说来,国共两党要在这里建立抗日统一战线确实很难。"邓志强说。

"所以我说实则难为。"王汉坤说,"不仅很难,如果处置不当,甚至适得其反。因为党的组织一旦介入,王正波势必腾出一只手来对付共产党员,这样一来所产生的内耗,不光分散他的抗日精力,削弱他原本就不强的抗日力量,而且还给日寇可乘之机。所以我说,与其在时机尚不成熟时勉强介入的话,还不如维持现状,让王正波集中精力、集中力量对付日本人。"

"王先生的话果然很有见地,这事是得慎重考虑,不可轻举妄动。"邓志强说。

"再说……"王汉坤看了邓志强一眼,欲言又止。

"再说什么?"邓志强说,"既然我已和王先生坦诚相见,难道先生还有什么难言之隐?"

"再说不是还有我在这里嘛,"王汉坤看看邓志强的眼睛说,"组织上有什么指示,可以下达给我去执行。"

"这……"这次轮到邓志强欲言又止。

王汉坤知道邓志强心里的疑惑,他觉得他和他的话说到这个份上,他可以跟他说明自己的身份了。于是,王汉坤把自己如何加入组织,如何烧毁自己身份的文件,李大中等人如何被国民党反动派杀害,自己如何与组织失去联系的事实经过,简明扼要地跟邓志强说了一遍。同时,他还表示了与组织取得联系,尽快回到组织怀抱的强烈愿望。

邓志强对站在他面前的王汉坤突然肃然起敬。尽管他来岩岭是因为听了王汉坤的传说之后慕名而来,但他并不知道王汉坤就是共产党员。不过,当他听了王汉坤那些富有传奇色彩的故事之后,便对他留下了深刻印象:一个人如果不是有着坚定的信仰,充满希望,是不可能有坚强的意志的;只有一个真正的共产党员,才有如此所为。因此,无论他是不是共产党员,他来找他的目的,就是想借助于他,在这里开辟和建立党的敌后抗日根据地。既然王汉坤已经看出了他的身份和他此行的目的,并且如此信赖他,尽管当时他还无法确认王汉坤所说的自己身份的真实性,但他根据自己从组织那里所介绍的王汉坤的情况,还有刚才王汉坤对他的推心置腹的谈话与真知灼见,他应该相信他。于是,邓志强上前一步伸出双手,紧紧地握住王汉坤的手,激动地说道:"王汉坤同志,你为守土抗日做了这么多工作,我代表组织谢谢你!"

邓志强的一声"同志",让王汉坤激动不已。因为"同志"二字对他而言久违了,那还是在十六年前李大中、方强之叫过他"同志"之后,他再也没有听到过有人叫他"同志"了。今天忽然听到邓先生称他一声"同志",怎么不叫他倍感亲切、无比激动和深受鼓舞呢!

"应该的,应该的!"王汉坤激动得声音有点颤抖,"这既是组织赋予的使命,也是匹夫之责。"

接下来,邓志强告诉王汉坤说,他是八路军南下支队一个连指导员,奉组织之命到王家铺一带开辟和建立敌后抗日根据地。既然王汉坤认为目前时机尚不成熟,那么他将把他的意见带回去向组织汇报。如果组织上考虑势在必行,他将返回王家铺,并请王汉坤同志全力配合他完成使命;如果组织上考虑暂缓进行,那么请王汉坤同志一如既往地守土抗日,并积极配合王正波的抗日行动。王汉坤坚定地表示,无论组织上做出什么样的决定,他都坚决服从,并全力以赴。他们说到最后,王汉坤以一种征询的口气对邓志强说:"我还有一个请求,不知该不该提?"

"汉坤同志,你有什么要求尽管提。"邓志强说。

"能否恢复我的组织关系,我想尽快回到党的怀抱。"王汉坤说。

"你的心情我可以理解,你的要求也完全合理。"邓志强说,"不过,这起码得有证明材料或证明你身份的人,也还得经过组织严格审查,请你理解。"

"这个我懂,也接受组织的审查。"王汉坤说。

"可是,现在能证明你身份的证明材料和证明人都不在了,而且眼下抗战时局如此之艰难,恐怕组织上还一时难以抽出时间和精力审查恢复你组织关系的事。"

邓志强说到这里,见王汉坤脸上约隐约现若有所失的神情,他接着说道:"不过,话又得说回来,作为一个真正的共产党员,因受客观情势所迫一时与组织失联,又因客观情势一时难以恢复组织关系,这都不是最重要的。更重要的是作为一个真正的共产党员在这种情况下还能经受组织的考验,经受历史的考验,坚定共产主义信仰,竭尽全力为党工作。"

听着邓志强入情入理、慷慨激昂的话,王汉坤觉得释怀了,豁然开朗,脸上又露出了激奋与坚定的神情。邓志强见了,激动地对王汉坤说道:"汉坤同志,我相信,也请你相信,只要你说的情况属实,总有一天,组织上会恢复你的组织关系,你将成为党的队伍中的光荣一员。"

"好!"王汉坤坚定地说,"请你转告组织,无论能不能恢复我的组织关系,也无论何时恢复我的组织关系,任何时候、任何情况下,我始终记住自己是一名共产党员,经受任何严峻考验,为党的事业鞠躬尽瘁,死而后已。"

第三十八章

送走邓志强后,王汉坤立马着手实施他在岩岭山洞所定的破铁路、炸军列的部署。前几次,小鬼子吃过好几次亏,这次不仅派重兵守护铁路,还对军列的保护严之又严。在跟小鬼子斗智斗勇多个回合的较量中,王汉坤觉得论斗勇,他怎么也敌不过小鬼子;但论斗智,他绝对在小鬼子之上。因此,他认为这次依然是不能蛮干,只能智取,而他的智取之计,乃"出其不意,攻其不备"。

王家铺一带长达十余里粤汉铁路的地形,王汉坤了如指掌。铁匠坡路段位于两山之间,老马冲、杨家坳路段是大弯道,弯道两侧山峦起伏,李家溪铁桥路段也位于两山之间,青石港路段空旷,无任何遮挡。前几个回合,王汉坤连环巧施声东击西、调虎离山、故伎重演、暗度陈仓诸计,在铁匠坡、老马冲、杨家坳、李家溪路段扒铁路、炸军列,打得小鬼子晕头转向。

这一次,王汉坤决定从青石港路段下手。他之所以做出这个大胆的决定,是因为经过他反复的冷静分析。这次日寇军火军列经过王家铺一带的粤汉铁路,小鬼子肯定认为王汉坤他们又会从相对易攻难守的铁匠坡、老马冲、杨家坳、李家溪路段下手。所以,这里必然成为小鬼子的防守重点。而小鬼子不会想到他们会从空旷路直、两边桥头又有碉堡,相对来说难攻易守的青石港路段下手。所以,虽说小鬼子也会加强防守,但不会像那几个地段严防死守,甚至还会将桥头堡里的部分鬼子兵调往他处布防。

果不出王汉坤所料。小鬼子还真把铁匠坡、老马冲、杨家坳、李家溪铁桥这几个路段作为防范重点,并从青石港的桥头抽走部分兵力,每个碉堡只留五个鬼子兵防守。

那天夜里,王家铺的破路队和民兵游击队的队员们,就按照王汉坤的部署,人人都穿着与田埂枯黄茅草同色的蓑衣,趁夜色漆黑的时候潜伏在青石港附近。等小鬼子装有探照灯的巡逻装甲车刚过,游击队正副队长胡占山、王汉乾就各带一个小组,每个小组三个人,都是些身轻如燕、动作敏捷的高手。他们神不知鬼不觉地分别爬到桥头的碉堡脚下,以迅雷不及掩耳之势把事先准备好的炸药包、手榴弹从碉堡瞭望孔里塞进去,然后飞快地滚下路基,消失在黑暗里。

"轰隆隆、轰隆隆……"

随着几声震耳欲聋的巨响,王汉坤便带着破路队冲上青石港铁桥,他们飞快地撬下两根铁轨,扔进桥下水中,然后埋好炸药,点燃导火线,飞快地跑下铁桥,消失在茫茫夜色中,接着又是一阵火光冲天,几声轰隆巨响。

等小鬼子看到一阵阵火光、听到一声声巨响赶过来的时候,两个桥头堡里的鬼子兵已被炸死,青石港铁路桥已被破坏,而王汉坤带着破路队和民兵游击队早已越过那片空旷地带,消失在岩岭的深山密林中。

也就是王汉坤策划的这次破路炸桥行动,再次引起小鬼子的疯狂报复。

事实上,王汉坤早就料到,他们破路炸桥后小鬼子必然会进行疯狂报复。但因怕引起小鬼子的怀疑,坏了他的大事,所以他们在破路炸桥之前并没有组织乡民转移。在王汉坤看来,他们在破路炸桥之后,小鬼子必然先要修复抢通铁路,一时半会儿还腾不出手脚来对付他们,这便给了他组织转移乡邻们的时间。所以,那天晚上他们破路炸桥之后,王汉坤带着肖立仁秘密通知下去,趁小鬼子抢修铁路之机,组织乡邻们向岩岭山里转移。

第二天天刚亮,王汉坤就和肖立仁一起,围着王家铺一带的八个屋场跑了一圈,督促乡亲们"快点到山里躲起来"。他们跑完最后一个屋场后,王汉坤吩咐肖立仁,要他赶回山里帮助汉乾伯、汉武伯、汉旺伯他们安置乡邻,他要赶去赵家畈,叫王诗怡先别回来,再到外婆家住几天。可是,就在王汉坤要去赵家畈的时候,王文远急匆匆地向他边跑边喊:"汉坤,你等一等,有急事。"

王汉坤连忙转身迎着王文远快步走来,大声问道:"出了什么事,看把您急成这样。"

"王家新屋和王家大屋又有……又有几个老人不肯进山。"王文远上气不接下气地说。

"您就没跟他们说,上次罗家畈、杨家坳几个屋场的老人也是不肯进山躲兵,结果被小鬼子杀死了。"王汉坤说。

"我说了,可他们就是不听。"王文远觉得有点委屈地说。

"他们开始是愿意进山的,怎么又忽然变卦了呢?"王汉坤像是自言自语,又像是问王文远,"他们跟您说什么没有?"

"说了。"王文远说,"他们跟罗家畈、杨家坳那几个老人的说法差不多,说他们反正七老八十了,死也是顺头路,要是小鬼子不放过他们把他们杀了,那这帮罪孽深重的畜生也会遭天谴的。"

"怎么会这样?"王汉坤对王文远说,"走,我们赶过去再劝劝他们,一定要让他们进山躲起来。"

"您不去赵家畈了?"站在一旁的肖立仁问王汉坤道。

"先去王家大屋和王家新屋,回头再去赵家畈。"王汉坤匆忙地回答。

"要不我去赵家畈送信吧?"肖立仁问道。

"不了,你还是去山里帮他们吧!"说完,王汉坤便跟着王文远赶往王家大屋和王家新屋。

赵雅丽的母亲汤玉兰病了些时日了,她和王汉坤商量后,便叫他们的女儿王诗怡前去照料外婆。于是,王诗怡到赵家畈也有些日子了。王汉坤他们策划破路炸桥的那天,王诗怡托人捎信到王家铺,说是外婆的病好多了,第二天她就回家了。

自从王诗怡出落成亭亭玉立、美若天仙的大姑娘之后,王家铺一带的人们就对她的美貌赞赏有加,总喜欢拿她和她的母亲赵雅丽相比,说她像她的母亲一样,有着明亮清澈的眼睛,饱满柔软的红唇,娇俏玲珑的瑶鼻,微微泛红的粉腮,还有嫩白光滑的肌肤,丰满匀称的身材。只不过是由于从小受诗书礼乐的陶冶,又经王家铺一带农商文化熏陶,以及风雨沧桑岁月的洗礼,王诗怡除了有着像她母亲赵雅丽那样文静典雅、温柔善良的气质,还涵养了像她父亲王汉坤那种自信刚烈、倔强果敢的性格。

外婆的病刚刚好,王诗怡就急着要回王家铺,是不是想急于见到多日不见的父亲、母亲、爷爷、奶奶呢?当然是,但又不全是。因为她急于想见的还另有其人,这个人便是肖立仁。

王诗怡和肖立仁同年,但肖立仁大她月份,所以王诗怡叫他立仁哥。五年前,王汉坤在青石港堤上救回柳月琴和肖立仁母子,并把肖立仁安顿在品茗堂,边当伙计边识文断字,还跟着王汉坤学习算盘和书法。虽然肖立仁不像王诗怡那样,从小就跟着父母读书习字,但他天资聪颖,且又勤奋刻苦,几年下来也熟读诗书,打得一手好算盘,写得一手好字,也算上是算写俱全样样能。尽管他不能与王诗怡相比,但他的努力还是令王诗怡刮目相看。更何况肖立仁到品茗堂当伙计后,他们几乎是朝夕相处,成了青梅竹马、两小无猜的儿时伙伴。

随着时间的推移,肖立仁已长成高大英俊的少男,王诗怡也长成貌若天仙的少女。因此,当他们情窦初开的时候,彼此都把对方作为倾慕的对象。他们总想相见,像儿时那样朝夕相处,但他们又害怕相见。而只要他俩相

守望

见,他们的心就紧张得像打鼓似的,突突地跳个不停。接下来,便是肖立仁的脸涨得通红,王诗怡的脸上飞出朵朵红晕;肖立仁手足无措,扭扭捏捏,王诗怡犹如琵琶,羞羞答答……尽管王诗怡和肖立仁没有花前月下,更没有海誓山盟,但他们的心早已在一起了。

这一切当然躲不过王汉坤、赵雅丽和柳月琴的眼睛,因为他们都是过来人。肖立仁和王诗怡萌生的儿女之情,王汉坤和赵雅丽自然是甚感欣慰,柳月琴更是喜上眉梢,只是眼下兵荒马乱,且肖立仁和王诗怡也还没到非得谈婚论嫁不可的年龄,所以他们并不急于提起这桩婚事。但他们对这对金童玉女天造地设、情投意合的婚姻充满期待与憧憬。然而,谁承想,一场突如其来的变故,夺去了王诗怡这个花季少女怒放的生命。

那天早晨,王诗怡一副兴高采烈的样子。她和外公、外婆一起吃早饭的时候,喜形于色地说:"外公、外婆,吃完早饭我就回去了。"外公赵文景突然停住筷子:"怎么就要回去了,留在这里玩两天吧。"他看了看王诗怡,接着说:"这些天你外婆病了,我也没下湖打鱼,我今天就下湖去打你喜欢吃的桂花鱼,你吃了鱼再回去吧。"王诗怡说:"谢谢外公,我还是想回去。"外婆汤玉兰放下碗筷,她以一种娇嗔中带着疼爱的口气:"你是烦外婆了,还是外婆这里的饭不好吃床不好睡啊?""哎呀!外婆,"王诗怡在汤玉兰面前撒起娇来,"外婆好,外婆这里的饭好吃、床好睡,还好玩,只是我也想父亲、母亲了,还有爷爷、奶奶。"汤玉兰突然以一种异样的眼神看着王诗怡,意味深长地对她说:"是不是也还有别的什么人啊?"汤玉兰的一句话,说得自己和赵文景相视而笑,王诗怡却羞得脸都红了,她嘟囔一句"外婆真是的",便放下碗筷跑开了。

王诗怡轻快地走在回王家铺的路上,就像一只快乐的小鸟自由地飞翔。一路上,她一遍又一遍地回味她和外公、外婆一起吃早饭时外婆跟她说的那句话,心里甜蜜蜜的。是啊,她不光有些日子没有见到亲人,也有好些日子没有见到肖立仁了;她想亲人,也想立仁哥。她就这么一路走,一路想,一路想,一路走。突然,天空中一团团乌云朝她的头顶碾压过来,遮住了太阳,远处还不时响起几声闷雷。"要下大雨了",王诗怡加快了脚步,近似小跑般地来到了王家铺的村口。

快到家了,王诗怡急迫的心突然紧张起来。然而,被眼前的情景惊住了,王诗怡觉得异常,铺上静悄悄的,竟然见不到一个人影。往日铺上附近有人耕作的田地里也空无一人,平时人来人往进出王家铺的路上,连一个人影也见不到,倒是离王家铺不远处的粤汉铁路上,多了不少荷枪实弹的鬼子兵。

"不好了",王诗怡觉得不对劲。于是,她急中生智,意识到她现在不能回家了,只能再回赵家畈。可是,当她转身准备原路返回的时候,突然从村口放船的棚子里冲出几个鬼子兵,挡住了她的去路。王诗怡猛然转身想逃跑,却被一个鬼子兵抓住了她的手臂,她拼命地挣脱,那两个一同冲出来的鬼子兵嬉皮笑脸地跑上来,帮着这个鬼子兵死拽硬拖地把王诗怡拖进了放船的棚子。无论王诗怡怎么哭喊,也无论王诗怡怎么拼命挣扎,这几个鬼子兵一边露出狰狞的面目,发出淫荡的笑声,一边把王诗怡按在地上,撕去她的衣服……

突然,一道道令人毛骨悚然的闪电划破放船的棚子,一声声令人胆战心惊的巨雷在天空炸响,接着瓢泼似的大雨倾盆而下。那几个鬼子兵满足兽欲后,叽里呱啦地说着如何处置王诗怡,然后,这几个畜生狂笑着扬长而去。

王诗怡挣扎着爬起来,她完全变了一个人。只见她面色惨白,披头散发,两眼充血,目光呆滞,她的衣服多处被扯破,身上到处是一道道伤痕,伤口深的地方鲜血直流。王诗怡全然不顾这些,她摇摇晃晃、跌跌跄跄走出棚子,走在暴风雨中,任凭狂风卷起无情的雨鞭抽打她的全身。此时此刻,即便是风再狂,也吹灭不了她的怒火,即便是雨再大,也洗刷不了她的屈辱。毫无人性的鬼子兵残暴地夺走了她的贞操,就等于夺走了她的生命,夺走了她的全部。因为对王诗怡来说,她的贞操比她的生命还重要。她的贞操只属于她,属于她心仪的立仁哥。她只有去死,才能维护她的尊严,守住她的贞节;她也只能以她的死,来控诉连老天爷都怒吼谴责的这帮畜生的罪恶。可是,一想到死,王诗怡不禁泪流满目、仰天号啕。如果她死了,她就再也不能承欢于把她当作掌上明珠的爷爷、奶奶膝下;如果她死了,她就再也不能行孝于视她为宝贝女儿的父亲、母亲堂前;如果她死了,她就永远也不可能和立仁哥花前月下、举案齐眉了。

站在港堤上的王诗怡,透过模糊的泪眼,望着平缓从容西流的港水。她知道,港水流向外公、外婆居住的青泥湖,她忽然想起了外公、外婆。小时候,甚至当她成了十四五岁的少女,她经常跟着外公的船去打鱼,去看荷花,去摘莲蓬,去采莲藕……这些记忆,使王诗怡突然想起《爱莲说》中的话:"予独爱莲之出淤泥而不染,濯清涟而不妖……莲,花之君子者也。"

她还想起了父亲教她读《爱莲说》时跟她说的话,莲花是花中品德高尚的君子,做人就应像莲花一样,成为芸芸众生中的君子。

这时候,王诗怡再一次意识到,她不能为了苟且偷生,去亵渎她的贞操,她的圣洁之体,她的莲花之爱,她的君子之求。除了以她的生命去守护她的贞操、她的圣洁、她的爱和她的品德,她别无选择。永别了,父亲、母亲;永别了,爷爷、奶奶;永别了,外公、外婆;永别了,亲爱的立仁哥。王诗怡嘶哑地一声声泣血呼喊之后,她再也没有犹豫,便纵身一跃,跳下了青石港。

第三十九章

王汉坤在王家大屋和王家新屋好一顿苦口婆心,才把几位老人说通,他们跟着转移的乡邻们一起进了山里。王汉坤这才急忙冒着倾盆大雨往赵家畈赶,当他赶到赵家畈的时候已近中午。

岳父母赵文景、汤玉兰,见王汉坤淋得像落汤鸡似的匆匆跑来,不知出了什么事,心里猛然一惊。王汉坤一改往日礼道,只是简单地跟岳父母问了声好,便急切地问道:"诗怡呢?"岳父赵文景说:"她吃过早饭就回去了。""怎么,你没见到她?"岳母汤玉兰抢过赵文景的话说。王汉坤说:"没有啊,难道是她回了王家铺,我和她错过了?"他说这话的时候,突然产生一种不祥的预感,使他变得心慌意乱起来。即便是之前他组织乡民开展反帝爱国斗争,这次组织乡民守土抗日,无论遇到多么艰难凶险的事,他似乎都没这么心慌意乱过。

"你来的时候没经过王家铺?"赵文景的话止住了王汉坤瞬间的恐慌。

为了不让岳父母觉察他内心的惶恐不安,王汉坤镇定下来,从容地回答说:"没有,我是从王家新屋直接过来的。"汤玉兰说:"这孩子,是不是回王家铺了?"王汉坤说:"那我赶紧回去看看。"赵文景说:"都到吃饭的时候了,你吃了饭再去吧。"汤玉兰也说:"再急也要吃饭,还是等吃了饭再去。"王汉坤说:"不了,请岳、父岳母多保重! 我走了。"说完,王汉坤拔腿就往王家铺跑。

为了躲避鬼子兵的视线,王汉坤绕道从王家铺的后山,悄悄地摸到铺上东头的自家茅屋。他里里外外找了个遍,没有发现王诗怡的影子。他只好从茅屋后竹林,偷偷地溜进品茗堂仔细找了一遍,还是没有王诗怡的踪影。王汉坤的不祥预感越来越强,但他又突然想起,莫不是这孩子已经进山了。因为在王汉坤眼里,王诗怡绝对是冰雪聪明,她回到铺上后见铺上空无一人,便已经知道像上次一样,鬼子又要扫荡了;同时,她也知道王家铺的人都躲在哪里。于是,她便进山找他和她母亲,还有她爷爷、奶奶去了。

可是,等王汉坤赶到岩岭山里,谁也没有见到过王诗怡。赵雅丽顿时吓得魂都没有了,身子瘫软下来,呆坐一旁伤心流泪。柳月琴和肖立仁心急如焚,肖立仁转身就要出山去找人,被王汉坤一把拦住。王汉乾、王汉武、王汉旺等人一齐跑过来,他们要出山分头去找人,也被王汉坤拦住。肖立仁急得直跺脚,他对着王汉坤喊道:"伯父,再不找就来不及了。"王汉坤说:"你以为我不想去找吗? 我跑了一大圈,该找的地方都找了,你上哪里去找? 现在到处都是鬼子兵,你出去就是送死。"

"我不怕死,我要去找!"肖立仁说。

"我晓得你不怕死,"王汉坤说,"但你也不能无谓地去送死。你去了,我怕诗怡的人找不回来,反而还会把你的命也搭进去。"

"那就这么干等着?"肖立仁说。

"只能这么等着。"王汉坤说。

其实,王汉坤又何尝不想去找他的宝贝女儿,只要能找回王诗怡,哪怕是在王家铺一带翻个底朝天,哪怕是让他去送死,他也心甘情愿。只要他不阻拦,肖立仁、王汉乾、王汉武、王汉旺他们,还有更多的乡亲们,也会像拉网似的,把王家铺一带找个遍,活要见人,死要见尸。可是,从他跑到岩岭山里仍然没有发现王诗怡的踪影,他就认为她是凶多吉少了。而在他来山里的时候,发现小鬼子正在向这一带增兵,眼看鬼子兵就要展开疯狂的报复性扫荡。在这个节骨眼上,只要有人出山撞在小鬼子的枪口上,那就是死。因此,他绝不允许任何人出山找人,他自己也绝对不能去送死。这倒不是因为他怕死,而是他的命已经不属于他自己,而是属于乡亲们,属于组织,属于他守土抗日的使命。他已无权决定自己的生死,因为他要对成百上千的乡亲们的生命负责。是他动员和组织乡亲们守土抗日,一次又一次领着乡亲们破路炸桥,打击日寇,触怒了日本人,引起小鬼子的疯狂反扑,使乡亲们几乎天天都处在生死关头。所以,王汉坤所担忧的不只是他女儿的安危,他家人的安危,还有众多乡亲的安危。如果鱼和熊掌不可兼得,那么,他宁可放弃女儿和家人的安危,选择守护乡亲们的安危。

　　王诗怡失踪的第二天,日本鬼子就抢修通了粤汉铁路,然后调集兵力对王家铺一带进行报复性扫荡。由于乡亲们都转移了,那七八个屋场,个个都空无一人。鬼子兵见抓不到人,便把乡亲家里的鸡、猪、牛,还有带不走的粮食一扫而光,然后放火烧屋。这帮惨无人道的家伙,一直折腾到下午。由于长沙战事吃紧,他们才仓皇地撤走。鬼子兵一撤走,乡亲们陆陆续续地从山里赶回来,抢救正在燃烧的大火,修复被损毁的房屋。望着浓烟四起、满目疮痍的屋场,乡亲们心里充满怒火,他们对日本鬼子恨得咬牙切齿。一些老婆婆,她们拖出砧板鱼刀,一边剁一边呼天喊地:"天啦,你何时收拾这帮该天杀的畜生!"

　　王汉坤、肖立仁、王汉乾、王汉武和王汉旺他们,顾不上修复被损毁的房屋,四路寻找王诗怡的下落。他们苦苦地找了一夜,直到第二天上午,他们回到品茗堂碰面时,仍然没有王诗怡的任何消息,好像她突然人间蒸发了似的。

　　品茗堂的东厢房里死一般地寂静,寂静得令人恐怖,令人窒息。王诗怡活不见人,死不见尸。肖立仁、王汉乾、王汉武、王汉旺他们焦躁不安,茫然失措;一向足智多谋的王汉坤,此时此刻,也一筹莫展。他在痛苦地分析一个又一个可能,又在痛苦地排除一个又一个可能。不敢往下想,也不敢相信,诗怡被该天杀的鬼子兵畜生蹂躏后杀人灭迹,或诗怡不甘鬼子兵凌辱之辱跳了青石港,随雨水暴涨的港水漂流到青泥湖……

　　"走,我们赶快去青泥湖找找!"王汉坤突然一声大喊。

肖立仁、王汉乾、王汉武、王汉旺猛然惊醒，夺门而出，向外跑去。他们刚跑到大门口，与一个跌跌撞撞跑进来的老者撞到了一起。他们定睛一看，与他们相撞的居然是王诗怡的外公赵文景，大家像突然明白了什么似的，不禁大惊失色。

"汉坤，诗怡她……她……"赵文景悲伤得哽咽着，泣不成声。

王汉坤扑通一声跪在赵文景面前，他痛苦地说："岳父，是汉坤该死，没有照顾好诗怡。"赵文景用颤抖的双手，想去扶王汉坤起来，王汉坤推开了他的双手，急切地问道："诗怡她怎么啦？她在哪里？"赵文景拼命止住哽咽，泪流满面地说出了他发现王诗怡的经过。

那天早上，已经好些日子没有下湖打鱼的赵文景早早地起了床，他想下湖打些鱼虾，一则给妻子汤玉兰补补身子，二则给铺上送些来，因为诗怡到畈上照顾外婆好多天，连口新鲜的鱼都没吃上。赵文景匆匆忙忙地吃过早饭就下湖了，他一下湖就驾轻就熟地把渔船划向青石港与青泥湖的入口处。这里有个回水湾，水活鱼多。忽然，赵文景发现回水湾的水面上好像漂浮着一个人。他以为是有人落水了，救人要紧，于是便用力向前划去。漂浮在水面上的人面部已经浮肿，衣服破烂不堪，那人好像他的外孙女王诗怡。他不相信自己的眼睛，使劲地揉了揉双眼，再定睛一看，果真是他疼爱的外孙女。他两眼一黑，差点栽倒在回水湾。"天哪，诗怡，怎么是你啊？！"赵文景哭喊着，他极力镇定自己的情绪，把船划到她的身边。赵文景把王诗怡的遗体抱上了船，他一边悲痛得伤心落泪，一边奋力地逆水把船划向王家铺。

王汉坤、肖立仁、王汉乾、王汉武和王汉旺听说后拼命地向村口跑去。青石港的码头，就在村口的西边，王诗怡就是在码头的港堤上跳港的。王汉坤他们跑到赵文景的渔船边，眼前的惨状令他们撕心裂肺。往日青春靓丽、聪颖乖巧的王诗怡，转眼间却成了一具通体浮肿的尸体。王汉坤只觉得天旋地转，脑袋嗡嗡作响，像是要炸开似的。他大喊一声："诗怡，我的孩子！"便一头栽倒在渔船边。王汉乾、王汉武、王汉旺顿时泣不成声，肖立仁一下跪倒在渔船边，然后猛然站起来跳进船舱，抱起王诗怡的遗体跑向王家铺。王汉乾和王汉旺赶紧扶起王汉坤，跟着肖立仁向铺上跑去。

肖立仁抱着王诗怡的遗体，没有跑进品茗堂，也没有跑进她生前住的那厢茅草屋,而是径直跑向自家的茅草房。他从见到王诗怡遗体的那一刻起,从她遍体鳞伤的遗体,破烂不堪的衣服,就知道发生了什么。而他的心告诉他,王诗怡是为了他而跳下青石港的。此时此刻,他觉得他抱的不是王诗怡的遗体,而是他可爱的新娘。他要抱她去的地方,不是棺木,不是灵堂,不是墓地,而是他和她的新房,他和她的婚床,他和她幸福的天堂。肖立仁把王诗怡的遗体平平整整地放到他的床上,再从床头的木柜里找出一块红布,盖在王诗怡遗体的头上。然后跪在床下,对着王诗怡的遗体拜了三拜。他泪流满面,两眼又似乎喷射愤怒的火焰;他愤然起身,跑进堂屋操起钎担,口里喊道:"这帮狗日的畜生,老子今天跟你们拼了!"便向外冲去。

"你给我站住!"王汉坤大声吼道,"死了一个你还嫌不够吗?"

王汉坤的这一声吼,让王汉乾、王汉武、王汉旺惊呆了。他们都活了四五十岁,还是头一回听到王汉坤如此怒吼。肖立仁也吓得一下怔住了,拿着钎担像根立柱立在那里。

赵雅丽看到她的掌上明珠诗怡遗体的时候,当即晕厥在失声痛哭的柳月琴的怀里。田月娥见状一口气上不来,便跟着她的宝贝孙女去了。王仁智痛失乖巧孙女,又顿失贤妻,不禁老泪纵横,只觉眼前昏天黑地,便一头栽倒在地,不省人事。王汉坤一家,王家铺一带,沉浸在白发人送黑发人的悲痛之中。

悲痛总是力量的源泉。严峻的守土抗日现实,不允许王汉坤,不允许肖立仁,不允许王家铺人,就这么沉浸在悲痛中。他们必须从悲痛中走出来,化悲痛为力量,去迎接新的战斗。

是时第三次长沙会战在即,王汉坤得到消息,日军向岳阳方向集结兵力,企图攻占长沙。尽管日军有水路、陆路和空中运输通道,但粤汉铁路仍然是他们主要的兵力和武器弹药运输线。因此,破路炸桥,阻滞日军兵力集结,切断他们的补给线,依然是他守土抗日、支援长沙保卫战的历史使命。

可是,前几次接二连三地破路炸桥炸军列,小鬼子既摸清了他的套路,提高了警惕,又加强了防范。如何才能完成这一使命呢?王汉坤陷入了冷静的思考。他以为,小鬼子对他的声东击西、调虎离山肯定有了防备,他们再也不会上当了;铁匠坡、老马冲、杨家坳、李家溪那几处易攻难守路段,肯定是日本兵防守的重点;青石港铁路桥这个地方,视野开阔,又在小鬼子的眼皮底下,而他王汉坤刚在这里破路炸桥,尽管小鬼子也加强这里的戒备,但他认为小鬼子以为他不会再从这里下手了。所以,虽然鬼子兵加强了戒备,但此处不会是他们防守的重点,他仍然可以从这里下手。

于是,王汉坤像个运筹帷幄指挥千军万马的将军,他在脑子里反复推演他的破路炸桥之计。这一次,他要对小鬼子来个瞒天过海、突然袭击。深思熟虑之后,王汉坤兵分两路,一路由王汉乾、王汉旺负责,在王家铺大办丧事,迷惑小鬼子,以转移日本兵的注意力,一路由王汉武、胡占山负责,周密部署炸毁青石港铁路桥的行动。

"我也要参加。"肖立仁坚决地说。

"你还小,就别凑这个热闹了。"王汉武劝阻他说。

"汉武伯,您就别拿漏斗看人,把我看小了。不信,我和您比试比试。"

肖立仁再三请求,王汉坤才让他参加破路炸桥行动。

王汉乾、王汉旺他们很快就在王家铺品茗堂前的地坪搭设了灵堂。他们大张旗鼓地大操大办,号称要用三天三夜的时间,为死者的亡灵超度。因此,灵堂刚刚搭设,王家铺一带前来奔丧吊唁的男女老少,便接踵而至,川流不息;有的肩上扛着红白两色纸幡,有的身穿白色孝服,有的腰系麻布片;白天,灵堂前地坪上的纸幡随风吹动,爆竹、哀乐、哀号随风飘荡;夜里,他们在这里唱夜歌、做道场、哭灵,以隆重的葬礼祭奠亡灵。

然而,就在第二天子夜时分,正当小鬼子以为中国人愚昧落后暗自发笑的时候,王家铺两路人马根据王汉坤事先的周密安排,以三声铳响为号同时行动。灵堂这边,王汉乾点燃手中的三眼铳,"嗵、嗵、嗵",随着三声铳响,早已潜伏青石港铁路桥东西两侧桥头碉堡暗处的王汉武、胡占山、肖立仁、杨道志他们迅速爬到碉堡底下,然后猛然跃起,点燃即将爆炸的炸药包,塞进碉堡里。肖立仁更是机灵勇猛,他一手夹住一个炸药包,冲上东侧桥头碉堡,一同把两个炸药包塞进了碉堡。"轰隆、轰隆……"几声沉闷炸响之后,王汉武、胡占山、肖立仁、杨道志他们又迅速冲上铁路桥,把随身带的手榴弹一个接一个放在铁轨下,然后一个接一个地拉弦,"轰隆、轰隆……"一连串的巨响过后,张云海、罗铁山带着游击队和破路队冲上铁路桥,撬掉炸松的铁轨和枕木。他们把撬掉的一节节铁轨和一根根枕木,扔进桥下的青石港。

这一节节铁轨,一根根枕木,仿佛一个个花环,一曲曲哀乐,一声声哀号,祭奠饱含屈辱从这里跳进青石港的王诗怡。

而品茗堂前地坪里依然是爆竹声声,灵堂里依然是哀乐声声。王汉武、胡占山、肖立仁、杨道志他们炸桥之后,又带着鸟铳、步枪和手榴弹,迅速赶到灵堂四周埋伏起来,以防小鬼子前来报复。其实,王汉坤已经算到,小鬼子是不会贸然前来报复的。一则是因为他们兵力不够;二则是因为他们担心再中调虎离山之计,所以不敢轻举妄动,但王汉坤还是以防万一,才做如此部署。事实上,那天夜里,小鬼子已是焦头烂额,即便是他们想来王家铺报复,但也顾不上了。天亮之前,王汉坤就安排大家悄无声息地将灵柩抬到墓地下葬,然后带着乡亲们转移到岩岭山里,留下那座空空荡荡的灵堂给日本人。

第四十章

长沙保卫战胜利的消息传来,给失去爱女和慈母,仍然沉浸在悲痛中的王汉坤以慰藉,以鼓舞,也给王家铺人增添了守土抗日的信心。尽管前后三次长沙会战歼灭日军十一万多人,但我中国军队也伤亡将士九万多人。而在这九万多将士中,就有王汉坤和赵雅丽的两个儿子。

三年多前,王克勤和王克俭兄弟俩得到父亲王汉坤、母亲赵雅丽的允许和鼓励,义无反顾地投军,奋不顾身地征战沙场。天时地利似乎把王汉坤和王克勤、王克俭父子仨,与三次长沙会战结下不解之缘。王汉坤在后方组织乡民破路炸桥,阻滞日军南进,以支援长沙保卫战;他的儿子王克勤、王克俭在前方正面阻击日军,以血肉之躯阻挡南犯之敌,保卫长沙。他们父子三人共同演绎着守土抗日的英雄赞歌。

王克勤、王克俭从小就跟着父母识文断字,自然是知书达理。而父母常跟他们讲述戚继光、岳飞等精忠报国的故事,更是锻铸了他们的忠义之魂。

因此，他们兄弟俩投军后，只经过为期不长的严格军事技能训练，就成了军中骁勇善战的佼佼者。在一次又一次的长沙保卫战中，王克勤、王克俭兄弟俩，随同所部将士，在赣北修水和湘北新墙河一带，浴血奋战，英勇阻击企图进攻长沙的日军。他们兄弟俩屡立战功，接连晋升：哥哥王克勤由一名普通战士，晋升为中国革命军第九战区某集团军先锋独立营营长；弟弟王克俭也由一名普通战士，晋升为这个集团军某部尖刀连连长。

然而，难道英雄的命运就非得由宿命的魔咒主宰不可？就在第三次长沙保卫战打得最惨烈的阶段，王克勤、王克俭兄弟俩先后战死沙场。那是在赣北修水战场，策应湘北作战的日军混成旅，来势汹汹地向王克勤率领的独立营阵地发动猛烈进攻，王克勤率领所部坚决还击，打退日军一次又一次的进攻，鬼子兵在他们阵地前一片接一片地倒下。突然，王克勤身边的机枪手被打死，只见他连忙端起机枪，对着冲上来的鬼子兵一阵狂扫，鬼子兵一个接一个地倒在他的枪口下。这时候，一个鬼子兵的狙击手瞄准了他，等他身边的警卫员发现并扑向他的时候，为时已晚，鬼子兵的子弹已射入他的胸膛，王克勤壮烈牺牲。

王克俭则率领尖刀连，奉命随部在湘北新墙河南岸阻击日军。日军第十一集团军的三个师、三个支队和一个旅，在空中飞机的支援下，三番五次强渡新墙河。但新墙河南岸中国军队顽强阻击，新墙河下游亦因降暴雨而水位上涨。狡猾的日军派出一支快速反应部队绕道到新墙河上游，配合工兵抢搭浮桥。王克俭接到阻止日军架桥的命令后，带领尖刀连往新墙河上游飞奔而去。当王克俭他们赶到那里的时候，日军工兵已将浮桥架到了河中间。

日军选择架设浮桥的地方，南岸是一片开阔地带，没有任何物体可作掩护，北岸则有山头、岩石、树木可作为掩体。日军发现飞奔而来的国民党军队，便疯狂向新墙河南岸扫射。顿时，密集的子弹像雨点一样向王克俭他们打过来。"卧倒，给我狠狠地打！"随着王克俭一声令下，机枪、冲锋枪和步枪一齐向浮桥射去，一个接一个的手榴弹飞向浮桥。正在架桥的日军工兵不是被打得落入水中，就是被炸得血肉横飞，架到河中间的浮桥也散架了。气急败坏的北岸日军，用迫击炮猛轰王克俭他们尖刀连所在的南岸阵地，这一下，王克俭他们尖刀连不光伤亡惨重，而且火力也给压制住了。北岸日军又派出一批工兵抢架浮桥。

王克俭猛然翻身,掀掉压在身上的厚厚的浮土,端起机枪冲到河边。随即,他的身后又有十几个士兵端着冲锋枪,跟着他一起冲向河边。他们对着刚冲上来抢架浮桥的日军工兵一顿猛射,又把这些工兵打得一个不剩,全部葬身水底。对岸的鬼子兵突然集中轻重机枪、步枪、迫击炮等全部火力,一齐向王克俭他们压过来。王克俭倒在了血泊中,他身后的十几个战士也倒在了血泊中……

王家铺离长沙数百里之遥,加之战事吃紧,湘北又是日军占领区,所以在长沙会战开始一段时间后,几经辗转,青平乡乡长丁伯良才秘密地把王克勤、王克俭兄弟俩的阵亡通知书送到王汉坤手里。

尽管王汉坤从执意送两个儿子当兵的那刻起,就有了他们随时随地战死沙场的心理准备,但当他接到两个儿子阵亡通知书的时候,他仍然悲痛欲绝,泪水夺眶而出,只觉得眼前发黑,身子摇摇晃晃站不稳。丁伯良上前一把将他扶住,他才没有倒下去。丁伯良想安慰王汉坤,可他张了几次嘴,没说出话来,因为他不知道说什么好。此时此刻,即便是再好的言语,也会显得苍白无力。与其老生常谈,还不如缄默不语。

丁伯良就这么搀扶着他静静地站了一会儿。王汉坤忽然推开丁伯良,挺了挺身子:"有劳乡长了。您还有事,您先去忙吧。"丁伯良说:"那我就先走了,王族长,您一定得挺住。"王汉坤说:"您就放心吧,您好走,恕不远送。"

丁伯良走后,王汉坤看了看手里的阵亡通知书,他再没撕心裂肺般地悲痛欲绝、疯狂地流泪。他攥紧拳头捶胸顿足,咬牙切齿。他顿足不是悔不该送儿子去当兵,而是他不能用他的生命换回儿子的生命;他咬牙切齿,是对日军侵略者的痛恨,小鬼子对他王家、对他们王家铺、对中国人民欠下的血债,他要这帮毫无人性的畜生加倍偿还。

王汉坤就这么时而悲伤,时而愤怒,时而发誓着,过了好一会儿,他的情绪才慢慢地平静下来。突然间他又心头一紧,王克勤和王克俭阵亡的消息,他怎么去跟父亲和妻子说呢?说吧,说不定会要了父亲和妻子的命;不说吧,这么大的事应该让父亲和妻子知道。再说,瞒是瞒不下去的。考虑再三,王汉坤还是决定告诉父亲和妻子。

他迈着沉重的脚步，来到品茗堂后堂东厢房。王仁智一个人呆坐在椅子上，有气无力地拿着烟袋吸着闷烟。前不久，他的宝贝孙女王诗怡受辱含冤死去，就差点要了他的老命。虽说他活了下来，但一下子苍老了许多，还经常胸闷气短，头昏眼花，体力不支。这也是王汉坤要把王克勤、王克俭阵亡的消息告诉王仁智的原因。王汉坤不想他的父亲不知道他两个孙子英勇杀敌而阵亡的消息而离开人世。

　　王汉坤到东厢房后，便跪在父亲膝下，双手将王克勤、王克俭兄弟俩的阵亡通知书捧在他面前。王仁智猛然一惊，手里的烟袋落了下来。他惊恐地问道："这是什么？"王汉坤说："回父亲，这是阵亡通知书。"王仁智浑身颤抖起来，急切地问道："谁的？"王汉坤尽量克制自己的情绪，说："是克勤和克俭的。"

　　"啊！"只见王仁智猛然起身，嘴里喷出鲜血，身子摇晃了几下便向后倒去。王汉坤赶紧起身，一把将父亲扶坐在椅子上。王仁智睁开眼睛，用微弱的声音断断续续对王汉坤说："你不要……不要……不要再让克俊……让克俊死了……"王仁智的话还没说完，便头一歪，在王汉坤的怀里断气了。"父亲、父亲、父亲……"任凭王汉坤怎么呼唤，王仁智再也没有醒过来。

　　父亲因闻噩耗突然离世，王汉坤悲痛不已，悔恨不已。早知道后果如此严重，他瞒着父亲就好了。因此，他改变了主意，暂不将克勤和克俭阵亡的消息告诉妻子赵雅丽。于是，他将他们兄弟俩的阵亡通知书收起来，放进了自己的口袋，跑去叫肖立仁，要他赶快到铺上和王家大屋通知他的兄弟王汉乾、王汉义、王汉武他们，前来办理王仁智的丧事。然后，他再赶回去告诉妻子赵雅丽。

　　赵雅丽见他行色匆匆，没等王汉坤开口说话，便着急地问道："看你慌里慌张的，出了什么事？"

　　"父亲刚刚突然去世了。"王汉坤说。

　　"啊？"赵雅丽惊住了，接着便伤心落泪，她说，"刚才我服侍他吃饭、喝茶时他还好好的，怎么说走就走了呢？是不是你跟他说了什么？"

　　"我能跟他说什么？"王汉坤难过地说，"我就进去跟他说了几句话，谁知他突然大口吐血，接着便走了。"

"怎么会这样?"赵雅丽半信半疑,哽咽着自言自语。

"人都已经走了,你就别再问那么多了。"王汉坤痛苦地说,"我就是过来告诉你的,好让你和我一起过去料理父亲的丧事。"

"看你衣上溅到了血渍,怎么出去办事?"赵雅丽哭着说,"来,你把衣服脱了,换身干净衣服后再去。"

王汉坤连忙脱下衣服递给赵雅丽,赵雅丽接过衣服就往转堂走去。她走到转堂里的水盆边,想把那件带血的衣服浸泡在水盆里。她忽然好像想起了什么,便搜了搜荷包。她原以为里面什么也没有,这只是她洗衣前的习惯性动作。可是,她竟从荷包里搜出来折叠在一起的两张纸。赵雅丽赶紧打开一眼,是两张阵亡通知书。她再定睛一看,两张阵亡通知书竟然是她两个儿子的。突然,她觉得五雷轰顶,天旋地转,砰的一声倒在地上,便昏死过去了。

听到转堂里砰的一声响,王汉坤突然意识到不好了。他居然忘记把阵亡通知书收藏好,让雅丽看到了,她肯定昏倒了。他跑进转堂,只见赵雅丽果然昏倒在水盆边,她的手里捏着儿子的阵亡通知书。王汉坤吓得魂飞魄散,他赶紧上前将手放在赵雅丽的鼻子底下,感觉她还有微弱的气息。他又连忙用手压在赵雅丽的胸口,也感觉到她的心脏还有微弱的跳动。王汉坤猛然起来,撒腿就往广济药铺飞奔而去。很快,他就把王汉凡叫来了。经过王汉凡的紧急救治,赵雅丽脱离生命危险,只是一时还难以苏醒。柳月琴闻讯赶来陪在赵雅丽身边,王汉坤不得不离开她去料理父亲的丧事。

约莫过了一个时辰,到了傍晚时分,赵雅丽才慢慢苏醒过来。她睁开眼睛,看见泪眼婆娑的柳月琴坐在她的床沿上,双手捏着她的手,便哀号痛哭,泪如雨注。柳月琴以为她是在为她公公王仁智突然辞世而伤心难过,便劝说她道:"他老人家走的是顺头路,你就别太难过了,节哀顺变吧!千万莫忧伤过度,伤了自己的身子。"

赵雅丽听了柳月琴的劝说,哭得更伤心了。她想跟柳月琴说出她两个儿子阵亡的消息,但她欲言又止。因为她突然意识到,这事汉坤连她都不想告诉,他是怕铺上的人都知道,闹出更大的动静。若是让小鬼子知道了他们是抗日家属,那就更不得了,恐怕连现在还活着的人都活不了,铺上的乡亲们也会跟着遭殃。因此,赵雅丽只能用她的痛苦,用她的眼泪,去倾诉她的悲伤和她的悲愤。

柳月琴便不再劝说，只是一个劲地陪着赵雅丽哽咽啜泣。赵雅丽就这么哭了一阵又一阵，便挣扎着起来，她要去为公公王仁智戴孝守灵。柳月琴一把按住她："你身子还这么弱，去不得的，就算要去，也得等你好一点呀。"赵雅丽说："我一定要去的。公公、婆婆在世时，从不把我当媳妇看，而是把我当亲闺女，我一定要去的。"赵雅丽边说边挣扎着爬起来，在柳月琴的搀扶下，颤巍巍地向王仁智的灵堂走去。

王仁智的丧事办得如同田月娥的丧事一般。这为王汉坤酝酿第三次炸毁青石港铁路桥埋下了伏笔。

第三次长沙保卫战后，尽管日军损失惨重，不得不退至战前状态，但日军亡我之心不死，继续南攻西进战略，企图攻占衡阳，染指湘西，进军大西南，直捣重庆国民政府。因此，粤汉铁路仍然是日军运输兵员和武器弹药的重要通道。

而此时的王汉坤，并没有被失子丧父之痛扰乱心智，家仇国恨和信仰使命，更使他悲中生智，愤然有谋。他要带着乡亲们，第三次炸毁青石港铁路桥。当他冒出这个想法的时候，他以为自己疯了，青石港铁路桥，他炸了一次又一次，鬼子兵还能让他炸第三次吗？当他跟王汉武、胡占山说这个想法的时候，他们也认为王汉坤疯了，鬼子兵让他们炸了第一次、第二次，还能让他们炸第三次吗？

其实，王汉坤并没有疯，而是异常清醒。他的这个想法，是他经过深思熟虑的。而且他觉得眼下青石港铁路桥是他们最有可能得手的地方。王汉坤跟王汉武、胡占山他们说："越是觉得不可能，就越有可能。你们看，连我都觉得自己疯了，你们也觉得我疯了，那日本人是不是也觉得除非我疯了，才会第三次去炸同一座桥呢？所以，他们的防范并不是非常严密。此为其一。""其二呢？"王汉坤说，"第二次炸桥，我们是利用那场丧事做掩护，在丧事期间出其不意地把桥给炸了。我们这次也大办丧事，日本兵以为我们故技重演，自然加强防范。我们呢，只管办我们的丧事。丧事期间，要按兵不动，不露任何蛛丝马迹。小鬼子见丧事过后，我们并没有任何动作，他们自然会觉得虚惊一场，以为我们被他们打怕了、烧怕了、杀怕了，再也不敢破路炸桥了,尤其是不敢炸青石港铁路桥。这样一来,他们是不是就会放松防范,至少不会那么严防死守?就在鬼子兵觉得松了一口气的时候,我们出其不意,攻其不备,真的来个故技重演,岂不是可以大功告成?"

王汉坤说得头头是道,王汉武、胡占山听得频频点头。接下来,他们在总结前两次炸桥经验的基础上,周密地部署了一番。果真像王汉坤说的那样,在王仁智的丧事期间,小鬼子以为王汉坤他们又要炸桥,于是增加守桥的兵力。东西两个桥头堡,每个碉堡内的守兵都增加了一倍,即由原来的五个守兵增加到十个守兵,同时,还增加了不少的流动哨。可是,王仁智的丧事期间,风平浪静,连一点异常情况都没有发生。或许是因为日军战线拉得过长,兵力捉襟见肘,刚刚增派至青石港铁路桥的守兵,又被匆匆调走。就在鬼子兵防备松懈的那个晚上,王汉坤和肖立仁率领王汉武、胡占山他们的破路队、游击队,按照他们事先的周密计划突然行动,以迅雷不及掩耳之势,再一次把青石港铁路桥给炸了。

当青石港上的铁路桥再次爆炸时,小鬼子才从轰隆的巨响中,从冲天的火光中,从噩梦中醒来。而王家铺一带却大快人心,乡亲们都交口称赞王汉坤神机妙算,三炸铁桥,乃当今诸葛孔明也。有道是:

智勇双全王汉坤,三炸铁桥逞威风。
守土抗日保家国,神机妙算似孔明。

第四十一章

抗日战争胜利后,生活于日寇重压之下的长平民众,终于抬起头来,扬眉吐气。那年金秋十月的一天,长平县各界人士隆重集会,热烈庆祝抗日战争的伟大胜利!

王汉坤不仅作为青平地区的特殊代表受到王正波的邀请,而且还被王正波用他的"坐骑",也就是那辆从日本人手里接收的战利品吉普车接到县城,并被安排在庆典大会的主席台就座。在庆典大会上,王正波慷慨激昂,热情洋溢,他多次提到王汉坤率领王家铺一带民众守土抗日,破路炸桥炸军列的英雄事迹;多次提到在他们国民兵团几次断粮,面临绝境的时候,是王汉坤组织王家铺的乡亲们,突破重重阻碍,给他们送来一担担大米;多次提到王汉坤的家国情怀,赤胆忠义,将两个儿子一同送上抗日战场,血战沙场,在第三次长沙保卫战中为国捐躯的壮举。王正波说:"王汉坤,真乃满门忠烈也!"

坐在主席台一侧的王汉坤显得格外淡定与从容。他并没有因王正波给他的超常礼遇而喜,也没有因王正波一再给他的褒奖而悦,而是在冷静思考,王正波这样做所为何意?

"下面,就请我们的守土抗日英雄王汉坤先生致辞。"正在沉思中的王汉坤,仿佛听到好像是王正波要他说话。可是,事先王正波并没有跟他说要他在庆典大会上说话,怎么突然要他"致辞"呢?尽管他始料不及,也不知道王正波安的什么心,既然要他说,他总得有个态度,上去说两句也不至于让王正波尴尬而下不了台。于是,王汉坤不慌不忙地站起来,轻轻地整理了一下仪表,走到主席台中央,向大家深深地鞠了一躬,然后提高嗓门,大声说道:"父老乡亲们,我想各位都知道,顾炎武早就说过:'保天下者,匹夫之贱,与有责焉耳矣。'这就是后来梁启超先生说的'天下兴亡,匹夫有责'。守土抗日,各位都在尽匹夫之责,我也像各位一样,只是在尽匹夫之本分,仅此而已。"说完,王汉坤又向大家深深地鞠了一躬,退回自己的座位。

庆典会场仍然鸦雀无声。因为之前人们就听说他是有名的"汉朝士",所以,有人在等他的长篇大论,有人在等他的滔滔不绝,有人在等他的自我炫耀。谁知人们还没回过神来,王汉坤的话就说完了,如此简单,如此干脆,如此利索,在人们短暂的惊讶、会场短暂的肃静之后,突然爆发雷鸣般的掌声。

庆典结束后,王正波在长平县最高档的酒楼宴请王汉坤,然后再把王汉坤请到自己的办公室说话。

王正波的办公室,还是之前他在国民党县党部任职时的办公室。日军攻占县城时，尽管王正波仓忙撤退，带走了办公室里的重要文件，还有国民党党旗和蒋介石的像，再就是王汉坤送给他的那两幅墨宝。这次他重回办公室后，又恢复了原样。不过，他还别有用心地做了小小调整，把陪客人喝茶谈话用的沙发茶几，移放到王汉坤墨宝的下方。

王正波把王汉坤请到办公室后，并没先请王汉坤落座，而是先伫立在王汉坤送他的那两幅墨宝前。他发自肺腑地说道："贤弟的字真是经久耐看，越看越耐人寻味，越看越觉得有颜筋柳骨之气势，羲之遒美修秀之风韵。"

"县长过奖了。"王汉坤说，"想不到这酒后涂鸦，竟然得到县长如此抬爱，汉坤受宠若惊。"

"贤弟不必过于自谦，"王正波说，"如果不是这场战争，我真想跟贤弟去舞文弄墨，归于田园。"

"您真是折煞我了。"王汉坤说，"县长乃当今谋大事者，仕途如日中天，岂能与我这等布衣相提并论？"

"我这也是被逼上梁山，并非我所愿。"王正波看了看王汉坤，意味深长地说，"再说，国家有难，我等岂能袖手旁观？"

王汉坤听出来了，王正波话里有话。他知道，接下来王正波将要切入正题。如果他没猜错的话，王正波找他谈的正题，就是要他来县府任职。其实，王汉坤已经看出，王正波对他特别邀请、专车相接、庆典褒奖、设宴把酒、单独约谈这一连串的举动，只不过是他对他设的一个局，无非是笼络人心，叫他就范。他不知道，王正波此举究竟有多少成分是为解国家之难而出于公心，但有一点他心里是清楚的，那就是王正波还有他不可告人的心思：这一嘛，是他王汉坤若为共产党所用，那么，王汉坤将成为他强劲的对手，他不想有这样的对手；这二嘛，就是王正波想征服王汉坤。之前好几次，王正波以党国用人为由，曾力劝他加入国民党阵营，但王汉坤却总是以这样那样的理由委婉推辞，弄得王正波对他好像是豆腐落到灰里边，吹也不是打也不是，陷于无可奈何的境地。因此，王正波有一种挫败感。王正波这个人赌不沾边，也不近女色，所以他对征服女人没有什么欲望，倒是好征服男人，尤其是好征服称得上英雄豪杰的男人。

王正波的用意，王汉坤心知肚明。但他既不能义正词严地拒绝王正波，又不能改变初衷，舍弃信仰。因此，接下来不管王正波如何使招，他都要心有定力。

王汉坤和王正波各自心里盘算,谁也不说话,办公室显得格外宁静。此时,一股幽雅的清香飘然而至,秘书端着两杯沏好的绿茶进来了。王正波示意秘书把茶放到茶几上,笑着对王汉坤说道:"请贤弟过来喝茶。"

"谢谢王县长!"王汉坤说。

王正波和王汉坤边说边循主宾之礼在茶几前的沙发上落座。

"嗯,这茶不错。"王正波先端起茶杯,轻轻地啜了一口,边品边对王汉坤说,"请贤弟品茶。"

王汉坤也端起茶杯,轻轻地啜了一口:"嗯,真是好茶,淡雅幽韵,清香回甘。"

"想不到贤弟对茶道也颇有研究。"王正波说。

"我等乡野村夫,喝茶虽说不是牛饮,也是大口大口咕噜咕噜地猛喝,哪里懂什么茶道啊!"王汉坤说。

"哈哈哈……"王正波大笑起来,"贤弟过谦了,贤弟过谦了。"他看了看王汉坤,"我们还是言归正传吧。"

"县长有何见教?还望明示。"王汉坤说。

"我想请贤弟出山,来县政府任职。"王正波以期待的眼神盯着王汉坤,"你看怎么样?"

"恐怕在下才疏学浅,难当此任。"王汉坤说。

"唉,你王汉坤学富五车,才高八斗,哪个不知,谁个不晓啊!"王正波呷了一口茶,俯下身子,凑近王汉坤,压低声音说,"我是这么想的,先委屈你来做副县长,不久我将去行署上任,你再做县长。"

"承蒙王县长抬爱,"王汉坤连连摆手,"不行,不行,"他还故意在情理之中,说出一句乡村俗语,"无牛捉到马耕田的事,使不得,使不得!"

"你过于自谦了。"王正波说,"以贤弟之才干,莫说是区区一个县长,就是让你做个专员,也绰绰有余。"

"汉坤不才,县长高看我了。"王汉坤觉得,无论王正波出于何种目的,他还是信赖自己,尊重自己的。因此,他既不能一口拒绝王正波的要求,又不能让王正波在他面前下不了台。于是,他对王正波说:"这事太大,也太突然,请县长容汉坤好好想想。"

"那好,我给你三天时间。"王正波说,"抗日战争刚刚胜利,县里百废待举,还望贤弟能来助愚兄一臂之力。"

事实上,从王汉坤说他让他好好想想,王正波就知道,这是王汉坤的权宜之计,一来王汉坤可以全身而退,二来给王正波台阶下。于是,王正波不得不借坡下驴。尽管他知道刚才说的这些话等于是白说,但他还是要说。

王汉坤从县里回来,并没有沉浸在胜利与荣耀的喜悦中,倒是心事越来越重,脸上时常挂着愁容。他倒不是因为怕拒绝王正波遭到报复,甚至置他于死地,而是忧虑着国家和民族的命运,忧虑着刚刚逃离生灵涂炭战火的乡亲们,恐怕又要回到生灵涂炭的战火之中。

王汉坤的忧虑,赵雅丽看出来了,王汉乾、王汉武、王汉旺也看出来了,甚至连肖立仁都看出来了。但赵雅丽仍然沉浸于失子之痛,不去问他。王汉乾、王汉武、王汉旺他们也不好去问他。于是,他们商量后,就在王汉坤从县城回来后的第二天,打发肖立仁去问王汉坤。王汉坤知道,肖立仁问他,固然有肖立仁的个人意愿,但更多的则是受他人之托。他与其跟肖立仁一个人说出他心里的忧虑,还不如把各个屋场的长老请来,跟大家一起说说,然后大家再议一议,接下来该怎么办。因此,王汉坤叫肖立仁去请张家店的张尚清、杨家坳的杨道元、罗家畈的罗崇儒和王家冲的王修德,叫肖立仁去告诉王汉旺,要他去请王家大屋的王文远、王家新屋的王文庆、王家畈的王修平,下午晚些时候到品茗堂议事。肖立仁听完后走了,王汉坤又亲自到王家铺去请王修祥和王文君。

这天下午,品茗堂又恢复往日气氛。王汉坤请来议事的长老陆陆续续来到中堂东厢房。虽然他们年事渐高,但他们兴高采烈,情绪高昂,一个个好像是热血青年。先来的,一进东厢房就打开话匣子,像说书似的绘声绘色地说王家铺一带守土抗日的故事;说王汉坤有如孔明神机妙算,牵着小鬼子的鼻子走,三炸军列、三破粤汉铁路、三炸青石港铁路桥的壮举;说小鬼子投降后,那些穷凶极恶的鬼子兵饿得像狗一样,爬到猪圈里在猪槽中跟猪抢食吃的笑话。一时间,东厢房里的说话声、欢笑声和掌声响成一片,大家沉浸在欢乐中。

王汉坤静静地坐在一隅,不时被长老们的热烈笑谈感染着,被长老们的兴奋情绪感染着。但他更多的时候，则是在冷静思考，接下来，他将给大家说些什么，又该怎么说。

"各位长老。"见人都齐了，王汉坤站了起来，边拱手施礼边招呼大家。随着王汉坤的一声招呼，刚才还像炸了锅似的东厢房，突然静了下来。王汉坤接着说道："各位长老，大家知道，经我数百万将士的浴血奋战，经我王家铺人多年守土抗日，小日本投降了，我们胜利了！这真是可喜可贺，可歌可泣！"

王汉坤的话音刚落，东厢房里响起了热烈的掌声。"汉坤说得好！""汉坤说得好！"掌声中夹杂着大家的喊声。

"可是，"王汉坤语气一转，"也许大家不知道，我今天请各位长老来，是要跟大家讨论什么事。"

这时候，大家你看看我，我看看你，然后都摇了摇头。王汉坤对大家说道："不是各位长老不知道，只是大家还没想到，我不过是比大家先想到而已。今天上午有人问我：'小鬼子被赶跑了，你又到县里参加了庆功会，怎么不见你喜，却见你忧呢？'我没有回答他，而是叫他请各位长老来，因为不是他一个人这么问我，其实还有好多人想这么问我，我这才叫他把大家请来，把我的所见所闻、所忧所虑跟大伙儿说说。"

说到这里，王汉坤停了停，见大家期待他的下文，接着说道："当然，小日本投降了，我们胜利了，我们是该高兴，是该庆祝！可是，我们得好好想一想，是不是我们从此就可以安居乐业、高枕无忧了呢？我想不是。何以见得？大家都知道，日本人来了，国共合作，团结抗日，把日本人打跑了。那么，日本人跑了，国共两党是不是还能继续合作下去呢？我看未必。一则是因为我听到一些风声，有人想独裁，想打内战；二则因为前事不忘，后事之师。我想，各位长老也没有忘记，北伐那会儿，不也是国共合作吗？可是后来呢？不是有人背信弃义，发动反革命政变吗？"

"汉坤说得是。"王汉坤的话，引起了罗崇儒的共鸣，他站起来说，"就拿抗日这件关乎整个民族生存的大事来说吧，不是也有人同室操戈，制造摩擦，甚至丧心病狂地发动'皖南事变'吗？"

王文君、王文远、王修祥等人一个接一个地说："是啊，狗改不了吃屎，反动派的本性也是改不了的。""看来，又要战火纷飞，生灵涂炭了。"

"各位长老说得好！"王汉坤说，"有人高喊要和平、要合作，只怕是像俗话说的那样，'口里喊哥哥，手里摸家伙'。"王汉坤的一个比方，说得哄堂大笑。大家见王汉坤神情严肃，便止住笑，继续听王汉坤往下说："我看呀，这些人就是想搞'假和平，真内战'，所以内战恐怕是避免不了的。因此，我们还是要记住老祖宗的话，居安思危，未雨绸缪，早做防范。"

"汉坤就是站得高，看得远，想得深。"王文君说，"汉坤，我们接下来该怎么办？说说你的想法吧！"

"好！"王汉坤说，"人无远虑，必有近忧，更何况这场内战迟早是要打起来的，所以，我们要做到心里有数，不要以为抗战胜利了就万事大吉。这是其一。其二呢，是我们要态度明确。我在这里不想把话说穿，但请各位长老始终记住一个根本，一旦内战打起来，谁维护我们老百姓，我们就支持谁；谁祸害我们老百姓，我们就反对谁。"

王家铺的长老们议完事，王汉坤在湖香楼请他们吃了顿便饭。长老们走后，王汉坤又为另外一件事苦苦寻思着。明天，就是他要回复王正波的最后期限。以他对王正波的了解，不管王正波怎么反动，但他有两点王汉坤是非常敬佩的：一个是王正波义无反顾，率领民众坚持抗日；二是王正波凡事言必信，行必果。因此在明天，王正波即便不到铺上来，也会派人来问他考虑的结果的。国民政府县长之职，他是绝对不会赴任的。道不同，不相为谋，他更不想助纣为虐，何况他还是有信仰有组织的人。但在整个长平仍然是他王正波一手遮天，即便是他在他的屋檐下不低头，但也不能硬顶。那么，他该怎么回复他，又该以何种方式回复他呢？王汉坤独自一人，在品茗堂的东厢房踱来踱去。

东厢房里残留的刺鼻烟味，时不时呛得王汉坤停下来咳嗽。也就是这令他咳嗽的污浊空气，让他想起了岩岭山林的清新之气，想起了青石港田园的沁甜之气。他便由这清新沁甜之气想起山水自然，又由这山水自然想起隐逸赋闲，再由这隐逸赋闲想起李白、韩愈、白居易、王维、刘禹锡、王勃、陶渊明等诗人的诗来。"有了！"刚刚还在苦苦寻思的王汉坤，兴奋得猛拍脑门。

他要写幅字，让来人带给王正波，作为对他的答复。

王汉坤的脑子里像过电影似的，一遍又一遍地过着李白的《田园言怀》、白居易的《送卢郎中赴河东裴令公幕》、刘禹锡的《秋斋独坐，寄乐天兼呈吴方之大夫》、韩愈的《卢郎中云夫寄示送盘谷子诗两章，歌以和之》、王勃的《赠李十四四首》、王维的《山居秋暝》、陶渊明的《饮酒·其五》。他想来想去，最后还是选定王维的《山居秋暝》。于是，他来到中堂八仙桌前，铺开宣纸，泼墨挥毫，一行行颇具颜柳之风、羲之之韵的墨迹跃然纸上：

　　空山新雨后，天气晚来秋。
　　明月松间照，清泉石上流。
　　竹喧归浣女，莲动下渔舟。
　　随意春芳歇，王孙自可留。

果不其然。王汉坤从县城回王家铺的第三天，王正波就派人送来了他的亲笔信。来人双手把信呈给王汉坤，说是王县长特别交代，要他把信亲自交到王汉坤手里，并要他等到王汉坤的答复后才能回县里。王汉坤边听来人跟他说话边朝这封信看去，"王汉坤先生台启"一行颇见功底的墨迹，赫然跳入他的眼帘。他在王正波的信使面前，礼敬悠然地取出书信，认真看了起来，只见王正波写道：

汉坤贤弟台鉴：
　　尔吾长平陋室一别，已是二日。虽愚兄不才，但求贤若渴。
　　贤弟应允三日回复。吾等似云天在望，心切依驰。至所期盼，尔等如愿，以共图大业。
　　专此布达，顺致
雅祺

　　　　　　　　　　　　　　　　　　　　王正波
　　　　　　　　　　　　　　　　　　　　即日顿首

阅罢王正波的寥寥数语，王汉坤仿佛忽然有一丝愧疚与惶恐不安的感觉掠过心头。然而，随即他又被另外更为强烈的感觉所取代。他的这种强烈感觉,就是对李大中、方强之、王志刚、张亚东等共产党员血淋淋地惨死在他们屠刀下惨烈场景的悲愤,是他矢志不渝、坚定服膺的信仰给予他的意志。于是,他抬起头来,看了看信使,笑着说:"有劳您了,请您回去转告王县长,就说我谢谢他。"信使说:"王族长,您客气了。不过,我还等着您的回复呢。""哦,"王汉坤说,"我昨晚就准备好了,请您跟我来。"

信使跟王汉坤来到品茗堂中堂,王汉坤从中堂八仙桌后的书柜里,取出一个蓝色布包。他把布包轻轻地放到八仙桌上,然后小心翼翼地打开。布包里是用宣纸做的包封,王汉坤再把包封打开,里面就是他昨晚费尽心思写的那幅字。他对目不转睛盯着他一举一动的信使说:"这就是我给王县长的答复,他一看就知道了。"说完,王汉坤又小心翼翼地照原样一层一层地包封好。他双手把蓝布包递给信使,说:"有劳先生了,请您转交王县长。"信使双手接过蓝布包:"请您放心吧,我会将它亲自送到王县长手里。"

王汉坤扭头对站在他身边的姜先生说:"请先生去取五块银圆来。"姜先生会意,连忙从前堂柜台取出五块银圆,交给信使。信使起先不收,他说他是公差,怎好收钱?王汉坤说,信使一路往返很是辛苦,权当是请喝茶解解乏吧。信使这才半推半就地接过银圆,格外小心地夹着那个蓝布包回县城去了。

第四十二章

王正波请王汉坤做县长,王汉坤拒绝王正波的邀请,这事在长平县城竟无人知晓,在王家铺一带也不曾听说。即使是王正波的信使,还有王汉坤身边的姜先生,他们都见过王正波的书信,也见过王汉坤回复的诗文。这事除了王正波知,王汉坤知,再就只有天知地知了。因为无论是在县城,还是在王家铺,这件事好像从来都不曾发生过似的。

尽管王汉坤暗自庆幸这事悄无声息地平稳了结,但他仍然为自己置身于两难境地而备受煎熬。一方面,党组织在抗日战争中经受血与火的考验,不断发展壮大,王汉坤备受鼓舞。抗战胜利后,他迫切希望找到党组织,与组织取得联系。可是,抗战胜利的喜悦之情尚未散去,内战的阴影便笼罩而来。尤其是王正波坚持顽固的反共立场,即便是在抗战时期,他也不忘反共。因此,长平县中心地区,几乎成了组织活动的真空地带。抗战胜利后,王正波更是腾出手来对付共产党员。尽管八路军南下支队多次委派精兵强将,深入湘北长平地区恢复党的组织,开展党的活动,但由于王正波无所不为,极力阻止,党的组织和党的活动也只能在湘鄂接壤的边缘地区谨慎地恢复与进行,却很难渗透到长平中心地区。地处长平中心地区的青平王家铺一带,就像是被王正波之流死死困住的围城,里面找组织的人出不来,外面组织的人又进不去。

另一方面,王汉坤感觉在他的背后,总有一双虎视眈眈的眼睛盯着他。而这双盯着他的眼睛,就是王正波的眼睛。事实上也是如此,表面上看来,他没有答应王正波去做县长,王正波并没有找他的麻烦。但实际上,王正波加强了对他的监视。既然他王汉坤不为国民党所用,那他王正波也绝不允许他王汉坤为共党产所用。也就在那次集会庆典三个月后,王正波调任湘北专区专员,并兼保安司令。他离开长平前,王宝禄、王宝财都使尽浑身解数,"想破脑壳都想当这个县长"。但王正波"失错都没打他们的米",挑来挑去,选了一个跟他一样持顽固反共立场的王家人王任之,作为他的继任者。临行前,王正波对王任之特别交代,要他密切注视王家铺以及王汉坤的一举一动,并严格限制王汉坤出县城,一旦发现他与共产党接触或图谋不轨,便立即逮捕并向他报告。

"雅丽、雅丽……"

这天晚上,像往常一样闭着双眼,躺在王汉坤身边的赵雅丽,听到王汉坤含混不清地喊着自己的名字,就知道他又做噩梦了。自从他们痛失两个儿子和女儿后,他便噩梦不断,赵雅丽则辗转反侧,不能入睡。每天晚上,赵雅丽躺在他的身边,她怕王汉坤因她睡不着而担心她、心痛她,便总是闭着眼睛,装作睡着了的样子。而当他迷迷糊糊、含混不清地呼喊她的名字的时候,她就知道,他又开始做噩梦了。

王汉坤确实是在做梦。他梦见自己在漆黑一片的荒野,他感到恐惧,想找个伴,身边便若隐若现一个人,这个人好像是赵雅丽,又好像似曾相识,却不曾见过。他想找条路,走出被黑暗笼罩的荒野,但他总是找不到路。于是,他不断地喊着"雅丽",希望她告诉他路在哪里。可是,他只能喊出赵雅丽的名字,再也说不出别的话来了。突然间,黑暗深处射来两束像匕首一样的绿色寒光,王汉坤感到后背直冒冷汗。更让他感到恐惧的是,那两束冷光向他射来,且越来越近。等射到他跟前,那绿色寒光下张开血盆大口,龇出粗尖的狼牙,张牙舞爪,向他扑来。他想喊,但任凭他怎么用力,他也喊不出来;他想跑,但身体好像被千斤巨石压住,任凭他怎么使劲,他也动弹不得。

　　"汉坤,你怎么啦?"赵雅丽感觉到他的异常,知道他又做噩梦了,便边摇他的身子边喊他,"汉坤,汉坤,你醒醒,你醒醒呀!"

　　"啊!"王汉坤大喊一声,猛然从床上坐起来。他见躺在他身边的是温柔善良的妻子,便不断自言自语地说:"梦是反的,梦是反的……"

　　赵雅丽见状也连忙坐起来,她靠在床头,一手扶住王汉坤的后背,一手顺便从床头抽出手巾,擦拭王汉坤额头渗出的汗珠,然后轻抚他的胸口,口里连声说道:"没事了,没事了……"

　　此时此刻,王汉坤靠在赵雅丽柔软温暖的手臂上,一股久积于胸的愧疚感涌上他的心头。他觉得亏欠妻子太多,他太对不起她了。他和赵雅丽成亲二十余年,他一不事农耕,二不问买卖,三不理家政,妻子从来都没责怪过他,甚至连难色也不曾见过。几十年来,不管他在外头做什么,妻子从不过问他的事情。他时不时将家里的钱财、粮食、衣物拿去接济他人,甚至倾其所有,她不但不说半个不字,反而尽力相助。他为了救乡邻而让他们的宝贝女儿遇难,两个儿子战死沙场,尽管赵雅丽悲痛欲绝,但她不曾埋怨过他半句,而是给他安慰。她孝敬公婆,相夫教子,操持家务,从来都没使过脸色、发过脾气,而是任劳任怨,无怨无悔……

　　他觉得他这辈子的幸运,就是找了个好妻子。于是,他情不自禁地把赵雅丽揽入怀里,深深地吻着她的额头,泪水夺眶而出,从他的脸颊滚落到她的脸颊,和她的泪水汇在一起。

　　王汉坤毕竟是王汉坤。即便他遭到了人生最大的困难,也不会放弃或改变他的人生选择。经过冷静的思考之后,王汉坤以为不管他能不能找到党的组织,还是党的组织能不能进来,但像邓志强说的那样,这都是暂时的,总有一天,他能找到组织,回到组织中去。眼下,他仍然只能像大革命失败那段时间那样,韬光养晦,等待时机;他仍然像那段时间那样,从国民党的报刊,从各处打探消息,用他那种逆向与多维并举的独特思维,从中分析和判断党组织对时局的看法,以及所采取的方针与策略。然后,他再根据他的了解、分析和判断,开展地下工作,秘密组织革命活动。

长平是王正波苦心经营多年的老巢,王家铺一带又是兵家必争之地。内战爆发后,尽管王正波已到专区赴任,但他仍然把长平作为反共的重要基地,伙同他的继任者王任之,处心积虑地策划反共。他们合并国民党县党部与三青团分团,加强反共力量;借助"洪帮"之手,打击革命力量;实行残酷统治,抓丁抢粮,增派苛捐杂税,哄抬物价,置民众于水深火热中,使民不聊生。

哪里有压迫,哪里就有反抗,这是不以反动派意志为转移的。八路军南下支队主力奉命从鄂南向湘北挺进,一举歼灭了王正波的地方顽固势力,狠狠地打击了国民党反共的嚣张气焰,鼓舞了民众反抗国民党统治,争取翻身解放的信心。因此,争取民族独立的解放战争时局之转变,似乎比抗日战争来势更猛更快,反抗国民党反共、反人民、打内战的革命斗争风起云涌。

王汉坤敏锐地感到,动员和组织乡民与国民党反动派展开革命斗争的时机已经成熟,他们的革命活动可以由地下转为公开了,尽管那时已近民国三十七年的年关,但王汉坤仍然觉得刻不容缓。他找到肖立仁和王汉旺,和上次一样,叫他们到各自负责的屋场去请长老们到品茗堂议事。

这年的冬天似乎格外冷。王汉坤请长老议事那天的上午,尽管天空布满了团团乌云,但太阳仍然时不时从云层中钻出来露个脸。可是到了下午,那太阳又躲进了厚厚的云层,天空阴沉起来,随着呼呼的北风飘起了毛毛细雨,细雨中裹挟着冰雹,抽打在行人的脸上,人们睁不开眼睛,感到脸上火辣辣的痛。

王家铺一带的长老们,见王汉坤请他们到品茗堂议事,大家都兴奋不已。因为他们觉得,在这样的天气,王汉坤还请他们议事,必定是大事好事。更何况他们了解王汉坤,信服王汉坤,更是把王汉坤当作他们的幸运之神、守护之神。因此,一吃过午饭,他们便迎着刺骨的寒风、似鞭抽的雨雪,早早地来到王家铺品茗堂。

中午之前,还是寂静的品茗堂中堂东厢房,顿时热闹起来。王汉坤事先燃烧的那盆红通通的炭火,升起屋里的温度,长老们感到温暖如春。王汉坤站在东厢房门口,恭迎各位长老的到来。先到的长老便热烈交谈起来。他们不埋怨让他们行路难的天气,而是愤愤不平地诉说这该死的世道。

"你说如今还让人活不活了,"罗崇儒对坐在他身边的王修平说,"又是抓丁,又是派粮,又是加税,就是我们不吃不喝,全给他们都还不够。这叫什么世道啊!"

"是啊,"王修平说,"这帮人真是蛇蝎心肠,太狠毒了!"

"还有这该死的物价,涨得比春水还快。"坐在他们对面的王修祥凑过来说,"过去一石稻谷也就一两块大洋,可是如今呢?恐怕十块大洋也买不到一石稻谷。"

"修祥哥说得是,"王修祥身边的王文远接过他的话说,"以前一二十块大洋还能买一头牛,现在恐怕连一块肥皂都买不到了。"

"这世道真是太黑暗了。"王文庆气愤地说,"这都是国民政府作的孽。"

"上次我们在这里议事,汉坤不是说过吗?"罗崇儒看了看大家,"谁维护我们老百姓,我们就支持谁;谁要是祸害我们老百姓,我们就反对谁。"

"他们不仁,休怪我们不义。"王修平说,"他们像小鬼子那样对付我们,我们也像对付小鬼子那样对付他们。"

"说得好!"罗崇儒、王修祥、王文远、王文庆一齐喊道。

"各位长老都到了吧?"王汉坤的问话刚落,立候门口听叫的肖立仁立马回答说:"都到了。"王汉坤说:"好,那我们就开始议事。"

王汉坤从座位上站起来,说:"各位长老,天气这么冷,又是雨又是雪,我还把各位请来议事,真是劳烦大家了。汉坤在这里谨向各位长老赔个不是。"说完,他拱手鞠躬给大家赔礼。各位长老慌忙起身,连连拱手给王汉坤回礼。他们心里清楚,汉坤都是为他们好,要汉坤不必客气,更不要自责。

"多谢各位长老的理解。"王汉坤说,"刚才我听了几位长老的话,你们说得很好。我也听出来了,大家都知道我请各位来所议何事。大家都想到一起了,这说明我们心有灵犀呀!"王汉坤的话,说得大家都会心地笑了。

他接着说道："各位长老比我更清楚，自古以来就是得道多助，失道寡助，得人心者得天下。国民党反动派从他们反共、反人民，挑起内战的那天起，就注定了他们失败的命运。想必各位长老都看到了，仅仅两年多工夫，国民党反动派的军队便兵败如山倒，而共产党所领导的解放军，则摧枯拉朽、势如破竹地向全国进军，我们翻身解放，将指日可待。"

"好！好！好！"王汉坤的一席话，说得长老们精神振奋，他们一连说了好几个"好"。

"可是，"王汉坤语气一转，"反动派是不甘心失败的，即便是他们已经苟延残喘，也要做垂死挣扎。所以，越是在这个时候，我们越是要警觉他们狗急跳墙，孤注一掷。我们越是要团结起来，跟他们做坚决的斗争。"

"汉坤说得好！"杨道元说，"我们抱团跟他们斗，就不信斗不过他们。"

"汉坤，你一向深谋远虑，足智多谋，你又有什么好主意？说吧，我们都听你的。"张尚清说。

"好！"王汉坤说，"我只是开个头，事大家议，主意大家拿，活大家干。"他看了看各位长老，接着说，"我今天请各位长老来，有三件大事要议。这第一件事，就是我们要理直气壮地抗丁、抗粮、抗税。在我们王家铺一带，做到丁不去一个，粮不交一粒，税不纳一分。"

"这是件大事，也是件好事，我们一定得办好。"王修德兴奋得站起来，他说，"可是，人家仍然是虎死不倒威啊，我们怎么去跟他们斗？"

"连小鬼子我们都敢斗，难不成还怕了他们？"杨道元说。

"有汉坤做主心骨，只要我们齐心协力，就一定能斗过他们。"王文远说。

"是呀，"王汉坤接过王文远的话说，"人心齐，泰山移。我想把我们的民兵游击队改为自卫队，再实行联防联卫。现在国民党军队的正规部队都在前方打仗，他们抓丁、派粮、征税的都是些乡丁游勇，不管他们到哪个屋场武力抓丁、派粮、征税，我们的自卫队和其他几个屋场的人马就赶过去，保护我们的乡邻，守护我们的钱粮。"

"这个办法好，我们就这么干！"王文远说，"汉坤，那第二件大事呢？"

"这第二件大事，就是要支援解放军，迎接解放。"王汉坤说。

"怎么个支援法？怎么个迎接法？"王修德兴奋得迫不及待地问，"汉坤，你快说说看。"

"各位长老想想看，"王汉坤说，"国民党军队的装备那么好，给养那么多，他们还要政府强行找老百姓征丁、征粮、征钱，还要强行征集布鞋。而解放军呢，装备和给养都不如国民党军队，那解放军是不是更需要兵源、粮食和布鞋呢？所以，我们现在就要把兵源准备好，把粮食收藏好，动员女人照自己男人的鞋样多做布鞋，一旦有了机会，我们就把兵源、粮食和布鞋给解放军送过去。我想，这是我们该为支援解放军、迎接解放做的事吧！"

"应该，应该，完全应该！"王文庆、杨道元和张尚清几乎异口同声地说，接着，他们又问道，"还有什么该做的吗？"

"还有，"王汉坤说，"就是护路护桥。"说到这里，王汉坤见大家因一时没有反应过来而露出惊愕的表情，不禁扑哧笑了一声，"时世弄人啊，小鬼子那时侵略我们，我们是拼起命来破路炸桥；现在是为了支援解放军，迎接解放，我们要拼起命来护路护桥。所以我想，我们的破路队要改为护路队，护路队分为五个小队，白天沿粤汉铁路巡逻，晚上除了巡逻，还要在铁匠坡、青石港铁桥、老马冲、杨家坳和李家溪铁桥这五处重要路段守护。"

"还是汉坤想得周全，"王修祥说，"我们没想到的，他都想到了，只要我们都按汉坤说的去做，那就没有什么是办不到的。"

"修祥哥说得对！"王文远对王修祥说。然后，他又转过头来问王汉坤，"汉坤，你不是说有三件事要议吗，那还一件呢？"

"这第三件事，就是要保护乡邻，保护自己。"王汉坤说，"狗急了会跳墙，兔子急了还会咬人呢。我们抗丁、抗粮、抗税，肯定会惹恼他们，他们肯定会进行疯狂报复，甚至调兵镇压。因此从现在起，我们就要做好两手准备：如果他们只是带着乡丁游勇武力而为，我们就联防联卫，坚决跟他们斗；如果他们调兵来镇压，我们就像对付日本人那样，把该藏的都藏起来，然后躲进岩岭大山，让他们既抓不到丁，抢不到粮，搜不到钱，又不敢贸然进山。"

说到这里，王汉坤看了看大家兴奋的表情，突然幽默地说："我们就是打不死他们，气都要把他们气死！"

品茗堂中堂东厢房顿时活跃起来，大家七嘴八舌地说开了。

"诸葛亮当年三气周瑜，气得周瑜旧伤复发身亡。我看汉坤也像当年诸葛亮气周瑜那样，非把这帮家伙气死不可。"罗崇儒说。

"当年诸葛亮气周瑜，那可是三气哟。说不定汉坤只是一气，就会气得这帮家伙七窍生烟,五脏俱焚,还不知道是怎么死的呢。"

"长老们过誉了,"王汉坤说,"我没各位说得那么神,更不能与诸葛亮相提并论。"

"怎么就不能呢?"王文庆对大家说,"古有孔明三气周公瑾,今有汉坤三气日本人。"然后,他转过身对王汉坤说,"汉坤,守土抗日那时候,你灵机妙算,巧施诸计,三炸青石港铁路桥,把日本人气得半死。当时乡亲们还作了一首打油诗,你还记得吧?"

这时候,罗崇儒、王文远、张尚清、王修祥几个长老不约而同地念了起来:

智勇双全王汉坤,三炸铁桥逞威风。
守土抗日保家国,神机妙算似孔明。

"好啦,好啦,"王汉坤不好意思地阻止大家说,"那都是过去的事了,不必重提。要紧的是眼下,我说的这三件事,各位长老再想想,看还有什么要说的。"

"你想得这么细,说得这么全,没有了。"长老们说,"我们回去后就吩咐下去,照你说的干。"

第四十三章

很快到了1949年。在王汉坤看来,这是最伟大的一年。因为在中华民族的历史上,这是开天辟地的一年;在共和国的历史上,这是开创纪元的一年;在他们王家铺的历史上,这是他们翻身解放的一年。这一年,王汉坤更是以他坚定的信念、饱满的热情、丰富的智慧、超人的胆略,投身于火热的迎接解放的革命斗争。

那年新年刚过,就像李大中当年风尘仆仆来到铺上一样,王家铺上也来了一个人。但这个人不像李大中初来王家铺时那样神秘谨慎,而是一来就直奔品茗堂,说是要找王汉坤。这个人叫胡子丰,是中共地下党组织的负责人,也是长平人,算是王汉坤的老乡。只不过李大中是长平最南端的青平镇人,而胡子丰是长平最北端的羊山镇人。组织上考虑,王家铺一带乃战略要地,是解放军南进的大通道。而组织上又同时了解到,王家铺的王汉坤非常敏感,先于他们积极开展支援人民解放军,迎接解放的革命活动,群众基础好。所以,中共湖南省工委指示长沙特支,派遣胡子丰到王家铺开展地下工作,其工作任务有三:一、动员和组织民众护路护桥,确保解放大军南进畅通无阻;二、扩充兵源、筹粮、筹款、筹集军鞋,为我军招募新兵,增加给养;三、策反王正波旧部残余武装起义,组建湘鄂边区人民自卫军,迎接新中国成立。

事实上,胡子丰所肩负的组织使命,与王汉坤早几个月前在品茗堂所议之事不谋而合。几个月下来,王汉坤又带领自卫队、护路队和这一带的民众,将所议之事一件件一桩桩付诸行动,且颇有成效。所以,当胡子丰见到王汉坤,王汉坤把他请到品茗堂中堂东厢房,胡子丰向王汉坤介绍他此行所负使命,王汉坤向胡子丰介绍王家铺近几月的活动情况后,胡子丰显得异常兴奋和激动。他忽然想起早有耳闻王汉坤组织乡民守土抗日的传奇故事,感到眼前这个个子不高、身子单薄、年近半百的人竟然是一个叱咤风云、顶天立地的英雄。因此,他对王汉坤刮目相看,肃然起敬。他猛然站起来,走到王汉坤跟前,激动地说:"王先生,您真是了不起。您也好,王家铺人也好,真是为我们做得太多了。我们的组织,会记住您和王家铺人的,也是会感激你和王家铺人的。"

"胡先生过奖了,也言重了,汉坤担待不起。"王汉坤说,"我们这么做,既是在尽自己的本分,行自己的义务,也是在坚守自己的信仰,践行自己的理想。"他看了看胡子丰,接着说,"即便我们为革命做了点工作,那也是乡亲们做的,就算汉坤浑身是铁,又能打几颗钉子。"

"哎,王先生过谦了。"胡子丰说,"您的功劳有目共睹,不可磨灭。"

"其实,我也是……"王汉坤突然停住不说了。

"其实什么?"胡子丰见王汉坤欲言又止,追问道,"您也是……"

"其实我也是组织的人。"王汉坤说。

"您说什么?"胡子丰瞪大了眼睛,吃惊地盯着王汉坤问道。

于是,王汉坤把李大中、方强之如何介绍他入党,大革命失败后国民党反动派如何制造白色恐怖,党的组织如何遭到破坏,李大中等共产党员如何被杀害,他如何与组织失去联系,又如何多次寻找组织未果的情况,如实地跟胡子丰说了一遍。胡子丰越听越兴奋,越听越激动,他上前紧紧握住王汉坤的手说:"我说呢,如果您不是一个真正的共产党员,不是有着坚定的信念,又怎么能够坚持到现在,怎么能够为我们的党、我们的民族、我们的国家做这么多事情。"

胡子丰的话,深深地打动了王汉坤,他的眼眶里已满含泪水,他不知在此时此刻,他该跟胡子丰说什么好,而胡子丰却理解他此刻的感受,便又接着说道:"您比我入党早,是我的革命前辈,请允许我向您致敬!"说完,胡子丰向王汉坤鞠躬致敬。

王汉坤也连忙向胡子丰深深地鞠了一躬,以表达他的感激与敬意。然后,他挺直身子,抬起头来,深情地望着胡子丰,仿佛试探又似乎格外恳切地问道:"胡同志,我有个请求不知当不当提?"

"都是自己的同志,有什么要求尽管提。"

"能不能尽快恢复我的组织关系,让我回到党的队伍中来。"王汉坤说。

"汉坤同志,您的要求很是正当,您的心情也可以理解。"胡子丰说,"不过,您也知道,像您这种情况,恢复组织关系是要经组织严格审查的。但现在时局这么紧张,您入党的证明材料和证明人都不在,一时半会儿想恢复组织关系,难度很大啊!"他看了看王汉坤多少有些失望的神情,接着说,"话又说回来,我相信,总有一天,您是能回到组织中来的。但是,作为一个真正的共产党员,无论面临何种情况,也无论身处何时何地,都应经得起考验,努力为党工作。我想,这一点,汉坤同志已经做到了。"

胡子丰的一番话,使王汉坤觉得犹如一股暖流周流全身。他回想起几年前,八路军连指导员邓志强跟他说的那番话,和胡子丰说的话几乎完全一致。如果换作是他,面临一个跟组织失联多年的成员所提要求,他也会这么说的。于是,他对胡子丰说道:"这我理解,请组织放心,我会经受考验,努力为党工作的。"

胡子丰和王汉坤相谈甚欢,不知不觉已经过去了两个时辰。这时候,胡子丰起身告辞,他对王汉坤说,他还要去青平镇。王汉坤说:"都到吃饭的时候了,吃顿便饭再去吧,刚好我还有工作上的事要谈。"胡子丰说:"那好吧,简单点。"王汉坤说:"放心吧,肯定简单。"

王汉坤把胡子丰请到湖香楼僻静的雅间,点了一荤二素,一个鸡蛋汤,他们边吃边谈。王汉坤说:"胡同志此行,肩负三项使命,我想了想,看可不可以这样。"胡子丰说:"请你说说看。"王汉坤说:"护路护桥的事,我们做了行动计划,您看可不可行,如果基本可行,就请您再调整优化,加强指挥。"胡子丰说:"你们护路护桥的行动计划周密可行,就照这么干。"王汉坤说:"兵源、粮食和军鞋,我们已经准备了一批,也有运输队,随时可以送达指定地点。"胡子丰说:"汉坤同志,您和王家铺人真是远见卓识,做得太好了,谢谢你们。至于何时启运,送达何处,得我向组织报告后再做决定。"王汉坤说:"好,我随时听从胡同志的安排。"

"不过,策返王正波旧部武装起义这件事,我看是不是可以这么进行。"王汉坤边说边看胡子丰的反应。胡子丰说:"请汉坤同志指点。"

"指点谈不上,"王汉坤说:"我认识王正波旧部的一个营长,他叫乔武平。八路军南下支队虽然重创王正波部,但乔武平这个营的基本实力还在。只要策反他起义了,其他零星残余也会跟着投诚。"

"刚好我也是这么想的。"胡子丰说。

"那我们就想到一块了。"王汉坤说,"不过我想,这事还是得让我打个前站,探探虚实,等可以了,胡同志您再过去和他商谈起义事项。"

听到王汉坤这么说,胡子丰感动了。他知道,王汉坤是为了他的安全,把危险揽在自己身上,便对王汉坤说:"这不行,还是我先去。"

王汉坤知道胡子丰的担心,也知道他这是宁可自己冒险,也不能让自己去冒险。因此,为打消他的顾虑,王汉坤很诚恳地对胡子丰说道:"我先去自有我的道理。我跟他熟,我们这里有个说法,叫'一熟当三狠'。再说,他也了解我,以为我就是一个族长、一个乡绅,甚至还跟他的顶头上司王正波有交情。所以,他对我没有戒心。而您就不同了,生面孔,又是他敌对的一方,他很难不起戒心。此为其一。"

王汉坤见胡子丰边听边点头,继续说道:"这其二嘛,乔武平知道,我和他无冤无仇,更没有兵戎相见,我找他说话好商量。可是您去就不一样了,他反共,您反蒋,双方不共戴天,多年兵戎相见,打得不可开交。不说是仇人相见分外眼红,至少心里还隔着气。您度量大不计较,但不知人家那边怎么想,凡事还是谨慎防备点好。"

"汉坤同志,您说得很有道理。"胡子丰说。

"还有一点更为重要,"王汉坤说,"不说是我对乔武平有救命之恩,但至少可以这么说,是我解了他的生死之危。"

"这是怎么回事,快说说看。"胡子丰说。

原来,日军占领长平县城后,乔武平跟随王正波退至狮山、虎山、天云山一带坚持抗日。有一次,日军疯狂围剿天云山一带的抗日武装,乔武平所部腹背受敌,被围困在一个叫白云岭的地方,几乎弹尽粮绝。在这危急关头,王汉坤接到王正波口信后,他和胡占山带领他们民兵游击队火速驰援。枪、子弹、手榴弹不够,他们就带着自制土炸弹、燃烧弹,还有洋铁筒和鞭炮。他们到日军后方,突然发起猛烈的进攻,除了用枪和鸟铳向日军射击外,还把手榴弹、土炸弹、燃烧弹、点燃鞭炮的洋铁筒一起扔向日军阵地。顿时狼烟四起,火光冲天,枪炮声、喊杀声震天动地。日军晕了头,乱了阵脚,以为是增援的大部队来了,便撤退了。这才解了乔武平所部之危。事后,乔武平对王汉坤感恩戴德,而且他还觉得王汉坤好像和他的上司王正波颇有私交。所以,他跟王汉坤说,大恩不言谢,日后若有什么事,尽管来找他。

胡子丰听完王汉坤的介绍,再次被他的言行感动。之前,他只是听闻过一些王汉坤的传奇故事,今日一见,他果然思维缜密,机智过人,识大体顾大义,并且有责任有担当。王汉坤所考虑的,不光是他的个人安危,更重要的是起义策反大事,不谈则已,谈则必成。胡子丰对他赞赏钦佩有加,也为党的队伍里有这样优秀的同志感到骄傲和自豪。正是因为党的旗帜下聚集了成千上万这样优秀的同志,党的事业才从无到有、从小到大,蓬勃发展,呈现辉煌灿烂的远景。想到这里,胡子丰握着王汉坤的手说:"那好吧,策反乔武平起义之事,就请汉坤同志打前战,我静候佳音。"

"好!我将不辱使命。"王汉坤坚定地回答。

胡子丰离开王家铺后的第三天一早,王汉坤就带着王汉旺和肖立仁,从王汉旺曾几次带队给王正波他们送粮的山路，直奔乔武平所在的天云山。中午时分，王汉坤一行三人就赶到了乔武平所部驻地。

"哎呀，难怪今天一出门就春风扑面，原来有贵人驾到。"乔武平见王汉坤远道而来，喜出望外，他边哈哈大笑，边张开双臂迎进王汉坤。

"白云岭一别，已是匆匆数载，乔营长别来无恙。"王汉坤对乔武平边连连拱手施礼，边有意若有所指地与乔武平寒暄。

"唉，"乔武平自然而然地叹了一口气，"别提了，今非昔比啰。"

"乔营长行伍出身，又正值当年，前程远大着呢。"王汉坤说。

他们边说边走进乔武平的营房，乔武平吩咐手下上茶。待手下退出营房，王汉坤示意王汉旺和肖立仁跟着退出去，乔武平这才接过刚才王汉坤的话："时运不济，何来前程哟"。

"哎，话不可这么说，"王汉坤说，"不是有个说法，叫'识时务者为俊杰'吗，何况您乔营长就是俊杰啊。"

乔武平听出王汉坤话里有话，心想他此番进山，难道是来劝降的？于是说道："先生不辞劳苦进山，不会是为夸我几句这么简单吧。"

"还是乔营长有眼光，"王汉坤说："我此番前来，是有大事与乔营长相商。"

"大事？您和我？"乔武平用疑惑的眼睛盯着王汉坤问道。

"乔营长是揣着明白装糊涂，还是想跟我打哑谜呢？"王汉坤说，"事关您和兄弟们的前途命运，您说是不是大事？"

"哦，先生原来是来当说客的。"乔武平脸色顿时变得阴沉起来，"说吧，是要我们缴械投降，还是要我们放下屠刀，立地成佛。"

"乔营长何出此言，"王汉坤说，"汉坤此番进山，既不是要你们缴械投降，也不是要你们立地成佛，而是想让你们凤凰涅槃，浴火重生。"

"凤凰涅槃，浴火重生，此话怎讲？"乔武平疑惑不解地问道。

"眼前的时局，想必乔营长比汉坤更清楚，"王汉坤说，"蒋介石挑起的内战刚刚才打了三年多，国民党800万军队便像是黄瓜打锣——去了大半节，解放军却以排山倒海之势，解放了大半个中国，眼看就要打过长江了，国民党军队节节败退，他们已是秋后的蚂蚱，蹦跶不了几天了。"

"其实，我也知道，照这么下去，我们是难逃全军覆没的命运。"乔武平沮丧地说。

"那您总不能就这么去为他们殉葬吧!"王汉坤说。

"我还能怎么样?"乔武平更加沮丧地说,"当年鬼迷心窍跟错了人,虽说打过日本人,但共产党也打了多年,手里还沾了共产党人的血,投降是死,反抗也是死,反正都是一死,还不如继续反抗,保个名节。"

"此言差矣。"王汉坤说,"您莫怪我话说得难听,这不叫名节,而是愚蠢。"他见乔武平若有所思,默不作声,接着说,"傅作义也曾是一位抗日名将,他的官大不大,华北'剿总'司令;他的人马多不多,50多万人;他反共剿共,被列为战犯。可是,他顾全大义,为国家和民族之命运,为古老的文化古都得以保存,为北平200万人民免遭生灵涂炭,率部起义,促成北平和平解放。共产党不仅没有把他当作战犯,而且把他当作功臣。他这才叫名节,他的英名也将流芳百世。"

"这这这……"乔武平"这"了好几声,想说什么,但还是没说出来。

"您是不是想说,"王汉坤问,"我的意思是想让您率部起义。"

"正是,正是,"乔武平说,"先生好像是我肚子里的蛔虫。"

其实,王汉坤早就看出乔武平矛盾的心理。他看到了国民党的末日,也看到了自己的穷路末路。王汉坤进山给他指路,他在心里是认同的,也是接受的。然而,他想起义,又担心共产党卸磨杀驴、秋后算账,他想改换门庭,又想以故作犹豫争点筹码。

于是,他对乔武平说道:"乔营长,依我看啊,您率部武装起义是眼下最明智的选择,也是唯一的选择。您别看这只是掉转枪口、反戈一击,但它关乎您和您手下上千兄弟下半辈子,还有父母妻儿的日子。您想想看,这枪口要是不掉头呢,肯定是死路一条,要是掉头呢,那就有活路,有前途。"

乔武平脸上沮丧的表情开始慢慢消失,但脸上的疑云仿佛依旧。王汉坤知道他还心存疑虑,便对他说:"我说乔营长啊,我知道您在担心什么,怕卸磨杀驴,怕秋后算账。我看您的担心完全是多余的。共产党向来胸怀宽广,光明磊落,言而有信,您就别提心吊胆的了,把心放肚子里吧!"

"那依先生之见,我们是该武装起义?"乔武平问道。

"这是最明智的选择,也是最正确的选择。"王汉坤说,"只要您勇敢地跨出这一步,您将受到共产党人的欢迎,得到手下兄弟们的拥戴,得到父老乡亲的敬重,也将成就您的功德,名垂青史。"

"好!"王汉坤与乔武平推心置腹的交谈,让乔武平拨开云雾见天日,他铿锵有力地说了一声"好",然后对王汉坤说:"不过,我这里人员复杂,难免各有各的心思。我要拉出去,就得拉出像样的队伍。可否给我半个月时间调教整训,半个月后,我派人去王家铺给先生送信,先生见信后,再劳烦先生进山商谈起义细节。"

"好,就这么定了。"王汉坤说,"我见信后,就请中共代表一道进山与您会谈,并接受您率部武装起义。"

"那我们就这么说好了。"乔武平和王汉坤一同起身,他们的手紧紧地握在一起。

第四十四章

半个月时间,一晃就过去了。在乔武平和王汉坤约好的第十五天,胡子丰和王汉坤在王家铺等乔武平的信。刚好这一天,乔武平派他的副官给王汉坤送来了他的亲笔信。信上说,王汉坤他们进山之日,就是他率部起义之时。王汉坤立即把信送给胡子丰。胡子丰看完信后对王汉坤说:"走,我们即刻进山。"于是,他们随同乔武平的副官到天云山驻地,接受乔武平率部武装起义。

乔武平起义在长平地区产生很大影响,随后又有几支国民党残余武装起义。胡子丰将这些队伍整编,成立了湘鄂边区的人民自卫军。经王汉坤介绍,岩岭胡占山的那支游击队也被编入自卫军。后来,这支队伍经人民解放军159师整编,成立独立团,乔武平任副团长。他们促成长平和平解放后又马不停蹄,奔赴南方诸省的解放战场。

乔武平率部南进途径王家铺时,特地停留了一会儿。他带领他率部的营连长,找到王汉坤。他们列队向王汉坤行了一个军礼。乔武平动情地说:

"王先生,您是我们这些人的救命恩人,您曾救过我们两次:一次是您把我们从小鬼子的枪口下救出来,让我们活着;这一次是您把我们从国民党的绝境中救出来,让我们重生。我们谢谢您!我们无以为报,但我们是军人,唯有血战沙场,英勇杀敌,方可显我感恩之心!"说完,乔武平大喊一声,"给我们的恩人敬礼!"随着乔武平一声喊,他们又齐刷刷地给王汉坤行了一个军礼。

"乔团长言重了。"王汉坤说:"我不是你们的恩人,因为这些事都不是我做的,而是共产党做的,我只不过是组织的传话人和跑路人。所以,真正有恩于你们的是共产党,再就是你们自己。因为是你们识时务做了明智的选择。真要感谢的话,就感谢共产党,感谢你们自己。"王汉坤说完,便走上前去,和乔武平还有乔武平的部下营连长一一握手,连声说道:"请将士们多保重,请将士们多保重!"然后,他和他们挥手告别。

胡子丰觉得王汉坤完全可以独当一面,把王家铺一带护路护桥、支援前线、迎接解放的诸多事务承担起来,便将自己的工作重心放在长平县城和青平镇一带。事实上,王汉坤不负众望,把王家铺一带护路护桥、支援前线、迎接解放的各项工作做得有声有色。

王汉坤带领他们的护路队,沿粤汉铁路日巡夜守,好几次制止了敌特分子企图破路炸桥的破坏活动。一次是在铁匠坡路段,几个敌特分子利用两山而夹的隐蔽和夜色,在这里放炸药,被护路队逮个正着。一次是在李家溪铁路桥,敌特分子趁着夜色,他们蹿上铁桥,还来不及安放炸药,就被护路队当场抓获。还有一次是在青石港铁路桥,敌特分子以为这座桥在王家铺人的眼皮子底下,王家铺人自然会放松防范,因此他们准备在这里下手。白天,他们假扮成买卖人挑着货郎担,借在桥下歇息东张西望、观察地形;晚上,他们潜入桥下,从货郎担里取出炸药包,想上去炸桥。他们的一举一动早就在王汉坤的视线和掌控之中,他们刚刚准备出手,就被擒住了。

说起王汉坤支援前线的事,他也是不遗余力。几个月前,他在品茗堂请王家铺一带的长老议事之后,就奔走于各个屋场,动员和督促乡亲们储粮、藏粮,发动会做鞋的女人赶做布鞋。几个月后,当解放军打过长江,大部队南进的时候,王汉坤根据胡子丰的安排,带领他们运输队,为部队送去军粮150担,军鞋350双。

王汉坤在向部队交付军粮军鞋时,从部队首长那里了解到,由于部队迅速发展壮大,人员急增,军粮和军鞋仍然是部队给养之急需。因此,王汉坤赶回王家铺后,再度奔走于各个屋场,动员乡亲们继续筹粮,赶做布鞋。布鞋好赶做,但粮食经过一轮筹集后,乡亲们手里实在再没有多少粮食了。王汉坤找到铺上的中孚当铺,将他家的祖业品茗堂当了两百块大洋,然后带着王汉旺、肖立仁,还有几名运输队队员,跑到王家铺一带之外的屋场收购粮食。他们跑了无数个屋场,说破嘴皮,磨穿鞋底,费了九牛二虎之力,才收购了12担粮食。

王汉坤当祖屋、购军粮的行为,感动了王家铺一带的父老乡亲,他们也像王汉坤那样,不光是以瓜菜代填肚子,拿出自家的全部粮食,而且也跑到外乡找亲戚东借西挪。就这样,他们凑了45担军粮,加上王汉坤收购的12担,一共是57担。王汉坤带领运输队,把这些军粮送给了咱们的队伍。不久,他又凑足了300多双军鞋,送到了部队。

在那火热的战争年代,"要粮有粮,要人有人",成了王家铺人的口头禅,也体现着王家铺人的家国情怀和默默奉献的精神。半年多前品茗堂那次议事后,王汉坤就根据所议之事考虑如何组织兵源。抗日战争爆发后,他曾和妻子赵雅丽义无反顾地送两个儿子当兵,这才为国家的抗日军队输送了55名军人。眼下,解放战争日趋激烈,前线急需补充兵源,而乡亲们是否还像当年那样送子参军?他又该如何动员和组织兵源?

想来想去,王汉坤觉得乡亲们是通情达理的。如果他和赵雅丽把他们的三儿子王克俊送上前线,乡亲们也就会自愿送子参军。可是,他怎么去向妻子开口说这件事呢?如果现在他去跟她说这件事,只怕会要她的命。他和赵雅丽夫妇生育三男一女,大儿子王克勤和二儿子王克俭先后在"长沙保卫战"中战死,女儿王诗怡不堪鬼子兵凌辱而跳水自尽,他们夫妇就剩这根独苗了。所以,王克俊成了她的命根子,就是要了她的命,也不能让王克俊有半点闪失。

那天夜里,王汉坤和妻子赵雅丽坐在火塘边。一向能言善辩的王汉坤突然沉默不语,他们夫妻俩默默地坐着,相对无言。火塘里燃烧的柴火,不时发出噼啪的声音,沏壶里的水早已烧开,烧开的水在沏壶里吐噜噜地翻滚,壶嘴上不断冒着热气。

"你有什么事,你就说吧!"

赵雅丽突然打破沉默,因为她知道他心里有事,只是他不知道该不该说,该怎么跟她说而已,所以,她这才先开口问他的。

王汉坤看着眼前的妻子,不禁心酸起来。她才四十来岁,本该是女人风韵犹存的时候,然而,她却变成了这个样子:她曾经乌黑发亮的秀发,如今却是头发花白;她曾经清澈明亮的眼睛,如今却浑浊呆滞,眼窝深陷,双眼几乎失明;她曾经俊美年轻的脸庞,如今却爬满了皱纹;她曾经丰满挺拔的胸脯,如今却瘦得像平板;她曾经白皙柔软的皮肤,如今却是暗黄干枯……

如果不是残酷的打击接二连三降临在她的身上,她怎么会在短短几年里就变成这等模样。她的两个儿子王克勤和王克俭先后在"长沙保卫战"中战死,她唯一的女儿王诗怡惨遭日本鬼子凌辱跳港自尽。而每经受一次巨大的打击,赵雅丽都悲痛欲绝,哭得天昏地暗,死去活来。如果不是王汉坤还有众多乡亲苦苦相劝,如果不是她跟前还有个儿子王克俊,恐怕她早已随她的儿女们去了。

然而,眼下王汉坤又要将王克俊送上前线,去为国家和民族的解放而战。这叫他怎么跟她开得了口。

赵雅丽见王汉坤欲言又止的样子,说道:"我晓得你有事,说吧,我没事。"

"现在正是国家最需要用人的时候,我想让克俊去当兵。"王汉坤说。

其实,丈夫在没跟她说这句话之前,赵雅丽心里就清楚他将要跟她说什么了。可是,当丈夫跟她说出这句话之后,她还是抑制不住地伤心,哽咽啜泣。

这完全在王汉坤的意料之中,人心都是肉长的,他们夫妻一连痛失两个儿子和一个女儿,他又何尝不像她一样心如刀割呢?然而,近二十年相濡以沫的夫妇生活,使他对她有着非常深的了解。她那巾帼不让须眉的胸襟和气量,常使他对她心生敬佩之情。他知道,即便是她再伤心再难过再舍不得,即便是她知道子弹不长眼,他们家所剩下的一根独苗可能一去不返,但她也会毅然支持他。

正当王汉坤低头沉思的时候,赵雅丽止住哭泣。她声音颤抖微弱,却显得十分坚定有力地说道:"你不是常说吗,'天下兴亡,匹夫有责',勇赴国难是男儿的本分，你就让他去吧！"

可是，当胡子丰带着部队的同志到王家铺一带征兵的时候，王克俊差一点就没走成。

原来，胡子丰早就了解到，王汉坤和赵雅丽的两个儿子在抗日战场为国捐躯了，他们的女儿如果不是因为王汉坤为了救乡邻，也不至于受辱而死，王克俊成了他们夫妇的独苗。而现在，王汉坤已年近半百，赵雅丽已被丧子失女之痛折磨得不像个人样，他们夫妇身边总得有个人吧。即便是把王克俊留下来，乡亲们也会理解。于是，胡子丰劝说王汉坤，无论如何也得把王克俊留下来，而王汉坤呢，他说什么也得让王克俊去。为此，王汉坤和胡子丰争了起来。

"动员兵员那会儿，我就当着乡亲们的面说过，我和雅丽送克俊去当兵。哦，现在突然不让克俊去了，我怎么向乡亲们交代。"王汉坤说。

"乡亲们那里你不好说，让我来说。再说，王家铺一带的乡亲又不是不通情达理。"胡子丰说。

"那也不成。"王汉坤说，"克俊是父母的儿子，那些孩子也是父母的儿子，我的孩子不去，我怎么面对那些孩子的父母。"

"这我也了解过，"胡子丰说，"那些孩子父母身边，不光是有女儿，至少还留有一个儿子，如果王克俊也去当兵了，那就唯独你们夫妇身边没有一个人了。"

"那克俊也得去。"王汉坤说，"且不说向不向乡亲们交代，现在正是国家用人之际，我们就应当全力以赴。"他为了说服他面前真诚劝阻他的胡子丰，激动地接着说道，"子丰同志，我和雅丽都谢谢您。但从李大中、方强之同志领我宣读入党誓词的那天起。我就一直在体悟'牺牲个人'的含义。'牺牲个人'，不只是包括自己的生命，还包括自己的一切，将毫无保留地献给自己的国家和民族。所以，请您千万别再劝阻了，这次王克俊一定得去。"

胡子丰被王汉坤的话深深地打动，他望着他面前的王汉坤，心潮澎湃，眼睛湿润。面对如此赤胆忠心的革命同志，胡子丰觉得，不管他再说什么，也没有用了。于是，他走上前去握住王汉坤的手，也动情地说："汉坤同志，谢谢您为国家和民族所做的这一切。"

第四十五章

肖立仁眼睁睁地看着王克俊跟着解放军队伍走了,心里又是失落又是懊恼。他忽然灵机一动:你们不让我去,我非去不可。于是,他飞快地跑回家,上气不接下气地对他母亲说道:"母亲,我要跟王克俊一样,跟他们去当兵!"

柳月琴原本就是鼓励儿子去当兵的,只是王汉坤说她身边需要人,让王克俊去了,却硬是把她的儿子留在她身边的。但是,她知道儿子的志向,也了解儿子刚强的性格,但凡是他认为是对的事,而且是他想好了要做的事,即便是九头牛也拉不回。于是,柳月琴对肖立仁说道:"立仁,你去吧!到了部队好好干。"

得到母亲的应允和鼓励,肖立仁像飞似的赶上王克俊他们的队伍。他紧紧尾随其后,小心翼翼,生怕解放军发现他后把他撵回去。等他跟解放军队伍一起到了目的地,或者一起上了战场,那就生米做成熟饭,到时候即便是他们想撵他回去那也不成了。

经过沧桑岁月的洗礼和血与火的历练,肖立仁再也不像七八年前他昏倒在王家铺港堤上那个骨瘦如柴的瘦猴儿了,而是长成了一个强壮的男子汉。他一米八几的个头,身材魁梧,膀阔腰圆,力大如牛,且身手敏捷。肖立仁不光有副结实的身板,还是一个正直、善良、有担当的血性男儿。

自从肖立仁到品茗堂跑堂当伙计之后,汉爹不只是教他识文断字,学打算盘,而且还教他做人、修身、齐家、治国、平天下的道理。岳飞精忠报国的动人故事;文天祥"人生自古谁无死,留取丹心照汗青"的爱国精神;林则徐"苟利国家生死以,岂因祸福避趋之"的呐喊;仁人志士"修齐治平"惊天地泣鬼神的壮举,给了肖立仁丰沛的精神食粮。而他耳闻目睹王汉坤为了乡邻,为了族群,为了守护一个地方的安宁,呕心沥血,鞠躬尽瘁的行为,则给了他震撼。在肖立仁看来,王汉坤不光是给了他第二次生命,而且还给了他比生命更宝贵的精神世界,使他懂得了生命的含义与活着的意义。因此他立志起誓,今生今世,做人就要做像王汉坤这样的人!

数日后,肖立仁悄悄地尾随王克俊他们的队伍来到衡阳境内。而且他还一招一式地跟着学习军事。

有一天,肖立仁猫在王克俊他们部队营地的草丛里,偷看王克俊他们擒拿格斗的训练。他暗自高兴,自己终于跟着解放军的队伍到了目的地,看样子这里将有大仗要打,他庆幸自己还蛮灵活,跟了他们这么久这么远竟然没被他们发现,不然的话,他非被他们撵回王家铺不可。他这么一高兴,便有点忘乎所以,动静搞大了点,结果还是被发现了。

"谁?出来!"负责新兵连训练的郝连长大声喝道。说时迟,那时快,郝连长迅速从腰间拔出手枪,顶开保险,将枪对准草丛,又大声喝道:"你再不出来,我就开枪了!"

"我是肖立仁,我出来。"肖立仁边回答边从草丛里钻了出来。

"你鬼鬼祟祟地躲在草丛里,你说,你是不是个探子?"郝连长厉声问道。

"不是,"肖立仁连忙辩解,"我是想当解放军,想上战场杀敌人。"

"你想当解放军?还想上战场杀敌人?"郝连长看了看眼前的肖立仁,又半信半疑地问道,"想当解放军怎么不找当地征兵处,为什么偷偷摸摸跟着我们?"

"他们不让我当兵,所以我才一路跟过来的。"肖立仁看着郝连长半信半疑的样子,"不信你去问王克俊,我和他都是王家铺的。"

郝连长心里一惊:好家伙,王家铺离这里数百公里呢,他竟然神不知鬼不觉地一路跟了过来。他对赶来的连部通讯员小武说:"快去把王克俊叫来。"

不一会儿,王克俊跟着通讯员小武来到了肖立仁面前。他见到肖立仁时大吃一惊:"立仁哥,你怎么在这里?"然后跑过来紧紧地抱住肖立仁。

肖立仁的身份得到验证,他不是敌人的探子,而是铁了心地想当解放军上战场。郝连长看了看面前高大英武的肖立仁,心里嘀咕开了:这小子还真是块当兵的料,他跟了他们数百公里,竟然没有被发现,说明他很机灵;数日来,没人给他吃,没人给他喝,他竟然还活得生龙活虎,说明他很有野外生存能力。他是块好钢，不仅可以当个好兵，而且可以当个好侦察兵。

郝连长想到这里，又连忙给通讯员小武下达命令："快，去把咱们团里侦察连的高连长请来！"

衡宝战役快要打响了，高连长正着急四下物色优秀侦察兵，一听小武说郝连长请他过来，心想肯定是郝连长这个"郝伯乐"，从新兵里头发现了"千里马"。于是，他飞身上马飞奔新兵连。

郝连长三言两语给高连长做了介绍，然后对高连长说："人在那里，我带你过去看看吧。"

高连长来到肖立仁面前，他见肖立仁个子高大，皮肤黝黑，一双明亮的眼睛简直会说话，浑身上下透着一股机灵劲，甚至还有点英气逼人。他上前重重地拍了一下肖立仁的肩膀，冲着郝连长大声喊道："好！就他了。"

肖立仁参军后，和王克俊在一个部队。他们刚穿上军装，就参加了衡宝战役，而且刚上战场，就立下了战功。随后又随部队转战中南、西南诸省，参加过解放华南、西南的多个战役。肖立仁屡立战功，成了战斗英雄，还火线入了党，一个战役下来便晋升一级，从一名普通侦察兵被提到了侦察连连长。王克俊也像肖立仁那样，更像他两个哥哥那样，不怕牺牲，骁勇善战，屡立战功，也火线入了党，被提升为尖刀排排长。

地处华南的广东大陆解放后，我10万大军直指海南岛。而这时候，从广东溃逃的国民党残部纷纷集结海南岛，连同岛上原有的守军，多达10万之众。虽然他们已是强弩之末，但他们仍然企图以困兽之斗挽救即将灭亡的命运。

他们在包括琼州海峡在内的整个海岛，构建海陆空环岛立体防御体系，号称"固若金汤"的"伯陵防线"。尽管这是他们吹牛，自己给自己打气，但环岛海岸构筑了坚固的防御工事不假，而我人民解放军只能乘木帆船渡海，且处于毫无掩体的海面，渡海登陆作战之艰难不言而喻。但这丝毫不能阻挡人民解放军强渡琼州海峡，解放海南岛的步伐。

解放海南岛的战役，是从我军渡海打响第一炮的。第一批渡海先遣营，趁夜黑和北风之天时地利渡海成功后，王克俊他们尖刀排和肖立仁的侦察连，同时被编入第二批渡海的先遣团。敌人守军吸取第一次失利教训，加强了防范。因此在王克俊他们渡海时被敌守军发现，并遭到他们的疯狂抵抗。王克俊同他所在渡海部队的指战员,以大无畏的英雄气概,只进不退,顽强战斗。虽然这次渡海也取得了成功,但有的船只被击沉,有的指战员阵亡,有的下落不明。王克俊就是在这次偷渡激战中如石沉大海,生死不明,杳无音信。

　　海南岛解放后,肖立仁利用部队休整的时间,请假回了趟王家铺。没有别的什么理由,只是他实在放心不下他一直视为父母的王汉坤和赵雅丽夫妇。若是他们知道了王克俊在渡海激战中失踪而生死不明的消息,后果将不堪设想。然而,当肖立仁几经辗转赶回王家铺的那天傍晚,王家铺人也刚刚得知王克俊失踪的消息。柳月琴担心赵雅丽受不了这突如其来的致命打击,立马赶到赵雅丽的身边。赵雅丽见柳月琴一脸的悲伤,刚想开口问她出了什么事,王汉坤失魂落魄地一头闯了进来。赵雅丽猛然一惊,急切地问道:"是不是克俊出事了?"王汉坤觉得这事瞒不下去,也不该瞒她,便眼含热泪地说:"是的。"赵雅丽听后一头栽倒在柳月琴怀里,这次她没有昏死过去,也似乎没有眼泪,没有悲伤,整个人就像是一具雕像,僵在那里。直到肖立仁突然闯进来,她忽然眼前一亮,抬起一只有气无力的手招呼肖立仁,肖立仁一个箭步上前跪在赵雅丽的身边,"伯母,伯母,您怎么啦?"赵雅丽嘴角颤动着,不知她是想答应肖立仁,还是想问克俊回来没有,但她已经说不出话来了。这时候,只见她两眼紧闭,止不住的泪水沿眼角流下,头一歪倒在柳月琴怀里。尽管肖立仁一边摇着她的身子,一边一遍又一遍撕心裂肺地呼喊:"伯母,伯母,您醒醒啊!伯母,伯母,您醒醒啊……"然而,赵雅丽再也没有醒来。她追随着她的儿女们,走了。她走了,走得这么坦然;她走了,走得这么从容;她走了,走得这么令人心碎!

　　赵雅丽突然去世,这天,胡子丰正在青平镇督查清匪肃特工作,惊闻这一消息后,他立即赶到王家铺。当他见到王汉坤之后,他的心像针扎了一样地疼。眼前的王汉坤突然像变了个人似的,与两天前他见到的王汉坤判若两人,他都快认不出他来了。之前,虽说王汉坤也快五十岁的人了,但他精神矍铄,神采飞扬。两天前,他到王家铺和他商议清匪防特、护路护桥、守护一方平安诸事的时候,王汉坤还谈笑风生、一身的精气神,可是眼下,他却脸色苍白,目光呆滞,一身疲惫,好像一个行将就木的小老头。

　　胡子丰心酸了,他不无感慨,是啊,不说数十年来,他王汉坤为王氏宗族事务,为守护王家铺一带百姓平安,为唤醒民众、抵制日货、讨吴(佩孚)驱赵(恒锡)、支援北伐;为守土抗日、赶走日寇;为支援前线、迎接解放而殚精竭虑、呕心沥血。只说这近十年,他王汉坤一连失去了七位亲人,对他恩重如山的养父母,他的三个儿子和他的宝贝女儿,和他恩爱情深、相濡以沫的妻子。儿孙满堂,好端端的一个八口之家,眼下却是形单影只,只剩下他王汉坤孤零零的一个人了。即便是铁打的汉子,也经受不了这接二连三的残酷打击啊!

胡子丰想上前去安慰王汉坤,也许是情到真处,他心里似乎有千言万语,但他竟然不知用什么样的言语去安慰王汉坤。他自然而然地上前,一手拉着他的手,一手托着他的肩膀,像是和自己的兄弟说话一样,只说了句"老哥,您要挺住啊",他就说不下去了。

也许是王汉坤接二连三地痛失亲人,他的眼泪已经流干;也许是他过度地伤悲,泪水已洗不去他内心的痛苦。这次他痛失妻子和儿子,他却没有流泪。而当他见到胡子丰的时候,当他听到胡子丰像对兄弟说话那样说"老哥,您要挺住啊"的时候,他的泪水夺眶而出。因为在王汉坤的心里,胡子丰能来,代表的不仅仅是他个人,而且还有党的组织。因此,他感受到的,不只是兄弟般的情谊,更重要的是他感受到这是组织对他的关心,也是组织上对他的一种接纳。而在王汉坤看来,这比什么都重要。于是,他激动地对胡子丰说道:"子丰同志,您放心吧!我挺得住。"

"老哥,您有什么难处,只管说,我来帮您解决。"胡子丰说。

"我还有什么难处,"王汉坤忽然笑了一下,他故显轻松地说,"一人吃饱,全家不饿,已了无牵挂。"

王汉坤原本是想以这一笑一语,消解他和胡子丰谈话的悲楚气氛。可是,他这一笑看似苦笑,这一语仿佛苦诉,使原本悲楚的气氛更加沉重。

过了一会儿,胡子丰转换话题。他说道:"汉坤同志,看样子您已经累了。要不这一带清匪防特、护路护桥、维护治安的事情,我交代王汉武、王汉乾、王汉旺他们去做,这段时间您就好好歇歇吧。"

"谢谢您的关心!"王汉坤感激地说,"我看就不用了,我能坚持。"他看了看关切他的胡子丰,接着说,"再说,李大中、方强之同志领我面向党旗宣誓的那个晚上,我就对他承诺过,只要一息尚存,我就要继续为党工作。"

第四十六章

　　王家铺人欢欣鼓舞迎来了新中国成立，紧接着又欢天喜地迎来轰轰烈烈的土地改革。1950年初冬，长平县土改工作队进驻青平地区，深入王家铺一带扎扎实实地开展土地改革工作。

　　"耕者有其田"，世世代代中国农民梦寐以求的理想，终于在中国共产党的领导下得以实现。王汉坤和他的乡亲们都兴奋不已，他们以饱满的热情投入其中。当土改工作队进驻之初，王汉坤主动将品茗堂腾出来，给工作队作队部，同时作为队员们的住宿地；开展工作后，王汉坤又不分昼夜，带着工作队的同志走村串户，为他们引见各个屋场的互助组长和长老，介绍这里的社情民意、风土人情。

　　可是后来，土改工作队开始慢慢地疏远他、避开他、防着他；再到后来，他们索性让他"靠边站"。原来，土改工作队根据他们掌握的情况，以及阶级成分划分政策，王汉坤将要被划为地主。乍听这个消息，王汉坤如五雷轰顶，心里的那种痛苦无法用语言形容。即便是当初他失去一个又一个亲人的时候，他也悲痛欲绝，但那种悲痛与这种心痛不可同日可语。他觉得，前一种痛，他还可以承受。因为人总是要死的，但只要死得其所。虽说他的那些家人过早地离世，但他们死得其所。而后一种痛，他却无法承受。因为他是有组织有信仰的人，他把组织与信仰看得比他的生命还要重要。在王汉坤看来，他可以牺牲肉体，但不可失去灵魂；他可以终结生命，但不可失去信仰；他可以失去家庭，但不可失去组织。因此，一向宁可己屈，不为己争的王汉坤再也坐不住了，他想申诉，想据理力争。于是，他去了品茗堂。

　　品茗堂，王汉坤曾经在这里讲授国学、传播真理，与官兵周旋，保乡邻平安。而今天，他却要为他自己来到这里。可是，当他来到品茗堂的时候，他犹豫了，他该不该为自己争一回？向来善谋善断的王汉坤，此时此刻却优柔寡断,内心充满了矛盾:一方面,他觉得土地改革是党的英明决策,他作为一个党员,在这个特殊时期理应无条件地坚决服从,不能为难组织。尽管土改工作队进驻时,他曾跟杜启德讲过他的入党经过,并提出恢复组织关系的申请,杜启德告诉他,像这样的历史遗留问题,查证起来很复杂,一下子很难解决,眼前的事只能按现行政策办。

另一方面,他觉得如果他不去申诉,他就要被划成地主。那么,他就要成为阶级敌人,像之前他带领乡亲们与之斗争的敌人。为此,他感到痛苦,感到无法接受。再说,党员也有向组织说明情况的权利,他到底该不该进去说明呢?

这两种矛盾的心理相互交织,此起彼伏。因此,王汉坤犹豫了,他在品茗堂门口徘徊……

杜启德从品茗堂出来,见王汉坤在门前徘徊,欲进又止,便知道他是有话要找土改工作队说。于是,杜启德主动上前,客气地问道:"老王,您找我们工作队有事吧,请进来说。"

"谢谢杜队长,谢谢杜队长!"王汉坤一边连连道谢,一边跟着杜启德进到土改工作队办公室,也就是品茗堂中堂东厢房。顿时,这间王汉坤非常熟悉的东厢房,引起他许多刻骨铭心的记忆,使他百感交集。

王汉坤曾经在这里拜堂成亲,在这里入党宣誓,在这里与党组织负责人议事,与王家铺一带长老议事,议定了多少惊天动地、可歌可泣的乡民大事、家国大事。而现在,他却要为自己的成分问题向自己的组织提出申诉,这叫他如何开得了口。

杜启德见王汉坤仿佛陷入了对往事的回忆,他一连几次叫他请坐他都好像没有听见,茫然地站在那里不动。

"老王,您请坐吧。"杜启德不得大声喊道。

"谢谢杜队长!"王汉坤说,"我还是站着跟您说吧。"

"来、来、来,"杜启德边招手示意边说,"您有什么事,坐下慢慢说。"

"就是,就是……"素有"汉朝士"之称的王汉坤,往日口若悬河,今日却像被人割了舌头,竟然吞吞吐吐说不出话来。

"老王,别担心,"杜启德鼓励他说,"您想说什么就说什么"。

"就是成分划分的事,是不是请工作队再考虑一下。"王汉坤终于说出了他想说的话。

"哦,您说这事呀,"杜启德说,"我们也是根据土改政策和您家里的实际情况,才确定的初步方案。"

"这个我知道,"王汉坤说,"我承认,我家是有三四十亩田地,还有这栋品茗堂和一厢茅草屋,新中国成立前我也是没参加过劳动。如果仅凭这些,我是应被划成地主。可是……"他看了看一边抽着烟,一边认真听他说话,并认真做着笔记的杜启德,接着说:"可是,事出有因。我家的田地是分给家无田地人家耕种的,交不交租,交多少租,我们没有规定,由耕种的人家视收成自己定。这栋品茗堂,在新中国成立前夕就抵押给了铺上的中孚当铺,钱买了军粮送给了咱们部队……"

说到这里,不知因为王汉坤激动了,还是他被杜启德吐出来的冷烟呛着了,他不停地咳起嗽来。杜启德指了指他端给王汉坤的那杯水:"老王,您喝口水,不着急,慢慢说。"

王汉坤端起那杯水喝了一口,清了清喉咙:"不是我不劳而获,而是我实在没有办法去劳动。我还不到十八岁那年,就被族人推到族长的位置。王家铺这一带八个屋场,王氏族人居住五个屋场,还有罗氏、杨氏、张氏族人各居一个屋场。您也知道,那时兵荒马乱,世道险恶,天下很不太平。这里八个屋场,几百户人家,一千多号人,总得有个人出来帮他们主事,为他们说话,守护他们的平安。没办法,我只能舍弃家里的农耕和买卖,终日为他们奔走呼号。后来,又是北伐,又是抗日,又是解放,一场接一场的革命斗争,我更是无暇去农耕了……"说着说着,王汉坤的声音哽咽起来,"别说是农耕和劳动了,我连我的家人都没守护好。"

杜启德认真地听着记着,王汉坤的话时不时在他的心里泛起波澜。面对王汉坤,他不光是对他表示同情,还从内心深处钦佩他、敬重他。事实上,从他访贫问苦,从他走村串户所了解的情况,还远不止王汉坤跟他说的这些。他曾在土改工作队会议上,对划王汉坤地主方案提出异议,但队长梁其成和大多数队员坚持原议。根据组织原则,少数服从多数,他没有办法,只好提出保留意见。刚才,他听了王汉坤的一番诉说,更加认为他的意见是对的,他应该争取。于是,他像是答应,更像是安慰地对王汉坤说道:"老王,您的诉求没有什么不妥。我看这样吧,我把您的要求提交工作队复议,您看怎么样?"

"那就麻烦杜队长了。"王汉坤边起身边说,"您看,我现在不能为组织工作了,还尽给组织找麻烦,真是过意不去。"

"老王,您别这么说。"杜启德说,"这也是我们的工作,要是哪里疏忽了,还请您多担待。"

"杜队长言重了,汉坤受不起。"王汉坤想拱手施礼告辞,忽然觉得不妥,便深深地向杜启德鞠了一躬,"那我告辞了。"他便跨过进进出出不知跨过多少次的东厢房那道门槛,走出了品茗堂。

那天杜启德为复议王汉坤成分划分方案,专程赶到青平镇福音堂。福音堂建于19世纪60年代中期,为美国传教士威廉琼斯所建。这是青平镇唯一独具异域风格的建筑,也是青平镇唯一的三层建筑。虽然它经历了近90年的风雨沧桑,但它依然完好无损。青平乡土改工作队部就设在这里,一楼是接待大厅,二楼是会议室和工作队员办公室,三楼是队长办公室。杜启德赶到福音堂后径直上了三楼,梁其成正在审阅几个地方报来的土改方案,见杜启德来了,便起身说道:

"老杜,你来得正好,这里有几个地方报来的土改方案,你拿去看看。"

"好的,队长,"杜启德说,"这事能不能先放一放,把王家铺的问题妥善解决,以便取得试点经验,好全乡推广。"

"王家铺的土改方案不是定了吗?还有什么问题?"梁其成说。

"就是王汉坤的问题,我想请您再考虑一下,然后提出复议。"杜启德说。

"上次你不是提出异议,经大家讨论后坚持原议吗?"梁其成顿时沉下脸来,"你怎么又提出复议?"

"因为这些天我又做过深入调查,反复考虑,觉得王汉坤的情况特殊,我们是否可以把他作个案考虑。"杜启德说。

"怎么个个案法?"梁其成反问道,"不划成地主,难道还划成贫农不成?"

"梁队长,您误会了,我不是这个意思。"杜启德说,"我的想法是看能不能把他列为'开明士绅'考虑。"

"那不行!国家有土地政策,这是原则问题,不能变通。"梁其成说,"新中国成立前他王汉坤一不劳动,二又收租,三有几十亩土地,还有那么多房产,完全够划地主标准的。"

"他划地主的标准是够了,但我们还得具体分析。"杜启德说,"他不劳动,是因为他服务乡民和忙于革命活动;他家有那么多田地不假,但他都分给穷人种了,也没有规定交租多少和逼租;他家值钱的那栋品茗堂也抵给了当铺,拿钱买了军粮。"他见梁其成不停地在办公室踱来踱去,接着说道:"政务院不是也有若干新决定吗,像王汉坤这样的个例,虽说他属地主范畴,但他反对帝国主义侵略和蒋介石反动统治,积极参与并支持人民解放和民主事业。这样的人是可以列为'开明士绅'的。"

"那也有主次之分,轻重之别。"梁其成停止踱步,他盯着杜启德说:"依我看,王汉坤列为地主比列为'开明士绅'更合适。"说完,他又开始踱起步来。

"不见得吧,"杜启德说,"具体问题具体分析,这是马克思主义活的灵魂。"

"我的同志哥啊,"梁其成突然转过身来,对着杜启德几乎喊起来,"我们得严格按党的政策办事,我看王汉坤的事就这么定了。"

这次找杜启德申诉之后,王汉坤就想好了,无论复议结果如何,他不再纠缠此事。即便是维持原议,他也不再申辩。因为他不想为他个人的事而为难土改工作队,给组织添麻烦。更何况王家铺是乡里的土改试点,如果试点受阻,势必会影响全局。再说,他从老祖宗那里得到的至理大道,从李大中给他传授的马克思主义,悟出了一个坚定信念,即便是他现在划成地主,但总有一天,也会像他与组织失去联系最终将回到组织一样,他的地主成分终将改变或被去掉。

然而,即使是王汉坤选择接受,选择沉默,选择不争,但王家铺的乡亲们可不干了。他们和王汉坤生死相依,血浓于水,更何况他们觉得要划王汉坤为地主,怎么都说不过去。别看他们是种田打土块的农夫,提篮小卖的布衣,但他们曾跟王汉坤识文断字,读书识理。因此,他们看得清世事,分得清是非。王汉坤明明是带领他们反对封建地主剥削压迫的自己人,怎么可能是反过来成了剥削压迫他们的敌人。这种结果,这个事实,他们无论如何都是接受不了的,所以,即便是王汉坤不争,他们也要为他争。

于是,他们不听王汉坤的劝阻,接二连三地跑到品茗堂,找土改工作队争辩。先是王家铺一带七八个屋场的长老们,他们有的七老八十了,还拄着拐棍,颤巍巍地跑来申诉。然后是这些屋场的互助组组长,他们带来了乡民们的意见。接着是这些屋场的青壮年人,他们中的很多人,曾经跟随王汉坤先是守土抗日、破路炸桥,后是支援解放、护路护桥、送粮送鞋。他们到品茗堂后,不管不顾,便与工作队员争辩,甚至是质疑与吵架。

那天,王汉坤吃过早饭,便来到了他家墓地,墓地有六座坟,分别埋葬他的六个家人,他的养父母王仁智、田月娥,他的儿子王克勤、王克俭,他的女儿王诗怡,还有他的妻子赵雅丽。在这六座坟中,王克勤、王克俭的是衣冠冢。坟地里蓬蒿遍地,坟墓上荒草萋萋。也许是王汉坤刚才上坟的时候走得有点急,他感觉有点累。于是,他只是在那六座坟前伫立了一会儿,便用脚蹚倒一片杂草,就势坐在坟前。他凝视眼前的坟墓,往事历历在目,家人的音容笑貌也仿佛在眼前闪现。他百感交集,又不知道自己在想些什么,他甚至不知道他为什么来到坟地,来到坟地后又该跟他的家人说什么?难道责怪他的养父母不该含辛茹苦、省吃俭用积攒家业,使他成了地主?抑或是告诉他的儿女、他的妻子,他们的父亲、她的丈夫成了人们憎恨的地主?

"不!"王汉坤在心里喊道,他不光不能责怪他的养父母,反而应该感激他的养父母,如果不是他们如此辛勤劳作,积攒家业,他怎么能够为乡邻、为民族、为国家做那么多事情。他也不能告诉他的儿女、他的妻子,他们曾经为有他这样的父亲、这样的丈夫而自豪和幸福,他不想让他的儿女、妻子到了那边,还为此感到失望、沮丧、痛苦……

正当王汉坤的所思所想,就这么漫无边际、信马由缰的时候,王汉凡带着杜启德上气不接下气地跑到了坟地。王汉坤见到他俩的刹那间,心里就知道铺上出了事。他猛地站了起来,还没等他开口,王汉凡急切地说道:"汉坤哥,您快回去吧,铺上出事了。"

王汉坤闻言拔腿就走,杜启德和王汉凡紧紧地跟在他的后面,他们几乎是一路小跑赶到了品茗堂。

"汉坤来了,汉坤来了。"人群中有人看见王汉坤向他们跑过来,便兴奋地喊起来。随着喊声,围在品茗堂门口梁其成和工作队员面前的人们,纷纷转过身来,一双又一双同情中饱含期待、无助中流露无奈的眼睛,投向王汉坤。他们似乎有好多心里话要跟王汉坤说,但他们不知道跟他说什么好,而这好多好多的心里话,此时此刻变成了一声声饱含深情的呼喊:"汉坤、汉坤、汉坤……"

王汉坤也连连跟大家拱手,大声说道:"各位父老乡亲,请大家听我说几句吧。"

人群顿时静了下来,尽管他们太了解他了,知道他要说什么,但是,他们还是屏息静气地听他说。

王汉坤说:"土改工作队梁队长、杜队长,是来帮你们的,不是来对付你们的,更不是来害你们的,他们不辞劳苦,到这里来帮助你们搞土改、分田地,使耕者有其田、居者有其屋,大家盼望的好日子来了。"他深情地看了看大家,接着说道,"我们不是常说吗,吃水不忘挖井人,土改工作梁队长、杜队长,他们就是能让大家有水吃的挖井人。所以,大家应该感谢他们,不是跑到这里来为难他们。"

"汉坤,你说的这些我们心里有数,"王汉旺说,"可是,他们要划你地主,我们就是不答应。"

"是啊,是啊。"大家附和王汉旺的话喊道,"他们要划你地主,我们就是不答应。"

"父老乡亲的心情我理解,汉坤谢谢大家了!"王汉坤说,"你们想想看,他们和我没有个人恩怨,和你们呢,是不是也没有什么个人恩怨?可是,为什么划我地主而不划你们地主呢?所以我说,国家的政策,土地改革,那是全国一盘棋,而不是针对哪个人。梁队长和杜队长是在按政策办事,为国家办事,为大家办事,我们千万莫为难他们,而是要支持他们。"

"汉坤说得在理,"王汉武说,"只是觉得把你划为地主我们心里难受,也接受不了。"

"这没什么。"王汉坤说,"只要土改搞好了,乡亲们过上了好日子,这比什么都好。"

梁其成、杜启德,还有土改工作队的队员们,见王汉坤和乡亲们像一家人在一起拉家常似的说着话,顿时心生感动。

王汉坤见大家心平气和了,也不再说什么,只是默默地看着他们。他读懂了这些眼神,而且透过这些眼睛,看到了乡亲们的心思。于是,他提高了嗓门,对乡亲们大声说道:"各位父老乡亲,如果大家还信得过我王汉坤,还把我王汉坤说的话当回事,那就请大家现在就办两件事。"

人群中有人你看看我、我看看你,相互交换眼色;也有人你问我、我问你,相互打探,不知在这个节骨眼上,王汉坤要他们办什么事。

王汉坤说:"这第一件事,就是刚才说了些过头话,顶撞了工作队和两位队长的,赶紧过去跟他们赔个不是;这第二件事,就是请大家散了,赶快回家,再也不要为难土改工作队,而是支持他们的工作。"

王汉坤的话音刚刚落地,围在品茗堂门口的人群就纷纷散去。王汉武、王汉乾、王汉旺等人一一来到梁其成、杜启德面前,先是深深地对他们鞠了一躬,然后说:"刚才多有冒犯,实在是对不起!"

梁其成,这个曾经在枪林弹雨中视死如归的铮铮铁骨的汉子,杜启德,这个曾经身处敌人心脏而毫不畏惧的硬汉,面对眼前的这番情景,他们的心震撼了,眼眶湿润了。

第四十七章

王汉坤的人生,有太多的不幸:他与组织失联多年;他一连痛失七位亲人;他成为孤家寡人后又被划为地主。而王汉坤的人生,又有太多的幸运:他加入了信仰服膺的组织;他选择了正确的人生道路;他赢得了乡亲们的敬重和拥戴;即便是他成了地主,乡亲们仍然对他不离不弃,一如既往地敬重他、关照他、保护他。所以,王家铺人说,过去几十年,王汉坤尽心尽力守护他们;今后几十年,他们也要尽心尽力照顾他。

土地改革结束后,长平县组织数千民工兴修水利,启动"荆江分洪"工程建设。当时,除了罪大恶极的恶霸地主和反革命分子收监外,一般的"地、富、反、坏"都要被遣送到工地劳动改造,王汉坤自然也不例外。是时,王家铺一带八个屋场组建一个村,叫青港村。几年后成立人民公社,青港村改名青港大队。这是后话。村支书罗良伟是罗家畈长老罗崇儒之子,他年少时遵其父嘱曾跟随王汉坤识文断字,学打算盘;成年后又跟随王汉坤参加革命活动。虽说他住在罗家畈,但他多年以来不离王汉坤左右,受王汉坤影响,算写俱全、能说会道,且勤恳踏实,积极上进,成了新中国成立后王家铺第一批入党的后起之秀。平港村民工队队长自然是罗良伟,他先后几次向乡里反映,说王汉坤年纪大了,身体不好,可不可以不去"荆江分洪"工地,就留在王家铺劳动改造。乡里说不行,王汉坤便跟民工队一起到了工地。

"荆江分洪"建设工地人山人海,翻身解放后的劳动人民热情高涨,劳动场面十分壮观。工地上自然少不了宣传鼓动工作,而王汉坤在这方面又有一技之长。罗良伟曾向乡里建议,是不是可以发挥王汉坤的一技之长,让他到工地指挥部去写稿子、出板报。乡里说不行,青平来工地劳动改造,会写会算的又不止他一人;再说他是来捏锄把、扛扁担改造的,不是来捏笔杆子享清福的。罗良伟只好作罢。可是,就凭王汉坤单瘦虚弱的身子,无论如何也经受不了工地挖泥挑土如此强度的劳动。他得想办法,既让王汉坤有事可做,又不让他参加如此强烈的工地劳动。

后来,罗良伟灵机一动,想了一个两全其美的办法,既让王汉坤有事做,又可以调动大家的积极性,提高劳动效率。这个办法就是在工地上开展劳动竞赛,由王汉坤发筹给挑泥土的民工,他们每挑一担泥土上堤,就给每人发一根筹,收工时过数后收回,第二天再发。乡里知道后,说这是个创举,要在全乡推广。可是乡里说,由王汉坤发筹不妥,因为他是地主,应该让当天拔得头筹的民工第二天发筹,如此轮回类推。罗良伟坚持己见,王汉坤怕他为难,坚决要求下工地挑泥土上堤。王汉坤担心泥土挑得不满组织说自己劳动改造不力,态度不老实,同时又怕给王家铺人丢脸,于是,他挑着满满的一担泥土上堤。然而,他两只脚却像弹棉花似的东倒西歪,人也东倒西歪,两个回合下来,人就累倒在堤上了。此后,在青港工地上,担土拔得头筹的民工,说什么也不再发筹了,他们把这个机会留给王汉坤;罗良伟双手把王汉坤按在发筹的位置上,说有什么事他担着;青港村的民工跟乡里说,看一个民工一天挑多少担泥土上堤,他们收工后,就是摸黑也要把这些泥土挑完,算是帮王汉坤完成劳动任务,他们这么说,也果真这么做了。

肖立仁从部队回来,部队首长给肖立仁安排了两个去处:一个是去东北某省军区作战处任职,这是人家指名道姓要他;另一个是回地方公安部队任职,也是人家指名道姓点的将。

然而,肖立仁深思熟虑后,决定放弃城里工作,毅然回到王家铺。这一来,肖立仁是想从王汉坤手里接过守护一方、造福一方的重担,这也是他的初心;这二来,王克俊在解放海南岛战役中生死不明,至今杳无音信,他作为儿子,要为王汉坤养老送终。他完全可以把他的母亲接到城里和他一起生活,可是,他了解王汉坤,无论他说什么,王汉坤也不会跟他一起去城里生活。因此,只有他回来,他才能尽儿子的义务,照顾孤苦伶仃的母亲和他视为再生之父的王汉坤。

可是,当肖立仁回王家铺的时候,王汉坤却成了地主,为此肖立仁心痛不已,罗良伟替代肖立仁去了县公安局,肖立仁接替罗良伟就任青港村支书。肖立仁走马上任后的一件大事,就是想通过他的奔走呼号,看能不能改变王汉坤的地主成分。他知道,这对于王汉坤来说,比他的生命还重要。可是,他担任村支书后,一个接一个的初级社、高级社和人民公社的大建设,一个接一个的各种运动,莫说是肖立仁没有时间和精力去为王汉坤申诉,即便是他有,也敢为一个"地主"说话,但就当时的那种政治气候,是没人敢受理的。

起初,肖立仁和母亲柳月琴商量后,一而再、再而三地要王汉坤就在他们家里吃,"这只不过就是添双筷子加只碗"。可是,王汉坤就是不同意。后来,肖立仁又跟乡邻商量,铺上人家轮流转,一家安排王汉坤一天的茶饭。王汉坤也一再谢绝乡邻的好意,他说他随便吃点什么就饱了,然后,他还是那句笑话,"一人吃饱,全家不饿"。

王家铺人自有王家铺人的办法,即便是王汉坤怕连累他们,不愿麻烦他们,他们也要用他们自己的方式报答以往守护并有恩于他们的人。起先,是他们打发自家小孩,给王汉坤送些米面、蔬菜、鸡蛋,甚至还有鱼和肉,王汉坤却要这些孩子把东西拿回去。有的孩子听自家大人的话,把东西放到王汉坤家里后转身就跑,王汉坤便跟着把东西给这些人家送回来。后来,王家铺家家户户就不再送了,而是悄悄地把这些东西放在他家门口或他家厨房,即便他想送回去,也不知该给谁家送去。即便是在那些闹困难的岁月,王家

守望

267

铺人宁可自己饿着肚子,或者野菜充饥,也要把自家仅有的一点米面、杂粮、蔬菜,悄悄地给王汉坤送去。于是,王家铺的女人几乎都成了"田螺姑娘"。

可是,王汉坤好像躲在捕蝉螳螂后的黄雀,摸到这些"田螺姑娘"的路数后,躲在一边偷偷窥视,然后把谁家送给他的东西又悄悄地送回去。因此在王家铺,那些堂客茶余饭后又多了桩笑谈,某年某月的某一天,她家送去的"东西好像长了脚似的",她送去的东西"它自己又走回来了"。

而王家铺的后生们,又几乎都成了"董永"和"刘海"。当然,这个"董永",指的不是玉皇大帝给他配嫁七仙女的董永,而是躬行孝道的董永。因为王家铺的后生,在王克志的带领下,都把王汉坤当父亲一样孝敬。这个"刘海",自然也不是指砍柴偶遇仙女梅姑的"刘海",而是樵夫意义上的"刘海"。王家铺的这些后生,隔三岔五或路过王汉坤家门口,他们有事没事总要进到王汉坤屋里,先看看水缸里有没有水,再看看柴角湾里有没有柴。如果是水缸里没水了,他们就去挑水;如果是柴角湾里没有柴了,他们就上山去砍柴。

青港村变成青港大队后,王家铺也就自然成了王家铺生产队。铺上的男女老少都成了队里的社员,也是队里的劳动力。劳动力分为三等,青壮年男人为甲等劳力,出工一天记12分;青壮年女人为乙等劳力,出工一天记10分;老人和小孩为辅助劳力,每天记2至5分。他们都要靠出集体工挣工分,凭工分年终决算分口粮吃饭。

王家铺这一队政策方针刚刚尘埃落定,肖立仁便找首任队长王克志议事。王克志是王汉旺的长子,也是那次王汉旺的新媳妇胡秀英不好意思跟他圆房,后经王汉坤借桃花跟她说过"是桃花就会开花结果,是女人就要结婚生娃"这话,他们圆房之后生的孩子。

"队里的事定好了?"肖立仁问道。

"定好了。"王克志说。

"那汉爹(从此王家铺一带的人都亲切叫王汉坤为汉爹)你们是怎么考虑的?"肖立仁接着问道。

"队里开社员大会商量好了,汉爹不用出工,做队里的记工员和会计,白天兼顾看看队里的山林。"王克志看了看肖立仁的表情,接着说:"队里按辅助劳力给他记工分,每天5分。如果年终决算口粮不够,队里给予照顾。如果上头不允许集体给他照顾,社员们都说,那就大家一起来接济他。"

"好!"肖立仁说,"我也是这个意思,今天我找你,正是想和你商量这个事的。"

"立仁哥……"王克志忽然觉得自己叫错了,连忙改口说,"肖支书,您放心吧,我们会安排好的,我们一不会让汉爹吃苦受累,二不会让他饿着冻着。"

"嗯,你还是叫我立仁哥吧。"肖立仁说,"我杂七杂八的事多一点,又要经常出去开会,汉爹的事你就多费点心,把他照顾好。"

王克志连忙回答说:"好的,立仁哥,您放心!"

肖立仁对王汉坤的态度,在那"突出政治""彰显阶级"的岁月,自然会引起他人的非议。因此,他去上头开会的时候,他的上级给他敲起了警钟,叫他注意自己的身份,站稳阶级立场,千万别犯政治错误和原则错误。同他一起开会的也提醒他,不要跟地主走得太近,为一个地主影响自己的前程不值得。

无论是上头给他敲的警钟,还是同事给他的提醒,肖立仁都感到难以接受。但他又不得不反复问自己,难道真的是他错了吗?他不该这么做吗?肖立仁不光是反复地追问,而且还反复地深思。

反复追问,反复深思,肖立仁看得更清了,态度也更坚定了。而使他看得更清、态度更坚定的理由是:其一,在肖立仁看来,如果吃透国家土地改革政策,再根据王汉坤的实际情况,实事求是地说,王汉坤压根儿就不是地主。肖立仁从战场回来后,曾一度为改变王汉坤的地主成分,反复学习研究国家土改政策和政务院若干新规定。他认为,王汉坤原本就不该被划为地主,至少也应列为"开明士绅";甚至还有一种最贴切的划分,那就是把他定为"革命烈士家属"。这里不说王汉坤他本身就是一个革命者,因为从辛亥革命以来,在历次革命斗争中他都积极开展革命活动,只说在抗日战争中,他的两个儿子为抗日阵亡将士,就足以支撑这一说法。其二,肖立仁的脑子里,总是有一种直觉。这种直觉告诉他,王汉坤就是共产党员。他的这种感觉不是无源之水,而是像瞎子吃汤圆,他心里有数。这一嘛,自王汉坤带领乡民们守土抗日起，肖立仁就不离他左右，王汉坤跟他说的为人处世的话，跟他到部队后，部队首长给他讲的革命道理，跟他在部队入党时，组织负责人给他讲的共产党人的理想、信念都一样。这二嘛，从王汉坤在历次革命斗争中，不怕牺牲，敢于斗争的精神；在艰难困苦条件下，倾其所有，接济乡里的情操；在事关乡邻和家人生死的危急关头，舍家忘我、守护乡邻生命财产安全的胸怀中，肖立仁看到，如果他不是具有坚定的理想信念，如果他不是坚定的共产主义战士，如果他不是真正的共产党员，他怎么能够做到这些。

常言道，心中无冷病，大胆吃西瓜，更何况肖立仁心里有数。所以，不管是上头跟他敲警钟，还是同事给他提醒，肖立仁都不改变他对王汉坤的态度。那时候，"村看村，户看户，群众看干部"，肖立仁对王汉坤好，群众自然也会对王汉坤好。不过话说回来，在王家铺一带，即便是肖立仁为了自己的所谓政治前途而改变对王汉坤的态度，乡亲们也会一如既往地对王汉坤好。

第四十八章

王家铺铺上东头那厢茅草屋里，无论风霜雪雨，还是白天黑夜，总是传来琅琅书声，噼里啪啦的算盘声。从20世纪50年代到60年代中叶期十几年间，王汉坤那厢茅草屋里的书声和算盘声就从未间断过。这是王家铺一带的农家子弟，在跟着王汉坤诵读国学经典，学习珠算。

新中国成立后短短几年，王家铺方圆八个屋场，竟然一下子走出十七个吃皇粮的年轻人，如果当初肖立仁也留在城里当官，刚好是十八个。他们有的当了国家干部，有的当了会计。因为那时百废待兴，国家正是用人之际，正好让这些年轻人赶上了。虽然王家铺人不晓得早在一百多年前，法国人巴斯德就说过"机遇只偏爱有准备的头脑"这句话，但他们更相信自己的眼睛。这些年轻人从小就跟着王汉坤识文断字，读圣贤书，习字和珠算；长大后又跟着王汉坤参加革命活动，练就了他们的本事，这才有了大出息。因此,在"望子成龙"观念的影响下,不管是已经上学读书的孩子,还是没上学的孩子,他们的父母都把他们送到王汉坤的那厢茅草屋里,请他调教。

王汉坤乐此不疲。因为这正好遂了他的心愿。他以他的方式,回报乡亲们对他的关照。其实,王汉坤的境界并非仅仅如此,他有他更高的追求。虽说他暂时被划为地主,但他不抱怨、不悲观、不消沉,而是从划定他地主成分的那一刻起,他就从中走出来了。因为他还有一个身份,那就是共产党员。尽管现在组织上还不能认定他的这个身份,他的这个身份也鲜有人知,但他自己知道。所以,他的这个身份不容许他抱怨、悲观和消沉,他要用他的行动,证明他是一个真正的共产党员。

农村散食堂后,王家铺人的日子越过越好。那年元宵节,王家铺上下几个屋场又组织起来,到王家铺玩龙舞狮、划彩龙船、赛花灯,团住左右的乡亲都跑来看热闹,整个铺上人来人往川流不息。忽然,王汉坤发现刚才还在人群中穿来穿去的敖南强一下子不见了。王汉坤的脑子里立马起了反应,莫不是他偷砍队里的树木去了。

王汉坤的这种反应,源自他的责任与警觉,更来自他对敖南强的了解。三十多年前,敖南强的母亲带着他逃难来到王家铺,王汉坤说服乡亲们收留安置这对落难的母子,并让敖南强学了一门杀猪的手艺。开头那些年,敖南强还安分守己,像个人样,可是到了后来,敖南强越发不明事理,还胆子大,又爱占小便宜。近几年来,敖南强家里人丁兴旺,日子也好过了,他又有门手艺,便想盖栋新瓦房。虽然他着手备了一些材料,但仍有缺口,尤其是木料。

王汉坤边想边往队里的山林走去,他刚走到山脚下,就听见山坡上传来"砰砰砰"的砍树声。王汉坤加快脚步,跑上山坡,对敖南强大声喊道:"南强,你跑到集体的山上砍树,有大队的批条吗?"

正在低头砍树的敖南强,猛然听到突如其来的一声喊,吓出了一身冷汗。他回过头来,见在他背后喊他的人是王汉坤,如释重负般地"哦"了声,然后毫不在意地说:"是你哟。"

"我问你,你跑来砍树,有批条吗?"王汉坤紧接着又问了一句。

"有没有批条关你什么事。"敖南强说。

"不管关不关我什么事，"王汉坤说，"没有批条就不能砍树！"

"我硬要砍呢，你能把我怎样！"敖南强蛮横地说。

"我是不能把你怎样，"王汉坤说："但王克志、肖立仁，还有李干部，他们是能把你怎么样的。"

敖南强一听，顿时火冒三丈，他对王汉坤说："你也不撒泡尿照照，看看自己是个什么东西。"

王汉坤仍然不温不火，耐心地对敖南强说："是你自己主动去跟队里说清楚，还是我去跟他们说？"

"你敢！"敖南强大声叫起来，他鼓起他那两只金鱼般的眼睛，狠狠地瞪着王汉坤，凶巴巴地说，"谁让你这个地主崽狗咬耗子多管闲事，看我不掰落你的牙齿。"

"就是掰落我的牙齿，我也还有嘴巴。"王汉坤说，"是你去说还是我去说，你想清楚好了。你自己去说呢，队里或许会原谅你，顶多春上你为队里栽三棵树。要是你不去说我去说呢，那后果就不一样。"

"你别在这里吓唬我，老子不怕。"敖南强不屑一顾地说。

"我晓得你的胆子大，不怕事。"王汉坤劝他说，"要是队里知道你偷砍集体树木，也许只是按乡规民约，砍一罚二栽三了事。但要是让李干部知道了，恐怕就要挂着破坏分子的牌子在全大队游斗了。"

王汉坤的这句话，像打蛇打七寸那样击中了敖南强的要害。顿时，他像川剧变脸似的立即换了一副面孔。他哀求王汉坤说："汉坤哥，这事只有天知地知，你知我知，你不说，我不说，那就没人知道了。再说，我也才刚砍一棵树，再也不砍就是了。"

"那也不行。"王汉坤说，"我说南强啊，你也是知道的，无规矩不成方圆，既然队里立了规矩，我们就要守规矩。如果坏了规矩，你也来砍，我也来砍，他也来砍，岂不是成了乱砍滥伐，那集体的树木迟早是要被砍光的。所以我看哪，你主动去跟克志认个错，春上再到队里山上栽三棵树，也许那两块钱不用罚了，这事就过去了。"

"那好吧。"尽管敖南强不情不愿，但他知道今天无论如何都过不了王汉坤这一关。于是，他只好勉强地答应王汉坤。

这件事过去不久,也就是那年七月中旬的一天中午,骄阳似火,酷热难耐,王家铺的男女老少都寻找一处阴凉的地方乘凉去了。唯独王汉坤戴着一顶黑黑的破草帽,顶着烈日向铁匠坡走去,他想去队里的山林看看。

忽然,他发现粤汉铁路状况异常。在炎炎烈日照射下,铁道上闪耀着一道道仿佛水波浪的流光,其间还时不时冒着股股黑烟。"难道铁路着火了?"王汉坤赶紧跑上铁路,果真是铁路着火了。也许是火车轮与铁轨摩擦冒出了火星,点着了被烈日晒热的枕木。从铁匠坡到青石港铁路桥六七百米的铁道上,团团点点,好几十根枕木都着火了。如不及时扑灭,一旦连成一片,所有枕木燃烧,后果不堪设想。

王汉坤飞快地向王家铺跑去,他边跑边喊:"铁路着火啦,快来救火,铁路着火啦,快来救火……"

肖立仁听见喊声,打着赤膊,穿着短裤,从屋里挑起一担水桶,头一个冲了出来。他站在铺子中间,扯着嗓子,对着上铺下铺连声大喊:"铁路着火了,大家快出来救火吧!"随着王汉坤和肖立仁的喊声,铺上十几厢屋里又冲出来十几条打赤膊穿短裤担着水桶的汉子。他们跟着肖立仁,跑到青石港取上满满一担水,挑着冲上铁路,一个接一个地浇灭火点,王汉坤也不知从哪里弄了一担水桶,挑着水跑上铁路灭火。

这时候,一列满载物资的列车由北向南飞驰而来。当火车驶出铁匠坡弯道,火车司机发现前面铁道上救火的人们后紧急制动,可是由于铁匠坡路段为北高南低的缓缓坡道,尽管司机刹了车,但火车仍然凭着惯性飞快地向王汉坤冲过来。

"汉爹,快下来,火车来了。"肖立仁扯破嗓子喊道。

王汉坤猛然抬头,发现火车几乎冲到了他的跟前,他来不及跑下路基,只好就势倒下身子滚下路基。谁知他的左脚被铁轨钩住,车轮从他的左腿上碾轧过去。王汉坤惨叫一声,晕了过去。

火车停住了,肖立仁飞奔而来,乡邻们和火车司机也跟着跑过来了。肖立仁抱起左腿被轧断、血流如注、昏死过去的王汉坤,哽咽着喊道:"快送镇卫生院抢救!"火车司机问道:"镇卫生院行吗?"肖立仁说:"行,那里有韩军医,是有名的外科大夫。"火车司机飞快地爬上车头,王克志、王克云、王克海几个年轻人跳上一节车厢,他们从上面拉,王汉武、王汉旺、王克美几个人在下面托，几乎是把紧紧抱着王汉坤的肖立仁拉上了车厢。火车很快就开动了，王汉坤被送到青平镇卫生院。

王汉坤手术后，只住院治疗十来天，他腿稍好一点，就吵着要出院。韩大夫劝他说："天气这么热，您的伤口容易感染发炎，还是多住几天再看看吧。"王汉坤说："不了，多住一天就多花国家一分钱，我这就出院回去。"韩大夫说："您也不靠等这一两天，车站的马站长说，他们给您定做了一副拐杖，等他们把拐杖拿来了，您再出院。"王汉坤说："不用了，不能再花国家的钱了。前几天铺上的李木匠来看我，我已请他为我量身定做了一副木拐杖，用它个十年八年一点问题都没得。"

青平镇车站马站长代表铁路方，带着一副不锈钢拐杖和三百元慰问补偿金，来到青平镇卫生院的时候，王汉坤已经出院了。马站长连忙赶到王家铺，他找到王汉坤后，先是代表铁路方对王汉坤救火护路再次致谢，对火车失事使他致残再次道歉；然后，他要将那副拐杖和慰问补偿金给王汉坤。王汉坤坚决不收。他说，国家现在还困难，不需要为他花这个钱；再说，他现在伤也好了，拐杖也有了，吃穿用都不愁，真的不需要这笔钱了。他还对马站长说，他们用不着一再致谢道歉，因为虽说他不是铁路上的人，但爱车护路也是他的本分；虽说火车轧断了他的腿，那也只是个意外，铁路方面并没做错什么。

不管马站长怎么坚持，王汉坤仍然坚持拒收拐杖和慰问赔偿金。马站长没有办法，只得跟王汉坤告辞。他从王汉坤屋里出来后，便去找肖立仁。马站长找到肖立仁后，把刚才在王汉坤屋里的事对肖立仁说了一遍。肖立仁笑了。马站长不懂："您笑什么？"肖立仁说："这才是王汉坤。"马站长越发感到疑惑："这真是奇了怪了，以往我们铁路上碰到这样的事，人家巴不得住在医院不出来，出院时又吵着闹着多要多赔多补。您看这个王老头，我们给他，他还不要。"马站长见肖立仁还是笑而不语，接着说："我刚才从他屋里出来，我看他住的是那样的茅草屋，家里好像一贫如洗，这300块钱对他来说，该有多大的用处啊！"他突然压低声音，悄悄地问肖立仁："我听说他的成分有点高，是他不敢要，还是他这里……"马站长边说边指着自己的脑壳继续说，"他这里有问题？"肖立仁笑着说了句："都不是，"接着意味深长地说：

"到底因为什么,您以后慢慢会明白的。"

马站长起身告辞,他说:"这副拐杖我带走,钱留在您这里,请您转交王老头。"肖立仁说:"您放心吧,我代他谢谢您!"

"我不是说不要吗,你怎么收下了!"王汉坤对送钱来的肖立仁问道。

"马站长硬塞给我的,"肖立仁说,"万一今后您的腿有问题,也好救个急。"

"都好了,还有什么问题。"王汉坤说,"既然你都收下了,我看这样吧,你拿这笔钱去修缮王家冲的学堂,好让孩子们回学堂上课读书。"

原来,王家铺一带八个屋场的孩子都在这所学堂读书。但由于战火损坏和年久失修,学堂难以遮风挡雨,这里的孩子不得不分散几处,到农家堂屋里上学读书。

"修缮学堂的钱我正在想办法,"肖立仁说,"这是您的钱,不能动。"

"这是国家的钱,不是我的钱。"王汉坤说,"要不你给马站长送去,要不你拿去修缮学堂,反正我不要。"

肖立仁太了解王汉坤了,无论他说什么,都不会改变他的想法。于是,他跟王汉坤说,"那好,我听您的,这钱我先拿去修缮学堂了。"

第四十九章

转眼间到了20世纪70年代,共和国的土地上,生存与发展的渴望似乎开始滋长。

"这里要通电啦",消息传来,王家铺的人高兴得不得了。这一年,国家在地处青港大队中心位置牛形山安装了一台变压器。但国家只负责从青平镇连接变压器的高压线架设,从变压器通往各生产队的低压线,包括电线杆,则由大队和生产队各自负责。

一天中午,国家工程队把高压线运送至青石港,卸放于公路桥旁的路基上。是时京广铁路已经通车,粤汉铁路王家铺段改建为湘北公路王家铺段,原来的青石港铁路桥自然就成了青石港公路桥。

这天中午,正在上中学的敖为国刚好放学回家,他路过青石港公路桥时,看见堆在路旁的一卷卷电线,心里一阵狂喜。队里通电不正是"到处都搞不到线吗",这里堆这么多电线,真是天意。敖为国抬头四处张望,见没一个人影,便一连将三卷电线滚进了青石港。

"为国,你下来,我有话跟你说。"

敖为国心想自己为集体做了一件好事,正在扬扬得意。突然听到桥下有人喊他,顿时吓得两腿发软,两眼发黑。听声音好像是汉爹,大中午的,他怎么在这里?敖为国揉了揉眼睛,定神一看,果然是汉爹。

原来,王汉坤见工程队的人把电线卸在青石港上的公路旁,然后就开车走了。那么一大堆电线放在这里,没个人看守,他不放心,于是,他拄着拐杖来到了青石港公路桥下,想帮工程队看守一会儿电线。为了躲避中午时分火辣辣的太阳,王汉坤在桥下找了一个阴凉的地方,将两根拐杖叠放在一起,然后坐在拐杖上。敖为国四处张望的时候没有看到桥下的王汉坤,坐在桥下的王汉坤也没有发现桥上的敖为国。直到王汉坤听到滚动电线的声响,他知道这是有人打电线的主意了;等到第一卷电线滚进青石港的时候,他便知道动电线的人打的是什么主意了。当他挣扎着站起来,拄着拐杖从桥下走出来的时候,已经有三卷电线滚进了青石港。

王汉坤万万没有想到,把电线滚进港里的人居然是敖为国。

敖为国听到汉爹喊他下来,吓得魂都没了。他慌慌张张地跑下公路,战战兢兢地站在王汉坤面前,满脸涨得通红。王汉坤见他一副做了错事的样子,他就知道他已经知错了。响鼓不用重槌。王汉坤只是点到为止地跟他说了几句话。

"为国啊,我晓得你这是为队里好。但凡事总得分个轻重主次吧。你还记得吧,之前我就告诉过你,我为什么跟你取'为国'这个名字,就跟你说过国与家的道理,当时我还跟你打了大河与小河的比方。"

敖为国一直默默地低着头听,等着汉爹骂他一顿。然而,王汉坤只跟他说了这么几句,就停住没说了。敖为国仍低着头看看自己的脚尖,不敢抬头看汉爹。王汉坤见他这副模样,便对他说:"要不这样吧,你先回去吃饭,吃过饭再去找立仁叔认个错,下午带他找人把电线从港里打捞上来,还给国家。"敖为国听了使劲地点了点头,一声不响地走了。

中午回家吃饭的时候,敖为国闷闷不乐,父亲敖南强和母亲涂晓莉以为他在学校里碰到了什么不高兴的事,所以并没有理会。这天刚好是星期六,敖为国下午不上学,吃过饭他就去给肖立仁认了错,然后带肖立仁叫上的几个人,把那三卷电线从青石港里打捞上来,放回原处。下午,他又赶到队里出工。整个下午,敖为国一直在为电线的事感到后悔、自责、痛苦。因此,他收工回家吃晚饭的时候,情绪似乎比中午还低落,甚至难过得吃不下饭。

敖南强和涂晓莉觉得状况不对,便问敖为国出了什么事。但不管父亲、母亲怎么问,敖为国只是低着头,就是不吱声。而敖为国越是这样,敖南强和涂晓莉就越是着急,他们夫妇越是追问不舍,敖为国实在招架不住,便把电线的事说了出来。

"汉跛子,你这个王八蛋,"敖南强火冒三丈,"当年你欺负老子,坏了老子的好事,现在你又欺负到我儿子头上。为国这也是为队里好。怎么就碰到你这个不开窍的东西,真是狗咬吕洞宾不识好人心。今天,老子就和你新账旧账一起算!"说完,敖南强怒气冲冲地往外跑,敖为国吓得连忙上前阻止父亲,却被母亲涂晓莉一把拉住了。

肖立仁正坐在王汉坤茅屋的堂屋里,和他商量着大队与各队驾线通电的事。敖南强冲进王汉坤的堂屋,手指着王汉坤的鼻子尖,凶狠地吼道:"汉跛子,你这个老不死的家伙,欺人太甚,你欺负老子又欺负儿子,老子今天非要把两笔账和你一起算不可!"

肖立仁一听,便知道敖南强是为电线的事而来,还有当年汉爹制止他偷砍队里树木的事。他想不到敖南强怎么混账到这步田地,便霍地站起来大声喝道:"敖南强,你怎么可以这样对待汉爹?你想干什么?"

"我想干什么,想出出心里的恶气,"敖南强边说边举起拳头,"老子想一拳打死他。"

肖立仁眼明手快,一把接住敖南强就要砸在王汉坤头上的拳头,然后顺势用力一扭,只听见敖南强"哎哟"一声,痛得弯腰倒在地上。肖立仁眼里射出正义的怒火,他直盯着敖南强,厉声斥责他:"敖南强,你听好了,你要是再胆敢骂一句汉爹,胆敢动他一根汗毛,我饶不了你!"

敖南强从来没见肖立仁发过这么大的火,更何况他的手还被肖立仁紧紧扭住,使他痛得钻心。肖立仁的两道目光,像两把匕首,寒光闪闪,令他不寒而栗。敖南强差点就跪地求饶了,口里不停地说:"是是是……"

"立仁,别为难他了,让他走吧。"王汉坤说。

肖立仁这才松了手:"你走吧,以后不许再来胡闹。"

敖南强灰溜溜地回到家里,垂头丧气,好不沮丧。涂晓莉见了,就知道自己的男人不光没出气,反而还受了气,便跑进厨房拿起砧板鱼刀,跑到王汉坤茅屋的西边地坪里,她一边剁,一边大声骂道:"你这个剁脑壳的地主崽,欺负老娘的老子(当地称老公为老子),又欺负老娘的儿子,'土改'枪毙那么多地主,怎么就不把你毙了。"

肖立仁在堂屋里听到涂晓莉撒泼骂人,就要从屋里冲出来,被王汉坤劝住。王克志、王克美闻声从屋里赶出来,肖立仁的妻子文如玉听到骂声也从屋里跑出来。他们都一起劝阻涂晓莉,他们说汉爹是他们的恩人,也是他们敖家的恩人,我们要知恩图报,不能以怨报恩;他们说,有些事汉爹这么做,也是为他们敖家好,为人处世要知好歹;他们还说,汉爹六七十岁人了,又德高望重,这么地主崽地骂起来,实在是太不像话。众人都劝她收起砧板鱼刀,赶快回屋。

谁知涂晓莉不但不收敛,反而剁得更凶、骂得更凶:"你这个汉跛子,算什么恩人,是我屋里的恶人还差不多。天哪,你怎么不长眼睛,那年只轧断这个地主崽的一条腿,怎么不把他轧死,省得他在世上害人……"

肖立仁实在是听不下去了,他怒不可遏地从王汉坤的堂屋冲出来,一把将撒泼坐在地上边剁边骂的涂晓莉提起来,义正词严地对她说:"涂婆婆,你再敢骂一句试试,看我不掰落你的牙齿!"

涂晓莉也像敖南强一样,从来没见肖立仁这么发过脾气,她一下子也被吓蒙了。等肖立仁刚刚放下揪住她衣领的手,她就拖着砧板鱼刀回屋去了。

几年后发生的事,不仅使敖南强和涂晓莉感到无地自容,而且还令他们怎么也想不到,王汉坤还真是"宰相肚里能撑船",他不计前嫌,说服肖立仁力排众议送他们的儿子敖为国去当兵。

那年国家征兵,平港大队符合当兵条件的适龄青年并非敖为国一人。那时候,农村青年最大的出息,就是去当兵。因此,当兵就成了农村青年最大的梦想,送子当兵也成了"望子成龙"的最大期盼。敖为国和他的父母自然也不例外,他们的心情似乎更为迫切。可是,敖为国一想起几年前他干的那件事。他的父母敖南强和涂晓莉,一想起他们对王汉坤和肖立仁的态度,就像是泄了气的皮球,甚至连想都不敢想了。因为刀把斧头捏在人家手里,他们又干了那么多对不起人家的事,所以,他们觉得他们再怎么想也是枉然。

可是,他们不曾想到,他们这是以小人之心度君子之腹。事实上征兵开始后,王汉坤就在把一个个适龄青年相比较,看谁最适合去当兵。他的这种比较,不是以门第之见,更不掺杂个人恩怨,而是看谁最适合去当兵,看谁是国家最需要的人才。尽管敖为国几年前做过那件事,但金无足赤,人无完人,孰能无过,改了就好。虽说敖为国的父母那么得罪过他,恨他恨得咬牙切齿,但他岂能做夹私报复的小人,而是要做光明正大、坦坦荡荡的君子。因此,王汉坤比较来比较去,还是觉得敖为国是个优秀青年,应该送他去当兵。

于是,就在定兵的前夕,王汉坤找到肖立仁,他对肖立仁说,在这些想当兵的孩子中,他最看好的还是敖为国,他相信他到部队好好锻造一番后,是个能为国效力的有用之材。王汉坤怕肖立仁考虑他和敖为国父母的因素而犹豫不定,或不力举敖为国去当兵,他便再三强调跟他说,我们有责任、有义务把优秀青年送到部队,不能因为我们任何一点私心杂念,误了孩子的前程,误了国之大事。

王汉坤的话,深深地打动了肖立仁。他把敖为国作为青港大队第一定兵对象,并与接兵部队首长达成一致。后来,虽说也有人因为敖为国几年前做的那件事,还有他父母的问题提出异议,但肖立仁像王汉坤跟他说的那样,耐心细致地一一解答,力排众议,最终还是让敖为国如愿以偿地去当了兵,并成为国家的栋梁之材。

第五十章

那年冬天的一个夜晚，肖立仁、王克志和王克定围坐在品茗堂东厢房火炉边，等待王家铺生产队年终决算的结果。随着王汉坤噼里啪啦的一阵算盘声，最后一个数字定格在算盘上："119"。

肖立仁、王克志和王克定顿时傻了眼。他们傻眼的不是哪里着了火，因为当时他们根本就不知道这是火警电话，而仿佛是他们的屁股着了火，他们再也坐不住了。算盘"元"字桥空空无珠，"角"字桥和"分"字桥懒洋洋地躺着一粒算盘珠，而"厘"字桥上下却雄赳赳、气昂昂地立着5粒算盘珠。

"哎，面朝黄土背朝天，辛辛苦苦做一年，一个工日才1角1分9厘，还不到1角2分钱。"王克志唉声叹气。

"是啊，今年队里不知又有多少超支户，他们年终不光分不到一分钱，还要筹钱偿还超支，这年怎么过啊。"王克定说。

"王家铺的情况还稍许好一点，"肖立仁心事沉重地说，"王家冲、张家店、杨家坳和罗家畈这几个靠山的队，一个工日也才八九分钱，王家大屋、王家新屋、王家畈这几个队，一个工日也只有角把钱。别说是过年了，平时的日子也不好过啊！"

"这是我们的工作没做好，是我们的责任啊！"王汉坤借助拐杖，挪了挪身子，他转向肖立仁，神情异常严肃，"我说立仁呐，新中国成立二十多年了，社员群众没日没夜地劳作，可他们的日子却过得这么艰难，是我们的工作失误，我们有愧啊！"

"是，汉爹，您说得对，"肖立仁说，"听了那几个队年终结算的情况，我很自责，也很痛心，也一直在反思，是我这个支部书记没当好，工作没做好，责任在我。"

"你能有这样的认识很好！不过话又说回来，你是有责任，但责任也不全在你,"王汉坤说,"这些年来,我们党内有人忘记了党的初心,偏离了党的宗旨和路线,有些事情不是你左右得了的。但是,作为一个真正的共产党员,还是应该敢于坚持真理,要有责任和担当。"

"是,汉爹,您的话我记住了。"肖立仁惭愧地说,"现在想起来,我真是辜负了党的培养教育,也辜负了您的期望。"他凝视着王汉坤的双眼,然后坚定地说,"我想从现在开始,就要以人民群众的利益为工作重心,带领他们艰苦奋斗,让他们过上好日子。"

"我说嘛,这么多年来,你立仁的'红旗支书'称号,也不是浪得虚名。"王汉坤笑着说。

"是啊,是啊,"王克志、王克定随即附和道,"立仁哥一直是公社和县里的红旗支书,全大队的社员群众都拥护他。"

"汉爹,您过奖了。克志、克定,你们也别跟着起哄。"肖立仁说,"究竟怎么带领群众过上好日子,还得请您帮我拿主意,也希望克志和克定大力支持。"

"你是支部书记,主意还得你自己拿。"王汉坤说,"不过,我倒是可以说说我的想法。"他看了一眼肖立仁,接着说,"不知你注意到没有,我们党开始以巨大的勇气纠正工作中的失误,这正是一个伟大政党的可贵品质。现在的政治是越来越清明,你看天时地利人和,我们得抓住时机,乘势而为,带领群众发展生产,尽快脱贫致富!"

"这段时间,我也一直在考虑这个问题,到底怎么带领群众干,干什么?我想大的主意还是要走我们党早就给我们指出的路子:'实事求是''一切从实际出发'。具体的路子就是因地制宜,我们这里适合干什么就干什么,适合怎么干就怎么干。这好比穿鞋子,你立仁脚大,要穿43码的鞋子,那就穿43码的鞋子;你克志的脚41码,那就穿41码的鞋子;克定的脚秀气点40码,那么就穿40码的鞋子……"

王汉坤的话还没说完,肖立仁、王克志和王克定就忍不住笑了起来。等他们笑过之后,王汉坤问道:"你们说说看,我们这里'因'什么而'制'什么好?"也许是肖立仁、王克志和王克定顿时没有反应过来,一时无语。

王汉坤继续往下说道:"王家大屋、王家新屋田地多,应以水稻为主,小麦为辅,兼种棉花、黄豆、芝麻等经济作物;王家畈水面多,除了种好粮食,可以多养鱼；王家冲、张家店、杨家坳和罗家畈山地资源丰富，在保证粮食自给的基础上，可以发展林、果、茶、药等多种经营；王家铺水陆交通便利，又有商贸基础，也应在'保证国家的，留足自己的'基础上，将本地剩余副产品拿去做买卖，搞好流通，搞活经济。"

"好！好！好！"肖立仁、王克志和王克定异口同声，一连喊了好几声好。

"这只是一举，我们还要双管齐下。"见肖立仁、王克志、王克定投向他期待的眼神，王汉坤说："乡亲们有的是智慧和积极性，我们应倡导和鼓励他们发展家庭经济，比方说，养猪呀、养鸡呀、种菜呀、种好自留地呀，我们也应允许他们将自给有余的农副产品拿去卖了；我们还可以引导和鼓励有手艺的人，在农闲时节出外搞副业。果真这样的话，那不家家户户就搞活了。"

王汉坤的一番话，说得肖立仁、王克志、王克定茅塞顿开，肖立仁更是兴奋不已："我明天就召开支部大会，总结过去，谋划未来，以便统一党支部一班人的思想，带领群众大干一场。"

"是该好好总结，好好谋划了。"王汉坤对肖立仁说，"只要支部一班人拧成一股绳，就没有办不好的事情。"王汉坤停了停，又转问肖立仁："立仁，还有一件事，不知你考虑过没有？"

肖立仁一愣，王克志和王克定也把眼睛盯着王汉坤，他今天说了这么多事，不知还有一件什么事。

"就是还要加强对群众的文化教育，让他们懂得立业要先立志，"王汉坤说，"老祖宗留给我们的至理大道、传统文化，这些年来，我们忘得差不多了，也丢得差不多了。这可是我们民族的血脉，是我们民族的根啊！"说着说着，王汉坤情绪激动起来，"克志、克定或许印象不深，但立仁你是知道的，自我们党领导开展伟大的革命斗争以来，王家铺一带的人民群众，就以高涨的革命热情，积极投身于反帝反封建、守土抗日、争取解放的革命活动，就是因为老祖宗留给我们的这些传家宝，孕育了他们的家国情怀。"

"好！汉爹。"肖立仁说，"我在支部会上一定根据您的意思，据理力争，形成统一意志，来个两手抓，一手抓经济发展，一手抓文化教育，您老就放心吧！"

过完年，已是1975年春天。肖立仁做的第一件事，就是召开青港大队党员和队长会,贯彻落实年前他们召开的党支部会议精神。这样一来,青港大队的社员群众如同久旱的禾苗遇甘霖,他们看到了希望,因此欢欣鼓舞。所以,他们为生存与发展,他们为找回丢失的耕读传统,刚刚开春,整个青港大队就动起来了。这一带勃勃生机的人间春天,如同勃勃生机的自然春天不期而至。

王汉坤感到异常欣慰。一种义不容辞的责任与担当牵动他的心,他要到这几个队里去走走,到他所牵挂的家户人家去看看。因为这一带的乡亲们对他有情有义,在前些年的历次政治运动中,周边的大小地主都挨了批斗,而唯独他王汉坤被乡亲们一次又一次地保护起来,连一次批斗都没有挨过。在王汉坤看来,更重要的他还不是为了感恩,而是要尽一个共产党员对人民群众的责任与义务。虽说现在乡亲们是行动起来了,但上头的现行政策仍不十分明朗,他担心大家打退堂鼓而半途而废。他知道,青港大队各生产队的党员和队长,大多是当年同他一起闹革命的家族长老或乡民骨干之后,他们受长辈的影响,对他王汉坤是敬重的,也是信服的。因此,他要去给他们吃颗定心丸,告诉他们,他们现在这么做是对,要不了多久,我们的党和政府也会号召和鼓励他们这么做。所以,他们一定要坚持下去。

肖立仁和王克志得知王汉坤要去走村串户,赶紧跑过来制止:"不行,不行!看您这么大岁数了,腿脚不方便,坚决不行!"

"怎么就不行了,我拄着拐棍,不是照样行走吗?"王汉坤反问道。

"那万一摔倒了呢……"王汉坤不等肖立仁把话说完,连忙笑着说道:"我爬起来就是了。"

"您老说得轻巧,"王克志说,"万一摔重了,摔伤了,您老爬不起来呢?要不这样吧,您老硬是要去的话,我每天派一个人跟着照顾您。"

"不行,不行,"王汉坤连连摆手,"现在大家都很忙,我一个人出门就行了。"

"要不就这样吧,"肖立仁说,"如果您实在放心不下,我就分批通知各队的党员和队长,还有您想见的户主,让他们到您这里来,您当面跟他们交代。"

"这样不好,大家都很忙,我闲人一个,有的是时间。再说了,好多年没到这些地方走走了,我也很想去看看。"王汉坤声音忽然有些颤抖,"立仁、克志,你俩什么都不用说,这事就这么定了。"

这天晚上,王汉坤自己动手,剪下不穿的一只裤脚,缝了一个像军人背粮的斜挎袋。第二天早上,他特地在火炉里多烧了两个红薯,用一块旧布片包好,装进挎袋,同时还装了一块乡邻送给他的爆米糕。吃过早饭,他便背着斜挎袋,拄着拐棍出门。

谁知王汉坤刚跨出门槛,肖继良就等在他家门口,他说他要跟爷爷一起去。

"是你父亲叫你来的吧?"王汉坤问道。

"是的,爷爷。"肖继良回答说,"父亲说您一个人出门,他不放心,让我跟着照顾您。"

"这个肖立仁,也真是的,说了不用就不用。"王汉坤严肃地说,"继良,你也快开学了,事多着呢,快回去吧!"

肖继良还没见王汉坤爷爷这么严肃过,有点不知所措。他在王汉坤的再一次催促下,只好涨红着脸走了。

王汉坤的首个目的地是张家店。他之所以选择张家店作为第一站,不仅仅是因为他五岁那年曾在张家店拜张先生为师求学,这里是他的恩师之地,还有这里田少山地多、情况相对复杂,群众生活相对困难,且发展生产、搞活经济的难度也相对大一些。而在青港大队的八个生产队中,张家店离王家铺最远,差不多有四五里地,中间还有一段难走的山路。

王汉坤出门后,双拐用力撑一下,左脚才能向前走一步。起初,他还不觉得很累。可是,当他走了一段路程之后,他觉得两只胳膊酸胀,撑拐棍的胳肢窝疼痛难忍。于是,他只好在路边的石头上坐会儿歇歇脚。往日手脚利索时来张家店,他一溜烟工夫就到了。然而今天,他不得一步一撑,走走停停,差不多花了一个多时辰,才来到张家店。

当王汉坤拄着拐棍,跌跌撞撞走进张呈祥堂屋的时候,他已是气喘吁吁,脸色苍白。张呈祥、赵甜秀夫妇见状,着实吓了一跳。张呈祥慌忙拿出一把椅子,扶王汉坤坐下,赵甜秀连忙跑进厨屋冲泡鸡蛋红糖茶。

张呈祥是王汉坤的恩师张先生的大孙子,张云海的大儿子。王汉坤率领乡民守土抗日那会儿,张云海是破路队的副队长,曾多次跟随王汉坤完成破路炸桥任务。现如今,张呈祥不光是张家店的生产队长,而且还是一名共产党员,他接过了父辈手里的接力棒,服务于一方乡民。

张家店的乡亲们听说"汉爹来了",他们欢天喜地,纷纷拥进张家堂屋。不一会儿,张家堂屋挤满了人。人们一声声问候,令王汉坤感动不已。他想拄着拐棍站起来,向乡亲们鞠躬致谢,被眼明手快的张呈祥轻轻按住:"您老就坐着说话,我们大家站着听。"

"父老乡亲,谢谢你们了!"王汉坤只好坐着抱拳,左右挪动身子向满堂屋的乡邻致意。

"汉爹,您老就别客气了。"张呈祥说,"这一堂屋的人差不多都是您的晚辈,就像您的儿子和媳妇一样,您有什么事吩咐就是,我们保证受教服教。"

"是啊,汉爹,您老有什么话,尽管说,我们大伙儿都听您老的。"尽管满堂屋的人先前还七嘴八舌,但此时几乎是异口同声。

"我今天来,一嘛是想看看乡亲们,二嘛,这一年之计在于春,也想看看大家今年打算怎么干。"王汉坤说。

"前不久,大队支部开了党员队长会,我回来一传达,说是集体个体一起上,一年打个翻身仗。大家一听,便兴奋起来,都说早就该走这条路了。"张呈祥望着王汉坤说,"肖支书还告诉我们,这个主意还是您老给拿的,乡亲们听后,更是劲头十足,大家一起说:'汉爹出的主意准没错,我们大胆地照着干就是了。'"

"这个主意也不是我拿的,是立仁他们党支部研究后做的决定,你们有信心按这个路子干就好。"王汉坤说,"你们张家店的情况有些特殊,田少山地多,茶叶、药材资源丰富,大有文章可做。"王汉坤满怀深情地回头望了望满屋子的乡邻们,接着说道,"我想,你们首先要把田种好,保证粮食自给有余,然后再开展多种经营和家庭副业。这里不是茶马古道嘛,现在可以发挥它的作用,把茶叶、药材和竹木卖出去,还可以与王家铺有经营头脑的人联系,将你们的农副产品经长江销往外地,这样的话,集体经济发展了,家家户户也可以创收增收。"

"好、好、好!我说嘛,汉爹就是个财神爷,今天给我们送钱来了。"张昌兴的眼睛瞪得又大又圆,仿佛他的眼前堆的就是金山银山。

"你以为这是你父亲玩龙舞狮哟,左一把右一把,就把这金山银山就给扒来了。"堂屋里不知谁这么大喊一声,弄得满堂屋的人哈哈大笑。

原来,这张昌兴是张志浩屋里的老大。旧时,张志浩在张家店舞龙队玩头把,也就是舞龙头的人。当年,他领着张家店玩龙队,在龙王庙前与王家铺玩龙队相遇,两队互不相让,后经王汉坤赶到调解,他们这才大路朝天,各让一边。眼下经满堂屋的人起哄,张昌兴涨红着脸,不好意思地低下了头。

"好了,我们不说这些陈年往事了。"张呈祥劝阻大家的说笑,"汉爹还有话说呢。"

"我看你们准备很好了,我也没别的话说了,只是想跟乡亲们提个醒。"王汉坤说,"我们做的这些事,可能有人不理解,甚至有人反对。但是,我们大家看准了的事,走对了的路,就要坚持下去,绝不能半途而废。"

"放心吧,汉爹,这是条阳光道,我们会坚持走下去的。"张呈祥坚定地说。

"是啊,汉爹,您老放心吧。"满堂屋的人说,"我们在独木桥上过怕了,现在有了阳光道,我们就再也不回头了。"

王汉坤和乡亲们谈兴正浓,不知不觉时近中午,张呈祥屋里堂客开始张罗饭菜,王汉坤却要起身告辞,张呈祥一把按住他:"汉爹,说什么您老今天也得吃了中饭再走。"

"不了,呈祥,我跟你说,"王汉坤边说边坚持起身,"我来的时候,碰到罗家畈的罗海强,我跟他说好了,到他家里吃中饭。"

"您跟他说好了也不行,"张呈祥说,"罗家畈离这里不远,我叫修平去罗队长屋里送个信,说您就留在这里吃中饭了。"

"那怎么可以,做人说话是要算话的。"王汉坤装着很生气的样子说,"你怎么能让我失信于人呢?"

张呈祥见汉爹好像是真生气了,才松开按住他的双手:"那我送您老去罗家畈。"

"呈祥哥讨不得空,还是我送您老去罗家畈吧。"张昌兴说完,堂屋里又有几个青年嚷着要去送他。

"你们谁都不用送,"王汉坤态度异常坚决,"我能走到你们张家店来,就可以走到他们罗家畈去。"

王汉坤边说边撑着拐棍起身,然后又撑着拐棍出门,向罗家畈方向走去。满堂屋的人都出门相送,望着他渐渐远去的背影,人们的眼眶湿润了。

事实上,王汉坤当着张家店的人说,他到罗家畈罗海强屋里吃中饭,这是一句善意的谎言。如果他不这么说,张呈祥非得留他吃了中饭再走不可。王汉坤心里十分清楚,只要他留下来吃饭,张呈祥、赵甜秀就要想方设法张罗一桌像样的饭菜,而对当时日子过得紧巴巴的人家来说,张罗一桌像样的饭菜不知有多么作难。因此,他都想好了,自带干粮,走村串户,不管是到哪个屋场哪户人家,他只喝口热茶,绝不留下来吃饭。

王汉坤艰难地走着,走到一个避风向阳的山坳,感觉实在是累了,便寻块石头坐下。他从胸前的挎包里拿出一只红薯,边吃边晒太阳。暖暖的太阳照在身上,香甜的红薯吃进肚子里,顿时,当年为避日本人枪杀,他组织乡亲们躲进岩岭深山老林,胡占山给大家烧红薯充饥的情景历历在目。这时候,王汉坤的满足感和幸福感油然而生。

吃完红薯,又晒了一会儿太阳,王汉坤撑起拐棍继续往前走。累了,他在路边坐下来,晒一会儿太阳,再歇一阵子,大约到了罗家畈家家户户都过了吃中饭的时间,他才拖着一身的疲惫走进罗海强家的堂屋……

王汉坤如果是头天实在走累了,第二天他就歇一天,第三天再接着走。肖立仁、王克志知道劝不住他,就只好依了他。不过,肖立仁、王克志还是不放心,他们给各生产队打了招呼,一旦发现汉爹身体不适或异常情况,就要立马通知他们。就这样,王汉坤在他的有生之年,花了半个多月时间,走遍了青港大队的八个生产队,也差不多走遍了这里的家家户户、山山水水。

随后,讨教国学、学打算盘的孩子,甚至是成年人越来越多,王汉坤又乐此不疲,他居住的那厢茅草屋里,不管是雨雪天,还是夜晚,又响起了久违的琅琅读书声和清脆悦耳的算盘声。

"汉爹的心没白操,汉爹的汗没白流,汉爹的苦也没白受。"这一年,青港大队生产喜获丰收,家家户户的庭院经济也大有发展。年终决算时,队队算盘的"元"字桥上,不再是空空无"珠",而至少是躺着一粒算盘珠子。"集体有得分,家里有的收,"青港大队的社员群众欢天喜地,笑逐颜开。他们说,"搭帮汉爹出的好主意,他们这才过上了好日子。"

第五十一章

1976年清明前夕，王汉坤心里突然有一种预感：仿佛自己快要走到生命的尽头，他的时日不多了。

王汉坤的这种突发预感，源自他的行动越来越艰难。那年清明的前几天，王汉坤想趁天气好，去岩岭李大中、方强之、王志刚、张亚东的墓地祭奠他们。自从1927年5月18日，国民党反动派枪杀他们，他和胡占山把他们葬在岩岭后的近五十年来，每年清明，王汉坤都要去岩岭祭奠，若是白天不方便，他就晚上去。因此，没有哪一年间断过。可是这一次，他一连架了几次势，都感到力不从心，难以成行。恐怕这次是他最后一次去祭奠他们了，所以无论如何，他就是爬也要爬到岩岭去，爬到李大中、方强之、王志刚、张亚东他们的墓地去。

王克志知道，每年这个时候，汉爹总是要到岩岭去。之前，是他父亲王汉旺陪同汉爹去。他父亲去世前交代后事时，把这件事交给了他。他见汉爹年事已高，行动不便，就跟肖立仁商量后，决定今年抬汉爹进山。王克志找来一把旧式太师椅，两根竹篙，做了一顶既舒适又扎实的简易椅轿，由他和王克定、王克云用椅轿抬汉爹去岩岭。

可是，他们准备做好了，却不见汉爹的动静。其实，王汉坤也在犹豫，要不要求助王克志他们帮他进山。正当王汉坤犹豫的时候，王克志来找他了。

"汉爹，我和克定克云商量好了，明天抬您去岩岭。"

"这太麻烦了吧。"王汉坤说。

"一点都不麻烦，"王克志笑着说，"椅轿我们都做好了，保管您坐着舒服。"

"你们太有心了，真是劳烦了。"王汉坤说。

"汉爹客气了。"王克志说，"您为铺上做了这么多，我们为您做这点小事,那还不是应该的。"

"那我们就说好,"王汉坤说,"如果明天我能走,你们就抬着椅轿跟着我;如果明天我实在走不了,你们再抬我。"

"好!"王克志说,"那我们就这么说定了。"

第二天,天气依然晴朗,王克志和王克定、王克云吃过早饭,抬着椅轿来到王汉坤的茅屋前。他们刚把王汉坤扶出堂屋,只见一辆从长平县城开往青平镇的公共汽车,嘎吱一声停在王家铺前的公路上。车门打开后。过了一会儿,才见年轻的女售票员搀扶一位满头白发的老先生下车,待这位老先生在公路边站好后,她又连忙上车,从车上搀扶一位满头白发的老妇人下车,等这位老妇人也在公路边站好了,她才上车关好车门,车子随即开走了。

公路连接王家铺的是一条斜坡小路,路面不宽,两位老人,一人手里拄着一根手杖,他们下车后相互搀扶着站在路口,显然是一对恩爱的老夫妻。他们看了看眼前的斜坡小路,开始想两人就这么搀扶着往下走,但路面太窄走不了,后来,老大爷示意妻子先走,妻子似乎不敢,她要老大爷向前,她紧跟其后。

眼前的情景,王汉坤看得清清楚楚。虽然他看不清两位老人的面孔,不知道他们是谁,但他知道,他们是要到王家铺来。于是,他对王克志和王克定、王克云说:"你们先别管我,快去把那两位老人扶到铺上来。"

王克志和王克定连忙飞跑过去,一人搀扶着一位老人走上那条斜坡小道。面前的这两位老人,王克山和王克定好像从来都没见过,他们是不是认错了地方错下了车?

"老大爷,您这是要去哪里啊?"王克志问道。

"王家铺,"老先生看了看王克志,接着风趣地说,"前面该不会不是王家铺吧?!"

"老大爷,这里正在王家铺。"王克志说,"不知大爷您要找谁?"

"王汉坤。"老先生急切地回过王克志之后,突然心情沉重地问道,"不知他是否还健在?"

"健在,健在,"王克志一边连声回答,一边用手指向坐在椅轿上的王汉坤,"您看,他就是汉爹。"

那位老先生顺着王克志手指的方向，只见一位断腿老人坐在担架式的椅轿上，他突然加快脚步，仿佛要使尽全身力气，巴不得一步就跨到王汉坤跟前。当他走到王汉坤面前的时候，两人惊疑片刻，瞬间认出彼此，惊喜地相互喊道：

"老哥！"

"老弟！"

"怎么是你？"

"你怎么这样了？"

王汉坤做梦也没有想到，突然出现在他眼前的老人就是胡占山，他激动得想站起来，可是，他没能站起来。胡占山见到眼前的王汉坤百感交集，他一步冲到王汉坤膝前，俯下身子，几乎是双膝跪在地上，双手捧着王汉坤的断腿，哽咽着说："老弟啊，你这是怎么啦？"然后泣不成声。王汉坤已是老泪纵横，他用力把他拉起来，他们久别重逢，相拥而泣。

过一会儿，胡占山向王汉坤介绍他身边的老妇人，说是他的老伴，叫梅珍。王汉坤连忙向梅珍欠了欠身子，点着头说道："嫂夫人好！"

屈指算来，王汉坤和胡占山一别就是二十七年。长平解放前夕，王汉坤配合组织策反王正波旧部乔武平起义，乔武平率部起义后编入解放军，是时王汉坤动员胡占山带领游击队一并编入。此后，王汉坤和胡占山天各一方。他们不但不曾见过，甚至彼此连音讯都没有。

时隔二十七年，他们再度相逢，自然是有说不完的话。

"我还以为我这辈子再也见不到你了呢。"王汉坤说。

"怎么会呢。"胡占山说。

在他人看来，他们这只不过再普通、再平常的寒暄罢了。但他们都听出了彼此话里的深意。胡占山曾有那么一段占山为王的经历，后又经过包括"文革"在内的多次政治运动。胡占山听出来了，王汉坤的话里，包含了他对自己的多少牵挂，也包含了他对自己命运的多少担忧。王汉坤也听出了胡占山那充满自信回答的弦外之音，因为在胡占山面对事物有所疑惑、有所动摇的时候，他总是跟自己说"不管遇到什么困难，总有一天一切都会好起来的"这句话，所以他才如此自信。

铺上上了年纪的老人听说胡占山来了，都跑过来看他。胡占山甚是感激，他起身向来人一一拱手致谢。他说他这次和老伴梅珍一起来王家铺，就是想来看看汉坤老弟，看看汉坤老弟的乡邻们。他说汉坤老弟对他是有恩的，但大恩不言谢，他也无以为报，他只是来看看他。胡占山还说，他来王家铺还有一件事，就是他知道每年清明，汉坤老弟都要去墓地祭奠李先生他们，他在岩岭的时候，每年都是由他陪汉坤老弟去。明天就是清明了，他想汉坤老弟今天一定会去岩岭的，所以，他今天来了，也许这一次，就是他和汉坤老弟今生今世最后一次祭奠李先生他们了。

胡占山的一番话，说得人们的眼眶都红了。王克志连忙俯下身子，附在王汉坤耳边，用胡占山也听得见的声音说："汉爹，这样的话，恐怕上午去不了岩岭了。要不我去叫月莲准备中饭，我还去做一顶椅轿，等吃过中饭，我再叫上克山、克美、克云、克定他们几个，一起送胡爹和您去岩岭，您说呢？"

王汉坤看着胡占山问道："老哥，你看呢？"

"我听你的。"胡占山笑着说，"你晓得的，向来都是我听你的。"

胡占山的这句话，说得大家会心地笑了起来。

王汉坤拄着拐杖站在李大中他们墓前，身子摇摇晃晃，站在他身后的王克志想上去扶他，他没让他扶。站在他左侧的胡占山说："还是我来吧。"他颤巍巍地右移几步，靠近王汉坤后，左手拄着手杖，右手扶着王汉坤，王汉坤没有拒绝他。他们两人紧紧地相依一起，伫立在李大中、方强之、王志刚、张亚东他们坟前。面对青青坟上草，近五十年前的那天深夜，他们举着火把，抢葬李大中他们遗体的情景，又浮现在他们眼前，仿佛就在昨天，谁知一晃，竟然过去了近五十年。他们由充满理想、英姿勃发的热血青年，转眼成了老人。

他们就这么久久地伫立在墓前，心潮澎湃，眼眶潮湿；他们好像有很多心里话要说，但又不知从何说起。后来，还是胡占山先开口说话："久违了，我崇敬的同志。二十七年没来看你们了，我深感遗憾。也许你们能理解，不是我不来，而是我来不了。二十七年了，我不光没来岩岭看你们，也没到王家铺看汉坤老弟。也许你们并不知道，不管是已经英勇就义的你们，还是深明大义活着的汉坤老弟，都是教我做人的先生，给我指路的恩人。"

说到这里,胡占山的声音有些哽咽。他停了停,叹了口气,接着说道:"就在那天上午,我目睹你们英勇就义的壮烈场景,我震撼了;同时我好像看清了什么是真正的共产党员,看清了国民党反动派的嘴脸,看清了这个世界将来的模样,所以后来,我才跟着汉坤老弟干革命,再到后来,我也成了共产党员。"

胡占山看了看他身边的王汉坤,继续说道:"其实,当初我并不知道汉坤老弟就是你们的同志,但从他找我救你们,救你们不成又找我抢收你们的遗体掩埋,再到后来他许许多多的举动,我就看出来了,他就是你们的同志。所以,我才敬佩他、相信他,也就跟定了他。倘若不是这样,我的人生也许就是另一个样子:或许成为阶下囚,或许被乱枪打死,或许抛尸荒野,至少不会活得这么充实,活得这么像个人样,活得这么有意义……"

也许是胡占山一时话说久了,他不停地咳起嗽来。王汉坤用颤抖的手拍了拍他的胸背:"老哥,歇会吧!"然后他转过头来,对着李大中的坟墓说道,"大中同志,您都听见了吧?刚才胡大哥说的一番话,都是他的肺腑之言,我跟他一起那么长时间,经历那么多事,加起来都没听到这么多话。我是被感动了,我想,您若是九泉有知,您也一定会被感动的……"

"汉坤老弟,言重了。"胡占山说。

"这是实话。"王汉坤接着说,"大中同志,您知道吧,我每年'清明'来祭奠你们,除了对你们的崇拜,对你们的敬重,对你们的感激,还有一点很重要,那就是我可以叫你们一声同志,也只有你们才知道我是你们的同志……"

说到这里,王汉坤激动了,他也不停地咳嗽。这回轮到胡占山拍他的胸背了。王汉坤顿时感觉舒服些了,他停住了咳嗽,接着说道:"其实,我到这里来叫你们同志,是在提醒自己,时刻不忘我是你们的同志,时刻不忘你们的嘱托,时刻不忘自己的使命。事实上……事实上……"王汉坤显得很吃力,又开始不断咳嗽。

这时候,王克志和王克定把椅轿抬到王汉坤跟前,想扶他在椅轿上坐下来。王汉坤不依,胡占山说:"汉坤老弟,你有什么话就坐下说吧,大中同志他们是不会怪罪的。要是他现在就站在你面前,见你这个样子,也会要你坐下说话的。"

王汉坤这才坐下来,他喘了几口气,感觉气息顺畅了,便接着刚才的话说:"事实上,我每来到这个地方,就仿佛是在君悦客栈听您给我传播马克思主义,给我讲革命道理;仿佛是在品茗堂中堂的东厢房,您和方委员领我面对党旗宣誓;仿佛是到了青平镇学校草坪,看着您面对血淋淋的屠刀,宁死不屈,英勇就义……"

说着说着,王汉坤声音哽咽起来,他停了停,清了清嗓子,继续说道:"所以只要我到了这里,不管遇到多大困难,面临多大危险,受到多大委屈,我都置之度外。因为我想像您一样,唯有信仰,唯有使命,唯有牺牲……"

突然,天空响起一声声闷雷,一片片乌云压过来,随之又刮起阵阵南风。

"不好了,"王克志说,"春南风,雨咚咚,要下雨了。"

"是呀,"王克定说,"有雨四面亮,无雨顶上光。你们看,现在天边没有云,头顶上却是团团乌云。快下雨了,我们回去吧。"

这天晚上,久别重逢的两个老伙计几乎彻夜不眠。他们聊他们别后二十七年的各自经历,聊他们的悲欢离合,聊他们的人生感悟。王汉坤说时,胡占山听;胡占山说时,王汉坤听。王汉坤说累了就歇口气,让胡占山说;胡占山说累了也歇口气,王汉坤又接着说。就这样,他们几乎聊到天亮。

胡占山说,那年王汉坤要他参加解放军后,他本想随大部队去南方的。可是县里说他熟悉情况,把他留在武装部县大队肃特清匪,一干就是好几年。后来,又是防备"反攻大陆",又是备战备荒,还有接二连三的政治运动,没完没了的阶级斗争,他被派往好多地方警戒和值勤。直到"文革"初期,他被作为历史反革命分子揪出来"靠边站",先是批斗,后是送县茶场劳动改造。

胡占山说,其实这么多年来,他一直想找机会来看他,可他天生就是一个"健骨头",手里一旦有了工作,别的什么都不管不顾了。所以,他一直没抽时间来看他。等他靠边站了,有时间了,可他又失去了人身自由,想来都来不了。

胡占山说,他原本有一个幸福美满的家。后来却成了他的一场噩梦。他肃特清匪,奋不顾身,成了战斗英雄。他不光因此入了党,当了县大队队长兼武装部副部长,还被县里请去做英模报告,真是"红极一时"。县里有个刚参加工作的女干部,人称"一枝花",听了他的报告后非他不嫁。这也难怪,不只是自古英雄爱美人,美人也爱英雄嘛!他们结婚后生得一男一女,可是好景不长,"文革"中他被打成历史反革命分子,老婆坚决与他划清界限跟他离了婚。那时候,儿子上初三、女儿上初一,他们都参加了红卫兵。"老子英雄儿好汉"的光,他们是争不了的;但是,他们害怕"老子反动儿混蛋",于是以更加革命的态度造他的反,与他划清界限,从此不再认他这个父亲。

胡占山说,他和梅珍走到一起,那已经是夕阳西下的时候。梅珍当时可是当地的大美女,北京名牌大学毕业后,直接分配到长平一中教书。那时候,县里大大小小的人物,为一睹梅珍的芳容与风采,总是借得各种由头到长平一中走一回。后来,还是县里有位南下干部抱得美人归。可是,梅珍千好万好,就是有一头不好,她是地主出身。"文革"中,红卫兵把她抓起游斗。

梅珍哪里受得了如此羞辱,她曾几次自杀,都被他发现了,他制止了她。那时候,地、富、反、坏关在一起,游斗在一起。后来,他们又被一起赶到县茶场"劳改"。梅珍的丈夫和儿女也都与她划清了界限,离开了她。也许是同病相怜,也许是他心疼她,她感激他,他们从"劳改"茶场出来后,就走到了一起。

王汉坤和胡占山老哥俩就这么平静地坐着,从容地说着,自然地流着泪水。他们不再热血、不再激动、不再慷慨……

天快亮了,胡占山把他和梅珍来之前就商量好的话告诉王汉坤。他说,在他们人生的最后岁月,他们要守护在一起:要不,就是他和梅珍搬到王家铺来,跟他住在一起;要不,就是他们把他接到县城,跟他们住在一起。自然,王汉坤不答应;自然,胡占山还是听他的。

王汉坤和胡占山就要分别了,他们心里都十分清楚,这一别,将是他们的生离死别。令人想不到的是,在这样的时刻,他们竟然还有心思玩了一个文字游戏。游戏由王汉坤提出,他对胡占山说,他们哥俩都用四个字说说自己的一生。胡占山说好,他请王汉坤先说,王汉坤又请他先说。胡占山提议,要不他们两人一起说,王汉坤同意了。于是,王汉坤和胡占山你看看我,我看看你,然后异口同声地说出了四个字:

"无怨无悔!"

第五十二章

　　胡占山和梅珍离开王家铺后,王汉坤就病倒了。他感觉就要走到生命的尽头,可是,他还有两件事要做,他得抓紧时间。一件是,他还有些心愿未了,得写下来交代一下;一件是,他想留下一点墨迹,而他留下的墨迹还能表明他的心志。

　　有一天,王克志到王汉坤的茅屋看他,王汉坤便托他帮他办件事。王克志说:"汉爹有事尽管盼咐,晚辈尽力去办。"王汉坤说:"事情倒不是很大,只是恐怕要费些心思。"王克志说:"这没问题。"于是,王汉坤把托王克志办的事告诉了他。原来,汉爹是要他到青平镇去帮他买一瓶墨汁,一刀古垫纸,两张宣纸,两支毛笔(一支小字笔和一支大字笔)。汉爹说,万一没有古垫纸和宣纸,就买一般的材料纸和白纸。青平镇就巴掌大一点的地方,那天,王克志寻遍了青平镇,也没找到古垫纸和宣纸。第二天一大早,王克志就赶往县城,几乎是找遍了整个县城,才买到汉爹说的古垫纸和宣纸。

　　有了纸和笔,接下来王汉坤便开始全力以赴办他人生最后的两件事了。交代后事,了却心愿,或者说写封遗书,这对王汉坤而言,倒不是什么难事。而要留下能明心志的墨迹,这倒使他为起难来。到底写什么好呢?王汉坤搜肠刮肚,陷入沉思。他想来想去,似乎觉得还是唐代诗人刘禹锡的那首《酬乐天扬州初逢席上见赠》更能表明心志:

　　　　巴山楚水凄凉地,二十三年弃置身。
　　　　怀旧空吟闻笛赋,到乡翻似烂柯人。
　　　　沉舟侧畔千帆过,病树前头万木春。
　　　　今日听君歌一曲,暂凭杯酒长精神。

王汉坤之所以为刘禹锡这首诗最能表明他的心志,是因为他不只是对诗中脍炙人口、传诵千古的名句"沉舟侧畔千帆过,病树前头万木春"情有独钟,而且诗中对世事沧海桑田之变迁所表达的达观、豁朗、自信、坚韧之胸襟更使他豁然释怀。

"不是吗?"王汉坤在心里一遍又一遍地问自己:在自己加入组织不到两年就与组织失去联系后,在自己一次又一次努力想回到组织怀抱却未果之后,在自己土改时被划为地主成分之后,在自己在"文革"中成为被无产阶级专政的对象之后,也许在他人看来,他王汉坤似乎就是"沉舟",就是"病树";而在王汉坤看来,他不是,因为他没有因此沉沦,没有因此颓废,没有因此怨尤。即便他是"沉舟",他是"病树",但不是在"沉舟"侧畔,还有千帆竞发,在"病树"前头,正万木皆春嘛!

王汉坤考虑把这首诗作为墨迹留下来,还有他对该诗正其意之理解,反其意而用之。就正其意理解而言,王汉坤认为"沉舟"也好,"病树"也罢,只不过是暂时的挫折、暂时的坎坷、暂时的委屈,它终将升浮、终将新生。就反其意用之而言,王汉坤认为,既然是已经扬起理想风帆之舟,即使是遇到惊涛骇浪,它也不会沉没;既然是执着勃发生机之树,哪怕是风霜雷雨、百兽病虫,它也不会枯萎。无论是正其意理解,还是反其意用之,王汉坤就是想以此明其心志:他今生今世的守望,今生今世的追求,不就是不沉之舟、长青之树吗!

"今日吟君诗一首,顿添豪情长精神。"王汉坤忽生灵感,他把刘禹锡这首诗最后两句"今日听君歌一曲,暂凭杯酒长精神"这么一改,忽然觉得病已去矣,一身轻松。他来到桌前,铺开宣纸,倒好墨汁,右手用力撑住拐杖,断腿部位抵住桌脚,然后右手放下拐杖,挥毫泼墨,一气呵成,留下了他人生最后一幅墨迹。虽然看上去这幅墨迹似乎稍逊于他往日的书法,但仍不失为一幅传世墨迹。因为虽然少了些柔美,但多了些苍凉;虽然少了俊朗,但多了些飘逸;虽然少了些神韵,但多了些风骨。

王汉坤终于松了一口气。然而也许是因为气可鼓而不可泄,也许是他为写这幅佳作耗尽了他的元气,他写完这幅书法后,忽然又觉得去病复回,一身沉重,气力不支。所以在接下来的日子里,他拖着极度疲惫的身子写写停停,停停写写,一连用了好几天,他才把给组织的一封信,以及他留给肖立仁的遗言写完。尽管王汉坤感到身体严重不适，非常难受，但他心里格外轻松，他这一生最后想做的两件事都如愿了，他可以走了。

1976年5月18日深夜，王汉坤走了。他走得那么从容，走得那么平静，走得悄无声息，陪伴他走完人生最后一程的，只有天，只有地，还有他的那间茅草屋。

这天早上，肖立仁像往常一样，端着妻子文如玉熬好的稀饭，拿着茶盐鸡蛋，给王汉坤送去。可是，当他从堂屋推开房门的时候，眼前的一幕让他惊呆了。汉爹僵直地躺在床前地板的草席上，好像睡着了那么安详。

"汉爹、汉爹、汉爹……"任凭肖立仁怎么呼喊，王汉坤再也没有醒来，再也不会答应他。肖立仁手中的粥碗和鸡蛋不由自主地掉在地上，他跪在王汉坤身边失声痛哭。在肖立仁痛哭中，有他对汉爹突然离世的悲伤，也有他的悔恨。昨天晚上，他就不该离开，而应该守护在汉爹身边。可是，他却离开了，让汉爹一个人孤零零地走了……

王汉坤病了后，肖立仁和王克志就商量做出安排，白天有人值班照顾汉爹，晚上他们轮流陪汉爹坐坐，一连好几十天都是这样。这天晚上，肖立仁见汉爹的状况有些异常，他原本是要留下来陪护他的，但王汉坤一而再、再而三叫肖立仁回去睡觉，肖立仁这才离开的。谁知他这次的离开，竟然是他和汉爹的永别。肖立仁越是悲伤悔恨，就越是哭得伤心，他几乎伏到王汉坤的遗体上。忽然，他发现王汉坤的左手紧紧地攥着两个信封，肖立仁小心翼翼地掰开王汉坤的手指，他拿起来一看，只见一封信是给组织的，还有一封信是给他肖立仁的。肖立仁慢慢地停止哭泣，打开信封，信封里几页古垫纸上，密密麻麻写满了字。肖立仁撩起衣角，擦了擦满是泪水的眼睛，捧着汉爹留给他的遗言读了起来：

立仁：

当你看到我留给你的遗言的时候，我已经离开了人世。你千万不要伤心，不要难过，而应该为我感到高兴。你还记得吧，我和你不止一次地讨论过生与死的话题。照常人的说法，生老病死，人之常情。而在圣人眼里，生生死死，死死生生，都是生生不息的轮回，不必太过在意，一如离家与归家。

我和你好像对死谈得更多的,是谈孔子对死的态度,谈圣人的生死观。孔子知道自己要死的时候,拄杖庭院而作歌。晏子曰:"善哉,古之有死也!仁者息焉,不仁者伏焉。"更何况,你我都是共产党员。我们共产党员有着比古之圣贤更崇高的生死观。所以死,对我来说,或许是一件好事。因此,你不要难过,应该高兴;而且你还要劝说乡亲们不要难过,让他们为我感到高兴。

　　我这辈子没有白活,因为我活得问心无愧,活得无怨无悔。今生今世,我最大的慰藉,就是找到了人生理想,找到了人生信仰,找到了人生追求,我加入了组织,成了共产党员。今生今世,虽说我无惊天动地之举,更无丰功伟绩而言,但在讨吴(佩孚)驱赵(恒锡)、反帝爱国、守土抗日、支援新中国成立以及之后的建设中,我在践行我的理想,坚守我的信仰,牢记我的使命,执着我的追求。我不敢说只要一息尚存,就战斗不止,但我敢说的是,时刻不忘自己是一个共产党员。

　　当然,我也有遗憾。今生今世,我最大的遗憾,就是在我离开这个世界的时候,我仍然没有回到组织的怀抱。

　　立仁,我死后,有几件事我已经无法去做了,只得劳烦你了。

　　这第一件嘛,就是我的后事。请你们千万要一切从简,不设灵堂、不守灵、不穿寿衣、不进棺材。衣服我已经穿好了,你就叫上王克志、王克山、王克定、王克云他们几个人,就用我身下的草席裹着我的尸体,到铁匠坡找处荒山野地埋了。

　　第二件事嘛,请你帮我交纳党费。我睡的房间衣柜后的墙上有块活动泥砖,里面有个油布包,包里是我的党费。这么多年来,我没地方去交党费,只好把它都存到这个油布包里。没多少钱,但这是我的全部积蓄。这么多年来,反正我不用钱,手头上有一点钱,哪怕是一分两分,我也把它作为党费存到油布包里。你是党的支部书记,我想请你代我交纳党费,理所当然。另外,我给组织写了封信,你看过后,如无不妥,也请你转交给组织。

　　我想请你做的第三件事,就是等到有一天,组织上恢复我的组织关系的时候,你在我的坟头立一块碑石,上面就刻"共产党员王汉坤"这几个字。

最后一件事,就是我的遗产处理。你是知道的,其实我也没什么遗产。现在还能用点的,无非就是这厢茅草屋,还有一张床、一个衣柜、一张方桌和一把算盘。这厢茅草屋给队里作牛栏吧,我看队里的牛多了,牛栏屋不够用,也不好用;这张床可以留给队里守夜,再不用守夜临时搁铺了。我死时之所以睡到地上不睡到床上,就是不想让人忌讳,留着它尚有用处;这个衣柜,如果队里用不上,看铺上哪户人家最需要,你就做主处理吧;这张方桌和这把算盘,队里开会学习、记工决算都用得着,就给队里用吧。

立仁,我走了。请你多保重!也请你转告乡亲们,让他们多保重!还有,谢谢你,谢谢乡亲们这么多年来对我的守护,对我的关照,对我的付出……我无以回报,只能说声:谢谢了!

就此别过!

王汉坤
1976 年 5 月 15 日

肖立仁双手不停地颤抖,他从信封里一连抽了好几次,才把王汉坤写给组织的信抽出来。他再次撩起衣角,擦了擦模糊的泪眼,然后抖开信纸,只见上面写道:

敬爱的党:

我叫王汉坤,青港大队王家铺人,生于 1902 年。1925 年 7 月 1 日,经李大中、方强之同志介绍,我光荣地加入了党的组织。但在 1927 年 5 月 18 日,李大中、方强之同志英勇就义后,我就与党组织失去了联系。在这之前,为保存革命火种,严守秘密,我遵照李大中同志的指示,销毁了我的党员身份材料。尽管与组织失去了联系,也因没有证明人和证明材料,我一时难以回到党的怀抱,但我始终记住:我是一名共产党员。

屈指算来,我有五十二年党龄了,但我在"组织内"的时间不到两年,而在"组织外"的时间却长达五十年。这五十年来,我就像一个找不到母亲的孤儿,在人世间漂泊;就像一个失去明灯指引的跋涉者,在长夜中探行。即便如此,我仍然觉得党就在我的心中,而组织就在我的身边。因为在我看来，倘若心中无组织，即便是我在组织里，也未必我就是组织的人；即便是我身不在组织里，但只要我心里有组织，我也就是组织的人。因此，我始终相信，总有一天，我会回到党的怀抱，回到组织中来。正像我向邓志强、胡子丰、杜启德同志申请接受我的组织关系的时候，他们跟我说的这样："我相信，总有一天，你会回到组织中来的。"

虽说我入党以来，我为党做了一些工作，也为人民群众办了一些实事，但与共产党员的要求，与李大中、方强之、王志刚、张亚东这些真正的共产党员比起来，还有不小的差距。

唯有值得庆幸的，是从我入党的这天起，我的信仰就未动摇过。即便是在我与组织失联后的漫长岁月，在我一次又一次申请恢复组织关系未果之后，在我的政治身份有了某种令我心痛的改变，我也仍然初心不改，矢志不渝，仍然以一个共产党员应有的态度去面对，仍然努力按一个共产党员的要求去为党工作。

我这一生是幸运的，也是自豪的，因为我加入了中国共产党。然而，我这一生也有遗憾，遗憾我为党做的工作太少；遗憾我不能再继续为党工作了；遗憾在我离开这个世界的时候，还不能回到组织中去。不过，我相信，总有一天，我会回到组织中去的；我的坟前，也一定会立上"共产党员王汉坤"的墓碑！

党啊，敬爱的母亲！您的儿子是多么想回到您温暖的怀抱。请允许您的儿子在生命的最后时刻，向您致以崇高的敬礼！

王汉坤
1976 年 5 月 17 日

肖立仁一边捧读王汉坤写给组织的信和留给他的遗言，一边哽咽啜泣，悲恸不已，过了好一会儿，他才仿佛回过神来。他跪在王汉坤的遗体前磕了三个响头，然后起身走到床头衣柜旁，从衣柜后边拿下那块活动泥砖，里面洞里有一个油布包。肖立仁把油布包取出来，打开一看，里面全是零碎的纸币，还有不少的银毫子（硬币）。纸币有 1 分的、2 分的、5 分的、1 角的、2 角的、5 角的、1 元和 2 元的；银毫子有 1 分的、2 分的和 5 分的；纸币大多渍渍斑斑，有的毛边破损，银毫子上也沾了不少污垢。肖立仁数了数，一共是

327元7角1分。肖立仁照原样把它包好,他要遵嘱,把这笔钱作为王汉坤的党费交给组织。

  这时候,肖立仁似乎不再那么悲伤,更多的则是感动。是啊,王汉坤是他见过的真正的共产党员之一,真正的仁者。他的去世,是能够使他的灵魂得到安息,使后人的灵魂得到净化的。于是,肖立仁走到王汉坤的遗体前,恭恭敬敬地三鞠躬,心里默默地哭诵:

  王汉坤同志,您一路走好!

番 外 篇

王汉坤的故事说到这儿似乎结束了,其实不然。他的故事仍在继续,也仍在王家铺一带流传。因此,这就有了番外篇:

补一

时隔李大中英勇就义九十年后,也就是2017年,李大中的堂孙李建国在新农村建设中改造老屋时,在叔爷爷李大中曾经住过的房间火砖夹墙中,发现一个油纸包。他小心翼翼地层层打开,里面泛黄的古垫纸紧紧叠压在一起。幸好是油纸层层密封,纸没有受潮,也没有霉变。他又谨慎小心地一页页打开,发现原来是大革命时期中共青平党支部发展秘密党员的七份资料。其中秘密党员名册1份,秘密党员个人申请书三份,秘密党员审批表三份。

李建国意识到,这是非常重要的历史资料和党史资料,弥足珍贵,必须尽快上交国家,以便妥善保管。于是,他连忙将这份资料送到了青平镇党委办公室。镇党委秘书王维新热情接待了他,并一再对李建国的行为表示赞扬和感谢。送走李建国后,王维新凝视眼前的资料,一种从未有过的历史感、沧桑感、神圣感油然而生。虽说他在打开资料前没去焚香沐浴更衣,但他怀着格外崇敬的心情,将双手洗了又洗,擦了又擦,生怕有一粒尘埃一点污迹触碰如此圣洁之物。王维新抑制内心的激动,格外小心地打开油纸包,"中共青平支部秘密党员花名册"映入他的眼帘。他迫不及待地往下看,第一个名字竟然写的是"王汉坤,男,1902年出生,青石港王家铺人……"刚看到这里,王维新心里一阵狂跳,两眼模糊,再也看不清后面写的是什么了。

王维新是从王家铺走出来的。虽然他没见过王汉坤,但他从小就不知听过多少长辈跟他讲过王汉坤的故事,使他对王汉坤非常崇拜,他甚至把他当作自己的偶像。尤其是村里的支书王光明跟他说的一件事，令他记忆深刻。老支书说王汉坤是大革命时期入的党，大革命失败后与组织失去了联系，后来他多次要求恢复组织关系，但因始终没有人证、物证而没能实现，成了王汉坤的终生遗憾。王光明还告诉王维新，他的前任老支书肖立仁，还告诉他王汉坤临终对他所托之事，说肖立仁把王汉坤给党组织的信和给他的遗言，保存在村党支部的资料档案里。

现在好了，有证明材料了，他的偶像就可以恢复组织关系了。待心情稍为平静后，王维新接着翻阅后面的资料，在三份秘密党员的申请书中，王汉坤的放在上面；在三份秘密党员审批表中，也是王汉坤的放在上面。由此可见，王汉坤是中共青平支部作为第一对象在大革命时期秘密发展入党的。

王维新兴奋不已，欣喜若狂。他在报告请示镇党委书记吴美雄后，一连打了两个电话，一个是打给长古市（已县改市）市志办主任丁志高，请他与市档案馆联系，并派人员对资料真伪做技术鉴定；一个是打给青港村老支书王光明，请他来先睹为快，以早做准备。

王光明放下电话，就直奔镇党委办公室。当他看过这些极其珍贵的资料后，尽管他都一把年纪了，但他的高兴劲儿一点也不亚于年轻小伙王维新。因为他认为这一切都是真的。王汉坤作为秘密党员的姓名、出生年月、地址、入党时间、介绍人，资料上说的和王汉坤遗言说的完全一致。因此，王光明凭他的经验判断，资料是真的，足以采信，王汉坤遗言上说的也是真的，足以取信。

看完资料，王光明一刻也不耽搁。他赶回村里，连夜召开村党支部会。他跟支部委员们说，现在已经找到了九十多年前大革命时期的资料，能够证明王汉坤1925年就秘密地加入了党组织。这给支委们莫大的惊喜和莫大的鼓舞。随后，王光明又取出老支书肖立仁保存的王汉坤给组织的信和给他的遗言，还有他交纳党费的登记凭证，给支委们传阅，支委们又是感动不已。青港村党支部做出决定，考虑到中共青平支部在大革命时期遭国民党反动派破坏后不复存在，而王汉坤又是王家铺人，隶属于青港村。因此，应由他们青港村党支部向青平镇党委出具报告，申请恢复王汉坤的组织关系，待市里对资料的技术鉴定出来后，把王汉坤的遗言和他的党费交纳凭证，一并递上去。

丁志高接到王维新的电话报告后,也感到异常惊喜。他即刻赶到市档案馆,与馆长方元吾商量后,当天就派出技术人员赶往青平镇。经他们认真检测鉴定,纸张和字迹均已非常久远,是出自那个年代。同时,他们还将王汉坤的遗言及其资料上的笔迹进行了比对,确认出自同一个人之手。因此,他们不仅确定这些资料是真实的,而且还征得青平镇党委同意,将这些宝贵的资料带回市里珍藏。

王光明闻讯后喜出望外,他连忙将他们青港支部的申请材料报送青平镇党委。青平镇党委收到青港支部的申报材料后特事特办,他们立即召开镇党委会,委员们一致同意青港支部的申请。镇党委将他们的讨论决定报长平市委备案后,将这个决定批复给青港支部。

2017年七一前夕,王光明劝阻了许多要出钱为王汉坤雕制墓碑的乡邻们,他号召全村党员交了一次"特别党费"。他用这笔"特别党费"完成他的前任老支书肖立仁对他的所托之事,雕刻了一块"共产党员王汉坤"的墓碑。七一那天,王光明组织全村共产党员来到王汉坤墓地,他们在这里隆重、庄严地举行了三大仪式:一是在王汉坤坟前立起"共产党员王汉坤"的墓碑;二是向王汉坤同志致敬三鞠躬;三是重温入党誓词和宣读王汉坤遗信遗言。

补二

2017年8月的一天,王家铺的禾场里挤满了人。这里除了王家铺一带的父老乡亲,还有青平镇镇政府民政助理官为民,青港村党支部书记王光明。人们胸前别着小白花,左臂上戴着黑纱,翘首湘北公路通往长平市的方向。他们在等候他们的亲人回家,等候守护国土而沦落他乡的战士魂归故里。

这时候,一辆黑色吉普驶出铁匠坡弯道。"来了,来了……"顿时,禾场里不少人低声喊道,人群开始涌动。

吉普停在王家铺的禾场里,这是长平市民政局的一辆工作用车。汽车刚刚停住,官为民和王光明就朝车子走去,人们紧跟着他们向前拥去。

车门打开了,车上下来一个中年人。他身着黑色中山装,胸前也别着白花,左臂戴着黑纱,脸色凝重。他是长平市民政局副局长徐福民,官为民上前一步,给徐福民和王光明相互介绍。这时候,车上又下来一个年轻人,他是长平市民政局工作人员,他的着装如同徐福民一样,身着黑色中山装,胸别白花,臂戴黑纱。只是他下车时,双手捧着骨灰盒,骨灰盒上覆盖着鲜红的国旗。

骨灰盒里的骨灰是王汉坤的小儿子王克俊的。接下来,他们在王家铺的禾场里,举行了简短且庄重的骨灰交接仪式。工作人员将骨灰盒低头弯腰捧给徐福民;徐福民低头弯腰接过骨灰盒,低头弯腰将骨灰盒捧给王光明;王光明低头弯腰接过骨灰盒,低头弯腰将骨灰盒捧给王汉坤的侄孙王健英。

王克俊的骨灰盒由王健英捧着,王光明请乡亲们对王克俊的骨灰三鞠躬,然后默哀。默哀完毕,王光明对乡亲们说:"下面,我们请市民政局徐副局长讲话。"徐福民走到王健英身边,面向人群深深地鞠躬致意,然后说道:"父老乡亲们,今天,我们送王克俊前辈的骨灰到王家铺,是既欣慰,又难过。时隔七十六年,你们的亲人,你们的乡邻王克俊终于回家了,他回到了故土。所以我说,我们感到欣慰。可是,我们又心情沉重,你们的亲人,你们的乡邻王克俊客死他乡后,却是以这种方式回到家乡,回到故土的。"

徐福民语气低沉,但满含深情,打动着王家铺人的心,王家铺禾场里一片寂静。突然,徐福民又满怀激情,高亢有力地说道:"王克俊是你们王家铺人的骄傲,也是我们长平人民的骄傲。也许大家还不知道,那年王克俊参加解放海南岛的渡海作战,他率领的某部尖刀排渡海偷袭守岛敌军沿海阵地,遭到敌军疯狂抵抗,王克俊率领该部奋不顾身,顽强进攻。可是,王克俊他们部队用的是木船,而敌人用的是军舰大炮。他们的木船被击沉,当时不少战士阵亡,王克俊沉水后被敌军抓去了台湾。

"王克俊被抓到台湾后,就被关进了监狱。那时候国民党不甘心他们的失败,总是企图伺机反攻大陆。他们见王克俊是解放军尖刀排排长,军事素质过硬,便想策反他投降。然后让他潜入大陆,成为他们反攻大陆的一把尖刀。于是,他们对王克俊威逼利诱,严刑拷打,逼他就范。但无论他们许以高官厚禄,还是他们用尽酷刑,王克俊不为所动,宁死不屈。

"敌人毫无办法,只得长期把他关押在监狱里,想用时间和折磨摧毁他的意志,使他回心转意。时间再久,折磨再大,王克俊就是不回心转意。最后,他被折磨得奄奄一息,惨死狱中。"

说到这里,徐福民的声音有些哽咽。禾场里的人群中,也有人低声啜泣,徐福民清了清嗓子,继续说道:

"看守王克俊他们监狱的军警,大多是大陆人,他们中有不少人对王克俊心生敬意,深表同情,但爱莫能助,只能时不时避人耳目地跟他说说话,聊聊大陆家乡。王克俊跟他们说得最多的一句话,就是我活着不能回去,死了也要魂归故里。这句话让他们思乡情更切。后来,这句话又通过他们的口,在台湾老兵中传开了,引起台湾老兵的强烈共鸣。有几个看守王克俊的军警退役后费尽周章地把王克俊的骨灰接去保管。再到后来,他们听说有位叫高先生的台湾老人,历尽千辛万苦送台湾老兵骨灰回大陆,于是,他们又费尽周章地找到高先生,把王克俊的骨灰送回来了。"

徐福民是在说一个故事。这个故事令他感动,也令王家铺的父老乡亲感动。因此,徐福民在最后结束他讲话的时候,激动地说道:"所以,值得庆幸的是,虽说王克俊没能活着回来,但最终他还是魂归故里。我们帮他实现了他的心愿。我想,他们那代人浴血奋战,为的是家国天下。我相信,王家铺的父老乡亲,一定会帮王克俊实现他的另一个心愿,这就是把他的家乡建成美丽富饶的家园。"

徐福民的话音刚落,王家铺禾场里就响起了热烈的掌声,有人激动得热泪盈眶,还有人蹲下身子哭泣。

"请大家静一静,我来说几句。"王光明大声喊道。等人群慢慢静下来了,他说:"乡亲们,台湾老兵,那位高先生,还有市里镇里民政部门的领导,千辛万苦帮王克俊实现了心愿,也是帮我们王家铺人实现了心愿。我们得好好谢谢他们。"

王光明说完,便转过身来,向徐福民、官为民他们深深地鞠了一躬。禾场里的乡亲们,也纷纷跟着王光明,向徐福民、官为民他们鞠躬。王光明接着说道:

"之前,我们只听说王克俊在解放海南岛的战斗中英勇顽强,他的木船被击沉后他就失踪了。今天,我们听了徐局长的讲话,才知道他的苦难经历和他的英雄事迹,王克俊像他两个抗日英雄的哥哥王克勤、王克俭一样,也是个英雄,他是我们王家铺人的骄傲,我们为他感到自豪。"

"乡亲们，"王光明动情地对大家说，"过去的岁月，我们需要他们这种精神，我们王家铺人也是前赴后继。现在进入新时代，我们同样需要传承和发扬他们这种精神，我们同样要不甘落后，砥砺前行。"

王光明的话音刚落，也博得父老乡亲们的一片掌声。

王克俊的骨灰交接仪式后，由王健英捧着他的骨灰盒，徐福民、官为民、王光明紧随其后，接着便是乡亲们长长的队伍。他们把王克俊的骨灰盒送到了他父亲王汉坤的墓地，安放在王家铺人事先在王汉坤墓后修建的墓穴中。

补三

"中央领导和我们村的王支书握手啦！"

尽管从时令上看，此时已经是2017年冬天，但这振奋人心的消息，似滚滚春雷响彻王家铺一带的上空，如阵阵春风吹拂王家铺人的心田。

王家铺一带的乡亲们兴高采烈、欢欣鼓舞、奔走相告。

这是他们的喜事，这是他们的盛事，这是他们的荣誉。他们值得高兴，他们值得自豪，他们值得庆祝！

近百年来，在这片土地上，以王汉坤为代表的一代人，以肖立仁为代表的一代人，以王光明为代表的一代人，薪火相传，辛勤耕耘，使这片土地成了中华传统文化浸润的土地；成了马克思主义和共产主义思想浸润的土地；成了先烈们用鲜血浸润的土地；成了善良勤劳勇敢的王家铺人用汗水浸润的土地。

今天，这片古老的土地、英雄的土地终于开花了、结果了！它开出的是灿烂的人类文明之花，他结出的是丰硕的人类文明之果！

2017年11月17日，青港村党支部书记、村委会主任王光明，作为全国文明村镇的代表，参加了在北京人民大会堂举行的"全国精神文明建设表彰大会"，600多名代表，受到了中央领导的亲切会见，热情握手，合影留念。一个最基层的负责人，受到党和国家中央领导人的如此礼遇，这是何等幸运、何等荣光、何等自豪，又是何等的鼓舞、何等激励！

王光明从北京开会一回来，就连忙召开青港村支部大会。在会上，他热情洋溢地介绍了中央领导会见他们代表,同代表们热情握手,亲切交谈的动人场景,与支部委员们和党员们分享他的喜悦和幸福。接下来,王光明传达了大会精神,各地精神文明建设经验,找了青港目前还存在的不足,畅谈了不忘初心,牢记使命,再接再厉,再创辉煌的设想。最后,王光明提议去王汉坤墓地以告慰他的英灵,让他含笑九泉。他的提议,得到大家的一致赞同。

散会时,天色已晚,但委员们和党员们都没有回去,而是跟着王光明来到了王汉坤的墓地。他们伫立在王汉坤的墓前,凝视着他们用特殊党费所立的墓碑。尽管已是天黑时分,但墓碑上"共产党员王汉坤"几个红色大字,仿佛道道光亮,依然格外醒目。

王光明站在前头,他向王汉坤报告了他在北京开会的盛况,谈了他们支部一班人将带领乡亲们奔小康,实现中国梦的设想。最后,王光明慷慨激昂地说道:"王汉坤同志,要是论辈分,我应叫您汉爹,但这是我们支部的组织活动,我得按组织规定叫您'同志',我知道,您在世时多么希望有人叫您'同志'。

"今天,我们支部的同志都来了,村里的党员同志也都来了。我们今天来,一来是给您告慰,二来是对您起誓。

"我们村成了全国文明村,我去北京开会,中央领导人亲切会见了我们,还跟我握了手。我知道,您听到这个消息,一定十分欣慰。我还想告诉您的是,我们在开支部会的时候,同志们都说,您是最大的功臣,因为您和您的一家,为我们今天的收获付出了所有,奉献了所有,我们向您致敬!"

说到这里,王光明领着大家向王汉坤的坟墓深深鞠躬致意。然后,他接着说道:

"您是1925年入党的老党员,是我们的革命前辈,更是我们的表率,我们的楷模,我们的精神旗帜。请您相信,我们定会向您那样为民服务,为党工作,为国奉献。无论何时何地,始终不忘自己是共产党员,不忘初心,牢记使命,哪怕是面对艰难险阻,哪怕面对惊涛骇浪,我们也要像您一样,守望信仰,绝不动摇!"

王光明的话掷地有声,说得他身后的支委们、党员们热血沸腾。王汉坤墓地的上空,顿时响起他们荡气回肠的呐喊:"任凭艰难险阻,任凭惊涛骇浪,我们守望信仰,绝不动摇!"